宋詞的故事

的

王曙◎著

前　言

　　本書選錄了與宋代的歷史、名勝古蹟、軼聞趣事等有關的詞近400首，每首詞都有全文的白話譯文，並且敘述了它的寫作背景、所述事物在宋代時的相關情況，以及歷史的變遷和現代狀況；同時，還插入了有關詞人的故事和歷代人的評價及詞作的影響。閱讀本書，不僅有助於學習宋詞，而且可以了解有關宋代的歷史知識。

本書作者

　　王曙　筆名栗斯，安徽太湖人。1950年入北京大學，畢業後一直在高等院校及地質部門工作。現為中國作家協會會員，中國攝影家協會會員，教授級高級工程師，中國地質學會礦相學委員會副主任，中國寶玉石學會理事及《礦物學報》編委等。

　　王曙致力於研究唐詩和宋詞，對陝西、河南的唐宋時代古蹟進行過多次實地考察，寫作出版了《唐詩故事》《唐詩故事續集》《宋詞故事》《新編唐詩故事集》《宋詞故事集》及《唐詩名句詳解辭典》等。

目　錄

第一章　帝王詞人李煜

「問君能有幾多愁，恰似一江春水向東流。」這是南唐後主李煜所寫的詞《虞美人》中的名句。五代詞人所寫的詞雖然不少，可值得一提的作品，卻寥寥無幾。唯有李煜的詞，名篇佳句不僅如王冠上的珠寶一般，光耀奪目，色彩絢麗，而且多得使人應接不暇。

李煜的祖父是南唐的開國君主李昪（ㄅㄧㄢˋ），父親元宗（中主）李璟。李煜生於西元937年，是李璟的第六子。李煜從少年時起，在文學藝術上就表現出卓越的才華。他好讀書，擅長寫詩詞，又是著名畫家，並且懂得音樂。他的大哥太子李弘冀，怕這位有才華的弟弟奪走了他的皇位，對他既嫉妒又猜忌。為了避禍，李煜在整個青年時代就不問世事，只是讀書及以藝術自娛。這種顧慮絕非多餘，西元959年李煜二十三歲時，李弘冀因故被父親李璟斥責，李璟有傳皇位給弟弟李景遂（李弘冀的叔父）的意思，李弘冀知道後，為了維護自己的帝位繼承權，陰謀毒死了李景遂。由此可見，李煜當時處境的艱危。

西元959年，李弘冀在毒殺叔父一個月後，自己也死了。這時，李煜二十三歲，他的五個哥哥都已去世，輪到他最長，於是被封為吳王並參與政事。兩年後，李煜被立為太子，這年六月李璟去世，李煜即位，人稱為南唐後主。

南唐在中主李璟統治時，由於與後周作戰失敗，割讓了江北的領土，並向後周稱臣，年年貢獻大量的財物，弄得國庫空虛，經濟困難，國力日衰。到李煜即位時，國家處於十分危急的情況，可李煜一無富國強兵的政治才幹，二又貪圖享樂，於是只好採取息事寧人的政策，對強敵北宋不惜卑屈稱臣，按時進貢；對內則儘量寬容，可由於財政困難，賦稅很重。李

煜平時把他的精力都用在尋歡享樂上，很少關心國家政治。從他即位後寫的一些詞，就可以看到他過的是什麼樣的生活。

據傳說，李後主宮中從不點蠟燭，每到晚上，掛起一粒巨大的寶珠。珠子發的光照耀一室非常明亮（當然，這是誇張，珍珠本身不會發光）。後主曾賦有《玉樓春》一首，描述了他在晚上聽歌閒遊的生活情景。

▷ 玉樓春　　　　　〔五代　李煜〕

　　晚妝初了明肌雪，春殿嬪娥魚貫列，笙簫聲斷水雲閒，重按霓裳歌遍徹。
　　臨風誰更飄香屑，醉拍闌杆情未切，歸時休放燭花紅，待踏馬蹄清夜月。

〔譯文〕她們上好了晚妝，一個個肌膚像雪一樣潔白光潤。殿堂裡妃嬪宮娥排得整整齊齊。笙簫奏完了樂曲《水雲閒》，再將《霓裳羽衣曲》從頭起演唱一遍。是誰在空中臨風飄灑香屑，喝醉了拍打欄杆並不是真心如此。回宮時不用點紅燭了，最好是在清亮的月光下信馬歸去。

《玉樓春》原為唐代教坊樂曲，後用做詞牌。此詞中提到的「霓裳」，即唐代廣泛流行的《霓裳羽衣曲》。西元963年，李後主的皇后周氏根據得到的殘樂譜，重新編出了霓裳羽衣曲在宮中演奏。當時的中書舍人徐鉉聽此樂曲後說：「這種法曲原來應很慢，為何新編之後這樣急呢？」樂工曹生說：「按本子是應慢，可宮內有人改成這樣，這不是吉祥的兆頭啊！」果然在一年多以後，周后即因病去世。周后有個妹妹（後稱小周后），和姊姊相似，既美貌而又有才華。在周后去世兩年後，李後主正式娶了周后的妹妹為皇后，即小周后。

宮中有一個輕盈善舞的宮嬪窅（ㄧㄠˇ）娘，李後主特地為她做了高達六尺的金蓮花，飾以寶物刻上五色祥雲。將窅娘的腳用帛纏小並使足彎曲如新月狀，穿上素白的襪子在金蓮上跳舞，飄飄然有水仙凌波的姿態。據說婦女纏足的惡習，就開始於此時。

一次，李後主在宮中建了一座紅羅亭，亭四面滿栽紅梅，完工時設宴

慶賀，並且令一些有文學才華的大臣填詞演唱。內史舍人潘佑，寫了下面的一首詞：

▷ **失調名**　　　[五代　潘佑]

樓上春寒山四面，桃李不須誇爛漫，已輸了春風一半。

從詞中所寫的景色看，時值初春，桃李盛開，但仍是乍暖還寒的天氣。因此詞中說，春寒中登上紅羅亭的樓上，眺望四面的遠山，桃李花啊！不要再誇耀你們的鮮豔美麗吧，須知已被春風刮得凋謝了一半。其實，潘佑是借這首詞對李後主進行諷諫。因為南唐與後周作戰失敗，割讓了淮河以南長江以北的大片土地，幾乎占南唐整個領土的一半了。

雖然南唐的國勢日衰，叫李後主不思改變，反而朝聽歌暮觀舞，整天飲酒填詞作樂。潘佑見皇帝如此昏庸，許多人臣又不稱職，於是幾次上奏章要求改革。剛開始後主還嘉獎潘佑，可卻毫不採用他的意見，後來一些奸臣在後主前進讒言，後主要辦潘佑及戶部郎中李平的罪，二人憤而先後自殺。

這時，中原的北宋卻是虎視眈眈，日夜籌畫要消滅南唐。正好南唐有個讀書人樊若水，多次考進士未被錄取，因此懷恨在心，圖謀投奔北宋。他假裝釣魚，在長江險要處采石山一帶乘小船用絲繩測江面寬度，並繪製了詳細的長江圖。然後，樊若水潛入北宋首都開封，朝見宋太祖，獻上長江圖。宋太祖大喜說：「得到這幅詳圖，一切都好辦了。」太祖於是下令儘快修造戰船，準備討伐南唐。

宋太祖開寶七年（西元974年），北宋軍隊大舉進攻南唐，按樊若水繪製的長江圖及測定的寬度，在采石磯江面最狹處架起了浮橋，大軍渡過長江包圍了金陵城。開寶八年（西元975年），金陵城非常危急，李後主曾兩次派大臣徐鉉見宋太祖請求緩兵，太祖發怒說：「不必多說，你們江南沒有什麼罪，但是天下一家，我的臥榻之側，豈容他人鼾睡。」於是攻城更急。

就在北宋軍隊圍攻金陵時，李後主在城中寫了一首詞《臨江仙》。

菩薩蠻・秋閏（秦觀）　　（明）汪氏編《宋詞畫譜》

▷ 臨江仙　　　〔五代　李煜〕

　　櫻桃落盡春歸去，蝶翻輕粉雙飛。子規啼月小樓
西，玉鈎羅幕，惆悵暮煙垂。

　　別巷寂寥人散後，望殘煙草低迷。爐香閑嫋鳳凰
兒，空持羅帶，回首恨依依。

〔譯文〕櫻桃花已落盡春將歸去，一雙雙粉蝶在飛舞。小樓西邊
杜鵑鳥對著月兒悲啼。在愁人的薄暮煙霧中，玉鈎掛著綢緞帷幔。人
散了巷中一片寂靜，在拂地的殘煙中春草迷濛。爐香嫋嫋，轉成了華
麗的鳳凰圖案。她無聊地抓著綢腰帶，回頭想起了無限傷懷的往事。

　　《臨江仙》原為唐教坊樂曲，因經常用以詠水中仙子而得名，後用做
詞牌。據宋代人蔡絛在《西清詩話》中記載說，曾見到李後主所寫的《臨
江仙》殘稿，詞未寫全，缺最後三句，而且字跡潦草有塗抹，說明因當時
情況危急無心細寫之故。所缺的後三句有人補上為：「何時重聽上聽嘶，
撲簾柳絮，依約夢回時。」

　　可是據《耆舊續聞》書中記載，說作者家藏有李後主的雜書法二本，
中寫有《臨江仙》詞，僅塗改數字，並不缺後三句。本子後又抄了幾首李
白的詞，是李後主平時練習書法所寫，在本子最後並有北宋文學家蘇轍題
的字：「淒涼怨慕，真亡國之音也。」前面的《臨江仙》，就引用的全
作。

　　宋太祖開寶初年，有僧人叫做小長老的，從北方來到南唐，帶了許多
珍寶異物，賄賂貴族，取得了李煜的信任，准他出入宮廷。小長老打聽到
南唐許多情報，密送給北宋，他實際上是北宋派來的間諜。當北宋的大軍
包圍南唐首都金陵時，後主不努力組織抗敵，反而求助於小長老，小長老
吹噓說：「北宋的兵力雖強，可也比不了我佛力無邊。」於是請後主登上
金陵城樓，小長老裝模作樣振臂一揮，圍城的宋軍居然往後退卻。李煜相
信真是佛力無邊，重賞小長老，並且命令全城軍民齊念「救苦菩薩」。據
說全城念佛之聲如同江濤，可就在這時，北宋軍隊攻陷了金陵城，李煜當
了俘虜，這時他才明白小長老是什麼人。

據說在金陵城將破時，李後主親自寫了一道表文，向菩薩禱告，求菩薩保佑北宋退兵，兵退之後，一定造佛像若干尊，造菩薩像若干尊，向僧人施捨齋飯若干萬人，建廟堂若干所，數量都非常大。表文字跡潦草，想是在危急窘迫中所寫。

想用這種方法使敵人退兵，真是可笑之極。宋太祖趙匡胤曾歎息說：「李煜如果用他作詩詞的工夫來治理國家，豈能被我俘虜呢？」

宋太祖開寶八年（西元975年），北宋大將曹彬率軍攻入金陵，李煜被迫投降。不久，曹彬押送李煜全家、親屬及官員等赴北宋首都開封。從此李煜由一國之主變成了性命朝不保夕，被軟禁在府中的犯人。他所寫詞的情調，與前期相比有了根本的變化，為後人傳誦的名篇，都是在被俘之後寫的。

李煜被押送赴開封途中渡過長江。船到江心時，他回望金陵石頭城，不禁淚下，賦了下面這首七律：

▷ **渡中江望石城泣下**　　　［五代　李煜］

江南江北舊家鄉，三十年來夢一場。
吳苑宮闈今冷落，廣陵台殿已荒涼。
雲籠遠岫愁千片，雨打歸舟淚萬行。
兄弟四人三百口，不堪閒坐細思量。

〔譯文〕長江南北是我的舊家鄉；在這裡生活了三十年真像是大夢一場。那在金陵的宮苑如今寂寞無人了，城內的台殿也已荒涼不堪（吳苑原指春秋時吳國的宮苑，在今江蘇蘇州；廣陵即今江蘇揚州，隋煬帝南遊時在此修造了很多宮殿。詩中用以借指金陵的南唐宮苑台殿）。遮蔽遠山的濃雲好似我的千片愁思，拍打舟船的急雨猶如我的萬行淚水。我兄弟四人全族三百口，真不敢細想他們今後處境會怎樣啊！

開寶九年（西元976年）正月，李煜到達開封，被封為帶侮辱性的「違命侯」。所住的宅第有老軍人把守，沒有皇帝命令不准任意出入，實際上等於囚禁。當了十幾年皇帝，享受慣了的李煜感到難以忍受，在給金

陵舊宮人的信中寫道：「在這裡每天以眼淚洗面。」

由此可見，李煜的艱難處境。

就在這種情況下，他寫了一系列記述自己愁苦和回憶過去的詞。這些詞大部分寫得非常精彩，下面這首《破陣子》，是李煜記述宋兵攻陷金陵，他被押赴開封時的情景。

▷ 破陣子　　　〔五代　李煜〕

　　四十年來家國，三千里地山河。鳳閣龍樓連霄漢，
玉樹瓊枝作煙蘿，幾曾識干戈。

　　一旦歸為臣虜，沈腰潘鬢消磨。最是倉皇辭廟日，
教坊猶奏別離歌，垂淚對宮娥。

〔譯文〕我李家的南唐立國四十年（南唐於西元937年立國，至975年滅於北宋，共38年），有著縱橫三千里的錦繡山河。華麗的樓閣高聳入雲霄，宮苑裡玉瓊一樣的樹木茂密得像煙霧升騰，攀滿了藤蘿。什麼時候見過戰亂呢？

一旦成了俘虜，愁苦的囚徒生活折磨得我日漸消瘦，鬢髮斑白（李煜被俘時年39歲，本不應有白髮）。最使人難受的是被押解北上，倉忙告辭祖廟的時候（祖廟為皇帝供奉祖先牌位的宮室），宮廷的歌舞班子還在演奏別離之歌，我只能對著宮女們淚流滿面。

《破陣子》原為唐教坊樂曲，即唐太宗所製作的《秦王破陣樂》，為唐代開國時大型武舞曲，舞時參加者達兩千人，畫衣甲，執旗旆，非常壯觀。後來作為詞牌的【破陣子】，是字數不多的小令，估計只是截取當時舞曲的一小段而成。《破陣子》詞內容大多慷慨激昂，英雄威武，像李煜這首詞的悲淒情調較為少見。

此詞上片回憶昔日南唐是李家的天下，有著廣闊的領土和華麗的宮殿，從未經歷戰亂。下片更深入一步敘述自己做了北宋俘虜後的幽禁生活，以及當時離別首都金陵時的情景。詞中的「沈腰潘鬢」用的是以下典故：南北朝時，梁朝的詩人沈約在朝內不被皇帝重用，請求外放也不同

金菊對芙蓉（辛棄疾）　　（明）汪氏編《宋詞畫譜》

意，只得給他的好友徐勉寫信說：「老病百日數旬，革帶常應移孔。」後人就用「沈腰」代表腰圍減小人瘦了的意思。晉朝詩人潘岳在《秋興賦序》裡說自己才三十二歲，可已有白髮，在《秋興賦》中又說鬢髮已斑白。後世就用「潘鬢」表示鬢髮斑白。

北宋文學家蘇軾在讀了這首《破陣子》後，在他寫的《志林》中說：「後主既為樊若水所賣，舉國與人，故當慟哭於九廟之外，謝其民而後行，顧乃揮淚宮娥，聽教坊離曲哉。」其實，詞中寫的不一定是事實，李後主在金陵城破時的兵荒馬亂之中，未必還有時間和閒心聽教坊奏離別歌。可是這樣寫來卻很能動人，近代人王國維在他的《人間詞話》裡說：「這正是他（李煜）為詞人之所長，而為帝王之所短。」

下面的這幾首詞，真實地記錄了李煜痛苦的俘虜生活。

▷ **相見歡**　　　〔五代　李煜〕

（一）

林花謝了春紅，太匆匆，無奈朝來寒雨晚來風。
胭脂淚，相留醉，幾時重？自是人生長恨水長東。

（二）

無言獨上西樓，月如鉤，寂寞梧桐深院鎖清秋。
剪不斷，理還亂，是離愁。別是一般滋味在心頭。

〔**譯文一**〕林中的紅花凋謝了，春天的來去多麼匆匆。真叫人莫可奈何啊，這早上的寒雨晚上的風。想當時，她的淚水沿著塗有胭脂的臉頰流下，為即將的別離留我一醉，幾時才能再有這樣的時光啊！真是人生的恨事像流水一樣，向東而去長年不息。

〔**譯文二**〕獨自默默無言地登上西樓，月兒如鉤，秋夜這寂寞的庭院中，只有落光了葉子的梧桐。那剪不斷、理又太亂的是什麼呢？是別離的憂愁，它真是一番特殊的滋味長在心頭啊！

《相見歡》原為唐教坊樂曲，後用做詞牌。從字面上看，此詞第一首

寫的是春景，第二首是寫秋色。從作者的處境看，他既可能是在暮春時見紅花凋謝，在深秋時見桐葉飄落，有感而結合自身處境所寫。也可能與季節無關，只是借傷春悲秋來抒發自己的憂愁罷了！

▷ 浪淘沙　　　　〔五代　李煜〕

（一）

往事只堪哀，對景難排。秋風庭院蘚侵階。一桁珠簾閑不捲，終日誰來。

金劍已沉埋，壯氣蒿萊。晚涼天淨月華開。想得玉樓瑤殿影，空照秦淮。

（二）

簾外雨潺潺，春意闌珊，羅衾不耐五更寒。夢裡不知身是客，一晌貪歡。

獨自莫憑欄，無限江山，別時容易見時難。流水落花春去也，天上人間！

〔譯文一〕回憶起往事只有哀愁，就是對著這美好的景色，也沒法排解。庭院裡秋風蕭瑟，苔蘚已長上了臺階。任憑那珠簾垂著不捲吧，我這裡整天會有誰來（李煜當時被軟禁在住所中，門前有老兵守衛，不准與外人交往）。

我的金劍已沉入江底，當年的豪壯之氣，也掩沒在野草之中。清涼的秋夜天空明淨，月亮的光華灑滿大地，我那在金陵的華麗的宮殿樓閣啊！現在只有它那空寂無聲的暗影，投照在秦淮河上。

〔譯文二〕簾外的細雨淅瀝瀝地下個不停，春天快過去了。絲綢薄被，抵不住五更天的寒意。只有在夢中，才忘了自己的俘虜處境，那片刻的歡樂真叫人貪戀。

獨自一人，不要登樓憑欄遠望，那南唐原有的無限江山，離別容易，要再見卻是多麼艱難。落花隨著流水飄去，春天走了。過去和現

在，夢中和現實，猶如天上人間一樣，再也難以追回啊！

《浪淘沙》原為唐教坊曲，後用做詞牌。它有幾種變格，最早如唐代詩人白居易、劉禹錫等寫的《浪淘沙》，與七言絕句一樣。到五代時變為如上面李煜寫的長短句雙調小令。

詞中的「金劍」，代表當年曾掌握在李煜手中的南唐政權。「壯氣」指當年做皇帝時的氣概。「金劍」在有的選本中作「金鎖」，解釋為鐵鎖鏈。三國時吳國用鐵鎖鏈橫攔長江，企圖阻擋西晉的水軍樓船順流而下向吳都建業（即金陵）進攻。可鐵鍊被西晉軍隊用大火炬燒熔，沉埋江底，吳國隨之滅亡。當詞中用金鎖的典故時，「壯氣蒿萊」句則可釋為金陵的帝王之氣已告終了。

李煜被俘後雖然被軟禁在開封的住所中，喪失了一切權力，可北宋的最高統治者宋太祖和宋太宗，對他還是不放心的。在這種情況下，這位喪失慣了的才子帝王不僅不韜晦，反而經常寫詞，對南唐被滅亡拘著無窮的悔恨，對自己難以忍受的俘虜處境表示不滿。例如在他所寫的一首小詞《望江南》中，就充分流露了這種情緒。

▷ 望江南　　　　〔五代　李煜〕

多少恨，昨夜夢魂中。還似舊時游上苑，車如流水馬如龍，花月正春風。

〔譯文〕有多少的亡國之恨啊！在昨夜的夢中。像是當年在金陵時遊賞皇家園林，真是車多如流水馬矯健如飛龍，況且正在那春天花好月圓的季節。可這一切都消逝了，只剩下了悔恨。

【望江南】這個詞牌，又名【憶江南】、【夢江南】、【江南好】。據記載原為唐代的宰相李德裕在他鎮守浙江時，為亡姬謝秋娘所作，本名《謝秋娘》，後因唐詩人白居易用此詞牌寫的詞中，有「江南好」及「能不憶江南」等句，故改成與「江南」二字有關的詞牌。

宋太宗太平興國三年（西元978年），即李煜被俘的第三年，原南唐舊臣，已在北宋任職的徐鉉被宋太宗召見。太宗問徐是否見過李煜，徐

說不敢私自見他。太宗命他前去看望。徐鉉就到李煜住所去了，見門口有一老兵把守。徐進去後在院子裡站著等候。不久老兵通報出來，取了兩把舊椅子相對而放。徐鉉說只要放一把就行了。接著李煜出來，像客人一樣招待徐，分賓主而坐，李煜拉著徐鉉哭了起來，過了好一會兒，長歎一聲說：「當時悔殺了潘佑、李平。」徐鉉回去後，宋太宗立即召見，問李說了些什麼，徐鉉不敢隱瞞，全照實說了。這讓宋太宗非常不滿而猜疑。正好在七夕那天，李煜不知檢點，居然在住所讓過去的樂工奏樂尋歡，音樂聲傳出街頭，太宗知道後大怒。同時，李煜寫的一首《虞美人》詞被太宗見到，詞中的「小樓昨夜又東風」及「一江春水向東流」等句子更讓太宗不能容忍。於是借弟弟秦王趙廷美之手，在七月七日李煜生辰時，賜給他一包毒藥。當年七月八日，李煜被毒死。

　　而那首讓宋太宗極為不滿的詞《虞美人》，卻是李煜詞中最著名的代表作。

▷ 虞美人　　　　［五代　李煜］

　　　春花秋月何時了，往事知多少！小樓昨夜又東風，
故國不堪回首月明中。

　　　雕闌玉砌應猶在，只是朱顏改。問君能有幾多愁，
恰似一江春水向東流。

〔**譯文**〕春日花開，秋月又圓，年復一年何時了結啊！有多少難忘的往事湧上心頭。昨夜小樓上又是東風陣陣，在那皎潔的月光下想起故國，真是不堪回首啊！

　　金陵舊日的華麗宮殿，大概依然如故吧！只是我的容顏已經憔悴了（暗指因亡國悲痛而致衰老憔悴）。試問你究竟有多少憂愁？那憂愁啊正像春天的江水，無窮無盡地向東奔流。

　　《虞美人》原為唐教坊曲，據說起源於項羽在被劉邦圍困時所作的「虞兮」之歌，被後世用做詞牌。

第二章　北宋初期的風光詞

　　北宋的文學家歐陽修，是著名的唐宋八大家之一，他在古文和詩歌上，都有卓越的成就。至於寫詞，前人認為那是他的才華之餘所作。蘇軾認為，他的文章可以媲美韓愈和司馬遷，而詩賦又似李白。可是他的詞所寫的內容，卻與詩文大不相同，多半是與生活及遊賞有關的題材。

　　宋神宗熙寧四年（西元1071年），六十多歲的歐陽修退居潁州（今安徽阜陽）。他過去當過潁州地方長官，現在閒居無事，於是經常和親朋好友一起，或獨自一人，遊賞潁州的名勝西湖（我國很多地方，都有作為風景遊覽勝地的「西湖」，其中最著名的當然是杭州西湖，此外如潁州內湖、廣東惠州西湖和江蘇揚州的瘦西湖等）。在他興致來時，前後共寫了十首描述潁州西湖各種景色的《採桑子》：

▷ 採桑子十首（選四）　　　　　　［歐陽修］

（一）

輕舟短棹西湖好，綠水逶迤，芳草長堤，隱隱笙歌處處隨。
無風水面琉璃滑，不覺船移，微動漣漪，驚起沙禽掠岸飛。

（三）

畫船載酒西湖好，急管繁弦，玉盞催傳，穩泛平波任醉眠。
行雲卻在行舟下，空水澄鮮，俯仰留連，疑是湖中別有天。

（四）

群芳過後西湖好，狼藉殘紅，飛絮濛濛，垂柳闌杆盡日風。
笙歌散盡遊人去，始覺春空，垂下簾櫳，雙燕歸來細雨中。

千秋歲引·秋思（王安石）　　（明）汪氏編《宋詞畫譜》

（九）

天容水色西湖好，雲物俱鮮，鷗鷺閑眠，應慣尋常聽管弦。

風清月白偏宜夜，一片瓊田，誰羨驂鸞，人在舟中便是仙。

〔譯文一〕西湖風光好，駕輕舟劃短槳多麼逍遙。碧綠的湖水綿延不斷，長堤上花草散出芳香。隱隱傳來的音樂歌唱，像是隨著船兒在湖上飄蕩。無風的水面，光滑得好似玩璃一樣，不覺得船兒在前進，只見微微的細浪在船邊蕩漾。看！被船兒驚起的水鳥，正掠過湖岸在飛翔。

〔譯文三〕西湖風光好，乘畫船載著酒肴在湖中遊賞，急促繁喧的樂聲中，不停地傳著酒杯。風平浪靜，緩緩前進的船兒中安睡著醉倒的客人。醉眼俯視湖中，白雲在船下浮動，清澈的湖水好似空然無物。仰視藍天，俯視湖面，水天相映使人疑惑，湖中另有一個世界。

〔譯文四〕西湖風光好，百花凋謝後也是那麼美麗。艷紅的落花散亂滿地，欄杆外柳絲隨著整日不停的輕風飄拂，柳絮漫天飛舞。音樂和歌聲停息，遊人都已歸去，這才使人感到殘春的空寂。窗外的簾子放下來了，只見霏霏的細雨中，雙燕翩翩歸來。

〔譯文九〕西湖風光好，天光水色融成一片，景物都那麼鮮麗。鷗鳥白鷺安穩地睡眠，牠們早就聽慣了不停的管弦樂聲。那風清月白的夜晚更是迷人，湖面好似一片白玉鋪成的田野，有誰還會羨慕乘鸞飛升成仙呢，這時人在遊船中就好比是神仙啊！

《採桑子》詞牌，來源於唐代教坊大曲「楊下採桑」，係截取大曲一遍而成。歐陽修在《採桑子》中所描述的西湖，位於今安徽阜陽縣西北處。湖原來長十里，寬三里，建有十餘處亭、橋、閣、堂等。清代嘉慶以後，由於黃河多次決口，使湖逐漸淤塞，如今只存有會老堂遺址和歐陽修石刻像。

平山欄檻倚晴空

　　北宋仁宗慶曆八年（西元1048年），歐陽修任揚州太守，在揚州城西北五里的大明寺西側蜀崗中峰上，修建了一座「平山堂」，據說壯麗為淮南第一。堂建在高崗上，背堂遠眺，可以看見江南數百里的土地，真州（今江蘇儀征）、潤州（今江蘇鎮江）和金陵隱隱在目。由於堂的地勢高，坐在堂中南望，江南遠山正與堂的欄杆相平行，故名「平山堂」。每當盛夏，歐陽修常和客人一起清晨就到堂中遊玩，飲酒賞景作詩。歐陽修調離揚州幾年之後，他的朋友劉原甫也被任命為揚州太守。歐陽修給他餞行，在告別的宴會上，做了一首《朝中措》相送：

▷ 朝中措・平山堂　　　　〔歐陽修〕

　　　平山欄檻倚晴空，山色有無中。手種堂前垂柳，別來幾度春風。

　　　文章太守，揮毫萬字，一飲千鐘。行樂直須年少，樽前看取衰翁。

　　〔譯文〕平山堂的欄杆外是晴朗的天空，遠山似有似無，一片迷濛。我在堂前親手栽種的那棵柳樹啊，離別它已經好幾年了。我這位愛好寫文章的太守，下筆就是萬言，喝酒一飲乾杯。趁現在年輕趕快行樂吧，您看那坐在酒樽前的老頭兒已經不行了。

　　詞的第三句「手種堂前垂柳」，寫的是歐陽修當年在平山堂前，親手種了一棵柳樹。當地人出於對他的敬意，稱此柳為「歐公柳」。

　　宋仁宗嘉祐二年（西元1057年），歐陽修任主考官，在這次進士考試中，他識拔了我國歷史上的大文豪蘇軾，並說：「老夫亦須放他出二頭地。」當時蘇軾年二十一歲，十五年後，歐陽修去世。宋神宗元豐二年（西元1079年），蘇軾從徐州調任湖州地方官，赴任途中經過揚州，到平山堂遊覽。這時歐陽修已去世多年，可是在平山堂的牆壁上，還保留著他那龍飛蛇舞的墨迹。蘇軾回想起當年歐陽修的文學成就和政治上的業績，

以及對自己的賞識，心中充滿了懷念與敬意，寫了下面這首《西江月》：

▷ 西江月·平山堂　　　　［蘇軾］

　　三過平山堂下，半生彈指聲中。十年不見老仙翁，
壁上龍蛇飛動。

　　欲弔文章太守，仍歌楊柳春風。休言萬事轉頭空，
未轉頭時皆夢。

〔譯文〕我第三次經過平山堂，前半生在彈指聲中過去了（時蘇
軾已四十二歲；「彈指」喻時間短暫）。整整十年沒見老仙翁了，只
有牆上他的墨跡，仍是那樣氣勢雄渾，猶如龍飛蛇舞。我在平山堂前
「歐公柳」的下面，寫下這首詞悼念文壇英傑，故揚州太守歐陽修。
別說人死後萬事皆空，即使活在世上，也不過是一場大夢呀！

　　蘇軾到湖州上任後，按慣例向朝廷上了一份謝表。御史李定、舒亶
等人摘取謝表中的某些詞句，上奏皇帝說蘇軾妄自尊大，同時又歪曲蘇軾
的某些詩句，說他誹謗朝廷。就這樣，蘇軾犯了大逆不道的重罪，在湖州
任上被捕下獄，當時自認為必死無疑。可實際上，神宗皇帝卻沒有殺他的
意思。正當蘇軾關在監獄中時，宰相王珪（ㄍㄨㄟ）上奏神宗說：「蘇軾對皇
上大不敬。」神宗說：「他固然有罪，可對我本人不至於這樣。你怎麼知
道的？」這位宰相舉蘇軾的《檜詩》中兩句「根到九泉無曲處，世間惟有
蟄龍知」為例說：「陛下是天上的飛龍，蘇軾以為不知己，反而去求地下
的蟄龍為知己，這不是大不敬嗎？」神宗說：「詩人的詩句怎麼可以這樣
解釋，他詠他的檜樹，和我有什麼關係。」王珪這下沒話說了。另一大官
章惇也在旁替蘇軾說好話，皇帝也就準備對蘇軾從輕發落了。

　　正好這時，宋神宗的祖母，太皇太后曹氏病危，神宗很孝順，想用大
赦天下來為太后祈福。太后說：「不用大赦天下，只要放了蘇軾就行了，
當年仁宗皇帝考試進士，回宮時高興地對我說：『我今天為子孫得了兩個
太平宰相。』指的是蘇軾和蘇轍，這樣的人怎麼能殺呢？」神宗有所醒
悟，於是將蘇軾貶官為黃州（今湖北黃岡）團練副使。

　　宋朝的州團練副使，是專門安置獲罪被貶官員的閒職，到任後被地

方長官監管，處於軟禁地位。蘇軾剛到黃州時，住在州南長江邊上的臨皋館。第二年，蘇的朋友馬正卿，請求州裡將黃州城東荒蕪的營地撥數十畝給蘇耕種，此地名「東坡」。第三年秋天，他在東坡建了房屋雪堂，並且自號東坡居士，因此後人也稱蘇軾為——蘇東坡。

在黃州的長江邊上，蘇軾的朋友張夢得（即張偓佺）建了一座亭子。亭建成後，蘇軾登亭賞玩，將此亭取名為快哉亭，並寫了一首詞《水調歌頭》贈張偓佺，詞中再一次提到了平山堂。

▷ 水調歌頭·黃州快哉亭贈張偓佺　　　　　［蘇軾］

　　落日繡簾捲，亭下水連空。知君為我，新作窗戶濕青紅。長記平山堂上，倚枕江南煙雨，杳杳沒孤鴻。認得醉翁語，山色有無中。

　　一千頃，都鏡淨，倒碧峰。忽然浪起，掀舞一葉白頭翁。堪笑蘭台公子，未解莊生天籟，剛道有雌雄。一點浩然氣，千里快哉風。

〔譯文〕夕陽西下，捲起了彩繡的簾幕，亭下長江水中，映著亭影和碧空。我知道，您為我將亭子新製了門窗，新漆上的青紅色還是濕的。我一直記得，在平山堂上，躺著就看到江南的煙雨濛濛，一隻孤雁漸漸飛遠，隱沒在碧空中。現在，快哉亭上重現了那難忘的景色，真像我的歐陽老師說過的，山色似有似無，一片迷濛。

長江江面千頃，明淨如鏡，倒映著綠色的山峰。忽然湧起波浪，一隻小船載著老漁翁上下顛盪。那蘭台公子宋玉真可笑，他不懂莊周所說的天籟，卻說什麼風有雌雄。其實是，天地間的一點浩然正氣，化做掃蕩千里無比舒暢的清風。

相傳隋煬帝在開鑿汴河時，曾製作《水調歌》，唐時改為大曲。截取大曲的首段即《歌頭》。詞中宋玉為楚國人，曾陪楚襄王遊於蘭台之宮（在今湖北鐘祥縣東），故稱蘭台公子。宋玉在他寫的《風賦》中，說風有雌風、雄風，即詞中所指。此詞中的「山色有無中」，原是唐代詩人王

維一首五律《漢江臨泛》中的詩句。歐陽修在他的《朝中措》一詞中，也曾一字未動地引用了「山色有無中」原句。據說平山堂離周圍的山很近，晴天看得很清楚，不會發生「山色有無中」的現象。因此，古代就有人認為歐陽修是位相當嚴重的近視眼。

清代同治年間（西元1862年至1874年），在平山堂原址，即揚州瘦西湖畔蜀崗中峰上，重建了平山堂，建築一直保存到現在。由於平山堂的著名，人們把附近的名勝古蹟，包括唐大明寺遺址、西園、天下第五泉、谷林堂、歐陽修祠等合併為平山堂公園。

綠楊煙外曉寒輕

宋仁宗天聖二年（西元1024年），安州安陸（今湖北安陸）人宋庠、宋祁兄弟二人，同時考中了進士。弟弟宋祁的文章尤其寫得好，考中第一名。仁宗嫡母章獻太后（仁宗父親宋真宗的皇后，但不是仁宗的生母）從封建觀點認為，弟弟不可以在哥哥之前，於是改成宋庠第一，宋祁第十名。兄弟二人同時中進士，又都在高名次，當時傳為佳話，人們稱他們為大宋（庠）、小宋（祁）。宋祁字子京，中進士後最高官職做到工部尚書，在朝廷中以文才著名。

一次，宋祁在首都開封（北宋首都的正式稱號是東京開封府，當時人們稱它汴京）經過繁台街，遇見幾輛皇宮裡的車子，裡面坐的是宮女或妃嬪。他來不及躲避，忽然車裡有人掀起簾子叫了一聲：這是小宋。宋祁很驚訝，回去後寫了一首詞《鷓鴣天》：

▷ 鷓鴣天　　　[宋祁]

畫轂雕鞍狹路逢，一聲腸斷繡簾中，身無彩鳳雙飛翼，心有靈犀一點通。

金作屋，玉為籠，車如流水馬遊龍。劉郎已恨蓬山遠，更隔蓬山幾萬重。

浣溪沙・漁父（黃庭堅）　　（明）汪氏編《宋詞畫譜》

〔譯文〕她坐著彩畫的車子我騎著馬在路上相逢（轂，古代車輪中心插軸的部位；雕鞍為刻花的馬鞍，形容馬具華麗）。從車上繡簾後傳出的一聲「小宋」，使人相思得難以忍受。我雖沒有鳳凰的雙翼能飛到她身旁，可彼此的心卻像犀角相通那樣心心相印（靈犀指犀牛角的中髓成一條白線兩端相通，犀牛彼此用角尖互接來表示情意）。

她住在金碧輝煌的宮中，那玉石欄杆對她好似囚籠。龍一樣的駿馬拉著宮眷的車隊，像流水似地過去了。劉郎他已恨仙境蓬萊山遙遠沒法到達，可我和她卻遠得像是隔了萬重蓬萊山啊！

詞的第三、四、七、八句，一字未改地引用了唐代詩人李商隱寫的兩首七律《無題》（第一首《無題》的全文是：「昨夜星辰昨夜風，畫樓西畔桂堂東。身無彩鳳雙飛翼，心有靈犀一點通。隔座送鉤春酒暖，分曹射覆蠟燈紅。嗟余聽鼓應官去，走馬蘭臺類轉蓬。」第二首《無題》的全文是：「來是空言去絕蹤，月斜樓上五更鐘。夢為遠別啼難喚，書被催成墨未濃。蠟照半籠金翡翠，麝熏微度繡芙蓉。劉郎已恨蓬山遠，更隔蓬山一萬重。」）。

詞中的「劉郎」可以認為是指漢武帝劉徹，他曾派人到大海中去尋找仙山蓬萊，想得到山上的不死之樂，結果當然是什麼也沒有得到。另外「劉郎」也可認為指東漢時的劉晨，他和阮肇一起入天臺山（在今浙江天臺縣）採藥，遇見仙女留住半年後回家，再去找此仙境已路迷不可尋了。

宋祁這首《鷓鴣天》寫成後，在開封城內被廣泛傳唱，一直傳到宮中，讓宋仁宗聽見了。仁宗問是哪一輛車子上的宮女呼叫小宋，有宮女出來說：「我在前不久伺候皇上的宴席，聽見說傳召翰林學士，皇上左右的太監們說是找小宋。後來偶然乘車在外面看見了他，不知不覺地叫了一聲。」於是仁宗皇帝召見宋祁，和他談了此事，宋祁惶恐萬分，仁宗笑著說：「蓬萊山並不遠呀！就在眼前。」於是將這位宮女賜給了宋祁。

《鷓鴣天》這首詞，藝術上平平。其實，宋祁寫得最精彩的一首是《玉樓春》：

▷ 玉樓春　　　　〔宋祁〕

　　東城漸覺風光好，縠皺波紋迎客棹。綠楊煙外曉寒
輕，紅杏枝頭春意鬧。
　　浮生長恨歡娛少，肯愛千金輕一笑。為君持酒勸斜
陽，且向花間留晚照。

〔譯文〕我在東城感到，外面的景色是越來越美了。湖面上像
縠皺一樣的波浪，迎接著遊客的船兒到來（縠皺為絲質的有皺紋的
紗）。春深了，早上的寒意已輕，綠色的柳條茂密如煙。枝頭上紅杏
盛開，蜂圍蝶舞，真是生意盎然的春天啊！

　　人的一生中歡樂是多麼少啊！為了得到一次歡笑，耗費千金鉅款
也應在所不惜。我端起斟滿的酒杯，勸夕陽也來乾一杯吧，你那傍晚
的金色陽光，在美麗的花叢中多留一會兒吧！

　　這首詞的最精彩之處，是第四句的「鬧」字。近代學者王國維在《人
間詞話》中評論說：「著一『鬧』字，則境界全出矣！」一個字，傳給了
讀者用大量筆墨都不易寫出的春日萬物爭喧的情景，這正是詞人的高明之
處。不過，也有人反對這個「鬧」字。清代的李漁曾寫道：「鬧字極俗，
且聽不入耳，非但不可加於此句，並不當見之於詩詞。」

雲破月來花弄影

　　北宋初年，還有一位著名的詞人張先，字子野。宋仁宗天聖八年（西
元1030年）張先四十一歲時，考中了進士，主考官是名詞人晏殊。之後，
張先曾任過知州、都官郎中等官職。張先七十二歲時，他來到京城開封，
工部尚書宋祁很看重他的文才，雖然尚書的官職比張先的郎中官職要大，
可宋祁還是先去拜訪，叫僕人先進門通報，說：「尚書想見『雲破月來花
弄影』郎中。」張先在屏風後聽見，立即回答說：「是『紅杏枝頭春意
鬧』尚書吧！」兩人相見大笑，擺酒談詞，從此成為好友。

張先在詩詞中很喜歡用「影」字，並且經常用得很奇妙。因此，他有幾首好詞，裡面都有用「影」字的名句。

▷ 天仙子　　　　　〔張先〕

　　水調數聲持酒聽，午醉醒來愁未醒。送春春去幾時回？臨晚鏡，傷流景，往事後期空記省。

　　沙上並禽池上暝，雲破月來花弄影。重重簾幕密遮燈，風不定，人初靜，明日落紅應滿徑。

　　〔譯文〕手持酒杯聽著那哀愁悲涼的「水調」（水調是樂曲名，相傳為隋煬帝所創，曲調淒涼）。午後醉意醒了，可愁思仍難排解。送得春天歸去，那美好的時光何日才能回還。晚上對鏡自照，感傷時光流逝，人又老了。過去的美好往事啊，白白地在心頭煩擾。

　　雙雙對對的鴛鴦，白天在沙灘上嬉戲，晚上在池邊交頸而眠。月亮從雲縫中出來，銀光滿地，花影搖曳。起風了，一重重簾幕密密地遮住了燈。風兒還沒有停，人也剛安歇，明天那落花又要撒滿了小徑。

　　唐代時，太尉李德裕進獻了由西域傳來的一首舞曲《萬斯午》，後收入教坊曲中，並用為詞牌。由於唐詩人皇甫松用此詞牌寫有「懊惱天仙應有以」的句子，故改名為《天仙子》。由詞題可知，此詞是張先在宋仁宗慶曆元年（西元1041年）所寫，他當時在嘉禾（今浙江嘉興）任判官，年五十二歲。小倅為主職官員的僚屬。近代學者王國維評論說：「『雲破月來花弄影』用一『弄』字而境界全出」。

　　據南宋詩人陸游所記，宋代嘉禾判官的官署中，有張先建的一座花月亭，亭內豎有小石碑，刻有上面這首《天仙子》。張先自己說，佳句「雲破月來花弄影」，就是在這個建亭的地方想出來的。

　　一次，有客人對張先說：「別人稱您為『張三中』，即心中事、眼中淚、意中人。」張先說：「為何不叫我做張三影？」客人不明白。張說：「『雲破月來花弄影』、『嬌柔懶起，簾壓捲花影』、『柳徑無人，墮輕絮無影』，這才是我平生最得意的句子呀！」

　　原來，張先在他寫的詞《行香子》中，用「心中事、眼中淚、意中

人」結尾，很為人們所欣賞，因此有人稱讚他為「張三中」。

▷ 行香子　　　　[張先]

舞雪歌雲，閑淡妝勻。藍溪水，深染輕裙。酒香醺臉，粉色生春。更巧談話，美情性，好精神。

江空無畔，凌波何處。月橋邊，青柳朱門。斷鐘殘角，又送黃昏。奈心中事，眼中淚，意中人。

〔譯文〕她的舞姿猶如雪花紛飛，歌聲嘹喨入雲。妝容多麼淡雅。那綠色的綢裙，好似藍溪的碧水染成。臉上還帶著酒香，泛起桃花似的紅暈。談吐多麼可愛，性情溫柔，神采奕奕。

空曠的江上茫然一片，步履輕盈的她在哪裡？在那彎月似的橋邊，青青垂柳的紅門中，有著她的倩影。斷斷續續的鐘聲，幾聲悲涼的號角，又送走了淒清的黃昏，怎麼辦啊！我心中對她的思念，化作眼中的淚水，我的心上人。

張先自己感到最得意的「三影」，除上面已談了「雲破月來花弄影」外，「嬌柔懶起，簾壓捲花影」是詞《歸朝歡》的最後兩句；「柳徑無人，隨飛絮無影」是詞《翦牡丹》中的第四、五兩句。這兩首詞其實比不上張先另兩首也用「影」字的佳作，那就是《木蘭花》和《青門引》。

▷ 木蘭花·乙卯吳興寒食　　　　[張先]

龍頭舴艋吳兒競，筍柱秋千遊女并。芳洲拾翠暮忘歸，秀野踏青來不定。

行雲去後遙山暝，已放笙歌池院靜。中庭月色正清明，無數楊花過無影。

〔譯文〕吳地（泛指今江蘇南部及浙江北部一帶）小夥子們的龍舟競渡歡聲震天（舴艋，龍頭舴艋為競賽用的小龍船）。遊春的姑娘們在竹製的秋千架上面對面地盪秋千。在那翠綠的河中小沙洲上採拾花草的少女們，玩到暮色降臨都不知歸去。到秀美的郊外踏青（踏青

為踏著青草去遊玩，即春天郊遊）的人來往不停。

浮雲全都消散遠山漸暗，音樂歌唱都停了一切靜了下來。庭院裡月光清瑩明亮，無數楊花飄過，沒留下一點暗影。

《木蘭花》原為唐教坊曲，後用做詞牌。由詞題「乙卯吳興寒食」可知，此詞寫於乙卯年，即宋神宗熙寧八年（西元1075年），內容寫的是吳興（今浙江吳興，宋時屬湖州）寒食節時的景象。這一年，作者已是八十六歲高齡了，可是他興致不衰，把他見到的節日熱鬧和歡樂寫入了詞中，同時又以老年人特有的感受，寫出節日過後春夜的寧靜。

寒食節，在漢、唐、宋代都很盛行。由《木蘭花》詞第一句知道，北宋初年寒食節要舉行划龍船競賽。詞中的「拾翠」，可作為撿拾翠鳥掉落的羽毛解，也可作為採拾各種野生花草解。

▷ 青門引‧春思　　　〔張先〕

　　乍暖還輕冷，風雨晚來方定。庭軒寂寞近清明，殘花中酒，又是去年病。

　　樓頭畫角風吹醒，入夜重門靜。那堪更被明月，隔牆送過秋千影。

〔譯文〕天氣驟然暖和起來，可早晚還有些寒冷。一直到晚上了，風雨才停息。快到清明節了，庭院裡靜悄悄的。對花獨飲，花已凋殘人亦醉，真是和去年一樣的老毛病啊！

春風帶來了城樓上悲涼的號角聲（畫角為古代有彩畫的軍中吹奏樂器），將人們從夢境中驚醒。更使人受不了的是那明亮的月光，將隔壁的秋千影子，輕輕地映在庭院中心搖曳不停。

在張先的全部詩詞中，用了「影」字的佳句共有六句，其中一句用於詩《華州西溪》中：「浮萍破處見山影。」其他五句用於詞中，即：張先自稱「張三影」的「雲破月來花弄影」（《天仙子》）、「嬌柔懶起，簾壓捲花影」（《歸朝歡》）和「柳徑無人，墮飛絮無影」（《翦牡丹》），加上「無數楊花過無影」（《木蘭花》）和「隔牆送過秋千影」

（《青門引》）。從藝術水準看，張先自己選的「三影」並不合適，應該將「雲破月來花弄影」、「無數楊花過無影」和「隔牆送過秋千影」合稱「三影」最佳。

張先年輕時，與一尼姑庵的小尼姑相好，老尼姑很嚴厲，將小尼姑關在池塘中央小島的一所閣樓上。為了相見，每當夜深人靜時，張先划小船過去，小尼姑放下梯子來讓他上樓。臨別時，張先留戀不已，於是寫了一首詞《一叢花令》寄意：

▷ 一叢花令　　　　［張先］

傷高懷遠幾時窮，無物似情濃。離愁正引千絲亂，更東陌、飛絮濛濛。嘶騎漸遙，征塵不斷，何處認郎蹤。

雙鴛池沼水溶溶，南北小橈通。梯橫畫閣黃昏後，又還是、斜月簾櫳。沈恨細思，不如桃杏，猶解嫁東風。

〔譯文〕登上高樓眺望離去的戀人，觸目傷神，何時才能了結。什麼也比不上別離之情那麼深重啊！離別的悲愁猶如千萬條遊絲（在空中飛舞的由蜘蛛之類昆蟲所吐的絲），纏繞紛亂，可又難斷。那東邊的小路上，楊花亂飛一片迷濛，更叫人愁思難解。親愛的他騎的馬越來越遠了，馬蹄捲起了一片片沙塵，遮住了他的蹤影。

雙鴛池中水波蕩漾，小船在南北岸之間來往。黃昏後，畫閣上放下了梯子，那時候，正是傾斜的月光照亮了簾子和窗框。可仔細想來，還不如桃李花，能在東風的吹拂下競相開放，不像我們虛度了美好的青春時光。

詞的最後三句：「沈恨細思，不如桃杏，猶解嫁東風。」借物喻人，盛傳一時。北宋的大文豪歐陽修，非常喜愛這三句，同時很想認識詞的作者。宋仁宗嘉祐六年（西元1061年），張先到首都開封，專門去拜訪當時擔任參知政事（副宰相）的歐陽修，僕人進去通報後，歐陽修高興得連鞋都來不及穿好就跑出來歡迎，並說：「這是『桃杏嫁東風』郎中。」

第三章　婉約風格

無可奈何花落去

北宋真宗景德元年（西元1004年），曾任宰相的大官張知白向朝廷推薦了一個十四歲的神童，這就是後來的著名詞人，官至宰相的晏殊。

景德二年三月，皇帝親自考試進士，還是個孩子的晏殊與一千多名成人一起參加考試，據說他精神煥發，文章下筆即成，深得皇帝賞識，因而中了進士。過了兩天，皇帝召見試他的詩賦，晏殊見到試題後說：「我過去用這題目寫過賦，請皇上另出新題。」真宗皇帝非常喜歡他的誠實。不久，晏殊擔任了祕書省正字的官職，因此他得以讀了大量皇家收藏的書籍，學問大有長進。自此之後，晏殊青雲直上，三十多歲就當上了禮部侍郎和樞密副使。

宋仁宗天聖五年（西元1027年），晏殊三十七歲，因事到杭州去，旅途中經過繁華的大城市揚州，在大明寺休息。那時，在著名的樓閣、寺廟裡都設有詩板，專供文人墨客題詩寫詞之用。晏殊在大明寺中，閉著眼睛緩緩而行，同時叫隨從讀詩板的詩，但不要說作者是誰，以免干擾自己的鑑賞。由於大多數詩詞寫得都很差勁，因此能全首讀完的寥寥無幾。可有一首讀完後晏很欣賞，打聽到作者是江都（即揚州）縣尉王琪。王寫的詩是首五律《揚州懷古》：

▷ 揚州懷古　　　　［王琪］

　　水調隋宮曲，當年亦九成。

浣溪沙・春恨（晏殊）　（明）汪氏編《宋詞畫譜》

哀音已亡國，廢沼尚留名。

儀鳳終陳跡，鳴蛙祇沸聲。

淒涼不可問，落日下蕪城。

〔譯文〕當年隋煬帝作的水調歌，也有著完美的九次變奏（「九成」的「成」作終解，九成即九次曲終，每次曲終要變奏）。聽這種哀傷樂曲的煬帝已經亡國，只有那荒廢的池沼上還留著原有的名字。當年揚州皇家的儀仗排場，都已成為陳跡，只有青蛙的叫聲在喧騰。那淒涼的情景是沒法再說了，只有西下的夕陽照著殘破的揚州城。

詩中的「蕪城」即揚州，南北朝時，宋詩人鮑照見廣陵（揚州的古名之一）故城荒蕪，遂寫了《蕪城賦》，由此揚州別名蕪城。

晏殊讀完王琪的詩後，派人召王來一同進餐，飯後在池邊散步，這時已是晚春，凋落的花瓣滿地。晏殊說：「我平常偶然想出一句好詩，就寫在牆上希望能對出下句，可有時成年都對不出來。例如『無可奈何花落去』這一句，至今還對不上。」王琪聽後立即說：「可對『似曾相識燕歸來』」。這一極其精彩的妙對，使晏殊讚賞不已，立即提拔王在自己的幕府中任職。

後來，晏殊用上述這一妙對，寫了一首詞《浣溪沙》：

▷ 浣溪沙・春思　　　　〔晏殊〕

一曲新詞酒一杯，去年天氣舊亭台。夕陽西下幾時回？

無可奈何花落去，似曾相識燕歸來。小園香徑獨徘徊。

〔譯文〕斟上一杯美酒，舉杯唱一遍新詞。和去年一樣的暮春天氣，亭台依舊。又是夕陽西下，逝去的時光啊！何時能再來。花兒是那樣無情地凋謝了，真是莫可奈何。那歸來的燕子卻帶著情意，好似舊相識。我獨自一人，在這充滿花草芳香的小徑上徘徊，懷念春光的消逝。

在晏殊的詞作中，還有兩首佳作《踏莎行》和《破陣子》：

▷ 踏莎行　　　[晏殊]

　　小徑紅稀，芳郊綠遍，高臺樹色陰陰見。春風不解
禁楊花，濛濛亂撲行人面。

　　翠葉藏鶯，朱簾隔燕，爐香靜逐遊絲轉。一場愁夢
酒醒時，斜陽卻照深深院。

〔譯文〕小路兩旁紅花稀少了，郊外已是綠草遍野。濃密的樹蔭
中高臺樓閣隱隱顯現。春風哪裡懂得約束柳絮，吹得它漫天飛舞，直
撲到遊人的臉上。

　　嬌啼的鶯兒藏在茂密的綠葉中，飛掠的燕子被隔在朱紅色門簾之
外，靜悄悄的室內，細如絲縷的香煙從爐中嫋嫋上升，在空中來回盤
旋。醉酒的主人醒了，可那惱人的春愁啊，怎能排解？斜陽照入深深
的院落中，一天又過去了。

　　晏殊這首《踏莎行》，好就好在它寫景的藝術技巧。上片寫動，「東
風不解禁楊花，濛濛亂撲行人面」是春末極常見的事物，可一經詞人點
化，頓成妙句。下片寫靜，「爐香靜逐遊絲轉」，是多麼安靜的環境，連
空氣都停住了，遊絲般的香煙才會在空中打轉兒呀！酒醉的主人，在這種
情況下醒來，他思念的伊人依然難見，惱人的春愁如何排解呢？

▷ 破陣子　　　[晏殊]

　　燕子來時新社，梨花落後清明。池上碧苔三四點，
葉底黃鸝一兩聲，日長飛絮輕。

　　巧笑東鄰女伴，採桑徑裡逢迎。疑怪昨宵春夢好，
元是今朝鬥草贏，笑從雙臉生。

〔譯文〕正當春社的時候，燕子歸來了，梨花凋落後到了清明
節。池塘邊已長了點點青苔，綠葉下傳來黃鶯的啼聲，白晝越來越長
了，紛飛的柳絮飄滿晴空。

　　東邊鄰居的小姊妹笑得多麼甜美，採桑時在小路上遇見了她們，

難怪昨夜做了個好夢，原來是今天鬥草取勝的預兆，真開心啊！瞧她們那滿臉的笑容多麼得意。

古代有春社和秋社兩個社日，每逢社日要祭祀社神（即土地神），新社即春社，為立春的第五個戊日。鬥草是古代婦女玩的一種遊戲，雙方以所採的花草的種類、多少和韌性相比，或者用花草的名稱相對答。在小說《紅樓夢》第六十二回中，就描述了香菱、豆官等姑娘們鬥草的詳細情景。

柳外輕雷池上雨

古代吳越王錢俶的兒子錢惟演，在他父親向北宋投降獻地時，一起留居北宋。後來，錢惟演在北宋做官，當他任洛陽留守時，北宋一些著名文學家和詩人如歐陽修、梅聖俞、尹師魯等，都在他的幕府任職。當時歐陽修任推官，與一位歌妓要好。一天，錢惟演在後園舉行宴會，按慣例屬下眾官都參加，而歌妓們必須按時趕到演唱助興。當客人們都到齊之後，發現唯有歐陽修與那位歌妓未到，等了好一會兒才來。歐陽修是官員，遲到無所謂，歌妓遲到則是過錯，錢惟演責備她說：「怎麼遲到？」歌妓說：「天太熱中暑了，在涼堂睡覺，丟失了金釵找不到，所以來晚了。」錢知道她和歐陽修的密切關係，於是開玩笑說：「如果能請歐陽推官為你寫一首詞，我賞你金釵。」於是歐陽修即席寫了一首詞《臨江仙》：

▷ 臨江仙　　　　〔歐陽修〕

　　柳外輕雷池上雨，雨聲滴碎荷聲。小樓西角斷虹明，闌杆倚處，待得月華生。
　　燕子飛來窺畫棟，玉鉤垂下簾旌。涼波不動簟紋平，水晶雙枕，傍有墮釵橫。

〔譯文〕遠處傳來輕輕的雷聲，天快晴了，只在池上還有雨點淅

瀝，滴在荷葉上發出細碎的聲音。在小樓的西角後，露出被遮了一半的彩虹。登樓偷偷地倚著欄杆，等待著月兒升起。

飛歸的燕子，想看看屋裡彩畫棟樑上的舊巢，可玉鉤落下，放了簾子，飛不進屋了。它從簾外望見，涼席在那未動，鋪得整整齊齊，靜寂無人。只有那水晶雙枕並列，枕旁橫著女主人失落的一支金釵。

唐代詩人朱慶餘，寫了一首非常著名的七絕《閨意上張水部》，精彩地描繪了一對新婚夫婦的閨房樂趣。詩中最有名的句子是「畫眉深淺入時無」。詞人歐陽修，寫了一首描述新婚夫婦生活的詞《南歌子》，詞寫得非常生動，並直接引用了朱慶餘詩中的名句，更增添了詞的光彩。

▷ 南歌子·閨情　　　〔歐陽修〕

　　鳳髻金泥帶，龍紋玉掌梳。走來窗下笑相扶，愛道畫眉深淺入時無。
　　弄筆偎人久，描花試手初。等閒妨了繡功夫，笑問雙鴛鴦字怎生書。

〔譯文〕她的髮髻上戴著鳳釵，束著用金色顏料描畫的帶子。用雕有龍紋的掌狀玉梳在梳妝。梳完她走在窗下，扶著丈夫笑著說：「我畫的眉毛深淺合乎現在流行的式樣嗎？」

依偎在丈夫身邊，手裡拿筆玩了半天，這才試試自己的描花手藝，哎呀！別這樣老纏在一起浪費刺繡的時間了，站起來問他：「鴛鴦這兩個字怎麼寫呀？」

《南歌子》原係唐教坊曲，後用為詞牌。

三秋桂子，十里荷花

北宋仁宗時，出了一位對後世有深遠影響的大詞人柳永。柳永寫的詞

委婉通俗，情深意長，而且音調非常和諧優美，適於配上樂曲歌唱。當時的樂工歌女每得到新的樂曲，一定要請柳永配上歌詞再演唱。就這樣，柳詞天下傳播，甚至達到「凡有井水飲處，即能歌柳詞」。

北宋初年文人所寫的詞，或多或少都受五代詞的束縛，形式也多半是短篇的小令。到了柳永，他脫離了五代詞那種主要在宮廷、貴族及官僚階層中打圈子的腔調，使自己的詞符合當時廣大市民的口味，因而流傳極廣。同時，所寫的也多半是長篇的慢詞，詞中敘述的內容自然比小令要豐富多了。

柳永與孫何，原來是朋友，後來孫何發跡當了大官。當他任兩浙轉運使鎮守杭州時，架子很大門禁森嚴，一般人見不到他。柳永以老朋友的身分去拜訪，被看門人擋駕不予通報。於是柳永想了一個辦法，他精心地寫了一首詞《望海潮》，去找著名歌妓楚楚說：「我要見孫何，苦於沒有門路，下次他舉行宴會召你去時，請你在席上唱這首詞。如果孫何他問是誰寫的，你就說是柳七（柳永排行第七）。」中秋節那天，孫何舉行夜宴，楚楚在席上婉轉演唱這首《望海潮》。因為詞寫得很精彩，兼又稱頌了作為地方長官的孫何，孫果然問是誰寫的，楚楚回答說是柳七，孫想起了這位當年的朋友，立即請柳來赴宴。

▷ 望海潮　　　　［柳永］

　　東南形勝，三吳都會，錢塘自古繁華。煙柳畫橋，風簾翠幕，參差十萬人家。雲樹繞堤沙。怒濤捲霜雪，天塹無涯。市列珠璣，戶盈羅綺，競豪奢。

　　重湖疊清嘉。有三秋桂子，十里荷花。羌管弄晴，菱歌泛夜，嬉嬉釣叟蓮娃。千騎擁高牙，乘醉聽簫鼓，吟賞煙霞。異日圖將好景，歸去鳳池誇。

〔譯文〕這裡是東南最好的地方，是三吳地區最著名的城市，杭州自古就非常繁華（三吳指吳興、吳郡及會稽，錢塘即今杭州，古代屬於吳郡）。彩畫的橋邊，煙霧籠罩著垂柳，只見擋風的竹簾飄飄，翠綠的帷幕重重，全城有著大大小小十多萬戶人家。煙雲籠罩的樹木

如夢令・冬景（秦觀）　　（明）汪氏編《宋詞畫譜》

環繞著沙石的江堤，洶湧的波濤捲起白如霜雪，錢塘江這天塹，一直通向無邊的大海。市上擺滿了珍貴的珠寶，家家都穿著綾羅綢緞，好像在比賽富貴豪華。

西湖四周重疊的山巒是多麼的秀美佳麗（柳永生活的時代，西湖分成裡湖與外湖，故稱重湖）。九月裡湖岸上桂花飄香，盛夏時湖中的荷花十里豔紅。晴天湖上簫笛的樂聲悠揚，夜歸的採菱船上歌聲不斷，釣魚老翁、採蓮姑娘，在嬉笑聲中多麼歡樂。老朋友您遊湖時多麼威風，眾多的侍衛旌旗前呼後擁，趁著醉意聽著美妙的音樂，吟寫詩詞讚賞西湖的水光山色。日後將這美好的風景畫下來，到您升官回歸朝廷時，可向同僚們好好地誇耀一番。

【望海潮】這個詞牌，是柳永首創的，它是根據錢塘作為觀潮勝地而來。據南宋人的紀錄，柳永在《望海潮》詞中說「參差十萬人家」，寫的是北宋神宗改元元豐以前的情況。到北宋滅亡，宋高宗在杭州建都後，已過了一百多年，據說此時戶口已達百萬餘家，比柳永詞中描述的杭州又大不相同了。

北宋時的大官范鎮，與柳永同年，他很喜愛柳的才華，可聽說柳專心致志地寫詞時，便歎息說，怎麼把心思用在這上頭。范鎮退休之後，聽見親朋故舊之間盛行唱柳詞，不少是描述宋仁宗統治期間的繁盛和風土人情，很有感觸而又歎息說：「仁宗皇帝統治四十二年太平，我在翰林院任職十餘年，寫不出一句歌詞讚頌，只有柳永可以做到了。」

《望海潮》詞寫出後，流傳極為廣泛。一百三十多年後的南宋時，金國君主完顏亮聽見樂工唱此詞，對詞中描述的杭州景色「三秋桂子，十里荷花」非常羨慕，於是在派往南宋通好的使臣中，混進去高手畫工，到宋都城臨安（即杭州）後，繪了一幅西湖山水圖帶回金國。完顏亮命人將這幅畫裱成屏風，並加畫上他自己全副武裝、騎馬站在西湖邊山上的肖像。同時，完顏亮又在自己的肖像旁題了一首七絕──

> 萬里車書盡混同，江南豈有別疆封？
> 提兵百萬西湖上，立馬吳山第一峰。

〔譯文〕我要普天之下車同軌，書同文，江南（泛指長江流域，即南宋疆域所在）哪能容許有別家的疆域。我決心率領百萬大軍滅亡南宋，騎著戰馬站在西湖邊的最高山峰上，盡情欣賞已屬於我的大好山河。

這首詩，實際上是完顏亮下令發兵進攻南宋的宣言，是不滅南宋誓不甘休的決心書。秦始皇統一天下後，規定全國車子的輪距用同一寬度，並且只准使用秦國當時的文字小篆。這就是「車同軌，書同文」，對便利交通，促進文化交流起了重大作用。而「車同軌，書同文」也就成為統一天下的同義語。

果然，在南宋高宗紹興三十一年（西元1161年），完顏亮下令向南宋大舉進攻，由御前都統驃騎衛大將軍韓夷耶率領三萬多軍隊，先進軍兩淮。臨出發時，完顏亮親自填了一首詞《喜遷鶯》賜給韓夷耶：

▷ 喜遷鶯・賜大將軍韓夷耶　　　〔金　完顏亮〕

　　旌麾初舉，正駃騠力健，嘶風江渚。射虎將軍，落鵰都尉，繡帽錦袍翹楚。怒磔戟髯爭奮，捲地一聲鼙鼓。笑談頃，指長江齊楚。六師飛渡。

　　此去，無自誤。金印如斗，獨把功名取。斷鎖機謀，垂鞭方略，人事本無今古。試展臥龍韜韞，果見成功旦暮。問江左，想雲霓望切，玄黃迎路。

〔譯文〕高舉軍旗出發，戰馬正筋力強健，在江邊迎風嘶叫。射虎將軍，落鵰都尉們（落鵰即能射落大鵰，表示弓箭技藝高超。將軍、都尉在此處泛指軍官），個個穿錦袍戴繡帽氣宇軒昂。軍鼓一聲震動大地，將士們橫眉怒目，鬢髮豎立，奮勇爭先。談笑之間，已進軍到長江下游和楚地（今長江以南的湖北、湖南、江西、江蘇和浙江一帶）。六軍飛渡淮河長江（六師指天子的大軍，古制天子有六軍）。

這次出兵絕無失誤。朝廷已準備好了斗大的黃金印，願你們爭取

立功得到封賞。當年王濬燒斷攔江鐵鎖消滅吳國，符堅伐晉時能投鞭斷流的英雄氣概，希望你們同樣立此大功。古人做的，你們也一樣能夠辦到。施展像諸葛亮一樣的指揮才能，滅亡南宋只是朝夕之事。想江南的百姓，如大旱盼雲霓一樣，將在道路兩旁迎接我們的大軍。

完顏亮雖然野心很大，夢想南宋百姓會歡迎他的軍隊，使他不費力就可以佔領臨安滅亡南宋。可由於他的統治暴虐，又缺乏軍事才幹，因而在長江邊的采石被宋將虞允文打得大敗。接著金國發生內訌，完顏亮被部下刺殺，於是全軍狼狽退卻。南宋詩人謝驛（字處厚），為此寫了一首感慨的七絕《紀事》：

▷ 紀事　　　　〔謝驛〕

誰把杭州曲子謳，荷花十里桂三秋。
哪知卉木無情物，牽動長江萬里愁。

〔**譯文**〕是誰唱那描寫杭州的歌曲《望海潮》，三秋桂子、十里荷花，景色迷人，歌聲美妙。哪裡知道這些並無感情的花卉草木，卻挑動了萬里長江邊上的殘酷廝殺，破滅了完顏亮的狼子野心。

楊柳岸，曉風殘月

北宋大文豪蘇軾，有著當時文人的偏見，瞧不起柳永的詞。可是，又總想和柳永比一比。相傳蘇軾在京城開封翰林院當翰林學士時，幕府中有善於唱歌的人，蘇軾問他說：「我的詞比柳七怎樣？」得到的評價是，柳郎中的詞，只能由十七、八歲的姑娘，拿著紅牙板，敲著點子唱「楊柳岸，曉風殘月」；而學士的詞呢？那須要關西大漢，用銅琵琶，鐵拍板，大喊大叫地唱「大江東去」！

雨霖鈴（柳永）　　（明）汪氏編《宋詞畫譜》

▷ 雨霖鈴　　　　〔柳永〕

寒蟬淒切，對長亭晚，驟雨初歇。都門帳飲無緒，留戀處，蘭舟催發。執手相看淚眼，竟無語凝噎。念去去千里煙波，暮靄沉沉楚天闊。

多情自古傷離別，更那堪冷落清秋節！今宵酒醒何處？楊柳岸，曉風殘月。此去經年，應是良辰好景虛設。便縱有千種風情，更與何人說。

〔譯文〕深秋的知了叫得是多麼的急促又淒涼，急驟的陣雨停了，送別的長亭畔夜色降臨。在這京師城門外的帳篷中飲酒話別，情緒低沉多麼愁悶。正留戀不捨，船兒就要出發。拉著手淚眼相望，喉嚨哽咽，默默無言。想這次遠行，將沿著煙波浩蕩的千里江水，直到那霧靄迷漫的南方。

自古以來，多情的人都為離別而悲傷，更何況在這冷落的深秋時節。今晚酒醒時，該在什麼地方啊！也許是晨風淒厲，殘月將落的楊柳岸邊。這次分別，也許要年復一年，就遇到良辰美景，對我又有什麼意思。即便心中湧起無限的情意，我又向誰訴說呢？

《雨霖鈴》相傳為唐玄宗所創的曲子，收入唐教坊中，後來用為詞牌。柳永這首《雨霖鈴》詞，相傳是他在開封與情人離別時的作品。柳永的詞既然天下傳播歌唱，自然地就傳入宮中。他曾寫了一首關於上元節的詞《傾杯樂》，其中有「會樂府、兩籍神仙。梨園四部弦管」等句子，傳入宮中後，當時的北宋皇帝宋仁宗非常讚賞，以至於宮中每逢舉行宴會，一定要讓侍從樂師反覆演唱柳詞。柳永知道後，想走皇帝的後門，正好在中秋節前後，管天文的官員上奏說老人星出現了。按我國的傳說，老人星出現是少見的祥瑞，於是宮中舉行宴會慶祝，仁宗皇帝叫左右大臣寫詞助興。這時有宮中的太監告知柳永，讓他寫一首去邀皇帝的歡心。柳永正希望藉此能博個一官半職，於是精心地寫了一首詞《醉蓬萊》：

▷ 醉蓬萊·慶老人星現　　　　〔柳永〕

　　漸亭皋葉下，隴首雲飛，素秋新霽。華闕中天，鎖蔥蔥佳氣。嫩菊黃深，拒霜紅淺，近寶階香砌。玉宇無塵，金莖有露，碧天如水。

　　正值升平，萬幾多暇，夜色澄鮮，漏聲迢遞。南極星中，有老人呈瑞。此際宸遊，鳳輦何處，度管弦清脆。太液波翻，披香簾捲，月明風細。

〔**譯文**〕千里平川，樹葉蕭蕭落下，高聳的山巔白雲飛過（亭皋指千里平地；隴首原指今陝西、甘肅交界處的隴山，此處借指高山），新晴的秋天多麼高爽。華麗的宮闕聳立，環繞著鬱鬱蔥蔥的雲氣。在靠近砌有玉石臺階的地方，深黃的菊花是那麼柔嫩，淡紅的木芙蓉花正在怒放（拒霜即木芙蓉，秋冬間開花，色淡紅或白）。天空毫無纖塵，夜色皎潔如水，露珠滴在銅柱頂上的承露盤中（金莖指銅柱，上有銅盤，置於皇宮內的庭院中，用以接露水。傳說將此水和以美玉屑後飲之可以長生）。

　　正值天下太平，日理萬機的皇帝有更多的閒暇。在這澄明清澈的夜色中，計時的漏壺滴水聲遙遙傳來。在南天極邊的群星中，象徵吉祥的老人星出現了。在這樣美好的時刻，皇上出來巡遊，他的車駕在哪裡呢？像聽見弦管樂合奏的清亮聲音，太液池的波浪翻滾，宮中披香殿的簾子捲起，在輕柔的微風中，一輪明月普照。

　　這首《醉蓬萊》詞送進宮後，仁宗皇帝一看，第一個字是「漸」，不知觸犯了他的什麼忌諱，面色就不高興。待讀到「宸遊鳳輦何處」時，心中很悲傷。因為仁宗的父親宋真宗去世時，仁宗寫了一篇輓詞，其中有一句與此句相同。再讀到「太液波翻」時，仁宗生氣地說：「為何不寫『太液波澄』。」將《醉蓬萊》詞擲到地下。這一下柳永的前途毀了，莫名其妙地觸犯了皇帝，使他終生都坎坷不平。

　　《醉蓬萊》詞中寫的老人星，又名南極老人，從我國大陸上觀察，它是冬季在南方天邊上偶爾能看見的一顆較明亮的恒星。在我國古代天文學

中，老人星屬於二十八宿中的井宿。在現代天文學中，它是南船星座的 α 星，名叫Canopus。

柳永得罪皇帝，並不止這一次。他原名柳三變，曾參加進士考試，可未被錄取。當然，這使他心中很不愉快，可一想，他又坦然了，當時寫下了一首詞《鶴沖天》：

▷ 鶴沖天　　　〔柳永〕

黃金榜上，偶失龍頭望。明代暫遺賢，如何向？未遂風雲便，爭不恣狂蕩，何須論得喪？才子詞人，自是白衣卿相。

煙花巷陌，依約丹青屏障。幸有意中人，堪尋訪。且恁偎紅翠，風流事，平生暢。青春都一餉，忍把浮名，換了淺斟低唱。

〔譯文〕在那考中進士的題名榜上，我偶然失掉了當狀元的希望。在這聖明的時代，暫時遺漏了我這個有賢才的人，怎麼辦呢？既然不能順利地滿足我那風雲一樣的遠大志向，只好是任意放蕩了。何必再談論什麼得失呢？才子詞人雖然穿的白衣（古代未做官的人穿白衣），可他們受人的尊敬愛戴相當於公卿宰相。

在那歌兒舞女聚居的地方，隱約露出畫了圖畫的屏風。幸好有我所中意的姑娘，值得我去找她。暫且就這樣和她們一起廝混吧，這些風流韻事，使人是多麼歡快。人的青春過得多麼快啊！不過一頓飯的時間就消逝了。我怎麼忍心為了不切實際的浮名（指考中進士做官），換掉了我和她們飲酒唱詞的樂趣呢！

這首《鶴沖天》寫出後，和柳永其他的詞一樣，立即被愛好者廣泛傳唱，結果傳入開封的皇宮中，被仁宗皇帝知道了。詞中所寫「才子詞人，自是白衣卿相」的句子，再次惹起皇帝的惱怒；又說考中進士只是浮名，皇帝更是難以容忍了。後來，柳永又考進士被錄取，在宋仁宗前讀新進士名單，當讀到柳永時，仁宗想起了《鶴沖天》詞，立即下令除名，並且批

二郎神・七夕（柳永）　　（明）汪氏編《宋詞畫譜》

示說：「此人花前月下，好去『淺斟低唱』，何要浮名。且填詞去。」柳永受到這個打擊，自然很難受。可他倒也善於自我解嘲，索性打出招牌，自稱「奉旨填詞柳三變」。

　　一直到宋仁宗景祐元年（西元1034年），柳永才考中了進士。由於掌權的大官們都知道他得罪過仁宗皇帝，因此，一直讓他當著小官，多年不給他升遷。柳三變實在忍不住了，便去找執政的宰相——北宋詞壇上著名的詞人之一晏殊。晏殊對柳永說：「你喜歡填詞吧？」柳一聽就明白了，知道自己是因為寫詞壞了事。他寫詞名滿天下，可被文人學士譏笑為俗，不是上等人應該做的，因此被官僚們瞧不起。更嚴重的是因為寫詞得罪皇帝。可是柳永不服氣，對晏殊說：「宰相大人，您也喜歡填詞呀！」晏殊回答說：「我雖填詞，可沒有寫出『針線閑拈伴伊坐』這種句子呀！」

　　晏殊所舉的詞句，在柳永所寫的詞《定風波》中。晏殊舉它為例，當然是認為它不佳，鄙俗。

▷ 定風波　　　　〔柳永〕

　　自春來，慘綠愁紅，芳心是事可可。日上花梢，鶯穿柳帶，猶壓香衾臥。暖酥消，膩雲嚲，終日厭厭倦梳裹。無那，恨薄情一去，音書無個。

　　早知恁麼，悔當初，不把雕鞍鎖。向雞窗，只與蠻箋象管，拘束教吟課。鎮相隨，莫拋躲。針線閑拈伴伊坐，和我，免使年少，光陰虛過。

〔譯文〕自開春以來，桃紅柳綠的景色使我更為苦悶，什麼事都覺得沒意思。太陽已升到花樹梢，鶯兒在柳絲中飛來飛去，可我還抱著被子躺著。臉上搽的油早已消退，烏雲似的頭髮也隨它蓬亂下垂。成天無精打采不願梳妝打扮。不是為別的，只恨那薄情的男人一出門，一封信一句話也不曾捎回來過。

　　早知這樣，悔當初沒把他的馬鎖起來不讓他走。叫他對著書房的窗戶，只給他蜀地產的彩色箋紙和象牙筆管的毛筆，管著他叫他讀書。讓我們一直在一起不分開，我沒事做點針線活他陪我坐著，免得

使這年輕時的美好時光虛過。

《定風波》原為唐教坊曲，後用為詞牌。詞中的「雞窗」指書窗，來源於一個傳說：晉朝時宋處宗購了一隻長鳴雞，將雞籠置於窗間，後來雞說人話，與宋談論玄學，宋的學問因而大有長進。柳永的這首《定風波》，描寫少婦思念遠出未歸的丈夫，感情細膩真摯，「針線閑拈伴伊坐」正是年輕夫婦家庭生活中常見的，不失為一首佳作。

柳永在見過宰相晏殊之後，才徹底明白，自己過去寫詞名滿天下，可反而成了問題，受到了上自皇帝，下至文人學士們的鄙視和排擠。無可奈何之下，他將原名柳三變改為柳永，這才好了一點，吏部（朝廷中管文職官員考績、升降和任命等的機構）給他改了官職。不過一直到他去世，仍只當了屯田員外郎這種不大的官兒，因此，後代人們又稱柳永為柳屯田。

在柳永的名作中，還有一首《八聲甘州》：

▷ 八聲甘州　　　　［柳永］

對瀟瀟暮雨灑江天，一番洗清秋。漸霜風淒緊，關河冷落，殘照當樓。是處紅衰翠減，苒苒物華休。惟有長江水，無語東流。

不忍登高臨遠，望故鄉渺邈，歸思難收。歎年來蹤跡，何事苦淹留。想佳人、妝樓顒望，誤幾回、天際識歸舟。爭知我、倚闌杆處，正恁凝愁。

〔譯文〕傍晚灑落江面的陣陣急雨，帶來了充滿涼意的秋天。淒涼的寒風越吹越緊，旅人們經過的山關渡口，已經冷落下來，只有暗淡的夕陽照著樓前。到處都是花木凋零，美好的景物都失去了光彩。唯有浩蕩的長江水，仍默默無言地向東流去。

我真不忍心登高遠眺，望故鄉是那麼遙遠，使我思歸的心再也無法收住。可歎我這些年來行蹤不定，為什麼要長久地在異地他鄉流連。想我那親愛的人正在樓頭凝望，有多少次啊！她都認錯了從遠方歸來的小船。她哪裡知道，我也正倚著欄杆遠望故鄉，深深的愁苦凝在心頭。

《八聲甘州》簡稱《甘州》，原系唐代時的邊塞樂曲（甘州即今甘肅張掖，唐時為邊塞地區），後用為詞牌。八聲指此詞牌共有八韻。

北宋的文豪蘇軾，雖然一向瞧不起柳永，可是對著這首精彩的《八聲甘州》，也只好服氣了，並且讚賞說：「人們都說柳耆卿（耆卿是柳永的字）的詞俗，我看不是這樣。他的《八聲甘州》中的『霜風淒緊，關河冷落，殘照當樓』作為詩句，一點也不亞於唐人的高明之處。」

兩情若是久長時

柳永的詞，在當時流傳得極其廣泛，獲得了無數市民百姓，包括遼國、金國等地人們的喜愛。可是在文人學士中，柳永卻被人瞧不起。他們認為柳詞鄙俗，不能登入雅之堂，只配在街頭巷尾供市民唱唱而已。但可笑的是，一些自命為高雅的詞人，在不知不覺中，卻又都受到柳詞的影響。例如有一次，著名詞人秦觀從會稽到開封，見到了蘇軾，蘇說：「分別以來，您的文章寫得更好了，近來首都廣泛地傳唱您的『山抹微雲』的詞。」秦連聲說不敢當。蘇又問他說：「可沒想到自從分別以後，你卻學柳七做詞。」秦答道：「我雖然沒有學問，也不至於學他。」蘇說：「『銷魂，當此際』不就是柳七的言語嗎？」秦觀這下沒話說了，只好服氣。

▷ 滿庭芳　　　［秦觀］

山抹微雲，天黏衰草，畫角聲斷譙門。暫停征棹，聊共引離尊。多少蓬萊舊事，空回首、煙靄紛紛。斜陽外，寒鴉萬點，流水繞孤村。

銷魂，當此際，香囊暗解，羅帶輕分。謾贏得青樓、薄倖名存。此去何時見也，襟袖上、空惹啼痕。傷情處，高城望斷，燈火已黃昏。

〔譯文〕一縷縷薄雲橫繞山腰，遠處的枯草緊貼著天際，城門樓上的號角聲已經停歇。暫停住遠行的船吧！讓我們共乾一杯。想當初在那好似蓬萊仙境的地方，有多少歡樂的往事使人留戀，如今回首四望，已是霧靄茫茫；無處尋蹤影。夕陽西下，只見萬點寒鴉急飛歸巢，一彎流水環繞著孤獨的村莊。

在那悲傷離別、令人魂銷的時刻，我暗暗地取下香囊（古代男子佩帶的飾物），她輕輕地解下打著同心結的羅帶，這互換的信物啊！暗示著我們永不變心。可如今，只在青樓留下了薄情郎的名聲。這次分別何時能再見呢！只白白地在衣袖上留下了她傷心的淚痕。回頭遠望她所在的地方，高高的城頭已不見，只有一片迷濛的燈火照耀著這即將消逝的黃昏。

這首詞是秦觀三十一歲時在會稽所寫。當時的會稽太守姓程，秦觀在那裡做客，住在蓬萊閣上。一天太守舉行盛大宴會，席上有很多歌妓，秦觀喜歡上其中的一個。自此以後，眷戀不已，總也忘不了，因而寫了上面這首《滿庭芳》。

在這首《滿庭芳》中，用了幾個典故：「蓬萊舊事」中蓬萊指蓬萊山，是傳說中的海外仙山；「舊事」是歡樂的往事；「青樓薄倖名」用的是唐代詩人杜牧的詩句「十年一覺揚州夢，贏得青樓薄倖名」（《遣懷》）；「寒鴉萬點，流水繞孤村」句，係採自隋煬帝寫的詩句「寒鴉千萬點，流水繞孤村」。由此可見，宋詞受前朝詩歌的影響，是極其深遠的。

前人認為，秦觀的這首《滿庭芳》中，「山抹微雲」的「抹」字和「天黏衰草」的「黏」字，用得非常奇妙。由於詞人別出新意用了這兩個字，使深秋景色像一幅畫似地映在讀者眼前。蘇軾就非常欣賞這兩句，曾戲稱「山抹微雲秦學士，露花倒影柳屯田」。

秦觀的女婿范仲溫，為人老成持重，不善於言笑，在歌宴舞席上，有時始終一言不發。一次他到某貴官家中參加宴會，貴官家有歌女特別愛唱秦觀的詞，在宴席上唱了好幾首。到客人們喝得半醉時，歌女見范總也不說話，便和他開玩笑說：「你懂得詞曲嗎？」范起來回答說：「我就是

『山抹微雲』的女婿。」旁邊的人聽後，無不大笑。

　　秦觀與蘇軾尚未相識時，蘇軾已文名滿天下。一次，秦觀知道蘇將到揚州來，於是依照蘇軾的語氣和筆跡，題字於一個寺廟的牆壁上。不久蘇軾來遊此廟，開始竟認為就是自己題的，可又想自己沒有來過這裡，是誰學自己的語氣筆跡這麼像，不禁大為吃驚。後來有人拿了秦觀的詩詞數十篇請他看，蘇軾讀後歎息說：「在寺壁上學我題字的，一定是這位郎君。」不久，蘇與秦在揚州相見，成為好友。當時的人們將秦觀和另三位文學家黃庭堅、晁補之和張耒，合稱「蘇門四學士」。由於秦和蘇軾的密切關係，在蘇獲罪被貶時，秦觀也先後被貶到處州（今浙江麗水）、郴州（今湖南郴州市）、雷州（今廣東海康）等地。

　　秦觀詞的風格，屬於北宋詞的婉約詞派。不少人認為他是婉約詞派的代表。他的詞經常能別出新意，道前人所未道。例如，自從漢代有了牛郎織女的神話以來，歷代寫了大量有關的詩詞，其中雖然不乏佳作，但秦觀寫的《鵲橋仙》叫謂獨樹一幟。

▷ 鵲橋仙　　　[秦觀]

　　纖雲弄巧，飛星傳恨，銀漢迢迢暗渡。金風玉露一相逢，便勝卻人間無數。

　　柔情似水，佳期如夢，忍顧鵲橋歸路。兩情若是久長時，又豈在朝朝暮暮。

〔譯文〕纖薄的雲彩，編織出許多奇妙的花樣，牽牛織女二星終年難見，多麼悵恨，只有今夜才能渡過銀河相會。在這金風送爽秋露降落的時刻見一面，真是勝過了人間的無數恩愛。

　　脈脈的柔情像水一樣悠長，歡會之時猶如在夢中，怎忍心回頭看鵲橋上歸去的道路（相傳每年陰曆七月七日，喜鵲搭成跨越銀河的長橋，牛郎織女從橋上渡河相會）。其實兩人的愛情如果堅貞不渝，又何必要日日夜夜相聚在一起呢！

【鵲橋仙】這個詞牌，來源於歐陽修的詞《鵲橋仙》中的一句「鵲迎橋路接天津」。因為喜鵲搭橋是牛郎織女神話中的一段，故【鵲橋仙】這

水龍吟・贈妓（秦觀）　　（明）汪氏編《宋詞畫譜》

個詞牌原是專詠有關牛郎織女七夕相會之事，不過後來發展到內容與詞牌無關，也有寫其他事情的。由於在上述秦觀的《鵲橋仙》中，有「金風玉露一相逢」句，故此詞牌又名【金風玉露相逢曲】。

前面曾提到蘇軾譏笑秦觀學柳永做詞的事。其實，那次談話未完。因為蘇軾接著又問秦觀，分別後寫了什麼詞，秦舉出自己寫的詞句「小樓連苑橫空，下窺繡轂雕鞍驟」。蘇軾評論說，十三個字，只能描寫一個人騎馬從樓下走過。

秦觀舉出的「小樓連苑橫空……」句出自他所寫的《水龍吟》。

▷ 水龍吟　　　〔秦觀〕

寄營妓婁婉，婉字東玉

　　小樓連苑橫空，下窺繡轂雕鞍驟。朱簾半捲，單衣初試，清明時候。破暖輕風，弄晴微雨，欲無還有。賣花聲過盡，斜陽院落，紅成陣，飛鴛甃。

　　玉佩丁東別後，悵佳期參差難又。名韁利鎖，天還知道，和天也瘦。花下重門，柳邊深巷，不堪回首。念多情但有，當時皓月，向人依舊。

〔譯文〕那園林邊的小樓橫空而立，從上看下面是華美的車馬奔馳而過。半捲起紅色簾子，剛試完單衣，已是清明時節了。一會兒微雨一會兒晴，剛轉暖又吹來微微的涼風，氣候變化不定。賣花聲已經全過去了，夕陽西下，院內花落如雨，飄灑在井臺上（甃，是井壁，鴛甃為用對稱的磚石砌的井臺）。

自從和她分別後（玉佩為玉雕的裝飾品，掛在衣帶上，丁東為玉佩互相碰撞時的聲音），阻礙重重，再也不能相見，使人多麼惆悵。我為名利而漂流他方，老天如果知道我心中的思念之苦，也會為我而消瘦。想起她住的地方，在柳樹邊深深的巷中，花叢裡一道道門戶，真使人不堪回首。多情的只有明月，它和當初一樣，同時照著分在兩地的我和她。

秦觀的這首詞，相傳是寄贈他任職地的官妓婁婉的。婁婉小名叫東玉，因此在這首《水龍吟》中，暗藏有「婁（樓）婉（苑）東玉」四個字，以表紀念之情。

北宋神宗即位後，任用王安石變法。當時朝廷大多數老臣都反對，形成以司馬光為首的反變法派，稱做舊黨，而以王安石為首推行新法的大臣，稱作新黨。新舊黨開始是政見不同，後來發展成爭奪權力的派系鬥爭。一派上臺，就將另一派不分好壞全都降職外調，清除個乾淨。

西元1085年，宋神宗病逝，即位的宋哲宗年僅十歲，由他的祖母太皇太后高氏聽政，改元為元祐。高太后原來就反對新法，掌權後罷斥推行新法的官員，召回司馬光執政。一些反對或不同意新法，因而曾被貶官在外的文學家如蘇軾、秦觀、黃庭堅等人，都調回首都開封任職。

八年之後，即宋哲宗元祐八年（西元1093年），太皇太后高氏去世，宋哲宗親自掌握朝政，改年號為紹聖。哲宗重用借推行新法之名而爭奪權力的新黨人物章惇、呂惠卿等人，他們將元祐年間的一些大臣統統降職外調，蘇軾貶到惠州（今廣東惠州市），黃庭堅被貶到黔州（今四川彭水），秦觀則被貶為監處州（今浙江麗水）酒稅的小官。

秦觀在政治上遭此嚴重打擊，心情十分憂鬱悲傷，愁思難解，在此情況下寫下了詞《千秋歲》：

▷ 千秋歲　　　［秦觀］

　　水邊沙外，城廓春寒退。花影亂，鶯聲碎。飄零疏酒盞，離別寬衣帶。人不見，碧雲暮合空相對。

　　憶昔西池會，鵷鷺同飛蓋。攜手處，今誰在？日邊清夢斷，鏡裡朱顏改。春去也！飛紅萬點愁如海。

〔譯文〕我在水邊沙灘上舉目四望，城外的寒意已經消逝。春天真正到了，陽光下花影在搖曳，鶯兒的啼聲不斷。我飄零在外，酒也沒興致再喝，與親友們離別後，憂愁使我日漸消瘦。過去的友人們不能再見，傍晚天邊的陰雲四合，只剩下一片迷茫黯淡。

想起當年和朋友們同游開封金明池的歡樂情景，我們像鵷鷺鳥

一樣，無憂無慮地乘車飛馳。可現在，當年我們攜手同遊的地方，還有誰在呢？伴隨君王的日子，已經像夢一樣消失了（日指皇帝），鏡子裡看見自己的容顏，已日漸衰老了。往昔的一切，像春天一樣地消逝了，滿樹的繁花已化作飛紅萬點，我的悲愁真像大海一樣無邊無際啊！

詞中的「西池」，指北宋首都開封順大門外街北的金明池，這是當時的遊覽勝地。池周約九里，南岸有臨水殿，皇帝常在此觀賞賜宴。池中心有五殿，建築陳設十分華麗，允許人們任意遊賞。金明池附近有大量的攤販及各種娛樂場所，是極熱鬧的地方。「鵁鶄」是兩種鳥，牠們飛時排列有序，古詩詞中常用以代表朝中官員。

這首《千秋歲》詞寫於處州。據記載宋代處州有鶯花亭，就是因此詞中有「花影亂，鶯聲碎」而得名。不過，關於此詞的寫作地點及寫給誰，還有一些不同的說法。

一說詞是寫給張芸叟的，同時曾給張一封短信。此外說當時的一位大官曾布在見到這首《千秋歲》詞時說：「秦七必不久於人世，豈有愁如海而可存乎？」秦觀排行第七，故稱秦七。果然，秦觀在不久之後就病逝了。

另一說法是，秦觀被貶官到藤州（今廣西藤縣），心情很悲淒。在路過衡陽時，孔平仲（字毅甫）任衡陽太守，孔是秦在開封時的好友，曾同遊過金明池。因此，孔留秦在衡陽小住，殷勤款待。一天，在太守官邸喝酒，秦觀寫了這首《千秋歲》詞，孔在讀到「鏡裡朱顏改」時，大吃一驚說：「少游！您正在壯年（秦剛五十歲左右），為何言語如此悲愴！」於是按秦詞的原韻，和作了一首《千秋歲》，想以此解除秦的愁思。幾天之後，秦觀告別，孔送他到城郊外，並且長時間勸慰。回來後孔和他的親人說：「秦少遊神氣外貌和平時大不相同，看來不久於人世了！」沒多久秦果然去世。

下面，我們看看孔平仲和作的《千秋歲》：

春風湖外，紅杏花初退。孤館靜，愁腸碎。淚餘痕
在枕，別久香銷帶。新睡起，小園戲蝶飛成對。

惆悵人誰會，隨處聊傾蓋。情暫遣，心何在。錦書
消息斷，玉漏花陰改。遲日暮，仙山杳杳空雲海。

〔譯文〕湖邊上春風陣陣，紅杏花剛剛凋謝。孤零零的旅舍多麼
寂靜，我這被貶謫的人愁得心都要碎了。枕上留有淚痕，離別久了，
衣帶上的薰香也已消失。晝眠醒來，園中蝴蝶成對雙飛。

這深深的惆悵啊，有誰能理解。漫無目的，隨處停下車子，希望
能暫時排解愁悶，可是心總也不能安定。遠方的書信消息都已斷絕，
時光一點一點地過去了。又是日暮西山，那嚮往的仙山啊！渺茫難
尋，只見一片空濛的雲海。

宋哲宗紹聖四年（西元1097年）五月，六十二歲的蘇軾由惠州被再次
貶到儋耳（今廣東海南島儋縣）。他的侄孫蘇元老收到一位趙秀才從開封
捎來的信，信中抄寄來秦觀的《千秋歲》詞及孔平仲的和作。蘇軾讀後，
深為秦觀詞中悲淒的情調所感動，聯想到自己和秦觀一樣的遭遇，於是用
秦詞的原韻，也和了一首《千秋歲》：

▷ 千秋歲‧次韻少游 ［蘇軾］

島邊天外，未老身先退。珠淚濺，丹衷碎。聲搖蒼
玉佩，色重黃金帶。一萬里，斜陽正與長安對。

道遠誰雲會，罪大天能蓋。君命重，臣節在。新恩
猶可，舊學終難改。吾已矣，乘桴且恁浮於海。

〔譯文〕我被貶到這天涯之外的海島邊上，人未老而身已退隱。
對朝廷的一片忠心已粉碎，我只能淚珠暗落。在首都開封，當權的大
官們玉佩叮咚響，飾有黃金的腰帶色澤耀眼。此地雖距開封（長安借
指北宋首都開封）萬里，可斜陽卻和開封沒兩樣。

說路途遙遠誰能知道，罪雖大可天總能蓋下。皇上的命令是嚴厲的，我做臣子的永遠盡自己的本分。皇上新的恩典也許會照顧到我吧？可我原來的習慣終究難改變（此地「舊學」可能指蘇軾愛見景生情吟詩，過去就是因為寫詩被人誣陷而獲罪被貶官）。我是不行了，只有乘小筏子浮海而去吧（桴，小的筏子）。

由這首《千秋歲》可以看出，蘇軾對自己多次被貶懷著滿腔怨憤，可又毫無辦法。詞中寫的「罪大天能蓋」、「舊學終難改。吾已矣」等句子，都清楚地反映了他的這些想法。

宋哲宗紹聖三年（西元1096年），秦觀由處州監酒稅官再一次被貶到郴州，這時秦觀已四十九歲了，心情更加憂傷。到郴州第二年，秦觀寫了下面這首悲悽的《踏莎行》：

▷ 踏莎行·郴州旅舍　　　〔秦觀〕

　　霧失樓臺，月迷津渡。桃源望斷無尋處。可堪孤館閉春寒，杜鵑聲裡斜陽暮。
　　驛寄梅花，魚傳尺素。砌成此恨無重數。郴江幸自繞郴山，為誰流下瀟湘去。

〔譯文〕樓臺隱沒在霧中，月色朦朧，渡口已看不清。我渴望的世外桃源啊！在哪兒能夠找到。誰受得了這旅舍的孤悽和初春的寒意，更聽見，夕陽西下時傳來一聲聲杜鵑的悲啼。

驛站寄來的朋友們的書信，親人們的慰問，更增加了我無數的憂悶。郴江水啊，郴江水！你本來是繞著郴山奔流，卻為了誰又一直流入湘江去呢？

在這首《踏莎行》中，用了兩個典故。一是「驛寄梅花」，指南朝宋時，陸凱與范曄是好友，陸自江南寄梅花一枝給在長安的范曄，並贈他詩一首：「折梅逢驛使，寄與隴頭人。江南無所有，聊贈一枝春。」故「驛寄梅花」即朋友來信之意。二是「魚傳尺素」，尺素為長約一尺的生絹，古人用來寫信。古樂府詩《飲馬長城窟》中有這樣一段：「客從遠方來，

遺我雙鯉魚。呼兒烹鯉魚，中有尺素書。」詩中的鯉魚不是真魚，是刻成鯉魚形的兩塊木板，一底一蓋，將書信夾在裡面。也有的解釋說是將用絹寫的書信結成魚形。假魚當然不能烹食，此處是詩人將打開書信故意寫成烹鯉魚，以求語意生動。由此可知「魚傳尺素」也是指親友來信之意。

　　此詞的最後兩句，寓意宛轉。實際上是說自己被貶在郴州，何時能得到赦免歸去呢？郴江水北流入湘江，正是歸路所必經，但自己卻有罪在身，是不能歸去的，那麼郴江啊，你又是為誰北流入湘江呢！蘇軾因為有著與秦觀相同的遭遇，而且被貶到了更邊遠荒涼的地方，因此，他特別為秦觀《踏莎行》詞中的最後兩句所感動，親自將它寫在自己的扇子上。

第四章　豪放詞派

長煙落日孤城閉

五代和北宋前期的詞，絕大多數屬於婉約詞的範疇。寫的內容不外乎是春愁秋恨、男女相思、離別之情或四時景物。至於反映社會現實生活，氣魄比較宏大的作品，則少如鳳毛麟角。

宋仁宗時，曾任參知政事的范仲淹，所寫的詞不多，流傳到現在的僅五首。可其中一首《漁家傲》，卻突破了詞的舊框框，以邊塞的現實生活為題材，寫得深沉而又悲壯，成為別具一格的佳作。

▷ **漁家傲**　　　〔范仲淹〕

塞下秋來風景異，衡陽雁去無留意。四面邊聲連角起。千嶂裡，長煙落日孤城閉。

濁酒一杯家萬里，燕然未勒歸無計。羌管悠悠霜滿地。人不寐，將軍白髮征夫淚。

〔**譯文**〕秋天來到了西北邊塞，景色一片荒涼。雁群一直向衡陽飛去，不再留戀這嚴寒即將降臨的地方（衡陽即今湖南衡陽，其南面衡山的首峰名回雁峰，相傳秋天北方的雁群至此後不再南飛）。軍中的號角一吹，四面的邊聲（風聲、鼓聲、馬嘶聲）隨之而起。夕陽西下，暮色蒼茫，在萬山叢中的這座孤城，城門慢慢地關上了。

漁家傲・秋思（范仲淹）　（明）汪氏編《宋詞畫譜》

端起了一杯渾濁的酒漿，想起萬里之外的家鄉。還沒有徹底打敗敵人建立功勳，哪有返回的希望。大地鋪滿了寒霜，悠揚的羌管（即笛子）聲在空中迴蕩。這樣的夜晚怎麼能夠進入夢鄉！長年的戍守生活，使將軍白了頭，士兵們流下了熱淚千行。

北宋仁宗時，寶元、慶曆年間（西元1038年至1043年），西北方的西夏經常入侵，成為北宋的邊防大患。仁宗康定元年（西元1040年），范仲淹被任命為陝西經略副使，兼任延州（今陝西延安）的知州，鎮守邊塞，防禦西夏。范仲淹治軍號令嚴明，愛撫士卒，並且修築工事，整頓兵甲。西夏人再也不敢進犯，並且互相告誡說，這次來了個小范老子，胸中有數萬甲兵，不像前日的大范老子（指范雍）可以欺負。

范仲淹在邊塞上鎮守了四年，對邊境的異樣景色和守邊的苦辛有深刻的體會。他用北宋當時的流行歌曲《漁家傲》，填寫了一組（好幾首）詞，詞的首句都是「塞下秋來風景異」，可惜的是除上面這首外，其他幾首都失傳了。

詞中的「燕然」指燕然山，即今蒙古共和國境內的杭愛山。東漢時，車騎將軍竇憲追擊匈奴的首領北單于，登燕然山，刻石紀功後回軍。詞中「燕然未勒」表示尚未建立功勳。

范仲淹的《漁家傲》寫出後，由於敘說了邊塞上的勞苦，詞意悲涼，因而被沒有邊塞實際生活體驗的貴官歐陽修嘲笑說，這是「窮塞主之詞」。後來尚書王素到平涼（今甘肅平涼）鎮守，歐陽修也寫了一首《漁家傲》相送，詞中有這麼幾句：「戰勝歸來飛捷奏，傾賀酒，玉階遙獻南山壽。」並且說，這才像是個元帥要想的事。可當時就有人評論說，范詞寫的是實，他的詞可以使人們實際了解長年鎮守邊關將士們的勞苦。而歐陽修的《漁家傲》詞，只是一種恭維之辭，沒有什麼太大的意思。

北宋神宗熙寧年間，蔡挺鎮守平涼。一年初冬，他在書房飲酒，興致一來，寫了一首描述邊塞風光生活的詞《喜遷鶯》。寫畢放在衣袖裡，準備到花園中給他兒子看。誰知寫詞的紙條掉了出來，被看門的老兵拾到，老兵不識字，拿去給抄寫文件的屬員看，這位屬員與平涼最有名的歌妓相好，於是抄給了她。正好皇帝派來押運軍士們冬衣的太監到了，蔡挺擺宴席歡迎，那位歌妓在宴會上就唱起了這首《喜遷鶯》。蔡挺一聽，正是

水調歌頭・中秋（蘇軾）　（明）汪氏編《宋詞畫譜》

他不慎遺失的作品，並不準備公開，怎麼在大庭廣眾中唱了起來，不禁大怒，立即將此歌妓關進監獄，並要徹底追查。歌妓的同伴們哀求押運冬衣的太監給說情，於是將歌妓放了，並讓她再演唱此詞。

▷ 喜遷鶯　　　〔蔡挺〕

　　霜天清曉，望紫塞古壘，寒雲衰草。汗馬嘶風，邊鴻翻月，壘上鐵衣寒早。劍歌騎曲悲壯，盡道君恩難報。塞垣樂，盡雙鞬錦帶，山西年少。

　　談笑，刁斗靜，烽火一把，常送平安耗。聖主憂邊，威靈遐布，驕虜且寬天討。歲華向晚愁思，誰念玉關人老？太平也，且歡娛，不惜金樽頻倒。

〔譯文〕在這初冬的清晨，眺望邊塞上的古代碉堡，只見陰沉的冬雲下一片枯黃的野草。汁淋淋的戰馬迎風嘶叫，雁群在月下南飛，穿著鐵甲在邊塞上，更感到寒冬來臨得早。悲壯的軍樂戰歌，都唱道皇上的恩典難以回報。軍營中，盡是在馬上佩著雙弓，飾以錦帶的山西年少（山西指今華山之西，古代說山東出宰相，山西出將軍），他們使這荒涼的邊塞充滿了歡笑。

　　坐下談談心吧，軍隊已休閒無事（刁斗為銅製行軍炊具，可盛米一斗，白天用以做飯，晚上敲擊打更。「刁斗靜」說明軍隊駐防無事），只有那烽火，經常給朝廷送去平安的消息。聖明的皇上憂慮邊事，他的聲威遠傳廣布，暫且寬容那些敵人，不討伐吧！又是年末了，使人愁思無限，有誰掛念我們這些鎮守邊塞的人一年比一年老了（玉關即玉門關，為漢唐時著名關塞，詞中借指邊塞）。且幸天下太平，還是儘量喝酒，從這中間尋找歡樂吧！

　　那位押運冬衣的太監回朝廷時，將這首詞抄下帶了回去，於是傳入皇宮中，宮女們見詞中有「太平也」的字句，想一定是會使皇帝高興的歌功頌德的詞，於是爭著抄錄傳唱，歌聲遍宮中。不久，當然被皇帝宋神宗聽見了，問哪裡來的，聽說是鎮守邊塞的蔡挺所做，於是要了紙筆給蔡寫了

個條子說，鎮守邊塞的人老了，我很掛念，朝廷中樞密院缺人，留著位子給你。不久，就將蔡挺調回中央任樞密副使。

蔡挺這首詞，雖然也寫邊塞事，可只是一般記述，並且歌功頌德之詞不少，意義自然不如范仲淹的《漁家傲》。至於藝術水準，比范詞也差得遠了。

西北望，射天狼

在北宋前期詞壇上，范仲淹的《漁家傲》無論內容和風格，都是獨樹一幟的。實際上，它成了後來興起的「豪放詞派」的先驅。當然，以自己精彩的作品使豪放詞能與北宋與眾多的婉約詞並駕齊驅，並建立起「豪放詞派」的，則是大文豪蘇軾。蘇軾字子瞻，號東坡居士。眉州眉山人（今四川眉山縣）。他在詩、詞、文、書法和繪畫方面，都有傑出的成就，是一位有多方面才能的藝術家。

蘇軾的詞，內容突破了傳統的束縛，跳出了婉約詞派的狹窄藩籬。做到了「無意不可入（詞），（詞中）無事不可言」的境地。宋代人胡寅說得好：「詞曲是古樂府中最低級的東西，可是文人學士們沒有不寫詞的，常常寫了又掩飾不讓人知道，認為不過是一種遊戲而已！……柳永寫的詞超過了眾人，喜愛的人認為不能再高明了。可是眉山的蘇軾一出，所寫的詞洗去了綺羅香澤，擺脫了男歡女愛、春愁秋恨、纏綿婉轉這一套，使人登高望遠昂首高歌，氣魄雄健超然出塵。相形之下，《花間集》中的那些詞像卑賤的奴僕一樣，柳永的詞就更低級了。」胡寅的這段話，既說明當時許多文人對於詞的看法，又高度評價了蘇軾的詞。

宋神宗熙寧七年（西元1074年），蘇軾由於與執政的王安石政見不合，請求外放為密州（今山東諸城）知州。第二年的冬天，他到常山去祭祀，回來時與同僚們在郊外打獵，獲得不少獵物。蘇軾高興之餘，寫了一首詞《江城子》，並讓部下的壯士們拍掌頓腳合唱，用笛子和鼓伴奏。歌聲雄壯，感情奔放，顯示了作者那種豪邁的性格。

▷ 江城子‧密州出獵　　　［蘇軾］

　　老夫聊發少年狂。左牽黃，右擎蒼，錦帽貂裘，千騎卷平崗。為報傾城隨太守，親射虎，看孫郎。

　　酒酣胸膽尚開張。鬢微霜，又何妨。持節雲中，何日遣馮唐？會挽雕弓如滿月，西北望，射天狼。

〔譯文〕我老頭子偶然發了少年的豪興（蘇軾這年才四十歲，稱老夫有自謙之意），左手牽著黃狗，右臂架著蒼鷹，頭戴錦帽，身穿貂皮袍，率領著成千的騎兵在山崗上奔馳。為了報答滿城的百姓都來看我打獵（也可釋為：請告知全城百姓都來看我打獵），我要像當年孫權那樣，親自射殺猛虎。

在慶祝的宴會上，酒酣興濃，胸懷開擴，膽氣粗豪。鬢髮雖已有些花白，可那又有何關係？什麼時候，朝廷才會派我像馮唐一樣，到邊疆上宣慰將士？到那時我將把弓拉滿如圓月，眼望西北，射向天狼星。

詞牌【江城子】，又名【江神子】，有單、雙調兩種，上詞是雙調。據研究，這是蘇軾所寫的第一首豪放詞。蘇軾寫此詞時，西北方的西夏，是北宋最大的外患，詞中「天狼」即指西夏。在詞的末三句，說明蘇軾有著報效國家、消滅敵人、建立功勳的雄心壯志。詞中還有兩處典故。「親射虎，看孫郎」，指三國時吳國國君孫權親自殺虎的故事：漢獻帝建安二十三年（西元218年）十月，孫權將到吳地去，親自騎馬射虎於亭（今江蘇丹陽東），馬被老虎抓傷，孫權向虎投去雙戟，虎被擊倒，孫權的隨從張世又用戈擊，老虎被打死了。「持節雲中」指西漢文帝時，魏尚任雲中太守，很得士卒愛戴，匈奴怕他，不敢靠近邊塞地區的雲中城（今內蒙古托克托縣一帶）。一次，魏尚率軍狙擊入侵的匈奴騎兵，消滅了大量的敵人。在向皇帝報功時，申報的殺敵數多了六人，漢朝廷便將魏尚處以重罪，關在監獄中。馮唐認為魏尚不僅無罪而且有功，應該重賞，於是向漢文帝直率地陳述了自己的意見，文帝接受了，派馮唐為特使，帶著傳達命令的符節赦免了魏尚，讓他仍任雲中太守，並任命馮唐為車騎都尉。詞中

水調歌頭・遊覽（黃庭堅）　（明）汪氏編《宋詞畫譜》

蘇軾自比為馮唐。

宋神宗熙寧九年，蘇軾四十一歲。這年中秋節，他和友人高興地喝酒賞月，一直到天亮。席間對著中秋明月，懷念他在濟南的弟弟蘇轍（字子由），蘇軾在大醉之後，寫了下面這首極其著名的傑作《水調歌頭》：

▷ 水調歌頭　　　〔蘇軾〕

丙辰中秋，歡飲達旦，大醉。作此篇，兼懷子由

　　明月幾時有，把酒問青天。不知天上宮闕，今夕是何年。我欲乘風歸去，又恐瓊樓玉宇，高處不勝寒。起舞弄清影，何似在人間。

　　轉朱閣，低綺戶，照無眠。不應有恨，何事長向別時圓。人有悲歡離合，月有陰晴圓缺，此事古難全。但願人長久，千里共嬋娟。

〔譯文〕這皎潔的明月是何時才有的？我端起酒杯向蒼天詢問。不知天上的神仙宮闕，今天晚上是它們的什麼年？我想駕長風回到天上，又怕那美玉建成的亭臺樓閣太高，受不了那襲人的寒氣。在月下起舞，影子隨我一起轉動，還是人間好啊！

月光轉過了朱紅色的樓閣，低低地照進了雕花的窗戶，照著那心事重重不能安眠的人兒。月兒不會對人們有怨恨吧！可它為何總在人們離別的時候又圓又亮呢？人生在世，總有悲歡離合，月亮也有陰晴圓缺，自古以來就不可能那樣美滿。但願我們永遠平安康泰，雖遠隔千里，同對著這明月互寄思念。

有的研究者認為，蘇軾的這首《水調歌頭》，並不僅是像字面上那樣寫中秋節時的想像和懷念兄弟，還有更深的含義。如「不知天上宮闕，今夕是何年」表面上是中秋月夜的想像，實際上是作者對當時朝廷上的情況、意圖的詢問。詞中「我欲乘風歸去，又恐瓊樓玉宇，高處不勝寒」三句，是作者說自己雖然想回到朝廷所在地開封去，但又怕新舊黨互相爭權傾軋，自己難以容身。

蘇軾這首描述中秋的《水調歌頭》，由於風格雄健，內容清新，富於想像力，水準遠遠超過了以往所寫的中秋詞。宋代的胡仔說，中秋詞自從蘇東坡的《水調歌頭》寫出後，其他人的詞全都沒人讀了。

　　宋神宗元豐七年（西元1084年），首都開封廣泛傳唱此詞。宋神宗問太監，外面現在流傳的詞有什麼，太監抄了這首《水調歌頭》呈上。神宗讀到「瓊樓玉宇，高處不勝寒」時，歎息道：「蘇軾到底還是愛皇帝的。」此時，蘇軾因罪被貶為黃州團練副使已五年，於是神宗命令將蘇軾由黃州改到離開封較近的汝州（今河南臨汝）任職。

　　據宋代人李治的記載，蘇東坡《水調歌頭》詞中的名句「我欲乘風歸去，又恐瓊樓玉宇，高處不勝寒。起舞弄清影，何似在人間」流傳後，當時就有一些詞人模仿這種形式填詞。例如詞人黃庭堅所寫的一首《水調歌頭》其中第五至第十句就是這樣。

▷ 水調歌頭・遊覽　　　　　［黃庭堅］

　　　瑤草一何碧，春入武陵溪。溪上桃花無數，枝上有黃鸝。我欲穿花尋路，直入白雲深處，浩氣展虹霓。只恐花深裡，紅露濕人衣。

　　　坐玉石，倚玉枕，拂金徽。謫仙何處，無人伴我白螺杯。我為靈芝仙草，不為朱唇丹臉，長嘯亦何為。醉舞下山去，明月逐人歸。

　　〔譯文〕山中芳草是多麼的碧綠，春天來到了桃源仙境（武陵在今湖南常德附近，是晉代陶淵明在《桃花源記》中寫的一個仙境）。溪水中漂浮著無數桃花，樹枝上黃鶯在啼鳴。我想穿過桃花叢找到去仙境的道路，一直去到白雲深處，豪邁之氣伸展到空中的彩虹裡。只怕桃花叢的深處，紅花瓣上的露水沾濕了人的衣衫。

　　坐在玉石上，靠著石枕撥起琴弦。那神仙一樣的詩人李白在哪裡？有誰伴著我用白螺杯痛飲（白螺杯為用白色螺殼製成的酒杯）。我要做一棵超然出塵的靈芝仙草，不當熱中名利的凡夫俗子，何必要長歎呢？乘著酒興一面起舞一面下山，明亮的月光送人歸去。

蘇軾的這首《水調歌頭》，影響非常廣泛，不僅在國內，而且遠傳域外，如在金國也有重大影響。南宋時，金國的詞人趙秉文，按蘇詞的風格，也填了一首《水調歌頭》，詞中對蘇詞的名句模仿得惟妙惟肖，可又不失自己的含意，是很難得可貴的。

▷ 水調歌頭　　　〔金　趙秉文〕

昔擬栩仙人王雲鶴贈予詩云：寄與閑閑傲浪仙，枉隨詩酒墮凡緣。黃塵遮斷來時路，不到蓬山五百年。其後玉龜山人云：子前身赤城子也。予因以詩寄之云：玉龜山下古仙真，許我天臺一化身。擬折玉蓮騎白鶴，他年滄海看揚塵。吾友趙禮部庭玉說：丹陽子謂予再世蘇子美也，赤城子則吾豈敢，若子美庶幾焉。尚愧辭翰微不及耳，因作此以寄意焉。

　　四明有狂客，呼我謫仙人。俗緣千劫不盡，回首落紅塵。我欲騎鯨歸去，只恐神仙官府，嫌我醉時真。笑拍群仙手，幾度夢中身。

　　倚長松，聊拂石，坐看雲。忽然黑霓落手，醉舞紫毫春。寄語滄浪流水，曾識閑閑居士，好為濯冠巾。卻返天臺去，華髮散麒麟。

作者在此詞的「題序」中說，過去王雲鶴（擬栩仙人是王的別名）曾贈詩給我，意思是：告訴你這個高傲散漫的仙人閑閑居士（閑閑居士為作者的別號），你因為既喜飲酒又愛吟詩而墮入了塵世。漫天黃塵遮蔽了來時的道路，你不到蓬萊仙山已五百年了。其後有個隱士玉龜山人對我說，你的前身是神仙赤城子。於是我寫了一首七絕回答他們，詩的意思是：玉龜山下的真仙人，說我是天臺山上神仙的化身。準備騎著白鶴去折仙境的玉蓮花，待到將來再看滄海變桑田時揚起的塵埃。我的朋友禮部官員趙庭玉告訴我說，丹陽子（作者友人馬鈺的別號）說我是北宋文學家蘇舜欽（字子美）的後身。說我是神仙赤城子，那真擔當不起，說是蘇舜欽再世還差不多，慚愧的是我的文章比他還差一點。因此，我寫了下面這首《水

調歌頭》以寄意。

〔譯文〕有個如像唐代四明狂客的人，說我是被罰下凡的仙人。雖然經歷了千劫（佛教把天地間的一成一敗叫一劫，表示一段很長的時間，千劫則為極長的時間），可對人世間的一切仍忘懷不了，一回頭又落在塵世之中。我想騎鯨回歸仙境，又怕那裡的神仙們嫌我喝醉了時太天真。對我幾度經歷的夢幻一樣的境界，群仙們看了之後拍掌大笑。

倚著高高的松樹，拂去石上的塵埃，坐下欣賞那變幻的浮雲。醉中揮舞紫毫毛筆，題詩作畫落墨猶如黑色的雲霓。告訴那滄浪河中的流水，為我這個閒閒居士好好地洗淨帽子與衣巾。再披散頭髮騎著麒麟，返回那天臺仙境（天臺山在今浙江天臺縣北，古代傳說山深處有仙境）。

此詞的頭兩句，用了唐代時李白的典故。李白剛到長安時，自號四明狂客的賀知章（四明為今浙江寧波）讀了他寫的詩後，讚歎說：「你是被罰下凡塵的仙人啊！」此詞作者自比為謫仙人，四明狂客指那些稱他為謫仙的朋友們。

蘇軾從開封到東武時（今山東諸城），正好大雨下了整個月不停，黃河決口，洪水淹沒了廣大地區，並且直流到了東武附近。蘇軾立即組織了上萬勞動力，帶了鐵鍬、畚箕等工具，以及樹枝茅草等，修補城牆損壞的地方，以阻止洪水進城。到傍晚時，水勢更大，蘇軾親自登上城牆指揮，晚間就露宿在城頭上。大家看一州的最高長官坐鎮，人心也安定了，終於堵住了洪水，保全了東武城。蘇軾又採用僧人應言的建議，挖開清冷口，使城郊低窪地的積水流入古代的廢舊河道，再向東北入海，這樣很快恢復了東武城附近的生產。同時，蘇軾並上奏朝廷批准，在東武附近築了十餘里長的堤防以阻擋洪水。堤建成後，黃河水大部分流入原河道中，少部分流經東武城供民用，並且改善了環境。

堤建成這年的上巳日（古代陰曆三月第一個巳日為上巳日，這天人們要到郊外春遊，並在水邊清洗塵垢，以除去不祥，叫做「修禊」；自曹魏以後，改成陰曆三月三日為修禊之日），蘇軾擺酒慶賀堤成，宴席上有一

位歌妓上前說：「自古以來，有關上巳的舊歌詞很多，可從沒有記述新堤建成的。請大人您寫一曲，讓我們演唱這新詞。」蘇軾很高興，立即揮筆寫了一首《滿江紅》，歌妓們在宴席上演唱，滿座稱賞，宴會盡歡而散。

▷ 滿江紅　　　〔蘇軾〕

　　東武南城，新堤固，漣漪初溢。隱隱遍，長林高阜，臥紅堆碧。枝上殘花吹盡也，與君更向江頭覓，問向前，猶有幾多春？三之一。

　　官裡事，何時畢？風雨外，無多日。相將泛曲水，滿城爭出。君不見蘭亭修禊事，當時座上皆豪逸。到如今，修竹滿山陰，空陳跡。

〔譯文〕東武城的南面，新堤剛築成，只見水面漣漪不斷。堤岸兩邊，隱隱可見隆起的山岡和茂密的樹林。紅色的花瓣凋落在地上，綠葉堆滿了枝頭，樹上的殘花已被東風吹盡。我和你到江邊尋春去，問前去的人，還殘留有多少春天，回答是只剩下三分之一。

　　我的公事何時能完啊！除了風雨的天氣外，美好的春日沒幾天了。和同僚們一起在新開的河流中泛舟，滿城人爭著出來觀看。您還記得晉代時王羲之和同伴們在蘭亭修禊的事吧！當時座上的賓客全是文士豪傑。可到如今呢？只見山陰（今浙江紹興，當年王羲之和同伴修禊之處）長滿了茂密高大的竹林，王羲之和同伴們修禊的勝事，只剩下了讓人憑弔的陳跡。

　　北宋神宗元豐二年（西元1079年），蘇軾被貶官為黃州團練副使，這時蘇軾四十七歲。黃州位於長江之濱，在城西門外有赤壁磯（古名赤鼻）。它是臨江的懸崖，岩石赭赤色，形如懸鼻，因而得名。由於三國時在長江邊的赤壁（在今湖北蒲圻縣西北）發生過一次著名的戰役——赤壁之戰，孫權和劉備的聯軍以少勝多，用不到十萬人的兵力打敗了曹操號稱八十三萬的大軍，赤壁這個地方也就名揚天下。很明顯，黃州的赤壁磯與發生赤壁之戰的赤壁，是兩處不同的地方。

念奴嬌・赤壁懷古（蘇軾）　　（明）汪氏編《宋詞畫譜》

元豐五年七月望日（月圓之日），蘇軾與朋友李生、潘生、郭生等人，乘月夜泛舟於黃州赤壁磯附近的長江中。這位天才的文學家興致大發，即席寫了一首在北宋詞壇極為著名的傑作《念奴嬌》。

▷ 念奴嬌·赤壁懷古　　　　〔蘇軾〕

　　大江東去，浪淘盡，千古風流人物。故壘西邊，人道是，三國周郎赤壁。亂石穿空，驚濤拍岸，捲起千堆雪。江山如畫，一時多少豪傑。

　　遙想公瑾當年，小喬初嫁了，雄姿英發。羽扇綸巾，談笑間，強虜灰飛煙滅。故國神遊，多情應笑我，早生華髮。人生如夢，一樽還酹江月。

〔譯文〕浩瀚的長江水滾滾東流，千古以來，多少英雄豪傑像一去不返的波浪，都已消逝。在那舊時營壘的西邊，人們說那就是當年周瑜大敗曹操的赤壁。陡峭的石壁直插天空，拍岸的波濤發出驚人的巨響，捲起千萬重白雪似的浪花。這美麗如畫的江山啊！引得當年多少英雄豪傑在互相較量。

想當年，周瑜青春年少，風華正茂，美貌的小喬剛嫁。他身穿便服，搖著羽扇，言談精闢，從容不迫（綸巾為絲織品做的便帽，此處指便服）。談笑之間，強悍的敵人被他的一把大火燒得灰飛煙滅。當年赤壁大戰的情景，一幕幕在我眼前映過。我的多情真是可笑，使得頭髮這麼早就斑白了。人生在世，真猶如一場春夢，我還是斟滿一杯酒，灑來祭奠江上的明月吧！

唐代玄宗時，有一個著名的歌女念奴。據說皇帝在宮前舉行盛大宴會，招待附近百姓時，宮前擁擠著成千上百的人，喧嘩不止。這時只要大聲宣布「念奴唱歌」，人們立即就靜了下來。【念奴嬌】這個詞牌，就是由此而來。

在這首《念奴嬌》中，蘇軾將黃州的赤壁磯當做了三國時發生赤壁之戰的地方，當然，蘇軾是弄錯了。也有人認為，蘇軾知道他泛舟遊覽的黃

如夢令·春恨（秦觀）　　（明）汪氏編《宋詞畫譜》

州赤壁磯不是赤壁之戰的戰場，但為了寫詞抒發感慨的需要，故意這樣借景寫懷古之情。

清代康熙年間，重修了黃州的赤壁磯，並定名為「東坡赤壁」。目前東坡赤壁的建築改建於1922年，後又幾經修繕，在綠樹紅牆之內，有著大量的歷代碑石。

蘇軾詞的豪放風格，不僅對宋朝的詞人產生了深刻的影響，而且他的詞傳入金國，對金國的詞作起了主導作用。像上面的這首名作《念奴嬌》，金國就不止一個人用它的原韻進行和作，並且連詞牌都改成了蘇詞的第一句【大江東去】。金國建國初期（相當於南宋高宗時期），著名詞人，曾官至右丞相的蔡松年，就曾用蘇詞的原韻，填了一首《大江東去》：

▷ 大江東去　　　［金　蔡松年］

　　離騷痛飲，問人生佳處，能消何物。江左諸人成底事，空想岩岩青壁。五畝蒼煙，一邱寒玉，歲晚憂風雪。西州扶病，至今悲感前傑。

　　我夢卜築蕭閑，覺來岩桂，十里幽香發。磈磊胸中冰與炭，一酹春風都滅。勝日神交，悠然得意，離恨無毫髮。古今同致，永和徒記年月。

〔譯文〕人生最美妙的時刻，就是能痛快地喝酒，同時熟讀屈原的《離騷》，此外就什麼也不需要了。東晉謝安、王導這些人，雖然建立並穩定了東晉政權，可並未成什麼大事，白白地讚譽他們好似高聳峙立的岩壁。在這荒煙籠罩的幾畝土地上，面對著一叢叢翠竹，又是年末深冬時節了，真憂愁風雪的來臨（據說詞的作者當時處境不佳）。想當年羊曇醉中到了西州（今江蘇南京市），憶起已逝世的謝安的功業，不禁悲傷慟哭（羊曇、謝安都是東晉初期的高官）。

　　我在夢中選地築了蕭閑堂（作者在當丞相時，曾在別墅中築有蕭閑堂，並自號「蕭閑老人」），醒來聞見十里外山崖上傳來的桂花幽香。我胸中像冰和火炭一樣互不相容的不平之氣，在一醉之後全都

消失了。與晉代諸位英雄豪傑神交（慕名而未見過面的交往謂之神交），真使人高興而消去了所有的愁恨。古今的感懷是相同的，不要總記著永和年間（晉穆帝年號）王羲之他們在水邊修褉的樂事吧！

這首《大江東去》雖是和作，可寫得也非常精彩。金國著名詩人元好問，推崇此詞是壓卷之作。

蘇軾的《念奴嬌‧大江東去》，對後代詞人也有很大的影響。在蘇軾之後的二百五十多年，元代著名詞人薩都拉一次登上金陵（今江蘇南京市）城頭遊覽時，憑弔古跡，感慨不已。面對浩瀚的長江，他聯想起蘇軾名作《念奴嬌》中的雄渾詞句：「大江東去，浪淘盡，千古風流人物」，於是按照蘇詞的原韻，和作了一首《念奴嬌》：

▷ **百字令** ［元 薩都拉］

登石頭城，次東坡韻

　　石頭城上，望天低吳楚，眼空無物。指點六朝形勝地，惟有青山如壁。蔽日旌旗，連雲檣艣，白骨紛如雪。一江南北，消磨多少豪傑。

　　寂寞避暑離宮，東風輦路，芳草年年發。落日無人松徑裡，鬼火高低明滅。歌舞尊前，繁華鏡裡，暗換青春髮。傷心千古，秦淮一片明月。

〔譯文〕我在石頭城（即金陵城）上遠眺，只見天連著吳楚的大地（吳指今江蘇、安徽和浙江一帶，楚指今湖北、湖南一帶），眼前一片空曠。指點六朝繁華的地方，如今只剩下壁立的青山而已。當年遮蔽了太陽的旌旗，江中密集如雲的艦船全都消失了，留下只有雪一樣的紛亂白骨。大江南北有多少英雄豪傑，都像流水般地逝去了。

帝王們出巡時避暑的離宮，早已寂寞無人。宮中的道路上，年年都長滿了茂密的野草。松林中的小徑荒涼冷落，日落後鬼火忽明忽暗地飄浮。欣賞著歌舞歡宴，在夢幻一樣的繁華中，烏黑的頭髮暗暗地變白了。你看那秦淮河上一片明亮的淒清月光，使人怎能不為這千年

的興衰往事傷懷啊！

詞牌【百字令】，是【念奴嬌】的別名。薩都拉這首詞，是元詞中的名作。

由於蘇軾剛到黃州時，曾在長江邊的臨皋館住過，因此，他在宋神宗元豐五年（西元1082年）九月，寫了下面這首《臨江仙》：

▷ 臨江仙·夜歸臨皋　　　　　〔蘇軾〕

　　夜飲東坡醒復醉，歸來彷彿三更。家童鼻息已雷鳴。敲門都不應，倚杖聽江聲。

　　長恨此身非我有，何時忘卻營營。夜闌風靜縠紋平。小舟從此逝，江海寄餘生。

〔譯義〕我在東坡酒醒後又喝醉了，歸家時好像已是三更，看家的小童睡得鼾聲如雷，敲門都不應，我只好扶著拐杖聽江裡的流水聲。

長恨我身不由己，掌握不了自己的命運。何時才能不再為功名利祿勞心費力啊！夜深風靜，縐紗似的水波也已平息。我要駕一隻小船走了，到江海中自由自在地度過我的餘年。

蘇軾的這首《臨江仙》，雖不是他最佳的詞作，可寫出後卻驚動了不少人，甚至包括當時的皇帝宋神宗。蘇軾到黃州後，有一次得了紅眼病（眼睛發炎），一連幾個月出不了門。外間傳說他還害了其他的病，傳來傳去，說他病死了。經過黃州的旅客將此傳聞告訴在許昌（今河南許昌）的蘇軾老友范景仁，範立即大哭，並且叫子弟儘快送一筆錢給蘇的家屬表示弔唁。子弟對他說，傳聞未必可靠，應先寫信向他問安，如果真去世了，再弔唁也不遲。於是范寫信給蘇，蘇軾接信後哈哈大笑。幾年後他調離黃州到汝州去，在給神宗皇帝上的謝表中寫道：「（在黃州）疾病連年，人皆相傳為已死。」

蘇軾病好不久，又和幾個客人乘船在江上飲酒，深夜時，見江面上水連天，清風習習，露水沾衣。蘇軾聯繫自己身世，感慨不已，於是寫了上面這首《臨江仙》。寫畢，和客人們大聲合唱此詞，唱了好幾遍，才興盡

卜算子・孤鴻（蘇軾）　　（明）汪氏編《宋詞畫譜》

而散。

　　第二天，黃州城裡紛紛傳說，蘇軾昨晚寫了這首詞後，將官服和帽子掛在江邊，乘小舟長嘯遠走高飛了。黃州知州徐君猷聽見後，又驚又怕，以為朝廷叫他監視的罪人跑了，這還了得，立即親自到蘇軾住處探望，誰知蘇軾正在酣睡，鼾聲雷動。雖然如此，蘇軾逃跑了的謠言還是傳到了首都開封的皇宮中，連皇帝宋神宗聽見後，都有點疑惑究竟怎麼回事。

寂寞沙洲冷

　　蘇軾的詞雖以豪放著稱，但他也寫有類似婉約派風格的閨情詞，而且寫得異常精彩。此外，在描述風景、詠物等方面，蘇詞也有不少佳作。

　　蘇軾的妻子名叫王弗，她知書懂詩。蘇軾在潁州（今安徽阜陽縣）任職時，一個正月的夜裡，庭院裡梅花盛開，幽香襲人，月色也非常美好。王弗興致很高，對蘇軾說：「春月勝於秋月色，秋月讓人慘凄，春月令人和悅。可召趙德麟（蘇軾好友）輩飲此花下」。蘇軾聽後大喜，說：「此真詩家語也。」立即寫了一首詠歎當時美景的詞《減字木蘭花》：

　▷ 減字木蘭花・春月　　　　［蘇軾］

　　春庭月午，搖盪香醪光欲舞。步轉迴廊，半落梅花婉娩香。

　　輕風薄霧，總是少年行樂處。不似秋光，只與離人照斷腸。

〔譯文〕春夜的庭院中，月兒正在當空。銀光在搖盪的美酒上閃爍不定，好似優美的舞步。走過了迴廊，已經半落的梅花發出陣陣幽香。

　　那輕風吹拂薄霧籠罩的春月，總是照著少年行樂的地方。不像秋天的月光照著孤獨的遠行人，更備感凄涼。

不幸的是，北宋英宗治平二年（西元1065年）五月，二十九歲的蘇軾在首都開封史館任職時，王弗因病故去了，當時葬在開封西郊，第二年六月遷回彭山縣（在今四川）安鎮鄉可龍里安葬。王氏去世，蘇軾當然是非常悲痛的。後來，蘇軾由於和推行新法的王安石政見不合，在任開封府推官時，被御史誣陷，外放杭州通判，宋神宗熙寧七年（西元1074年），改任密州知州。

第二年的正月二十日夜，蘇軾在密州夢見與亡妻在故鄉的舊居中相逢，醒後無比悲傷。他想起妻子故去已十年了，自己年已四十，可在這十年中政治上屢受打擊，四處奔波，遂將自己的這些思念寫入詞章，這就是著名的悼亡詞《江城子》：

▷ 江城子　　　　［蘇軾］

乙卯正月二十日夜記夢

　　十年生死兩茫茫。不思量，自難忘。千里孤墳，無處話淒涼。縱使相逢應不識，塵滿面，鬢如霜。

　　夜來幽夢忽還鄉。小軒窗，正梳妝。相顧無言，惟有淚千行。料得年年腸斷處，明月夜，短松崗。

〔譯文〕我們生離死別已經十年時光，互相間一無所知渺渺茫茫。即使不故意去思念，也難把你遺忘。你那孤零零的墳墓，在千里之外的遙遠他方，我到哪裡去訴說心頭的淒涼與悲傷。即使相逢，你恐怕也認不出我的模樣，十年的奔波使我塵埃滿面，兩鬢白如寒霜。

在夜裡那個迷離的夢中，我忽然回到了家鄉。對著那熟悉的小屋窗口，你正在梳妝。突然的相見啊！互相望著，一句話兒也沒法講。只有一行行的熱淚，流滿了我們的臉上。我知道那每年使我最傷心之地，就是冷月映照的，你長眠的荒涼山崗。

宋神宗元豐二年（西元1079年）冬，蘇軾因被誣陷貶到黃州。元豐三年二月一日，借住在黃州東南的定惠院（又名定惠寺），不久後即移住臨皋。蘇軾到定惠院不久，寫了下面這首《卜算子》：

▷ 卜算子　　　　〔蘇軾〕

州定惠院寓居作

　　缺月掛疏桐，漏斷人初靜。惟見幽人獨往來，縹緲孤鴻影。

　　驚起卻回頭，有恨無人省。揀盡寒枝不肯棲，寂寞沙洲冷。

〔譯文〕月牙兒掛在枝葉稀疏的梧桐樹上，夜深了漏聲斷絕，一切靜悄悄。唯見偶有孤雁獨自飛來，影兒縹緲難尋。

　　被驚後飛起的大雁，回頭四處張望，有多少怨恨，可無人明白。挑選了多少寒冬的樹枝啊！牠都不願在上面棲息。只有那寂寞涼冷的沙洲，才是牠停留之地。

　　詞牌【卜算子】的來源，有兩種說法：一說唐代詩人駱賓王寫詩時好用數字，人稱「卜算子」，由此得名；二說取意於賣卜算命之人。

　　詞中「漏」指，漏壺，為古代計時的器具，分播水壺和受水壺兩部分，播水壺盛水，下有孔，水緩緩滴入受水壺。受水壺中有立箭，隨水量的增加而浮起，用以指示時間。「漏斷」指漏壺滴水聲沒了，即水滴完了，就是夜深了的意思。

　　南宋時人胡仔認為，詞中的「揀盡寒枝不肯棲」句有語病，因為大雁只棲息在田野蘆葦叢中，從來不在樹上停留。有人辯駁說，句中明明寫的「不肯棲」，說明雁沒有停在樹上，至於說「揀盡寒枝」那只是寫詞的一種手法，並不是說大雁真的去選擇樹枝了。

　　自古以來，人們都認為在這首詞中作者有所寄託，至於寄託的什麼，則認識有所不同。近代人大多認為，作者在詞中自比為孤雁，雖遭受不幸的打擊，但仍獨來獨往，不隨世俗浮沉。也有的認為蘇軾因處境艱危，故即使有高枝好棲也不肯棲，只好宿在沙洲裡忍受寂寞與寒冷。

　　蘇軾被貶到惠州時，親人多半離散，只有愛妾王朝雲一直相隨不走。在赴惠州的旅途上，蘇軾感觸甚深，因而寫了一首充滿惆悵情調的《蝶戀花》。到惠州後，一天蘇軾與朝雲閑坐，當時剛下了秋霜，樹葉黃落，

賀新郎・夏景（蘇軾）　　（明）汪氏編《宋詞畫譜》

片淒涼的深秋景色。蘇軾叫朝雲備酒，她端著酒杯唱蘇軾寫的《蝶戀花》詞，怎奈還沒有唱，就已經淚濕衣襟。蘇軾問怎麼回事，朝雲回答說，詞中的「枝上柳綿吹又少，天涯何處無芳草」使她沒法唱下去。蘇軾大笑說：「我正悲秋，而你卻傷春了。」不久後，王朝雲因病去世，蘇軾遂終身不再聽這首《蝶戀花》。

▷ **蝶戀花**　　　〔蘇軾〕

　　花褪殘紅青杏小，燕子飛時，綠水人家繞。枝上柳綿吹又少，天涯何處無芳草。

　　牆裡秋千牆外道，牆外行人，牆裡佳人笑。笑漸不聞聲漸悄，多情卻被無情惱。

〔**譯文**〕凋殘的紅花已全都飄落了，枝頭上長出了小小的青杏。燕子飛來的時候，清碧的溪水繞著人家緩緩流過。柳絮被風吹得越來越少了。走遍天涯，何處不是草色青青。

　　牆裡花園中掛著秋千，牆外是行人往來的小道。牆外的行人聽見，從牆裡傳來的盪秋千姑娘們的陣陣笑鬧。笑聲漸漸消逝，只剩下一片靜悄悄。姑娘們走了沒有留下一絲情意，那牆外多情的行人啊！你何必要為此而惆悵煩惱。

　　《蝶戀花》原名《鵲踏枝》，本是唐教坊曲名，後用做詞牌。宋代人覺得【鵲踏枝】一名不雅，於是根據梁簡文帝的「翻階蛺蝶戀花情」句而改為【蝶戀花】。

　　清代的詩人王士禎評論說，像「枝上柳綿吹又少」這種句子，即使是柳永詞的寫情，也未必能超過它，誰說蘇東坡只會寫「大江東去」之類的豪放詞呢，他的才華，真是超群絕倫啊！

　　宋哲宗元祐年間，宋朝廷中反對王安石變法的舊黨上臺，蘇軾被召回首都開封任職。元祐三年（西元1088年），蘇軾被封為龍圖閣學士，並且外放為杭州知州。一日，蘇軾和他的部下在西湖中舉行宴會，席上召來了很多官妓唱歌助興，可唱得最好的秀蘭未來，經派人去再三催促才不到。蘇軾問她為何遲到，回答說，她洗澡後躺著休息，忽聽敲門聲，原來是來人

催她去宴席上演唱，於是上妝才來，所以遲到了。

這時蘇軾的僚屬中有一人因對秀蘭有好感，見她不來非常生氣，猜想說，不來必定有個人私情之事。秀蘭含淚竭力辯解，蘇軾也從旁勸解，可那位僚屬仍不解氣。正好這時石榴花盛開，秀蘭摘了一枝親手獻給座中人，誰知那位僚屬更加生氣，責備秀蘭不恭敬。秀蘭一個妓女，被官員斥責不敢再申辯，只有低頭流淚。蘇軾見此情況，想出了一個排解的法子，他當場寫了一首詞《賀新郎》，讓秀蘭唱此新歌詞敬酒。優美的歌聲和她的美貌相配，眾人讚賞不已，那位生氣的僚屬聽罷歌聲也大為高興，遂盡歡而散。蘇軾寫的《賀新郎》詞如下：

▷ 賀新郎　　　　　〔蘇軾〕

　　乳燕飛華屋，悄無人，桐陰轉午，晚涼新浴。手弄生綃白團扇，扇手一時似玉。漸睏倚，孤眠清熟。簾外誰來推繡戶，枉教人夢斷瑤台曲。又卻是，風敲竹。

　　石榴半吐紅巾蹙，待浮花浪蕊都盡，伴君幽獨。穠豔一枝細看取，芳心千重似束。又恐被，西風驚綠。若待得君來向此，花前對酒不忍觸。共粉淚，兩簌簌。

〔譯文〕小燕子在華美的房屋中學飛，屋中靜寂無人，桐樹的陰影隨著陽光而轉，已經是午後了。傍晚天已涼爽，剛洗完澡後，手裡玩著生絲絹製的白色團扇，扇手相映，潔白猶如美玉。她睏倦倚枕，一個人安靜地睡熟。簾子外面是誰來推門（繡戶指有雕刻彩繪的華美門戶，此指姑娘的房門），使她從遊覽仙境的好夢中驚醒（瑤台為玉石建成的樓臺，意即仙境），原來是，風吹竹敲門。

石榴花半開，好似緊折的紅絲巾。等到其他的花卉都已瓣落蕊殘，只有它陪伴著孤獨的你。折一枝美豔的石榴花細細地看，花瓣兒似有千重，束在喇叭狀的花萼中。又恐怕秋風起後，花兒凋謝只剩下綠葉受摧殘。如果等得你來，怕也是對著酒杯在花前不忍觸摸，可是，豔美的石榴花和她的淚水一樣，將紛紛落下。

上面這首詞的寫作背景，古代還有些不同的說法。如有人說此詞是蘇軾在杭州萬頃寺所作，寺中當時盛開著石榴花，並且有歌女在睡午覺。故詞中有「漸睏倚，孤眠清熟」之句，而且第一句是「乳燕樓華屋」。南宋人胡仔更認為，蘇軾此詞與前述酒宴秀蘭遲到唱歌之事毫無關係，而是蘇在初夏時，見所有花卉都凋謝了，只有石榴花盛開，有所感而寫的閨情詞。詞中並有所寄託，可能表達了蘇軾自感懷才不遇，多次在政治上受打擊貶謫的抑鬱心情。

似花還似非花

宋神宗熙寧十年（西元1077年），蘇軾調任徐州知州。秋天黃河在澶州（今河南濮陽）決口，洪水圍困了徐州，情況十分危急。蘇軾率領軍民修築堤防抵禦洪水，奮鬥了一個多月，保全了徐州。第二年春季，不幸又發生了嚴重的旱災，按照慣例，蘇軾作為地方最高長官，到徐州城東二十裡的石潭求雨。下雨後，又去石潭謝雨。在謝雨途中，蘇軾將我國北宋時淮北農村的夏日景色，以及農民的生活，寫成了一組五首《浣溪沙》。

▷ 浣溪沙五首（選四）　　　［蘇軾］

徐州石潭謝雨道上作五首，潭在城東二十里，常與泗水增減，清濁相應。

（二）

旋抹紅妝看使君。三三五五棘籬門。相挨踏破茜羅裙。
老幼扶攜收麥社，烏鳶翔舞賽神村。道逢醉叟臥黃昏。

（三）

麻葉層層檾葉光。誰家煮繭一村香。隔籬嬌語絡絲娘。
垂白杖藜抬醉眼，捋青搗䴷軟飢腸。問言豆葉幾時黃。

浣溪沙・春恨（蘇軾）　　（明）汪氏編《宋詞畫譜》

（四）

簌簌衣巾落棗花。村南村北響繰車。牛衣古柳賣黃瓜。
酒困路長惟欲睡，日高人渴漫思茶。敲門試問野人家。

（五）

軟草平莎過雨新。輕沙走馬路無塵。何時收拾耦耕身。
日暖桑麻光似潑，風來蒿艾氣如薰。使君元是此中人。

〔譯文二〕匆忙打扮好的婦女們，三三兩兩地靠在酸棗枝條編成
的籬笆門邊，看我這州官來到這裡（古代稱州郡長官為使君，如漢的
太守、唐的刺史、宋的知州等均可稱「使君」）。她們互相擠著把茜
草染的紅綢裙都踩破了。收麥以後，人們扶老攜幼去看祭祀土地神，
烏鴉鳶鳥亦在祭神的村子上空盤旋，想分到一塊肉。祭神後大家歡飲，
路上我都遇見喝醉的老頭兒在暮色中躺在地下。

〔譯文三〕麻葉茂密，（絲，葉似苧麻的一種麻類植物，纖維較
粗，可製繩）葉閃閃發光。誰家在煮蠶繭，滿村都散發著清香。繰絲
的姑娘們隔著籬笆在笑語。拄著藜杖（藜為一種草本植物，莖老後堅
而輕，可製手杖）的白髮老頭兒醉眼矇矓，摘下新麥搗碎炒乾糧，填
飽那饑餓的肚腸，一面問著，豆葉幾時能變黃。

〔譯文四〕衣服和頭巾上，不斷地飄下棗花。村南村北，到處都
響著繰絲車的咿呀聲。穿著粗布衣服的鄉下人，在古老的柳樹下叫賣
黃瓜（牛衣用草或亂麻編織成，用以給牛禦寒，此處借指粗衣）。路
途漫長，酒後睏倦昏昏欲睡，太陽高懸，口乾舌燥想喝茶，敲門試問
那好客的鄉下人家。

〔譯文五〕平整如氈的柔軟莎草，在雨後是多麼新鮮。細沙路上
走馬潔淨無塵。我什麼時候才能夠整理農具去耕田啊（耦耕指兩人並
耜而耕，來源於古代隱士長沮和桀溺二人耦而耕的故事）！雨後的桑
麻葉在溫暖的陽光下亮得耀眼，微風吹來艾蒿的氣味是那麼濃郁，我
這個使君來自農村，對這田園生活原來就很熟悉啊！

除豪放詞、閨情詞和景物詞外，蘇軾寫的詠物詞，也有異常精彩之作。蘇軾有一好友資政殿學士章楶，字質夫，他的詩詞在當時也很有名氣。宋哲宗元祐二年（西元1087年），章在首都開封寫了一首詠楊花的詞《水龍吟》。當時在開封任翰林學士的蘇軾讀了後，在給章的信中寫道：「您的柳花詞妙絕，使別人沒法再措詞了。」後來，蘇軾按章詞的原韻，和作了一首《水龍吟》。

極端讚賞的人認為，這兩首詞都是絕唱。當然，這兩首《水龍吟》的確都是佳作，不過說是「絕唱」，那卻太過分了。至於兩首詞的高低，則有不同的看法。宋代人朱弁在《曲洧舊聞》中說，章質夫的《水龍吟》詠楊花，寫得清麗可喜；蘇東坡的和作看來豪放不合聲律，可細看，其音韻是很和諧柔美的。宋詞人晁沖之則認為，蘇東坡的詞好像王昭君和西施，天然長得美，洗淨臉後，能與天下的任何美女相比。章質夫的詞比起來就像婦女搽了許多化妝品，雖然也不錯，可比蘇詞就不行了。宋詞人張炎說，蘇東坡次章質夫《水龍吟》韻，起句便高出一頭，後半片愈來愈奇，真是壓倒今古。近代學者王國維在《人間詞話》裡寫道：「東坡楊花詞《水龍吟》雖是和韻，可是像原作；章質夫的原作卻像和韻，由此可見二人才華的確不同啊（因為一般情況下，和韻受限制多，寫出的詞品質總不如原作好）。」宋人魏慶之認為，章質夫的《水龍吟》詠楊花曲盡妙處，蘇東坡的和作雖高明，恐怕還是不如，有些詩人抑章詞的議論，顯得太不公正了。

章楶和蘇軾這兩首《水龍吟》究竟怎樣，讀者自己評論吧！

▷ 水龍吟　　　［章楶］

　　燕忙鶯懶花殘，正堤上，柳花飄墜。輕飛亂舞，點畫青林，全無才思。閑趁遊絲，靜臨深院，日長門閉。傍珠簾散漫，垂垂欲下，依前被、風扶起。

　　蘭帳玉人睡覺，怪春衣、雪霑瓊綴。繡床漸滿，香球無數，才圓卻碎。時見蜂兒，仰黏輕粉，魚吞池水。望章台路杳，金鞍遊蕩，有盈盈淚。

〔譯文〕在那燕子忙著築巢，鶯兒懶洋洋地唱歌，百花已經凋殘的時候，河堤上，正是柳絮飄落。你看它輕飛亂舞，在青翠的樹林中點點灑落，漫無目的。它黏在蛛絲上，悄悄地飛進在長長的夏日中緊閉院門的深邃庭院。這柳絮被珠簾阻擋而在簾邊散亂。正緩緩地落下，可又被微風吹起。

芳香的帳子中姑娘在熟睡，她的春衣上，像沾上了雪花綴上了玉片，連床上都快堆滿了，無數染上了芳香的柳絮球，剛一滾圓，卻又碎裂四散。時時可以見到，蜜蜂身上黏了輕輕的花粉，魚兒吞著池水，望章台路途那麼遙遠（章台為戰國時秦國都城咸陽內的台，遺址在今西安市西南。唐代詩人韓翃創了【章台柳】的詞牌，故後代詩詞中常用章台指柳樹），柳絮隨配著華貴馬鞍的駿馬奔跑遊蕩，好似朵朵淚花。

▷ 水龍吟　　　　　［蘇軾］

次韻章質夫楊花詞

　　似花還似非花，也無人惜從教墜。拋家傍路，思量卻是，無情有思。縈損柔腸，困酣嬌眼，欲開還閉。夢隨風萬里，尋郎去處，又還被、鶯呼起。

　　不恨此花飛盡，恨西園，落紅難綴。曉來雨過，遺蹤何在？一池萍碎。春色三分，二分塵土，一分流水。細看來，不是楊花，點點是離人淚。

〔譯文〕這柳絮像花又不像花，沒人愛惜任憑它飄上墜下。它離開樹枝飄到路旁，想想它看來似無情，其實卻是落花有意。柔細的柳條，像是思念愁壞了的柔腸，細長的柳葉，如同姑娘嬌睏得睜不開的眼睛。在夢中，輕盈的柳絮隨風飄蕩萬里，尋找情郎的去處，正在夢酣之時，卻被黃鶯兒的啼聲驚醒。

柳絮飛盡並不可惜，可惜的是西園裡凋落的紅花難以復原，等明

早一陣雨過，柳絮的遺蹤在哪裡呢？在一池春水中，落滿的柳絮好似細碎的浮萍。三分春色啊，有二分隨柳絮化為塵土，一分與柳絮隨流水東逝。細細看來，這不是柳絮，這是離別人們悲傷的點點淚花。

北宋的大文豪歐陽修，是蘇軾考中進士時的主考官，他們的關係在當時稱為座師和門生。一次，歐陽修問蘇軾說：「寫琴的詩哪首最好？」蘇軾回答說：「那當然是唐代詩人韓愈寫的《聽穎師彈琴》詩。」歐陽修說：「韓愈這首詩雖然很奇麗，但不是聽琴詩，而是聽彈琵琶的詩。」

蘇軾聽後，深信不疑。蘇軾的好友，曾互相唱和柳花詞《水龍吟》的章楶，家中有一位善彈琵琶的樂師，曾求蘇軾為他寫一首關於彈琵琶的詞，蘇軾因久未寫詞，於是將韓愈的《聽穎師彈琴》詩略加隱括（將前人作品稍加改動概括謂之「隱括」），使之符合聲律後，親筆書寫給了那位琵琶演奏者。

▷ **水調歌頭**　　　〔蘇軾〕

歐陽文忠公嘗問余：「琴詩何者最善？」答以退之（韓愈的號）聽穎師琴詩。公曰：「此詩固奇麗，然非聽琴，乃聽琵琶詩也。」餘深然之。建安章質夫家善琵琶者，乞為歌詞。余久不作，特取退之詞，稍加隱括，使就聲律以遺之。

昵昵兒女語，燈火夜微明。恩怨爾汝來去，彈指淚和聲。忽變軒昂勇士，一鼓填然作氣，千里不留行。回首暮雲遠，飛絮攪青冥。

眾禽裡，真彩鳳，獨不鳴，躋攀寸步千險，一落百尋輕。煩子指間風雨，置我腸中冰炭，起坐不能平。推手從歸去，無淚與君傾。

〔**譯文**〕在那夜間微明的燈光下，輕柔的琴聲猶如兒女間的低聲細語。是恩是怨都由你來安排，演奏的巧手帶來了眼淚和樂聲。琴聲忽變得雄壯激越，有如勇士衝向敵陣，一鼓作氣，千里不停留。回頭

望，琴聲隨著傍晚的浮雲遠揚，如同柳絮，飛舞著直上青天。

　　百鳥爭喧時，鳳凰獨不鳴。像百鳥喧鬧一樣的琴聲忽然停止，一隻彩鳳，唱出了奇妙的歌聲。音調節節升高，好似一寸寸地向上攀登千重險阻，又突然下降，如同一落百尋（一尋八尺）那麼輕飄。謝謝您疾如風雨的彈奏，如同在我的腸中放入寒冰和火炭，使我坐立不安，無法平靜，只好起身趕快離開，我再也沒有眼淚可流了。

　　歐陽修說韓愈的《聽穎師彈琴》詩寫的是聽琵琶，究竟怎樣，可以先看一下韓愈的原作：

▷ 聽穎師彈琴　　　　〔唐　韓愈〕

　　昵昵兒女語，恩怨相爾汝。劃然變軒昂，勇士赴敵場。浮雲柳絮無根蔕，天地闊遠隨飛揚。喧啾百鳥群，忽見孤鳳凰。躋攀分寸不可上，失勢一落千丈強。嗟余有兩耳，未省聽絲篁。自聞穎師彈，起坐在一旁。推手遽止之，濕衣淚滂滂。穎乎爾誠能，無以冰炭置我腸。

〔譯文〕輕柔的琴聲猶如兒女們低聲細語，是恩是怨都由你安排。突然琴聲變得慷慨激昂，好似勇士開赴戰場。這琴聲像無根的浮雲柳絮，在廣闊的天地間隨風飛揚。又像是喧鬧齊鳴的百鳥，有一隻鳳凰引吭高歌。琴音上揚，寸寸上攀到極頂，忽然一落千丈低音奏響。歎息我雖有兩隻耳朵，可不大懂得音樂（絲指絃樂器，篁為竹子，借指管樂器）。自從聽見穎師彈琴，我感動得坐立不安。伸手突然止住穎師的彈奏，我已激動得眼淚浸濕了衣裳。穎師啊，穎師！你真有本事啊！別把寒冰和火炭放進我的腸中吧！

　　此詩的詩題是《聽穎師彈琴》，而與韓愈同時的詩人李賀，也寫了一首《聽穎師彈琴歌》，詩中有「竺僧前立當吾門，梵宮真相眉棱尊」的句子。唐代人尊稱和尚為師，可知穎師是當時一位善於彈琴的和尚。他曾為很多名詩人演奏，請他們聽完後寫詩代為宣揚。由韓愈和李賀的詩題即可證明，穎師彈的是琴而不是琵琶。韓愈和李賀都親自在場聽了穎師的演

奏，不可能分不清穎師彈的是琴還是琵琶。

「隱括」這種形式，即將前人的詩改寫為詞，有人認為這只是一種「遊戲文字」，偶一為之尚可，不能經常如此。蘇軾隱括韓詩為詞，是一種表現自己才華的方式。

六朝舊事隨流水

王安石是我國北宋時的著名人物。政治上他是堅決的革新派，不顧眾多的反對，主持變法。在文學上，王安石是唐宋古文八大家之一，詩和文章有很高的成就。他偶爾也寫詞，數量雖少，可都很有內容，其中調寄《桂枝香》的一首，是歷代公認的名作。

▷ 桂枝香・金陵懷古　　　〔王安石〕

　　登臨送目，正故國晚秋，天氣初肅。千里澄江似練，翠峰如簇。征帆去棹殘陽裡，背西風，酒旗斜矗。彩舟雲淡，星河鷺起，畫圖難足。

　　念往昔，繁華競逐，歎門外樓頭，悲恨相續。千古憑高對此，漫嗟榮辱。六朝舊事隨流水，但寒煙衰草凝綠。至今商女，時時猶唱，後庭遺曲。

〔譯文〕登上高崗縱目遠眺，這古老的都城正是晚秋時節，草木開始凋殘。綿延千里的長江水，像一匹展開的白絹，青翠的山峰林立。夕陽斜照，江上的船隻掛帆划槳，來往不停。斜掛的酒旗在西風中飄揚，遠處的船兒籠罩著薄紗似的輕霧，銀河一樣的長江中，白鷺被驚起低飛，這奇麗的景色啊，什麼圖畫也繪不出它的美妙！

想六朝時一些統治者們，在金陵競相窮奢極欲，到頭來都像陳後主一樣，敵兵已在門外，卻還在樓頭尋歡作樂。這時除了國亡身死還有什麼呢？在高崗上面對這大好山河，憑弔古老的往事，白白地使

人歎息那些興亡盛衰之事。建都在金陵的六朝，其興衰舊事已隨東流的長江水消逝了，剩下的只是傍晚的寒煙，深秋的衰草和春來時的嫩綠。至今賣唱的歌女，還時時在唱陳後主所作的亡國之音《玉樹後庭花》。

北宋治平四年（西元1067年），宋英宗死，子趙頊即位，是為宋神宗。神宗很想有一番作為，於是起用閒居在家的王安石為江寧府（今南京市）長官，當年又調到中央任翰林學士。熙寧二年（西元1069年），王安石被任命為參知政事，開始實行變法。這首《桂枝香》，一說是王安石於西元1067年在江寧府任職時所寫。由於此時王正逐步受到皇帝信任重用，感到施展政治抱負有望，心情應該是興奮的。而上面這首《桂枝香》詞情調有些低沉，不大像此一時期的作品。

王安石由於變法受到朝中大臣的群起反對，任宋神宗熙寧九年（西元1076年）被迫辭職，退居江寧。此時王安石的心情是憂鬱的，對國事雖關心可又感到力不能及，詞《桂枝香》可能是在這種情況下所寫成。

據說，在王安石寫這首《桂枝香》「金陵懷古」詞時，前後有不少名家和大官用同一詞牌寫過同一內容，共達三十多首，可是大家公認，僅王安石這一首是絕唱。

蘇軾和王安石在政治上是反對派，寫詩作文方面傳說二人有矛盾互不服氣，可蘇軾在讀了這首《桂枝香》以後，用佩服的口氣歎息說：「此老乃野狐精也！」宋代詞人李清照曾評論說：「王安石的文章好像西漢的名作，可是如果寫歌詞，使人看了後會哈哈大笑。」近代名人梁啟超說：「王安石的這首《桂枝香》，可以和周邦彥、辛棄疾等名家之作媲美，不可以隨隨便便地詆毀他。」

王安石變法失敗後，感慨很多。一方面想起自己得到宋神宗的賞識和信任，得以施展政治抱負，在歷史上是難得的君臣際會。另一方面，變法卻是有始無終，不像歷史上某些人物真建立起了巨大的功業。他感歎之餘，寫了下面這首《浪淘沙令》：

▷ 浪淘沙令　　　　［王安石］

　　伊呂兩衰翁，歷遍窮通。一為釣叟一耕傭。若使當
時身不遇，老了英雄。

　　湯武偶相逢，風虎雲龍，興王只在笑談中。直至如
今千載後，誰與爭功。

〔譯文〕伊尹和呂尚兩個老頭兒，困窘和順利的環境他們都經
歷遍了。一位是奴僕，一位是釣魚翁。如果當時他們遇不到英明的帝
王，兩位英雄也只能老死在無名之輩中。

　　他倆與成湯和周武王偶然相遇了（湯即成湯，商朝的開國君主；
武王為周武王，周朝的開國君主），英明的君主得到了賢臣，猶如龍
起生雲，虎嘯生風，在笑談之間，即已籌畫好了帝王之業的振興。到
現在已幾千年了，誰能對他們輔佐君主建立功業方面，能有絲毫懷疑
呢？

　　詞中的伊呂，指伊尹和呂尚。伊尹是夏朝末年時的奴隸，在有莘氏
女出嫁時，被作為陪嫁奴僕帶去，後受到成湯的賞識重用，攻滅了夏朝建
立了商，伊尹成為開國功臣。呂尚又稱姜尚，俗稱姜太公。他最初非常窮
困，年老時才被周文王賞識，後輔佐周武王滅商建立周朝，被封於齊，為
齊國的始祖。

第五章　享樂的時代

　　北宋到了徽宗統治的時代，政治非常腐敗，皇帝和一幫奸佞的官僚們，都沉醉在享樂之中。由於北宋從開國以來已經歷了一百四、五十年，在此期間沒有巨大的戰亂，社會上積累的財富成了當權者們享樂的物質基礎，而詞不可避免地帶上了這個時期的特色。

月滿蓬壺燦爛燈

　　宋徽宗名趙佶，他哥哥宋哲宗去世後沒有兒子，在挑選繼位人時，太后提議立端王趙佶。宰相章惇說，端王為人輕佻，不可以作為天下的表率。可由於其他大臣附和太后意圖，趙佶被立為皇帝。從後來的表現看，用「輕佻」二字還是太美言他了。

　　趙佶重用的大臣如蔡京、童貫等，都是有名的奸賊。他們與趙佶一起，禍國殃民，最後造成了北宋王朝的滅亡。

　　在政治上，趙佶是昏庸的亡國之君，可是在另一方面，他卻是一位有多方面才能的藝術家。他能吟詩作詞，擅長於繪畫，書法更是著名。趙佶創制的一種特殊的細瘦書法——瘦金體，成為我國從古至今國畫上題字的一種主要字體。

　　宋徽宗宣和年間（西元1119年至1125年）的一個上元節（正月十五），首都開封照例掛出了大量的各種花燈慶祝遊賞，並下令准許百姓們自由觀看。半夜以後，徽宗皇帝一高興，下令賞觀燈的百姓們每人飲酒一杯。有一位婦女喝完酒後，將盛酒的金杯藏在懷中想帶走，被警衛人員

畫錦堂・閨情（無名氏）　（明）汪氏編《宋詞畫譜》

發現，押到皇帝面前聽候發落。徽宗皇帝問她：「皇帝賜酒是莫大的恩典，為何還要偷走金杯？」這位婦女回答說：「我和丈夫同到鼇山下看燈，在人堆裡與丈夫失散，蒙皇上賜酒，我飲後面帶酒容，又不與丈夫一起回家，怕被公婆責怪，所以想拿皇上的金杯回去作為憑據。我作了一首詞《鷓鴣天》，請皇上過目。」

▷ 鷓鴣天　　　　［竊杯女子］

　　月滿蓬壺燦爛燈，與郎攜手至端門。貪看鶴陣笙歌舉，不覺鴛鴦失卻群。

　　天漸曉，感皇恩，傳宣賜酒飲杯巡。歸家恐被翁姑責，竊取金杯作照憑。

〔譯義〕月光照耀著仙境似的汴京城（汴京為當時人們對開封的俗稱），燈光華麗燦爛。我與丈夫手挽手來到皇宮門前，因為貪看皇家的音樂歌舞，不覺和丈夫分開找不到了。

　　天快亮了，感謝皇上的恩典，傳呼給觀燈的百姓每人賞酒一杯。我怕這樣回家被公婆責備，所以想私拿金杯回去，作為喝皇上賜酒的憑證。

　　徽宗皇帝讀了這首《鷓鴣天》後，一方面覺得詞寫得不錯，偷杯的理由也還算充足，心中十分高興，於是將金杯賞給這位婦女，並且命令侍衛送她回家。

　　宋神宗時，讀書人侯蒙三十一歲了，才被地方上推薦去考進士。同輩人看見他年齡大，容貌長得又醜，因此看他不起。有輕薄的人想使侯蒙難堪，故意將他的像畫在風箏上，放到天上讓大家看。侯蒙看見後不僅不生氣，反而在這個風箏上題了一首詞《臨江仙》：

▷ 臨江仙　　　　［侯蒙］

　　未遇行藏誰肯信，如今方表名蹤。無端良匠畫形容，當風輕借力，一舉入高空。

才得吹噓身漸穩，只疑遠赴蟾宮。雨餘時候夕陽
紅，幾人平地上，看我碧霄中。

〔譯文〕我這個未被賞識的人誰肯相信，如今才算揚出了聲名。是
哪個好畫工給我畫像在風箏上，這當借風兒的力量，一舉升入高空。

剛被風在空中漸漸托穩了，好像又要一直到月宮中去，雨後夕陽
一片紅，多少人在平地上，看著我在高高的碧空中。

侯蒙認為「平步青雲」、「高高在上」、「升入碧霄中」，都是要
飛黃騰達的意思。所以詞中寫的是風箏，實際是對自己前途的祝願，意
思為：剛被人們宣揚才站穩腳跟，好像又要進一步高升到朝廷內或皇帝身
邊。你看我的前程紅霞似錦，到時候將有多少人在平地上伸著脖子，看我
這個高高在上手握大權的重臣。說也湊巧，就在三十一歲這年，侯蒙考中
了進士，以後步步高升，在宋徽宗朝前期，擔任過戶部尚書兼樞密使等重
要官職。

一曲當時動帝王

北宋徽宗時代，最著名的詞人大約要數周邦彥了。周邦彥字美成，精
通音律，能自己作曲。所填的詞風格雖似柳永，但比柳詞精美得多。詞中
用字除平仄完全符合詞牌的要求外，甚至連仄聲中的上、去、入三聲也絕
不相混。因此，周詞音調非常優美，前人稱讚為「圓美流轉如彈丸」，是
很有道理的。

和柳永相似，周邦彥每製出新曲調或填出新詞，民間爭相傳唱。因
此，一些歌兒舞女和妓女們，對周邦彥的名字是很熟悉的。後來，周邦彥
在宋徽宗朝中擔任大晟樂正的官職（國家最高音樂機關主管長官），

周邦彥由於作詞而結識了開封的名妓李師師，兩人感情很好，李師師
曾想嫁給周邦彥，可是，卻發生了一件意想不到的事。

這年燈節，喜好尋歡作樂的徽宗皇帝故意穿了普通人的衣服，帶著兩

個善於拍馬的大臣王黼、蔡攸和一些太監，到開封大街上去閒逛。偶爾走過李師師的家門口，王黼建議進去玩玩，蔡攸還假正經說天子去這種人家怕不方便，可徽宗要去。進去以後，這位荒唐天子看中了李師師的美貌，一宿之後，在離開李師師家時，為了表示自己的皇帝身分和對師師的寵愛，特地賞給她一塊皇帝專用的龍鳳鮫綃（一種特殊的高級絲織品，另一說是手帕）。

據說，李師師原來有一個丈夫（或說有一個舊相好的），名叫賈奕，是個小武職官武功郎。他聽說李師師又有了新的特別的相好，大吃其醋，找上門去吵鬧。李師師無奈，只好實告他那是皇帝，賈奕不信，李師師於是把那塊龍鳳鮫綃給他看，賈奕才不敢再說什麼了，可心中仍很生氣，趁李師師不在房內時，以皇帝自己的口氣寫了一詞《南鄉子》放在桌上。

▷ 南鄉子　　　　［賈奕］

　　閒步小樓前，見個佳人貌類仙。暗想聖情渾似夢，追歡，執手蘭房恣意憐。
　　一夜說盟言，滿掬沉檀噴瑞煙。報到早朝歸去晚，回鑾，留下鮫綃當宿錢。

〔譯文〕我（皇帝自稱）閒走到這家小樓前，猛然見了一位貌似天仙的佳人。回想起當時真好像夢中一樣，為了尋求歡樂，在她的閨房中手拉著手相親近。

一個晚上都和她山盟海誓，燒著沉香的爐內不斷地冒出輕煙。不好！天色大亮，回去上早朝晚了，趕快回駕，匆忙之中，留下一塊龍鳳鮫綃當做過夜錢。

李師師見此詞後，大吃一驚，立即將它收到梳妝盒中。第二天，徽宗又到李師師處，不巧看見梳妝盒中賈奕寫的這首《南鄉子》。徽宗本是才子，對詞中的諷刺之意，自然一看就懂，唯因對李師師的愛戀，也就沒有發作，容忍過去了。

誰知這個賈奕，對師師戀戀不捨，幾乎是廢寢忘餐。此事被他的友人宋邦傑知道，宋給他想了一法，說自己的姑夫曹輔是諫議大夫，有勸諫天

臨江仙‧夏景（歐陽修）　　（明）汪氏編《宋詞畫譜》

子的職責，將此事告知曹，曹上書勸諫，使皇帝不再去李師師處，賈奕就可以重敘舊情了。

果然，曹輔為此事上書徽宗皇帝，可這位天子不僅不聽，反而質問曹為何打探天子的動靜，借此把曹貶官到外地。這時，另一位諫議大夫張天覺繼續上書，說曹輔是一片忠心，並勸諫皇帝不宜再去李師師處。徽宗感到此事給眾多人臣知道了，覺得是不大好，於是在宮中忍耐了幾天未去。

後來實在難割捨，派奸臣楊戩去李師師家，說明暫時來不了的原因。不料楊戩到李家後，發現了一張賈奕和李師師約會的紙條，於是將它帶回。徽宗見紙條後大怒，立即下令將賈奕抓來親自審問，說他身為官員，為何到娼妓家寫詞辱罵皇帝。賈奕說沒這種事，徽宗說：「『留下鮫綃當宿錢』是誰寫的？」賈奕賴不掉了。於是徽宗下令，除賈奕本人斬首外，還要殺他的二族。

正在要斬賈奕時，諫議大夫張天覺聞知此事，立即進宮對徽宗說：「陛下貴為天子，一舉一動，一言一行都不能隨便，為何聽信奸臣的話夜宿娼家。現在國政不修，邊疆不寧，盜賊蜂起，陛下不以為憂，反而去與一個小人爭妓女，輕易地殺人。史官記下之後，豈不要遺臭萬世？賈奕有什麼罪，值得公開處斬，請皇上開恩赦免。」

徽宗只好將賈奕寫的詞給張天覺看，張說：「這是陛下的過錯，陛下要是不去李師師家，就不會發生這種事，陛下自己不尊重，下面的小臣才會肆無忌憚。」徽宗聽後，覺得張說的有理，內心慚愧，於是說：「看你面上，免了賈奕的死罪，貶為瓊州（今海南島瓊山）司戶參軍。」

這件事雖然算完了，可徽宗仍經常到李師師家飲酒作樂，由於嫌張天覺老是上奏礙事，找個藉口將張派到外地做地方官，使他遠離了京城。

賈奕得到這個下場，和李師師相好的周邦彥，只得更加小心翼翼了。

徽宗去李師師處的次數多了，開封的人都知道，他自己也覺得不大好。想把李師師公開召進宮作為妃嬪，又覺得她出身低賤不合禮法。於是他命人從宮中挖了一條地道直通李家，這樣來往就隱祕了。

一次，周邦彥正在李師師處，突然徽宗皇帝從地道裡來了，周躲避不及，只好藏在腹壁間（一說藏在床底下）。徽宗皇帝隨身帶來了一個江南新進貢來的柳丁，讓李師師切開嘗嘗。宋代吃柳丁和我們現在吃鳳梨有些

相似，要準備一杯鹽水，切開的柳丁在鹽水中蘸一下再吃。然後，皇帝與李師師講了些私房話，當然，所有這些都給周邦彥聽見了。

　　本來，這種事應該守口如瓶，絕不能說出去。可是善於寫詞的周邦彥技癢難熬，居然把這一夜所聞寫成了一首詞《少年遊》。

▷ 少年遊　　　　〔周邦彥〕

　　　并刀如水，吳鹽勝雪，纖手破新橙。錦幄初溫，獸香不斷，相對坐調笙。

　　　低聲問，向誰行宿，城上已三更。馬滑霜濃，不如休去，直是少人行。

〔譯文〕并州（今山西太原市，唐宋時以產刀剪著名）的刀子明亮如水，吳地（今江蘇南部）的鹽潔白勝雪。她那纖細的手剖開了新熟的柳丁。錦緞的被褥已用熱水包溫好，獸形香爐中香氣繚繞。兩人相對坐著，聽她在吹笙。

　　她低聲問，今晚您在哪裡休息？城頭上已經打三更，霜已很濃了，馬蹄踩上會打滑，你還是別走，外面已是行人稀少了。

　　周邦彥此詞寫出後，和其他詞一樣，被開封的人們廣泛傳唱。不久就傳入了宮中，徽宗皇帝聽後大怒，立即召來宰相蔡京說：「在開封府有個監稅官周邦彥，聽說他徵稅不力，為何開封府尹不辦他的罪？」蔡京不知怎麼回事，只好說：「我下去立即查問。」蔡下朝後找來開封府尹，府尹說：「所有監稅官只有周邦彥徵的稅增多了，沒有不力的事。」蔡京說：「皇上意思要辦他的罪，你照辦吧！」於是由徽宗下旨，說周邦彥荒廢了公務，即日押出開封，貶去外地。

　　過了一天，徽宗又從地道到李師師家去，李不在，徽宗等了很久李才回來。徽宗看她淚痕滿臉，一副愁容，很生氣地問她哪裡去了。李師師說：「周邦彥得罪了皇上，被貶官到外地，我準備了一點薄酒給他餞行，以表舊日情誼。因不知皇上來到，所以回來晚了。」徽宗問道：「周邦彥在分別時寫詞了嗎？」李說：「寫了一首《蘭陵王》。」徽宗說：「唱一遍來聽。」李師師說：「請准我給皇上倒一杯酒，唱此詞祝皇上萬壽。」

於是唱道：

▷ 蘭陵王·柳　　　　［周邦彥］

　　柳陰直，煙裡絲絲弄碧。隋堤上，曾見幾番，拂水飄綿送行色。登臨望故國，誰識京華倦客。長亭路，年去歲來，應折柔條過千尺。

　　閑尋舊蹤跡，又酒趁哀弦，燈照離席。梨花榆火催寒食。愁一箭風快，半篙波暖，回頭迢遞便數驛，望人在天北。

　　淒惻，恨堆積。漸別浦縈回，津堠岑寂，斜陽冉冉春無極。念月榭攜手，露橋聞笛，沈思前事，似夢裡，淚暗滴。

〔譯文〕堤上的柳樹蔭齊直如線，籠罩在輕煙裡的柳絲隨風飄舞，只見嫩綠在閃動。隋代興築的通濟渠（在開封附近）堤岸上，多少次離別的人們見到柳條拂水，柳絮飛揚。登高遙望故鄉，有誰認識我這個在京城久住，已經厭倦了的旅客。那古道邊上，年復一年，人們為送別所折的柳條應長過千尺（唐宋時，人們送別時有折柳條相贈的習俗）。

　　閑來回想舊事，在送別的酒宴上對著暗淡的燈光，聽那哀怨的琴聲。正是梨花開放，即將用榆柳新火，快到寒食節的時候（寒食節在清明前一、二日，禁火三天吃冷食。唐宋時，節後朝廷賜百官榆柳樹枝點的新火）。乘著好風，在半篙深的春水上船行似箭，回頭望已過了幾個驛站，只有那送行的人還在遙遠的北岸眺望。

　　離別的悲傷一直鬱在心頭，船去人遠，只見岸邊水波在迴繞，渡口上是那麼靜寂。斜陽緩緩地西沉，引起無限的春日惆悵。回想起在月下攜手同行，小橋上共賞悠揚的笛聲。這難忘的往事啊，猶如在夢裡，使人淚水暗暗地滴落衣襟。

　　周邦彥這首美妙的詞，通過李師師圓潤柔美的歌喉，使徽宗皇帝陶醉

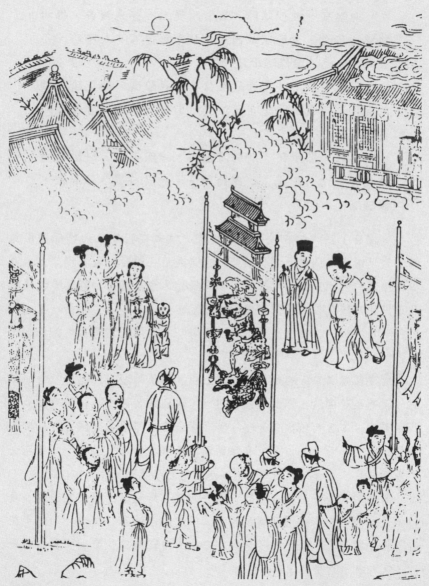

漢宮春（康與之）　（明）汪氏編《宋詞畫譜》

不已。他不僅氣消了，而且非常高興，於是下令赦免了周邦彥，讓他官復原職。

關於這首《蘭陵王》，近代人王國維認為與李師師送周邦彥的傳說無關。另一些研究者則認為，詞的內容看不出與上述傳說有何關係，而應是周邦彥送客的作品。

李師師雖然曾經得到皇帝的寵愛，可她的結局仍舊是很悲慘的。在金兵圍困開封，形勢極其危急時，宋徽宗將帝位傳給他兒子趙桓，是為宋欽宗，意思他自己甩手不管了，叫欽宗收拾這個爛攤子。欽宗在金兵的武力威迫下，訂了城下之盟，除割地稱臣外，還要向金兵繳納大量的金銀財物。欽宗下令搜刮開封城內百姓的財產充數，凡是當時所謂的下等人，如娼妓家、樂工和唱戲的，都要全部抄沒家產。

李師師屬於娼家，在這時宋徽宗只顧自己性命，早把她置諸腦後，故她的家產也被抄沒。靖康之難開封失陷後，李師師逃到湖湘（今湖南一帶），還有一些文人官僚請她唱歌，可她人已衰老憔悴不堪了。南宋初年的詩人劉子翬，在他寫的一組《汴京紀事》詩中，有一首是：

▷ 汴京紀事　　　[劉子翬]

輦轂繁華事可傷，師師垂老過湖湘。
縷衣檀板無顏色，一曲當時動帝王。

〔譯文〕當年在天子身邊的繁華盛事，回想起來真使人傷悲。你看李師師垂老時在湖湘一帶流浪。她的金縷衣和檀板（唱歌時用的拍板）都已敝舊失去了光彩。可是當年她的一曲清歌，卻使徽宗皇帝迷戀不捨啊！

李師師孑然一身到南方後，以賣唱為生。按照當時的習慣，賣唱的歌女將她們演唱的歌曲名稱寫在扇子上，由聽眾點唱。為了符合南方人的口味，李師師也已隨著南方的音樂，改唱南方流行的新曲了。

這時，詞人朱敦儒也在靖康之難後逃到江南。朱在汴京時，就欣賞過李師師的歌聲。到江南後，朱於深秋時偶然在一次酒宴上，又見到了李師師，兩個同是流落南方的北客，憶起汴京的舊日繁華，真是不勝惆悵。席

上，李師師特地為朱唱了當年汴京流行的舊曲，朱感歎不已，立即寫了一首《鷓鴣天》。詞中盛讚李師師美妙的歌喉，感歎她如今的流落以及自身的飄零。

▷ 鷓鴣天　　　　［朱敦儒］

唱得梨園絕代聲，前朝唯數李夫人。自從驚破霓裳後，楚奏吳歌扇裡新。

秦嶂雁，越溪砧，西風北客兩飄零。樽前忽聽當時曲，側帽停杯淚滿巾。

〔譯文〕能夠演唱出唐朝梨園弟子那種絕妙歌聲的人，在我大宋的前朝只有李師師了（李是宋徽宗時人，此時已是徽宗的兒子宋高宗當皇帝，故稱「前朝」）。自從靖康之難汴京失陷之後（唐代詩人白居易在他的《長恨歌》中，用「驚破霓裳羽衣曲」的詩句描繪安史之亂爆發首都長安陷落。此處借用指靖康之難首都汴京淪陷），師師她逃難到南方被迫賣唱為生，在楚樂的伴奏中改唱南方流行的吳歌了。

從北方飛歸的大雁叫聲以及江南婦女深秋的搗衣聲，隨著蕭瑟的秋風陣陣傳來，使我們這兩個從北方漂泊到江南的人，聽到後深感心驚。在酒宴上忽然聽見她唱起了在汴京時的當年舊曲，這充滿悲涼惆悵的歌聲啊！使我放下了酒杯側帽靜聽，不覺之間已淚濕衣巾。

另有一種傳說稱，金兵攻破開封後，主帥到處抓李師師，說金國皇帝知悉她的名氣，一定要抓活的送去。李師師四處躲藏，後被奸賊張邦昌發現抓住，送到金兵大營。李師師誓死不屈，脫下金簪自刺不死，又折斷後吞下而死。從現有資料看，此說不可信。因為有記載說李師師晚年流落湖湘，並有上述劉子翬的詩為證。至於後人編出這樣一段故事，很可能是借此諷刺宋徽宗和宋欽宗父子的。因為他們作為一國之主，還比不上一個妓女能在敵人面前寧死不屈，反而老老實實當金兵的俘虜，受盡羞辱而死，實在沒有一點骨氣。

周邦彥的詞所詠唱的範圍，雖然不如蘇軾，可也並不全是閨情、送

別，我們可以看看下面他的三首名作：

▷ 西河‧金陵懷古　　　　〔周邦彥〕

　　佳麗地，南朝盛事誰記？山圍故國繞清江，髻鬟對
起。怒濤寂寞打孤城，風檣遙度天際。

　　斷崖樹，猶倒倚，莫愁艇子曾繫。空餘舊跡鬱蒼
蒼，霧沉半壘。夜深月過女牆來，賞心東望淮水。

　　酒旗戲鼓甚處市？想依稀，王謝鄰里。燕子不知何
世，入尋常、巷陌人家，相對如說興亡，斜陽裡。

〔譯文〕金陵這秀麗的土地啊！南朝當年的盛況還有誰能記起。
青山圍著這舊時的京都，長江繞城流過，兩岸的峰巒猶如姑娘們高聳
的髮髻。洶湧的波濤拍打著荒涼的空城，船兒張著風帆駛向遙遠的天
際。

　　臨水懸崖上的古樹啊！依舊在那裡倒掛。當年莫愁女的小艇，就
曾繫在這裡。如今只餘下一片蒼翠的林木，舊跡難尋。殘存半壁的城
壘籠罩在霧氣中，夜深時月兒轉過城頭上的短牆（女兒牆為城牆上帶
有射孔的小牆，俗稱牆垛），在賞心亭上東望秦淮河水，只見一片沉
寂。

　　當年的酒樓戲館如今何在，這裡彷彿就是東晉時王謝家族聚居的
烏衣巷吧。燕子哪知道人事變遷，依舊飛來進入了尋常的街巷人家。
它們在夕陽裡呢喃不已，好像在訴說著朝代的興亡和更替。

【西河】這個詞牌，相傳是唐代宗大曆初年（西元766年起），樂工
將古曲《西河長命女》刪改後而成，分成三段。周邦彥的這首《西河》
詞，三段都化用了古代的名詩。第一段和第二段用的唐代詩人劉禹錫的
著名七絕《石頭城》的詩意，原詩為：「山圍故國周遭在，潮打空城寂
寞回。淮水東邊舊時月，夜深還過女牆來。」中片並用了古樂府《莫愁
樂》，引出了金陵有關莫愁女的傳說，原詩為：「莫愁在何處？莫愁石城
西。艇子打兩槳，催送莫愁來。聞歡下揚州，相送楚山頭。探手抱腰看，

江水斷不流。」在今江蘇南京市的西郊，有著遊覽勝地莫愁湖，相傳是當年莫愁女所住的地方。

在宋代，莫愁湖已非常著名，曾有「金陵第一名勝」之稱。詞第三段化用了劉禹錫的另一首名作《烏衣巷》，原詩為：「朱雀橋邊野草花，烏衣巷口夕陽斜。舊時王謝堂前燕，飛入尋常百姓家。」然後，用眼前燕子不識興亡，又似識興亡作結，引起人們無限的感歎。

▷ 蝶戀花　　　　[周邦彥]

　　月皎驚烏棲不定，更漏將殘，轆轤牽金井。喚起兩眸清炯炯，淚花落枕紅綿冷。

　　執手霜風吹鬢影，去意徊徨，別語愁難聽。樓上欄杆橫斗柄，露寒人遠難相應。

〔譯文〕皎潔的月光，把巢中的烏鴉驚醒。五更將盡，井臺上傳來轆轤打水的響聲。人兒被喚醒時，你看他那一雙閃亮的眼睛。一串淚珠兒滾落在枕上，紅綿枕頭變得又濕又冷。

　　緊拉著手兒不忍分離，任憑那涼冷的秋風吹亂髮鬢。遠行的人兒心神不寧，別離的話語縱有萬千，可總是愁苦難聽。北斗星的斗柄已經橫斜，與樓頭的欄杆已經齊平。露水大天氣寒冷，遠行人已不見蹤影，只有那一聲聲雞啼此起彼應。

前人評論周邦彥的這首《蝶戀花》說，「喚起兩眸清炯炯，淚花落枕紅綿冷」這兩句，形容人被喚醒時的神態，逼真而又奇妙。

▷ 蘇幕遮　　　　[周邦彥]

　　燎沉香，消溽暑。鳥雀呼晴，侵曉窺簷語。葉上初陽乾宿雨，水面清圓，一一風荷舉。

　　故鄉遙，何日去？家住吳門，久作長安旅。五月漁郎相憶否？小楫輕舟，夢入芙蓉浦。

〔譯文〕燒起沉香（一種植物，其木材為著名的熏香料），消

除悶熱的暑氣，拂曉時天晴了，鳥雀在房檐上歡快地啼叫。初升的太陽，曬乾了葉上昨夜殘留的雨珠。水面上的荷葉清新圓潤，隨著清晨的涼風微微搖曳。

遙遠的故鄉啊！何時才能歸去？家在蘇州（吳門指古代吳國首都，即今江蘇蘇州市），人卻久久地滯留在京城。故鄉年輕的朋友，你還記得嗎？當年我們坐在小船上，薄霧輕遮，就像在夢中一樣，慢慢地划入了荷花叢的深處。

詞牌【蘇幕遮】，原來是古西域龜茲國的舞曲，宋代詞人用此調另度新聲。《蘇幕遮》詞中用「葉上初陽乾宿雨，水面清圓，一一風荷舉」描寫夏日清晨的荷葉極為傳神。近代學者王國維在他的《人間詞話》裡稱讚這幾句是──「此真能得荷之神理者」。

花自飄零水自流

宋代理學家朱熹曾說：「本朝婦人能文，只有李易安與魏夫人。」李易安即宋代女詞人李清照，易安居士是她自取的號。魏夫人是宋徽宗時代宰相曾布之妻，從詞的成就看，魏夫人比李清照要差了很多。

李清照出生在北宋的官宦之家，她前期處在宋徽宗統治的時代，生活安適，婚姻美滿。最大的苦惱也不過是夫妻的暫時分別。因此，她在這段時間所寫的詞，多是描述個人的閒適生活，別離的愁苦等，詞句雖然華麗明快，可是內容比較狹隘。

宋欽宗靖康二年（西元1127年），李清照四十三歲，發生了靖康之難，北宋首都開封被金兵攻陷，徽、欽二帝當了俘虜。李清照逃難到江南，兩年以後，她丈夫又生病去世。同時，歷年收藏的金石書畫等，也在戰亂中全部喪失。這一連串巨大的打擊和之後的坎坷生活，使李清照的詞風發生了很大變化，她用詞抒寫了國難家仇以及自身的悲苦，比她早期的作品更有意義。

李清照是宋朝歷城（今山東濟南市）人，故居在濟南市中心趵突泉公

鳳凰台上憶吹簫・離別（李清照）　　（明）汪氏編《宋詞畫譜》

園內的柳絮泉旁，柳絮泉旁又有漱玉泉，李清照的詞集《漱玉集》，即據此泉而得名。

▷ 如夢令　　　［李清照］

　　常記溪亭日暮，沈醉不知歸路。興盡晚回舟，誤入藕花深處。爭渡，爭渡，驚起一灘鷗鷺。

〔譯文〕曾記得有一次在溪亭泉玩到太陽落山，人都醉得忘了歸路。遊興已盡時撥轉船頭，誰知誤駛進了荷花叢的深處。怎麼過去，從哪裡划過去呢（此處「爭渡」的爭字作「怎麼」解）？你看！灘上的沙鷗和鷺鷥被驚起四處亂飛。

此詞中所寫的「溪亭」，是宋代歷城的名泉之一，位於今山東濟南西北的大明湖附近。每年農曆六月，湖上荷花盛開，引得無數遊人來此賞玩。這首詞即記述李清照和同伴們劃著小船，在湖中荷花叢裡穿行的樂趣。從情調和意境看，應是她少女時代的作品。

李清照在十八歲時，與趙明誠結婚。趙是宋代後來著名的金石學家，學識淵博，對詩詞也有造詣。因此，夫婦二人在共同愛好的基礎上，感情是非常深厚的。據元代人伊世珍在《嫏嬛記》中的記載說，趙明誠小時候，他父親將要為他選擇媳婦。明誠一天午睡，夢中讀了一本書，醒來後只記得三句：「言與司合，安上已脫，芝芙草拔。」明誠告訴他父親，其父聽後很高興地說，他將要娶一個善於文詞的媳婦了。言與司合是「詞」字，安上已脫是「女」字，芝芙草拔是「之夫」二字，這不就是說他是「詞女之夫」嗎？後來趙明誠娶了李清照，果然如夢。

李清照結婚不久，丈夫趙明誠就出遠門求學，感情豐富的李清照不忍別離，特別找了一塊錦帕，就在上面寫了一首《一剪梅》的詞，讓丈夫帶在身邊。

▷ 一剪梅　　　［李清照］

　　紅藕香殘玉簟秋，輕解羅裳，獨上蘭舟。雲中誰寄錦書來？雁字回時，月滿西樓。

花自飄零水自流，一種相思，兩處閒愁。此情無計
可消除，才下眉頭，卻上心頭。

〔譯文〕荷花已經凋殘，又是竹席生涼的秋天了。換下了絲織的
衣衫，只能獨自一人坐上小船閒遊了（這兩句也可認為是作者送別丈
夫時的情景，即「他換下絲織的衣衫後，一個人乘船走了」）。雲中
的大雁，會給我捎來誰寫的信呢？等排成人字形的雁群飛回的時候，
月光已灑滿了樓頭。

花兒自己在飄落，溪水流動不息。你我是同一相思，卻分居兩地
各自憂愁。這思念的情意啊，有什麼方法能消除呢？它才從眉頭上放
下，卻又在心頭上縈迴不已。

【一剪梅】這個詞牌，來源於周邦彥寫的詞《一剪梅》，詞中有「一
剪梅花萬樣嬌」之句。

李清照婚後的生活，在靖康之難以前，是比較安適的。她的一首《如
夢令》，正是在這種環境中所寫的著名作品。

▷ 如夢令　　　　［李清照］

昨夜雨疏風驟，濃睡不消殘酒。試問捲簾人，卻道
海棠依舊。知否？知否？應是綠肥紅瘦。

〔譯文〕昨夜晚風一陣緊似一陣地颳，大雨點稀疏地落下。一夜
的酣睡，醒來醉意還沒有完全消失。早上問那捲簾子的侍女，院子裡
花兒怎麼樣？回答說海棠依舊在開著。「你知道嗎？知道嗎？應該是
葉兒更加繁茂，而花兒卻稀少了。」

清代人黃了翁，在《蓼園詞選》中評論此詞說：「一問極有情，答以
『依舊』，答得極淡。跌出『知否』二句來；而『綠肥紅瘦』無限淒婉，
卻又妙在含蓄。短幅中藏無數曲折，自是勝於詞者。」的確，「綠肥紅
瘦」寥寥四字，不僅寫出了風雨之後花葉的變化，而且傳達了詞人含蓄在
內心中的春愁。以極簡練的文字，表達出儘量豐富的含意。

有一年，趙明誠去外地做官，夫妻又暫時分離，到了這年的重陽節（農曆九月初九），李清照想起了唐代大詩人王維的名句「每逢佳節倍思親」，對丈夫的思念更加強烈，於是填了一首詞《醉花陰》，寄給在外地的趙明誠。

▷ 醉花陰　　　　［李清照］

　　　　薄霧濃雲愁永晝，瑞腦消金獸。佳節又重陽，玉枕紗廚，半夜涼初透。

　　　　東籬把酒黃昏後，有暗香盈袖。莫道不消魂，簾捲西風，人比黃花瘦。

〔譯文〕濃密的烏雲，漫天的薄霧，這陰沉的天氣真叫人整日發愁。獸形的銅香爐裡龍腦香（一種香料，舊稱冰片）在慢慢地燃燒。又是重陽佳節了，一個人在紗帳裡枕著磁枕，半夜已感到涼氣襲人。

　　在花園的東邊竹籬下，喝酒賞菊解愁，直到黃昏來臨。那菊花的幽香，沾滿了一身。別說這憂愁不傷身，當秋日的西風吹起簾幕時，思念你的人兒比菊花還要憔悴啊！

　　趙明誠看到這首《醉花陰》後，非常讚賞，自愧寫詞的才能不如妻子，卻又想一定要勝過她。於是謝絕賓客，閉門苦思，廢寢忘食，寫了三天三夜，填新詞五十首。然後將李清照的這首《醉花陰》也混在其中，請友人陸德夫加以評論。陸德夫再三吟賞，最後說，只有三句絕佳。明誠問哪三句，回答說：「莫道不銷魂，簾捲西風，人比黃花瘦。」

阮郎歸·春閨（秦觀） （明）汪氏編《宋詞畫譜》

第六章　汴京的陷落

宋朝，無論是北宋或南宋，都是所謂「積弱」的朝代。除北宋開國初期的短暫時間外，政治幾乎沒有較長期地開明過，因而國力衰弱，一直是北方強大鄰國欺凌掠奪的對象。開始是遼和西夏，隨後是金。北宋王朝就是在金兵攻陷首都開封後而滅亡的。北宋滅亡後，在長江以南建立起南宋，南宋在金的武力威脅下，皇帝向金稱臣，年年貢獻大批金銀絲絹，受盡了金國的欺凌羞辱。金衰亡後，接著是更強大的敵人蒙古族，最後南宋終於被蒙古族建立的元王朝所滅。

北宋欽宗靖康元年（西元1126年），金兵攻陷開封，次年，擄宋徽宗、宋欽宗二帝北去，北宋亡。歷史稱這次事變為「靖康之難」。

邊馬怨胡笳

北宋徽宗時，長期構成北宋外患的遼國已經衰落，被新興的金國打得落花流水。宋朝不自量力，想乘此機會收復被遼國侵佔的土地，於是聯金攻遼。雖然金攻遼節節取勝，可是宋攻遼卻連連失敗，最後遼被金滅亡。金滅遼後僅幾個月，就出兵侵宋。北宋去了一個敵人——遼，卻換來了一個更強大的敵人——金。

詞人葉夢得，由於多次得罪宦官而被罷官閒居。當時朝廷內政治腐敗，邊境上強敵壓境，詞人內心極為憂慮，可是自己又閒居在家，報國無門。在這種情況下，他寫下了詞《水調歌頭》。

念奴嬌・中秋（葉夢得）　　（明）汪氏編《宋詞畫譜》

▷ **水調歌頭**　　　〔葉夢得〕

　　秋色漸將晚，霜信報黃花。小窗低戶深映，微路繞
欹斜。為問山翁何事，坐看流年輕度，拚卻鬢雙華。徒
倚望滄海，天淨水明霞。

　　念平昔，空飄蕩，遍天涯。歸來三徑重掃，松竹本
吾家。卻恨悲風時起，冉冉雲間新雁，邊馬怨胡笳。誰
似東山老，談笑靜胡沙。

〔譯文〕秋深了，寒霜降下，菊花盛開。門戶低矮的小屋，掩映
於秋葉黃花叢中，戶外的小路曲折傾斜。問問我自己，在幹什麼呢？
是白白地看著光陰虛度，難道我甘心讓雙鬢就這樣逐漸花白嗎？我像
謝安一樣，想在建立功業後泛海返鄉歸隱，過著心胸潔淨如藍天澄水
似的生活（謝安為東晉時名相，籌畫了抗擊前秦的淝水之戰）。

　　回憶往日，白白地在天涯海角飄蕩。歸家後重新掃淨荒廢的小
路，那松竹叢中原是我的家園。卻愁那悲涼的秋風時時吹來，雁群從
雲間緩緩飛過，邊境上啊！又是胡笳悲鳴，戰馬嘶叫。有誰能像謝安
一樣呢？在談笑之間，已經使敵人望風潰逃。

　　西元1125年初，遼國被金國滅亡。僅僅八個多月後，即在1125年冬
天，野心勃勃的金國統治者，派大軍分兩路南下，企圖會師開封滅亡北
宋。西路軍由於北宋軍民堅決抗擊而被阻，東路軍卻因沿途宋軍望風潰
逃，幾乎未遇抵抗，一兩個月間，僅六萬人的金兵推進了一千公里，從平
州（今河北盧龍）經燕京（今北京市）直抵開封城下。

　　在這強敵壓境，形勢極端危急的情況下，昏庸的宋徽宗慌成一團，他
一面派使者向金兵求和，一面將皇位讓給他的兒子趙桓（即宋欽宗），讓
兒子收拾這個爛攤子。徽宗自己則帶著他最寵信的大奸賊，身任宰相的蔡
京和童貫等逃往南方。

　　當時宋朝廷內部分成兩派。一派如著名漢奸張邦昌等，主張求和，
放棄開封城逃跑。另一派以李綱為首，主張堅決抗擊金兵，保衛都城。宋
欽宗和他老子一樣，是個軟骨頭的昏君，主張向敵人屈膝求和。由於金兵

已包圍了開封，想求和是不可能的，才不得不勉強組織力量抵抗。宋欽宗在朝廷上問，誰能指揮軍隊作戰保衛京城。李綱說，朝廷以高爵厚祿，崇養大臣，正是要在國家有危難時使用他們。宰相白時中、李邦彥等，雖不一定懂得軍事，但憑藉他們的地位，鼓舞將士努力殺敵，是他們應盡的職責。誰知白、李都是主張逃跑的膽小鬼，一聽這話，氣沖沖地說：「你李綱能領兵出戰嗎？」李綱說：「陛下如果不認為我是庸懦之人，命令我帶兵，我願以死報效！」於是欽宗便任命李綱領軍守城，等待援軍的來到。

就在李綱組織開封軍民堅守京城時，宋欽宗卻多次想拋棄開封逃走。李綱勸諫說：「過去唐明皇聽說潼關失守，立即放棄首都長安向四川逃去，結果宗廟朝廷，全部被叛賊所毀。歷史上一直認為這是不能堅守待援的重大失策。現在四方的援軍，不久就將雲集開封城下，陛下您為何要走唐明皇的老路呢？」

欽宗聽了李綱的話以後，有些心動。可不久有太監來報告說皇后已走了，欽宗嚇得臉色大變，慌慌張張地從寶座上下來說：「我不能再留下了！」李綱一面哭一面叩頭，以死來勸諫。欽宗才對李綱說：「我今天為你留下來，領兵禦敵的事情歸你，不要有疏忽。」

可不久，這位欽宗皇帝又決意棄城南逃，李綱急忙進見，看見朝中禁衛軍全副武裝，皇帝的車子已經駕好，馬上就要出發了。李綱對禁衛軍們大叫說：「你們願意死守，還是願意隨皇上一起逃跑？」禁衛軍齊聲說：「我們願死守！」李綱進宮見欽宗說：「陛下已經答應留下，又要走，這是為何呢？現在禁衛軍的父母、妻子都在開封，願意死守。皇上您一定要他們護駕逃走，萬一中途他們一哄而散各回京城，那誰來保護陛下呢？金兵已不遠了，他們要是知道陛下走而未遠，派輕騎追趕，那您怎樣抵抗呢？」欽宗一聽，這才明白了一點，同意不走了。禁衛軍全體跪拜在地，高呼萬歲，守城的軍民聽到這道命令後，全激動得哭了起來。李綱遇到這麼個畏敵如虎的逃跑皇帝，真是太難為他了。

開封在李綱的組織和指揮下，軍民堅守城池，給予金兵以沉重的打擊。不久北宋各地的援軍紛紛來到開封附近，數達二十餘萬人，面對只有六萬人的金兵，宋軍佔有很大優勢。

可宋欽宗以及一些掌權的大臣，一心只想求和，金兵眼看形勢不利，

同意講和，但是提出了極其苛刻無理的四條要求：（1）要犒軍費黃金五百萬兩，白銀五千萬兩，牛馬萬頭，綢緞萬匹；（2）割讓中山（今河北定縣）、河間（今河北河間）及太原三鎮土地給金；（3）宋朝皇帝稱金帝為伯父；（4）要宰相及親王各一人為人質。

李綱看完條款，對宋欽宗說，要這麼多金銀牛馬，就是搜括全國財物也不夠。三鎮是國家的屏障，屏障失去，如何保衛國家？第三條更是無禮要求。可是昏懦的宋欽宗對金兵害怕至極，竟答應了金兵的全部要求。

可就在答應條款後，金兵又對開封進攻，但被守城的宋軍擊退。金兵見不能再撈到好處，才在西元1126年二月向北撤退了。

大約就在指揮防守開封的空隙中，李綱寫了一組詠史詞，借歷史上的故事，勸諫當時的皇帝宋欽宗，並激勵守城軍民的士氣，共同完成抗金大業。

▷ **喜遷鶯·晉師勝淝上**　　　〔李綱〕

　　長江千里，限南北，雪浪雲濤無際。天險難踰，人謀克敵，索虜豈能吞噬。阿堅百萬南牧，倏忽長驅吾地。破強敵，在謝公處畫，從容頤指。

　　奇偉。淝水上。八千戈甲，結陣當蛇豕。鞭弭周旋，旌旗麾動，坐卻北軍風靡。夜聞數聲鳴鶴，盡道王師將至。延晉祚，庇烝民，周雅何曾專美。

〔譯文〕千里長江雪浪滾滾，風起雲湧，無邊無際，劃分南北界線分明。這是多麼難以逾越的天險啊！加上東晉大臣們的謀略，足以制勝強敵，那索虜豈能吞併東晉（我國南北朝時，南朝人罵北朝人為索虜。前秦首都在長安，即今陝西西安市，東晉首都在建康，即今江蘇南京市。故索虜在此指北方的前秦軍隊，也暗指當時來自北方的金兵）。前秦王符堅率軍百萬南侵，迅速地佔領了我們的國土，打敗這強悍的敵人，在於謝安的籌畫和從容不迫的指揮。

真了不起啊！在淝水上。僅以八千精兵對付殘暴的強敵，與它們對陣作戰（鞭弭指駕車前進），你看那戰旗迎風招展，前秦的大軍

浣溪沙·春閨（秦觀）　　（明）汪氏編《宋詞畫譜》

在轉眼之間望風潰敗，逃跑時晚上聽見幾聲鶴唳，也以為是晉兵追來了。這一仗，使東晉王朝轉危為安，保護了黎民百姓，比起周宣王使周朝中興的盛事，也毫不遜色啊！

這首詞寫我國歷史上前秦和東晉於西元383年在淝水的一次會戰，是著名的以少勝多的戰例。詞的上片寫前秦皇帝苻堅率大軍百萬南下，企圖一舉滅亡東晉。東晉宰相謝安從容籌畫，抗擊敵人。詞的下片寫淝水（在今安徽壽縣境內）一戰，東晉軍隊以少克眾，六萬人大破百萬雄師。前秦軍的潰兵聽見風聲鶴唳，以為是晉軍追來了，看見八公山的草木，也以為是埋伏的晉軍。詞結尾作者暗喻，希望自己能成為謝安那樣打敗強敵，使國家轉危為安的英雄人物。

詞中「周雅」指周宣王征伐西戎、玁狁，使周室中興的故事。

李綱的這首《喜遷鶯》，寫的雖是距北宋已七百多年的歷史，可與當時金兵侵宋形勢很相像。由於淝水一戰，徹底打敗了敵人，前秦再也無力南侵，東晉王朝轉危為安。作者在這裡希望北宋像東晉一樣奮發圖強，而自己願像謝安一樣地籌畫指揮，徹底打敗南侵的金國大軍。

▷ 水龍吟・太宗臨渭上　　　　　〔李綱〕

　　古來夷狄難馴，射飛擇肉天驕子。唐家建國，北邊雄盛，無如頡利。萬馬奔騰，皂旗氈帳，遠臨清渭。向郊原馳突，憑陵倉卒，知戰守、難為計。

　　須信君王神武。覰虜營，只從七騎。長弓大箭，據鞍詰問，單于非義。戈甲鮮明，旌麾光彩，六軍隨至。悵敵情震駭，魚循鼠伏，請堅盟誓。

〔譯文〕自古以來，北方的強敵難以馴服。像匈奴、突厥，他們射飛禽，以肉為食，自稱天之驕子（漢代時，北方的匈奴首領單于自稱天之驕子）。唐朝建國時，北方最強大的就是突厥，頡利可汗是它的首領。唐太宗剛一登基，頡利的大軍萬馬奔騰，帶著行軍的氈帳，黑色的戰旗飛揚，深入到渭河邊，向長安城郊進犯。敵人入侵得那麼

突然，該戰還是該守，難以決斷。

你可以相信太宗皇帝的神武，他只帶了將帥參謀七騎去探聽敵情。面對著敵人的長弓大箭，坐在馬鞍上，責問頡利為何背信棄義入侵。唐朝大軍隨後到了，刀槍甲冑閃閃發光，旌旗光耀奪目，列陣在太宗皇帝身後。頡利可汗驚惶不已，像老鼠一樣匍匐在地，請求堅守誓約，恢復和好。

此詞寫我國唐代初年，唐太宗登基僅二十天時，北方強敵突厥，在其首領頡利可汗的率領下，以二十萬大軍進兵到唐都長安附近的渭河邊上。英武的唐太宗親自率軍迎敵，隔渭河指斥頡利，使突厥大軍知難而退。李綱在北宋首都開封被金兵圍困時寫這首詞，其含意是很明顯的。他希望新皇帝宋欽宗能效法唐太宗，英勇抗敵。

▷ **念奴嬌·憲宗平淮西**　　　　［李綱］

> 晚唐姑息，有多少方鎮，飛揚跋扈。淮蔡雄藩聯四郡，千里公然旅拒。同惡相資，潛傷宰輔，誰敢分明語。媕婀群議，共云旄節應付。
>
> 於穆天子英明，不疑不貳處，登庸裴度。往督全師威令使，擒賊功名歸愬。半夜銜枚，滿城深雪，忽已亡懸瓠。明堂坐治，中興高映千古。

〔譯文〕唐代後期，對擁兵割據的藩鎮，採取姑息政策，使得多少軍閥飛揚跋扈。德宗時魏博、成德、盧龍和淄青四鎮聯合作亂，強大的淮西鎮又與他們相勾結（淮西鎮治所在蔡州，故詞中稱淮蔡。蔡州即今河南汝陽），這些叛亂者縱橫千里，公開抗拒朝廷。他們居然暗派刺客，刺死主持軍事的宰相武元衡，刺傷主戰的御史中丞裴度。這下嚇得唐朝廷的大臣們都不敢公開說話，含含糊糊猶豫不決，都說應該寬容遷就。

憲宗皇帝真正英明（於穆是感歎之意），他不再疑慮，一心一意任用裴度為宰相，率領朝廷大軍討伐叛亂的淮西，部將李愬擒賊首

立了大功。李愬冒著大雪，率軍銜枚（枚類似筷子，行軍時令士兵銜在口中以防出聲）疾行，深夜突入蔡州，生擒了吳元濟（懸瓠亦作懸壺，唐代城名，在蔡州）。天子高坐在大殿上，治理這安定了的國家。唐朝中興千古流傳。

唐代自從安史之亂以後，出現了大量擁兵割據的藩鎮。他們都手握強兵，霸佔一塊地盤，有著唐朝封的官銜，如節度使等，但不聽中央號令，並且常互相攻戰，甚至公開反叛。唐德宗時，魏博鎮的田悅、成德鎮的王武俊、盧龍鎮的朱滔和淄青鎮的李納聯合抗拒朝廷，私自稱王。後來淮西節度使李希烈又和他們勾結叛亂，自稱大楚皇帝。經過多年的混戰，李希烈被部將陳仙奇殺死，陳又被另一部將吳少誠所殺，吳死後由他的部將吳少陽接任淮西節度使。

這種割據狀態，一直維持到唐憲宗繼位以後。唐憲宗元和九年（西元814年）吳少陽死，其子吳元濟自任為淮西節度使，並且發兵叛亂。唐憲宗任用賢相裴度，消滅了吳元濟，其他抗拒朝廷的藩鎮也紛紛表示服從中央，使唐王朝暫時又獲得統一。李綱的《念奴嬌‧晚唐姑息》，寫的就是這一段歷史。

宋欽宗在即位後，曾賜給李綱一部《裴度傳》，表面上似乎對他很信任，鼓勵他像唐憲宗時的賢相裴度那樣為國建立功業。可由於宋欽宗本身的昏庸懦弱，一切都成了泡影。

▷ 喜遷鶯‧真宗幸澶淵　　　　［李綱］

邊城寒早。恣驕虜，遠牧甘泉豐草。鐵馬嘶風，氈裘凌雪，坐使一方雲擾。廟堂折衝無策，欲幸坤維江表。叱群議，賴寇公力挽，親行天討。

縹緲，鑾輅動，霓旌龍旆，遙指澶淵道。日照金戈，雲隨黃繖，徑渡大河清曉。六軍萬姓呼舞，箭發狄酋難保。虜情讋，誓書來，從此年年修好。

〔譯文〕邊境上天冷得早，驕縱的遼軍，侵犯我境內有甘美泉水和豐茂牧草的地方。戰馬迎風嘶叫，遼軍的氈製衣裘上積滿了白雪，

他們的進犯使北邊擾亂不寧。朝廷內沒有擊退敵人的對策，想向長江以南的地方逃避。幸賴宰相寇準力排眾議，主張御駕親征。

你看皇帝的車駕一動，繡著雲，畫著龍的旌旗飛揚，直奔澶淵而去。宋軍的刀槍閃耀如日，猶如行雲隨著皇帝出征的黃傘，一清早渡過了澶淵河。宋朝的大軍，成千上萬的百姓，齊聲歡呼舞蹈。遼軍主帥蕭撻凜，在宋軍箭下一命嗚呼。敵人恐懼了，要求講和的書信來到，從此後，宋與遼年年和好。

這首詞記述了宋真宗時，遼國入侵，大臣們紛紛勸皇帝遷都逃走，唯有宰相寇準力排眾議，勸真宗御駕親征。真宗採納了寇準的意見，親自來到前線澶淵（宋代的澶淵亦名澶州，因境內原有湖泊澶淵而得名，宋時治所在今河南濮陽）。北宋軍民見到城頭上的皇帝傘蓋後，士氣大振，歡呼之聲遍野。遼兵大為恐懼，同時，遼軍主帥蕭撻凜又被宋軍射死，因此，與宋朝訂立了大致平等的和約後退兵，史稱「澶淵之盟」。

李綱寫這首詞，是希望宋欽宗效法他的祖先宋真宗，聽從堅決抗敵的意見，鼓起勇氣，親率軍民打擊敵人。可是宋欽宗哪能與宋真宗相比呢！李綱的一片苦心，只能付諸東流水了。

金風吹折桃花扇

宋欽宗靖康元年（西元1126年）二月金兵由開封北撤後，北宋的統治者們以為萬事大吉，天下太平。逃到南方去的太上皇宋徽宗也趕回開封，和欽宗一起，父子兩個又過起了醉生夢死的享樂生活。

這時，御史中丞呂好問對欽宗說，金人這次南下得了好處，更看輕中國，今秋冬必定會再來，應該儘快整頓軍備，別再延誤。可欽宗不僅不聽，反而命令各地增援開封的軍隊全撤回原地，並且罷免了堅決主張抗金、在開封保衛戰中立有大功的李綱。

李綱雖被宋朝的皇帝罷斥了，可金國朝廷上下，對這位曾和他們英勇作戰的宋朝大臣既尊敬又畏懼，每逢宋朝使臣到金國首都燕山（今北

京），金國朝廷一定要問候李綱是否安好。

卻說宋徽宗手下備受信任的奸賊蔡京，曾四次出任宰相，他倒行逆施，罪行累累，天下人對他痛恨至極。另一大宦官頭子童貫，領兵三十年，與蔡京勾結，狼狽為奸，朝內百官大多成了蔡、童二奸的私黨。當時開封城內有民謠傳唱說：「打破筒（童），拔了菜（蔡），便是人間好世界。」

宋欽宗登上皇位後，一朝天子一朝臣，蔡、童等人失去了後臺。在隨太上皇宋徽宗回開封後，許多大臣上書揭發蔡、童及其黨羽的罪惡。欽宗當然也不客氣，童貫被罷官充軍，行至半路被殺。蔡京被充軍到儋州（今海南島儋縣），起程不久，又有聖旨到，要蔡將他帶的三名寵姬，一姓慕容、一姓邢、一姓武的交出，因為金國指名來要，蔡京只好照辦。

在充軍的路上，人們聽說是蔡京，都指名痛罵，連飲食店都不賣給他吃的。蔡京獨自歎息說：「想不到我蔡京喪失天下人心，竟到這個地步。」後來，蔡京由儋州移到潭州（今湖南長沙），蔡在此又窮又餓，到處受人詬罵唾棄，難受之餘，寫了一首詞《西江月》。

▷ 西江月　　　　［蔡京］

　　八十一年住世，四千里外無家，如今流落向天涯，
夢到瑤池闕下。

　　玉殿五回命相，彤庭幾度宣麻，止因貪戀此榮華，
便有如今事也。

〔譯文〕我活在世上八十一年，充軍到沒有家園的四千里外。如今流落在天涯海角，可做夢也想回到開封皇宮的門前。我曾五次在玉殿上受命為宰相，皇宮裡多次宣布我升官獲獎的聖旨，就是因為貪戀這榮華富貴，所以才會有今天這樣的下場啊！

這首詞寫後一個多月，蔡京就死了。

南宋初年，詩人劉子翬寫了一組七絕《汴京紀事》，其中一首痛罵了老賊蔡京和王黼。

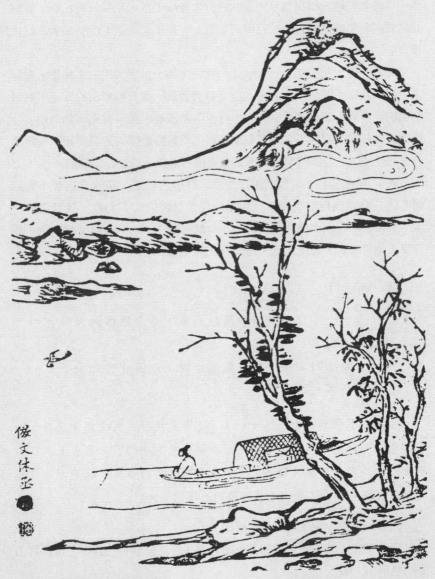

鷓鴣天·漁父（黃庭堅） （明）汪氏編《宋詞畫譜》

▷ 汴京紀事　　　〔劉子翬〕

空嗟覆鼎誤前朝，骨朽人間罵未銷。

夜月池台王傅宅，春風楊柳太師橋。

〔譯文〕白白地歎息喪失了政權使北宋滅亡，老賊蔡京和王黼雖
然骨頭都已朽爛，可天下人對他們還是咒罵不已。你看那太傅王黼的
住宅夜月照耀池台多麼壯麗，太師蔡京府第的遺址依舊是春風輕拂楊
柳青青啊！

　　宋欽宗雖然貶斥了蔡京、童貫及其黨羽，可是又重用了另一批奸臣耿
南仲、聶昌等人。

　　金兵上一次圍攻開封被迫退兵僅半年之後，即在靖康元年八月，又大
舉南侵，於同年十一月再次包圍了開封。開封城內雖有守軍七萬人，可是
以宋欽宗為首，加上奸臣耿南仲、聶昌等人一心只想求和，城內再沒有像
李綱這樣堅決主戰的將帥指揮，軍心渙散。

　　最可笑的是，在形勢極其危急時，當時堂堂的兵部尚書孫傅，居然向
宋欽宗推薦了一個大騙子郭京，說他會六甲法術，可以打退金兵。郭京對
欽宗胡吹說，只需用七千七百七十七人，練成神兵，就可以生擒敵帥。欽
宗大喜，又封官又賞錢，讓郭京招募了一些流氓無賴充做六丁力士，又稱
北斗神兵，說能守城破敵。等到眼看金兵快要破城時，命這些神兵出戰，
誰知剛一出城就被金兵殺盡。郭京還胡吹說他出城作法，包管能打退敵
人。等他一開城門，立即帶了些隨從逃走了。金兵乘此機會四處登城，開
封遂告失陷。

　　宋欽宗作為一國之主，聽說金兵入城，既不能率眾抵抗，以死殉難，
也不計劃突圍，甚至連自殺的勇氣也沒有，只是在宮中號啕大哭。

　　北宋政和七年（西元1117年），當時的皇帝宋徽宗為了享樂，下令
在開封修建規模宏大的御花園。園中不僅要遍種奇花異木，還要建造一座
用太湖石堆砌的高大假山。於是派大臣朱勔常駐蘇州，將搜羅到的名花異
木和太湖石用船沿大運河北運到開封，這些運花石的船隻一年到頭絡繹不
絕，當時叫做「花石綱」。

　　朱勔及其手下的黨羽，借給皇帝搜羅花石之名，大肆擾害百姓，敲詐

勒索。例如，藉口某人家中的一株花木「花石綱」要用，用聖旨之名封了此人的家，這家人立即傾家蕩產。或藉口運巨大的太湖石要經過，把沿途的房屋建築都下令拆毀，誰敢不聽就是違抗聖旨。當時蘇州一帶百姓怨聲載道，對朱勔這夥害人賊恨之入骨。

為了運花石綱，不知耗費了多少民力。忙時甚至將開封急需的從江南運去的糧食也停了，造成京城的糧荒。裝運花石綱的船隻，由於太沉重，經常發生翻沉事故。在《水滸傳》中，青面獸楊志就是因為押運花石綱船隻沉沒，因而畏罪潛逃了。

運到開封的大量太湖石，在御花園中堆起了高達九十尺的假山，取名叫「艮嶽」。為了各出新奇討好皇帝，奸臣童貫找來一個人叫薛翁，馴養了大批珍禽異鳥，訓練到一聽見皇帝來到的呼喝聲，就會飛集到道旁。有一天宋徽宗來艮嶽遊玩，前面的儀仗一呼喝，數萬隻珍禽異鳥一齊飛來，好像是朝見皇帝。薛翁在道旁上奏說：「萬歲山瑞禽迎駕！」徽宗大喜，立即封賞了薛翁。

金兵圍攻開封時，守城的宋軍將艮嶽上的石頭打下來當做炮石，那些見人不會飛逃的鳥兒，也被饑餓的百姓們捉去吃了。汴京失陷，冬天大雪，城內沒有柴燒，人們紛紛到御花園中砍樹拆房，這座耗費了百姓無數血汗的皇家園林，就這樣毀滅了。南宋初年的詩人劉子翬，在他的《汴京紀事》七絕中，有一首這樣寫道：

▷ 汴京紀事　　　　[劉子翬]

內苑珍林蔚絳霄，圍城不復禁芻蕘。

舳艫歲歲銜清汴，才足都人幾炬燒。

〔譯文〕御花園裡的奇花異木鬱鬱蔥蔥高入雲霄，被金兵圍困的京城再也禁止不了百姓到皇家宮苑裡來放牧打柴了。一條條的大船年年頭尾相接，沿汴河運來了花石綱，可是這才夠首都的百姓們燒幾把火呢？

西元1141年，即開封陷落十五年後，金國將艮嶽殘存的太湖石運到燕京（今北京），堆成了今日北海公園內的白塔山。

開封失陷，耗費無數民力的艮嶽徹底毀滅，這個巨大的事變，在多年之後，猶清楚地記在人們心中。約一百五、六十年後，南宋被元兵滅亡，南宋遺民，詞人姚雲文，寫了一首詞《摸魚兒》，借詠艮嶽的變遷，寄託了對國家滅亡的哀思。

▷ 摸魚兒・艮嶽　　　〔姚云文〕

　　渺人間，蓬瀛何許？一朝飛入梁苑。輞川梯洞層崖出，猶帶鬼愁龍怨。窮遊宴，談笑裡，金風吹折桃花扇。翠華天遠，悵莎沼螢枯，錦屏煙合，草露泫蒼蘚。

　　東華夢，好在牙檣雕輦。畫圖歷歷曾見。落紅萬點孤臣淚，斜日牛羊春晚。摩雙眼，看塵世，鼇宮又報鯨波淺。吟鞭拍斷，便乞與媧皇，化成精衛，填不盡遺憾。

〔譯文〕無邊無際的人間大地，蓬萊仙山究竟在哪裡？原來它飛到了北宋皇宮的御花園中（梁園為漢代梁孝王的著名花園，舊址在今河南商丘縣東，詞中用以借指北宋御花園；蓬萊仙山即指艮嶽）。輞川高高的岩洞和層層的懸崖又出現了，這景色奇麗的艮嶽啊！它帶著多少百姓的血淚，隱藏著徽宗皇帝多少醜行（輞川在今陝西藍田，唐代時以山川景色美而奇著稱，唐詩人王維在此有別墅）。無窮無盡的遊樂宴會，就在那興高采烈的歡笑聲中，金兵像暴風一樣，吹折了歌女手中的桃花扇，開封陷落了。徽欽二帝被擄向遠方，只剩下長滿荒草的池沼流螢飛舞，煙霧籠罩著屏風似的山石，露水像淚珠一樣滴在蒼蘚上（翠華為皇帝出行時的儀仗）。

當年的帝都開封，遠航的船隻桅杆林立。大隊人馬簇擁著皇帝華美的車子駛過。這圖畫般的情景啊！猶歷歷在目。花兒凋謝了，孤臣我的淚水隨著花瓣像雨點似的落下。又是暮春的傍晚，斜陽中牛羊歸來。擦淨雙眼看這人世間，龍宮裡又說大海變淺（借北宋亡於金而悼念作者所在的南宋亡於元）。哪怕把吟詩詞打節拍的鞭子敲斷，再請

次王逵亭

西江月（蘇軾）　（明）汪氏編《宋詞畫譜》

求天神女媧氏，讓我變成銜石填海的精衛鳥，也填不盡胸中海洋一樣深的亡國之恨啊！

《摸魚兒》原為唐代教坊曲名，後來用為詞牌。上面這首詞上片從形容艮嶽的奇麗開始，一直到它的毀滅。下片回憶開封的舊貌，聯繫到當日國家的滅亡，說不盡的悲哀與淒涼。

玉京曾憶舊繁華

金兵在靖康元年閏十一月攻陷開封後，宋欽宗親自到金兵大營投降。金兵對他們毫不客氣，宣布廢宋徽宗和宋欽宗父子為庶人（平民），另立奸臣張邦昌為傀儡皇帝。靖康二年三月底，金兵撤離開封北歸，臨行時將徽、欽二帝及宮廷中的后妃、皇親國戚約三千人全部擄去，並將庫藏的金銀、珍寶、圖籍、文物等洗劫一空。

做了二十多年皇帝，享受慣了的宋徽宗趙佶，如今當了俘虜。在被金兵押送北行的途中，他應該明白了，這場巨大的災禍全是他自己造成的。可是，他在金兵營中給過去兩個大臣的信中寫道：「社稷山河，都為大臣所誤。今日使我父子離散至此，追念痛心，悔恨何及。」他知道悔恨，卻將國家滅亡的責任，全推到所謂誤國的奸臣身上。

趙佶在北行途中，金兵不准他和南方通消息。有一天，他叫左右人出去買茴香，買的人偶然在街上拾到一張黃紙，將茴香包了回來。趙佶一看，黃紙原來印的是宋高宗即皇帝位，改元建炎，並宣布大赦天下的赦書。趙佶這才知道他的第九個兒子趙構在長江以南當上皇帝了，認為「茴香」是「回鄉」的預兆，有回歸宋朝的希望了。他哪裡想得到，他兒子宋高宗趙構不僅不設法接他回去，反而怕他回去會爭奪帝位呢！

徽、欽二帝到金國境內後，又被驅趕北行到更荒涼的地方，同行的只有鄭皇后（趙佶之妻，宋欽宗趙桓之母）。他們一天步行五、六十里，在嚴寒的天氣中還穿著單薄的衣衫，黑瘦如鬼，幾次死而復生。一天晚上，他們露宿在樹林中，有金兵的小頭目吹笛，聲音特別嗚咽悲涼。趙佶本是

才子，精通音樂，聽了輾轉難眠，於是作了一首詞《眼兒媚》，起來念給他兒子欽宗趙桓聽。

▷ 眼兒媚　　　　［趙佶］

　　玉京曾憶舊繁華，萬里帝王家。瓊林玉殿，朝喧管，暮列笙琶。
　　花城人去今蕭索，春夢繞胡沙。家山何處？忍聽羌笛，吹徹梅花。

〔譯文〕回想起昔日在開封時的繁華，有著萬里江山的帝王之家。那兒有花木繁茂的瓊林苑（瓊林苑為開封城外的皇家園林）和玉石堆砌的華美宮殿。每天一早奏起悠揚的弦管，傍晚吹彈著輕快的笙和琵琶。我這從開封來的人今天是多麼的孤苦，在這胡人國度的沙漠中，只有在夢中才能見到昔日的繁華。家鄉在何處？我只能忍著淚水聽這悲涼的羌笛，它一遍又一遍地吹著幽怨的樂曲《落梅花》。

詞念畢，趙桓立即和作了一首：

▷ 眼兒媚　　　　［趙桓］

　　宸傳三百舊京華。仁孝自名家。一旦奸邪，傾天折地，忍聽琵琶。
　　如今在外多蕭索，迤邐近胡沙。家邦萬里，伶仃父子，向曉霜花。

〔譯文〕在舊開封城中，有著我們皇家的子孫四百口。我趙家的家風以仁孝著稱。一旦奸臣誤國，天旋地轉，國亡家破，真不忍再聽那哀怨的琵琶樂聲。如今在塞外有多麼淒涼，胡地的沙漠無窮無盡。家國遠隔萬里，我們孤苦伶仃的父子兩個，對著清晨的滿地霜花。

趙佶和趙桓父子二人，後來被囚禁在五國頭城（今黑龍江省依蘭）。在當了幾年囚徒之後，一年的初春，趙佶看見盛開的杏花，感觸萬分，遂

寫了他的絕筆詞，即最後一篇作品《燕山亭》。

▷ 燕山亭‧見杏花作　　　　[趙佶]

　　　裁剪冰綃，輕疊數重，淡著燕脂勻注。新樣靚妝，豔溢香融，羞殺蕊珠宮女。易得凋零，更多少、無情風雨。愁苦，問院落淒涼，幾番春暮？

　　　憑寄離恨重重，這雙燕何曾，會人言語？天遙地遠，萬水千山，知他故宮何處？怎不思量？除夢裡有時曾去。無據，和夢也新來不做。

〔譯文〕這杏花像是用剪裁好的潔白薄綃，輕疊上幾層，再均勻塗上淡淡的胭脂而成。時新式樣的美麗妝扮，豔麗無匹，芳香醉人。仙宮中的蕊珠仙女，見到它也會自愧難比。可這杏花啊！卻是那麼容易凋殘零落，更何況，又有多少次無情的風和雨對它摧殘。有多麼愁苦啊！在這淒涼的院落裡（就是被囚禁的房子裡）杏花和我，都經歷過了好幾個年頭的春暮。

　　想託新來的雙燕，帶回去我對故國的懷念，可是牠們，卻不懂得人的言語，更何況，開封離此也是天遙地遠；要經過萬水千山，燕子們怎知道故宮在何處呢？我怎能不思念，只有在夢裡才好像曾回去看過啊！可是，夢境怎麼能為憑據呢，近來連這沒依據的夢也不做了。

　　趙佶在這首《燕山亭》中，借詠杏花來描述自己的身世。俘虜的生活是屈辱的，他幻想回去，可只有在夢中才似乎能回去，但近來連夢也不做了，使他連最後一點安慰也破滅了。

　　後人評論說，趙佶這首詞的最後兩句「無據，和夢也新來不做」，比南唐李後主的名句「夢中不知身是客，一晌貪歡」寫得更悲慘。有人將亡國之君趙佶與南唐李後主（即李煜）相比，覺得他們二人有很多相似之處。二人都是文學藝術上的才子，可都不會治國，最後都是作為俘虜而死在異國他鄉。因此就編造出了一段神話，說趙佶是李煜的後身。據說宋神

畫堂春·春怨（秦觀）　　（明）汪氏編《宋詞畫譜》

宗一次到祕書省去，見到了南唐後主李煜的畫像。神宗皇帝非常讚賞他人物文雅，正好這時後宮生下了趙佶，生的時候並夢見李煜來拜見，意思是李煜托生到趙家了。

南宋高宗紹興五年（西元1135年），趙佶病死於五國頭城。他一共過了九年的俘虜生活，年五十三歲。趙佶的兒子欽宗趙桓，則當了三十多年的囚徒。紹興三十年（西元1160年）他六十歲時，金國的暴君完顏亮在講武場上檢閱兵馬，命令趙桓也去參加，就在場中派人將趙桓射死，屍體扔在場子裡任騎兵來回踐踏。這位軟骨頭皇帝的下場，也是夠悲慘的了。

南宋高宗時曾任參知政事的謝克家，在徽、欽二帝被擄去後，他逃到南方，回想開封故宮的孤寂荒涼情況，寫出了這首極其悲涼的《憶君王》：

▷ 憶君王　　　　〔謝克家〕

　　依依宮柳拂宮牆。樓殿無人春晝長。燕子歸來依舊忙。憶君王。月破黃昏人斷腸。

〔譯文〕又是春天了，長長的垂柳滿懷情意地低拂著皇宮的圍牆。宮中的樓殿空寂無人，春日啊！又那麼漫長。燕子飛歸，依舊像過去一樣為築巢而奔忙。君王啊！你在哪裡！黃昏時月兒升上來了，這國破人亡之痛啊！永遠縈迴在心上。

金兵兩次南下入侵，一路燒殺搶奪，擄掠人口，給黃河流域的人民帶來了極其深重的災難。有些被金兵擄去的人（多半是婦女），在苦難之中，用詞寫出了自己的親身遭遇。其中少量的篇章流傳到了今天，使我們還能見到一點當年的悲慘圖景。

陽武（今河南原陽縣）令蔣興祖，在金兵南侵時城被圍，蔣率軍民堅決抵抗，城破時力戰而死，全家都同時殉難。蔣有個女兒剛成年，能做詩詞，不幸被金兵擄到北方去。旅途中經過雄州（今河北雄縣），在驛站壁上題了一首《減字木蘭花》。

▷ 減字木蘭花・題雄州驛　　　[蔣興祖女]

　　朝雲橫度。轆轆車聲如水去。白草黃沙。月照孤村
三兩家。
　　飛鴻過也。百結愁腸無晝夜。漸近燕山。回首鄉關
歸路難。

　〔譯文〕清晨的濃雲，隨風疾馳。在轆轆的車聲中，身不由己被
迫向著北方去。滿目荒涼，只見白草黃沙。淒清的月兒，照著只有兩
三戶人家的孤村。

　　眼見大雁南飛，這深重的國難家仇啊，使我日夜難以忘懷。燕山
（指金國首都燕京，今北京）越來越近了，回望故鄉，歸去更是不可
能了。

　　宋徽宗時，有一位官員楊思厚。他的妻子鄭意娘被金兵的撒八太尉從
盱眙擄到燕京。這位婦女堅貞不屈而被殺，死後據說魂靈不泯，經常出來
遊動。後來楊思厚奉南宋朝廷之命，作為使臣來到燕京，聽說後來到埋葬
她的墓地。鄭意娘的靈魂出現與他相見，二人異常悲傷，意娘並作了一首
《好事近》。

▷ 好事近　　　　[鄭意娘]

　　往事與誰論，無語暗彈清血。何處最堪腸斷，是黃
昏時節。倚樓凝望又徘徊，誰解此情切。何計可同歸
雁，趁江南春色。

　〔譯文〕悲痛的往事能與誰說，我只能任無言的血淚暗流。什
麼時候使人最痛苦難忍，就是那黃昏時節。在樓上倚著欄杆遠望又徘
徊，有誰能知道我心中的無限情意。有什麼辦法啊，能同雁群一起南
歸，趕上那江南美麗的春光。

直自鳳凰城破後

宋徽宗的第九個兒子趙構，生於西元1107年，十四歲時封為康王。靖康元年初開封第一次被金兵圍困，趙構和宰相張邦昌被當作人質押在金營。傳說一次與金國太子比射箭，趙構三箭皆中靶心，金太子大驚，原認為宋朝的親王都是不中用的紈袴子弟，哪會有這等好武藝，看來這一定是選皇族中精通武藝的人冒充親王當人質，於是要求調換。金國先將趙構放回，放了又後悔，派兵在後追趕。趙構跑得筋疲力盡，在崔府君廟中打盹。突然夢見有人叫他說，金兵追來了，快走，門外有馬。趙構驚醒一看，果然廟門口有馬一匹。他騎上飛速向南狂奔，馬並且馱他渡過了黃河。過河後馬站立不動了，仔細一看，原來是崔府君廟中的泥馬。這就是傳說的「泥馬渡康王」故事。當然，這必定是趙構當上皇帝後，吹捧他的人造出的神話。據後人研究，趙構當人質並沒有隨金兵走，不久即被放歸開封。

開封失陷，徽、欽二帝被擄北去後，在名將宗澤等的支持下，趙構於西元1127年5月在南京（今河南商丘）即皇帝位，是為宋高宗。由於此後宋朝的疆域局限在淮河以南，故歷史上稱它為「南宋」。宋高宗是南宋第一位皇帝，人民對他寄予很高希望，希望他領導軍民堅決抗金，收復失地。誰知他的內心深處有著不可告人之私，因此在實際行動中，又是一個主張妥協投降的求和派，一個毫無膽略的怕死鬼。

南宋王朝建立之後，一直處在金兵的嚴重威脅之下，西元1127年10月，宋高宗因害怕金兵，從南京遷到揚州。這年12月，金兵分三路南下，南宋軍民堅決抵抗，阻擋了金兵的攻勢。到1129年初，金兵直攻揚州，宋高宗帶少數官員慌忙南逃，經杭州、越州（今浙江紹興）、明州（今浙江寧波），最後乘了幾隻樓船逃入海中，在溫州附近漂流了三、四個月。

可是，南宋軍隊在名將宗澤、岳飛、韓世忠和張浚等的指揮下，給金兵以沉重的打擊，迫使金兵逐步退卻到淮河以北。西元1129年，改杭州為臨安府，1138年，南宋正式定都臨安，維持著江南的半壁河山。

開封城破後，大量的官吏和軍民南逃，他們飽嘗戰亂的苦難，痛心家國的淪亡，對以宋高宗為首的南宋當權者的求和投降政策非常憤恨。所有

這些，經常被寫入一些詞人的作品中。當然，這些詞大多寫得委婉曲折，有的須仔細玩味，或結合作者當時所處的時代背景，才能體會其中的含意。在這些詞作中，有的悲歎家國的淪亡，要求打擊敵人收復失地；有的懷念昔日美好的生活，感歎今日的苦難。

▷ 滿江紅　　[趙鼎]

丁未九月南渡，泊舟儀真江口作

　　慘結秋陰，西風送、霏霏雨濕。淒望眼，征鴻幾字，暮投沙磧。試問鄉關何處是，水雲浩蕩迷南北。但一抹、寒青有無中，遙山色。

　　天涯路，江上客。腸欲斷，頭應白。空搔首興歎，暮年離拆。須通道消憂除是酒，奈酒行有盡情無極。便挽取長江入樽罍，澆胸臆。

〔譯文〕秋日天空，烏雲凝聚，西風送來的濛濛細雨，沾濕了大地。悲傷地舉目遙望，有幾行南飛的大雁，傍晚落在水中的沙洲上。哪裡是我的故鄉（作者是解州，即今山西聞喜縣人。解州當年已被金兵佔領），只見一片雲水相連南北難辨。遠處隱隱現出，一抹暗青的山色。

　　我遠離家鄉，漂泊在江上。痛心國事，愁腸欲斷頭將白。白白地撓頭歎息，人到晚年遭遇離別。應該知道，消除憂愁的除非是酒，可斟酒對飲有盡時而愁思卻無限。也許只有將長江水當酒全喝下去，才能沖刷我心頭的愁悶。

　　作者趙鼎，在宋徽宗崇寧五年（西元1106年）中進士，二十年後北宋滅亡。他在丁未年，即徽欽二帝被擄北去的1127年的9月，逃到長江邊上，乘船渡江，停船在儀真（今江蘇儀征）江口時，寫了上面這首《滿江紅》。作者後來在宋高宗紹興初年擔任過宰相等要職。因力主抗金，反對和議，被大奸賊秦檜迫害，最後絕食而死。

　　洛陽人朱敦儒，在中原被金兵佔領後逃到江南，於宋高宗紹興五年

（西元1135年）考中進士。由於他和指斥秦檜「懷奸誤國」的大臣李懷光交往，因而被免官。看來他的態度是主戰反對求和的。朱敦儒晚年由於畏懼秦檜的權勢，應秦的徵召當了鴻臚少卿。朱敦儒的詞寫得很好，有人稱讚他「以詞章擅名，天資曠逸」。

▷ 臨江仙　　　　［朱敦儒］

　　直自鳳凰城破後，擘釵破鏡分飛。天涯海角信音稀。夢回遼海北，魂斷玉關西。

　　月解重圓星解聚，如何不見人歸。今春還聽杜鵑啼。年年看塞雁，一十四番回。

〔譯文〕自從開封城陷落以後，有多少夫婦在戰亂中流離失散。彼此天涯海角，音信難通。她遠在東北，除非夢中才能相見，他卻在邊塞玉門關（漢玉門關在今甘肅敦煌之西，唐玉門關在今甘肅安西縣雙塔堡附近）之西，使人思念得魂斷神傷。

　　月亮有圓的時候，星星也知道聚在一處，為何離散的人兒總不見歸來（也有人認為，此句中的「人」是指被擄北去的徽欽二帝）。今年春天，又聽見杜鵑鳥在叫「不如歸去」了，年年看大雁從北方飛回，已經是第十四次了。

　　此詞寫於開封被金兵佔領的十四年後，詞表面是感傷多少夫婦在戰亂中的離別，實際上包含著深沉的亡國之痛。詞末感歎已十四年了，可是開封仍在敵手，中原的恢復，仍是遙遙無期。

　　這首《臨江仙》的第二句，用了兩個夫妻離散的典故。「擘釵」指唐詩人白居易在名詩《長恨歌》中所寫的故事，楊貴妃死後，唐明皇戀念不已，回長安後派方士尋找她的靈魂，方士在見到楊貴妃的靈魂後，怕唐明皇不相信，向貴妃要憑證，貴妃將明皇贈她的金釵擘了一半給方士帶回為憑。「破鏡」指陳朝的官員徐德言與其妻樂昌公主預感國家將亡，於是先打碎一面鏡子，各執一半以便日後互相找尋。

　　宋孝宗乾道九年（西元1173年），南宋派遣禮部尚書韓元吉為使臣，

到金國佔領的開封祝賀萬春節。這時，開封已淪陷在金國手中四十多年。金人請南宋使臣參加宴會，席間韓元吉聽到原北宋宮廷的舊教坊弟子奏樂，聯想到唐代安史之亂時，在洛陽發生的樂工雷海青的故事，眼前的情景又是多麼相像，韓元吉不禁百感交集。

▷ 好事近·汴京賜宴聞教坊樂有感　　　　　　[韓元吉]

　　凝碧舊池頭，一聽管弦淒切。多少梨園聲在，總不堪華髮。

　　杏花無處避春愁，也傍野煙發。惟有御溝聲斷，似知人嗚咽。

〔譯文〕在汴京宋朝舊宮的凝碧池（凝碧池原在唐代洛陽神都苑內，因樂工雷海青在此罵安祿山而被殺，王維有感賦詩，後在歷史上著名。北宋時汴京皇宮中也有凝碧池）畔聽見這管弦樂聲，使人多麼悲傷。都是原宋朝的老宮廷樂師們在為金人演奏啊！時間真快，大家的頭髮都白了。

　　你看杏花，它雖然也知道這亡國之痛，可春季也只得在淡淡的煙霧中開放。只有往日流水潺潺的御溝（流經北宋故宮的水溝），似乎知道人們暗傷亡國而悲泣，因而乾枯無聲了。

二十餘年如一夢

　　靖康之難時，從中原以及首都開封逃到江南來的許多文人學士，大多受盡了流離之苦，甚至有著家破人亡的悲慘遭遇。因此，他們在江南自然會經常懷念當年在北方的歡樂優閒的生活，撫今感昔，不堪回首。這些思想感情，必然會注入到他們的一些詩詞中。

▷ 水龍吟　　　〔朱敦儒〕

　　放船千里凌波去，略微吳山留顧。雲屯水府，濤隨神女，九江東注。北客翻然，壯心偏感，年華將暮。念伊嵩舊隱，巢由故友，南柯夢，遽如許。

　　回首妖氛未掃，問人間、英雄何處。奇謀報國，可憐無用，塵昏白羽。鐵鎖橫江，錦帆衝浪，孫郎良苦。但愁敲桂棹，悲吟梁父，淚流如雨。

〔譯文〕乘船隨著波浪遠去，江南的美麗山色使我略微停留。雲層聚集在水府星附近（水府星為天上星名，主水，雲聚水府指即將下雨），水中女神出沒於波濤之間。眾多支流匯成的長江水浩浩東去。我這個由北方來的旅客，報效國家的壯志未能實現，可人已近暮年（作者當時五十多歲了）。回想起當年我在伊闕、嵩山隱居時，與巢父、許由一樣的隱士們交往，有多麼歡快（伊闕在今河南洛陽南，嵩山在今河南登封縣北，都是當時名山；巢父、許由是上古時代著名的隱士）。可如今中原的戰亂，使這些都化作南柯一夢。

　　回想起南侵的金兵尚未消滅，我們宋朝的英雄在哪裡？縱有傑出的謀略想報效國家，可無人願意採用。那指揮作戰的白羽扇已落滿塵埃。三國末年，東吳用鐵索橫斷長江，想阻擋西晉大軍的進攻。可晉軍燒熔鐵索，樓船乘風破浪而來，攻下了首都建康（今江蘇南京市），東吳最後一位國君孫皓做了俘虜。我只能在江心用槳敲著船舷，像當年諸葛亮隱居時一樣，在悲憤的心情中吟《梁父吟》，這艱危的國家局勢啊！使人不禁淚流如雨下。

　　詩人陳與義，宋徽宗時在開封任職。靖康之難時，他逃到今湖北、湖南、廣東一帶。在聽說宋高宗建立偏安江南的小朝廷後，又北上經福建到達當時朝廷所在地紹興府。這時，離北宋滅亡已四、五年了。陳與義多年在旅途上，飽歷艱辛。到達宋高宗的行在後，回憶起自己二十三歲以前在洛陽時無拘無束的青年時代，不勝今昔之感。下面這首《臨江仙》，就是在這種心情下的作品。

▷ 臨江仙‧夜登小閣憶洛中舊遊　　　[陳與義]

憶昔午橋橋上飲，座中多是豪英。長溝流月去無聲，杏花疏影裡，吹笛到天明。

二十餘年如一夢，此身雖在堪驚！閒登小閣看新晴，古今多少事，漁唱起三更。

〔譯文〕回想起從前在洛陽南午橋橋頭上的歡宴，座中多半是英雄豪傑。月光隨著無聲的河水靜靜流逝。我在那花影稀疏的杏樹下吹起短笛，一直到曙色降臨。

我在朝廷任職已二十餘年了，真像是一場夢。經歷了這亡國的巨大戰亂，我能夠身在人間真算僥倖。閒散無聊登上小閣樓，眺望雨後初晴的景色。古今多少驚心動魄的大事，都像雲煙一樣已經過去。你聽那深夜裡傳來的淒涼漁歌，包含了多少逝去的往事。

作者懷念在宋徽宗政和三年（西元1113年）中進士以前，在洛陽的優閒生活；感歎北宋滅亡後，一切都成了過眼雲煙，往事只能供人們編成漁歌傳唱了。詞的第三句是寫月夜江上景色，開闊而恬靜，前人認為可與杜甫的名句「月湧大江流」相比。

發生靖康之難這一年，著名女詞人李清照被迫逃到建康（今江蘇南京市），她收藏的古書及各種金石文物十餘屋，全部在戰火中被毀。宋高宗建炎三年（西元1129年），李清照的丈夫趙明誠被任命為湖州（今浙江吳興）知府，當時他們正旅居池陽（今安徽貴池）。由於趙明誠急於去建康朝見宋高宗，因此一個人先走了。

當時正是酷熱的三伏天，趙明誠到建康不久，就患了瘧疾。李清照聞信後，乘船一晝夜趕到建康，誰知趙已病危，幾天之後就去世了。對於四十五歲的李清照，這真是極其沉重的打擊。本來國亡家破，已經是夠悲痛的了，現在又加上丈夫去世，只剩下孤苦伶仃一人流落在江南。由於金兵不斷南侵，經過幾年的輾轉逃難，宋高宗定都臨安（今浙江杭州市），不久李清照也來到臨安定居。

當時的臨安，在宋高宗及一夥官僚貴族的宣導下，只顧貪圖享樂，完

全忘掉了國恥家仇。有一年元宵節,李清照的一些貴族婦女友人,派了車馬來接她去觀燈。可她由於心情悲涼,沒有興趣,因而謝絕了。並且寫了一首詞《永遇樂》,來記述自己當時的心情和對往日元宵樂事的懷念。

▷ 永遇樂　　　　[李清照]

落日鎔金,暮雲合璧。人在何處?染柳煙濃,吹梅笛怨,春意知幾許?元宵佳節,融和天氣,次第豈無風雨。來相召,香車寶馬,謝他酒朋詩侶。

中州盛日,閨門多暇,記得偏重三五。鋪翠冠兒,撚金雪柳,簇帶爭濟楚。如今憔悴,風鬟霧鬢,怕見夜間出去。不如向簾兒底下,聽人笑語。

〔譯文〕即將落山的太陽,閃耀著金色的光芒。天邊的雲霞合在一處,可我這個沒家的人,現在什麼地方?柳色被傍晚的煙霧染得更濃,笛聲中傳來了《落梅花》的樂曲,早開的梅花已開始凋謝,你知道,已經有了多少春意?元宵佳節到了,天氣溫和宜人。可是,轉眼也許會有風雨吧!那些詩酒往來的好友們,派了華麗的車馬來接我去玩,我都謝絕了。

在當年開封興盛的日子裡,婦女們閒暇得很,那時特別重視過正月十五的元宵節(三五指正月十五)。她們戴著飾有翠鳥羽毛的帽子,插著加有金絲線的雪柳(宋代一種紙或絹製的花樣飾物),大家都穿戴得整齊漂亮。如今我容顏憔悴,頭髮蓬鬆散亂,怕在夜間出去。不如獨自一人藏在簾子底下,聽聽鄰家人們的笑語。

這首詞回憶當年開封元宵節的盛況,感動過當年從北方逃亡南來的很多士大夫。南宋末年,詞人劉辰翁曾說,讀李清照的《永遇樂》,使人不禁淚下。南宋滅亡後兩年,劉辰翁想起此詞,異常悲傷,於是按李清照詞的原韻,和作了一首《永遇樂》。

由於長期四處漂泊不得安寧,李清照到臨安後不久便病倒了。這時,過去她丈夫的一位朋友張汝舟,經常加以問候。後經遣媒說合,李便和他

畫堂春·春怨（秦觀）　　（明）汪氏編《宋詞畫譜》

結婚了。誰知張汝舟是個勢利小人，他娶李清照是為了侵吞她的財產，結婚後財產到手，便對李清照百般虐待。李清照只好向官府申訴，請求離婚。最後鬧到驚動了皇帝，經審理結果，判張汝舟充軍柳州軟禁，二人離婚。可根據宋朝法律，妻子控告丈夫即使屬實，也要監禁兩年，幸而在親友的營救下，李清照只坐了九天牢。

這次改嫁到離異，總共約一百天，可是對女詞人又是一次沉重的打擊，並且受到當時很多人的諷刺和嘲笑。這使李清照一直沉浸在愁苦之中。只要看看她在晚年寫的一首名作《聲聲慢》，就知道女詞人是在一種怎樣的悲傷和痛苦的心情下生活的。

▷ 聲聲慢　　　　[李清照]

　　尋尋覓覓，冷冷清清，淒淒慘慘戚戚。乍暖還寒時候，最難將息。三杯兩盞淡酒，怎敵他、晚來風急！雁過也，正傷心，卻是舊時相識。

　　滿地黃花堆積，憔悴損，如今有誰堪摘？守著窗兒，獨自怎生得黑！梧桐更兼細雨，到黃昏、點點滴滴。這次第，怎一個愁字了得！

〔譯文〕總是像在找尋什麼似的心神不定，多麼的冷清，四顧淒涼，孤苦伶仃。天氣忽然轉暖，可有時又寒意襲人，使人難於注意身體、沒法休息。就憑喝那麼幾杯淡酒，怎能抵擋得住夜晚的寒風。大雁飛過去了，挑起了我心頭的悲痛。它可是當年曾為我傳送書信的舊相識。

滿地堆積著凋落的菊花，看它們憔悴枯萎的樣子，還有值得採摘的嗎？我孤零零地守在窗前，怎樣才能挨到天黑啊！黃昏時，秋風帶著點點細雨，吹打著梧桐樹葉。在這種情景中，一個「愁」字，怎麼能說得盡我心中的淒苦悲涼啊！

這首詞最奇特的，是它第一句一連疊用七個字，而且用得很妥帖，這是李清照的一種藝術創作。

夢繞神州路

宋高宗建炎三年（己酉年，西元1129年）夏，金兵乘滅亡北宋的銳氣，繼續向南侵犯，企圖一舉滅亡南宋，長江以北地區全部淪陷。詞人張元幹乘船逃難途經吳興（今浙江吳興）時，將逃難時的環境、氣氛及自己對國事的感慨，都寫入到詞《石州慢》中。

▷ **石州慢**　　　　[張元幹]

己酉秋吳興舟中作

　　雨急雲飛，驚散暮鴉，微弄涼月。誰家疏柳低迷，幾點流螢明滅。夜帆風駛，滿湖煙水蒼茫，菰蒲零亂秋聲咽。夢斷酒醒時，倚危檣清絕。

　　心折，長庚光怒，群盜縱橫，逆胡猖獗。欲挽天河，一洗中原膏血。兩宮何處？塞垣只隔長江，唾壺空擊悲歌缺。萬里想龍沙，泣孤臣吳越。

〔**譯文**〕烏雲飛馳，驟雨隨著急風，將傍晚歸巢的烏鴉驚得四散。不多時，露出了清涼的月光。岸邊稀疏的柳樹已漸漸隱入暮色中，只有幾隻螢火蟲在忽明忽滅。船兒借著晚風，張帆疾駛，只見滿湖煙水連成一片，茫茫不見邊際。秋風掠過水邊零亂的茭白和蒲柳，淒切的聲音好似人們嗚咽。酒後醒來時，靠著高高的檣杆四望，這景色是多麼清幽悲涼。

　　真使人傷心至極啊！太白金星光耀出現芒角（古代傳說，金星如光芒有角，則將發生兵禍或戰爭），投敵的叛逆們四處作亂，南侵的金兵更是猖獗。我要引來天河裡的洪流，沖洗乾淨中原的血腥（意思是趕走敵人，收復中原。「挽天河」出自唐詩人杜甫的名作《洗兵馬》詩：「安得壯士挽天河，淨洗甲兵長不用。」詞中乃反其意而用之）。徽欽二帝現在何處，敵人佔領了江北，邊界已到了長江邊上。可我只能懷著滿腔悲憤，白白地消磨時光。想起萬里之外徽欽二帝被

囚禁的地方（龍沙指沙漠，此處泛指塞外），使我這身在吳越的孤臣悲泣不已。

詞中的「唾壺空擊悲歌缺」句，用的是下面的典故：東晉時，大官僚王敦每逢酒後，就吟誦曹操的《龜雖壽》詩句：「老驥伏櫪，志在千里，烈士暮年，壯心不已。」同時用鐵如意敲打唾壺作節拍，結果壺口被全打缺了。

紹興七年（西元1137年），宋高宗派王倫出使金國，名義上是去迎回宋徽宗的靈柩和高宗的生母韋太后，實際上是向金國稱臣求和。消息傳出後，南宋朝廷內外主戰的官員紛紛反對。李綱當時被罷免了宰相的職務，貶出任洪州（今江西南昌市）知州，聽見這個消息後，立即上書堅決反對，但是無效，後被罷免職務住在長樂（今福建長樂）。曾任過李綱幕府僚屬的詞人張元幹，由於不願與奸臣秦檜同朝為官，辭職在家閒居。當時他住在福州（今福建福州），非常敬佩李綱，於是寫了一首詞《賀新郎》送給李綱，表示對他的支持和同情。

▷ 賀新郎·寄李伯紀丞相　　　［張元幹］

　　　曳杖危樓去，斗垂天，滄波萬頃，月流煙渚。掃盡浮雲風不定，未放扁舟夜渡。宿雁落、寒蘆深處。悵望關河空吊影，正人間、鼻息鳴鼉鼓。誰伴我，醉中舞。

　　　十年一夢揚州路，倚高寒，愁生故國，氣吞驕虜。要斬樓蘭三尺劍，遺恨琵琶舊語。謾暗澀、銅華塵土。喚取謫仙平章看，過苕溪尚許垂綸否？風浩蕩、欲飛舉。

〔譯文〕我拖著拐杖登上高樓，只見北斗七星垂掛在天空。遠處碧波萬頃，月光照耀著霧氣朦朧的小沙洲。大風吹盡了浮雲，可還未曾停歇，不能讓小船在夜間行駛（這兩句是說有種種困難，使我沒能親自去看你）。大雁已落在蘆葦叢的深處歇息。我惆悵地眺望祖國山河，白白地歎息自己形影孤單，可人間卻沉浸在睡夢中，鼾聲像擂響

滿庭芳・佳人（蘇軾）　　（明）汪氏編《宋詞畫譜》

的鼉皮鼓（鼉即揚子鱷。這兩句有國家局勢危殆，可人們卻沉睡不醒之意）。除了您之外，有誰在這個時候陪伴我醉中起舞。

回想起十年來，圖謀恢復的事業成了一場春夢。在這寒氣逼人的高樓上，懷念淪陷的國土，心中無限愁苦，可是我的壯氣，仍足以吞滅驕橫的敵人。要想消滅金人，只有憑腰下的三尺寶劍，可恨的是，怎麼又傳出了向敵人求和的陳言舊語，徒然使閃光的寶劍銹蝕得黯然失色。李丞相你評論看（謫仙原指唐代詩人李白，此處用以借指李綱），想在苕溪隱居垂釣形勢能允許嗎（苕溪為今浙江省北部的一條小河，流入太湖。在寫此詞的當時，苕溪已成為文人學士遊賞的風景區。作者在此有譏刺不少大臣只顧享樂，不管國家大事之意）？晚風浩蕩地勁吹，我真想乘風高飛。

詞中的「誰伴我，醉中舞」兩句，用了「聞雞起舞」的典故。東晉時，祖逖和劉琨同任司州（今河南洛陽市）主簿，兩人感情很好，同被而寢。半夜時，聽見雞叫，祖逖將劉琨推起來說：「這個叫人的聲音不錯」，於是起床舞劍。「十年一夢揚州路」，指宋高宗在西元1127年登基後不久，躲避金兵逃到揚州，兩年後金兵南侵，高宗又從揚州南逃。

張元幹寫這首《賀新郎》時，距高宗登基正好十年。「要斬樓蘭三尺劍，遺恨琵琶舊語」，前一句用的漢朝派遣使臣傅介子在樓蘭國宴席上智殺樓蘭王的典故，詞中用樓蘭王比喻金國統治者；後一句用的西漢元帝時，宮女王昭君因朝廷採取和親政策而遠嫁匈奴的典故，此處借和親來說明南宋朝廷向金國求和的錯誤和失策。

宋高宗紹興八年（西元1138年），秦檜再次被任命為宰相。他秉承皇帝意旨，準備不惜重大的代價，向金國屈膝求和。這時，朝廷內外群情激憤，不少有見識的文臣武將堅決反對這種投降的和議。名將岳飛上書說：「金人不足信，和議不足恃，相國（指秦檜）的錯誤謀略，將為後世所嘲笑。」另一抗金名將韓世忠，主張與金兵決一死戰。

尤其有一位樞密院的編修官胡銓，向宋高宗上了一封極其著名的奏章，主要內容說：「王倫這個奸賊勸皇上向金人屈膝求和，要知道，此膝一屈就不能復伸，國勢衰落不可復振。您作為皇帝，向金人的穹廬（即蒙

古包）下拜，我大宋的將士不戰氣就泄了。秦檜他讓皇上學石敬瑭（五代時臭名昭著的兒皇帝、賣國賊，曾割讓燕雲十六州土地給北方的契丹，並稱契丹君主為父），我請皇上下令砍下秦檜、孫近和王倫三人的頭，懸在街上示眾，這樣三軍將士自然勇氣百倍。不然，小臣我寧願投海而死，也不願在向金人投降的小朝廷中苟且求活。」

胡銓這篇義正詞嚴的奏章，使宋高宗和秦檜一夥驚恐萬分，惱恨不已，立即將胡銓貶到昭州（今廣西平樂）。金人聽說此事後，派間諜花了千金，買到了胡銓奏章的副本，金國君臣讀後，大驚失色說：「南朝有人。」一直到二十多年後的乾道初年（西元1165年以後），金國使者到南宋時，還專門問：「胡銓現在哪裡？」

南宋的史官范如圭曾當面斥責秦檜說：「你要不是喪心病狂，怎麼能幹這種事，你一定要遺臭萬年哪！」

紹興十二年（西元1142年），胡銓在福州任簽判之職。秦檜又藉故迫害胡銓，將他除名，並押送新州（今廣東新興縣）軟禁。這時，詞人張元幹也正住在家鄉三山（即今福建福州），聽到這個消息後，義憤填膺，立即寫了一首詞《賀新郎》為胡銓送行。

▷ 賀新郎・送胡邦衡謫新州　　　　　［張元幹］

夢繞神州路。悵秋風、連營畫角，故宮離黍。底事昆侖傾砥柱，九地黃流亂注，聚萬落千村狐兔。天意從來高難問，況人情老易悲難訴。更南浦，送君去。

涼生岸柳催殘暑。耿斜河、疏星淡月，斷雲微度。萬里江山知何處？回首對床夜語。雁不到，書成誰與？目盡青天懷今古，肯兒曹恩怨相爾汝！舉大白，聽金縷。

〔譯文〕我的夢魂一直在故鄉中原的土地上徘徊。又是令人惆悵的秋天，涼風中傳來了軍中的號角聲，開封故宮裡已長滿了茂密的野草（「離黍」出自詩經中「彼黍離離」的詩句，黍即小米，「離離」為長得很高了或行列整齊之意）。為什麼昆侖山的天柱會傾倒，使得

滔滔黃水四處氾濫（相傳昆侖山有銅柱，其高入天，是所謂的天柱，天柱一倒天就塌了，天塌暗喻北宋滅亡，黃流亂注指金兵入侵），無數的村莊城鎮被狐兔一樣的金兵侵佔。高高在上的皇帝為什麼要求和，別人沒法了解。國破家亡的深仇大恨逐漸被遺忘了，人也老了，這滿腔悲憤向何處訴說。我今天在這水邊，送你去那遙遠的地方。

涼風吹拂著岸邊的柳樹，殘餘的暑氣將要消盡。夜深了，明亮的銀河已經斜轉，星星稀疏，月光暗淡，幾片浮雲慢慢地飄過。這次一別，將遠隔江山萬里，想往日，我們曾對床而臥徹夜長談。你去那大雁都飛不到的地方，我寫給你的信託誰寄交呢？我們放眼天下，想著國家的過去和現在，怎麼能像孩子們一樣專講個人的恩怨得失呢？高舉起酒杯乾一杯吧！聽我為你唱這首送行的《金縷曲》（《金縷曲》為《賀新郎》的別名）。

這首詞寫出後，被當時的人們廣泛傳唱，如南宋詞人楊冠卿在秋天乘船過吳江垂虹橋時，聽見溪邊有兒童唱「目盡青天懷今古」，他聽後非常感慨。幾年之後，這首《賀新郎》傳到秦檜耳中，氣得他暴跳如雷。由於張元幹當時已經退休，於是秦檜利用手中的權力將張除名，永遠取消了他再出任官職的資格。

清朝光緒十五年（西元1889年），在今海南島海口市，建立了五公祠，又名海南第一樓，紀念歷史上被貶到海南的五位名人：唐代的李德裕、宋代的李綱、李光、趙鼎和胡銓。

▷ 水調歌頭・建炎庚戌題吳江　　　　　　［無名氏］

平生太湖上，短棹幾經過。如今重到，何事愁與水雲多。擬把匣中長劍，換取扁舟一葉，歸去老漁蓑。銀艾非吾事，丘壑已蹉跎。

澮新鱸，斟美酒，起悲歌。太平生長，豈謂今日識兵戈。欲瀉三江雪浪，淨洗胡塵千里，不用挽天河。回首望霄漢，雙淚墮清波。

〔**譯文**〕我平生曾幾次泛舟經過太湖，如今又一次來到。為何憂愁與恨事，像湖上的浮雲和湖水一樣多。想把爭取功名的雄心壯志，換成一隻小船，披著蓑衣隱居江上終老。當官管大印，不是我所要做的，賞玩山水之事，已被耽誤了（銀艾指銀印和像艾草一樣的綠色拴印絲帶）。

烹好新鮮的鱸魚（鱸魚為吳淞江名產），斟上美酒，唱起悲涼的歌曲。我雖然生長在太平時日，可也並不是現在才知道什麼叫做戰爭。真想傾瀉三條江河（指與太湖相通的吳江、婁江和東江）的浪濤，沖淨廣大國土上金兵侵佔的污垢，絕不能企圖引來天河水，洗淨甲兵再也不用。我回頭遙望天際，想起壯志難酬，兩行悲哀的眼淚，滴入清澈的湖水中。

「建炎」是宋高宗剛當皇帝時的年號，建炎庚戌年是建炎四年（西元1130年）；吳江即吳淞江，源出江蘇太湖，東流至今上海市內與黃浦江匯合後，注入長江。

據宋人的記載，宋高宗紹興年間（西元1131年至1162年），有人在吳江的長橋上題了上面這首《水調歌頭》，後面沒有落款。此詞後來傳入皇宮中，宋高宗命令尋找寫詞的人。丞相秦檜於是請皇帝張貼黃榜招尋，可作者一直不來。有人議論說，這人是個隱士，詞中明明說了「銀艾非吾事」，可見他不願做官。

對比一下這首《水調歌頭》和前面張元幹寫的《石州慢》，可以發現二詞不僅風格相似，而且詞中有些字句意思都雷同。因此近代有人認為，這首《水調歌頭》的作者很可能就是張元幹。

第七章　山河夢碎

一鞭直渡清河洛

岳飛，是我國家喻戶曉的民族英雄。他堅決抗敵，要求收復失地的英勇事蹟，千百年來一直受到人們的崇敬。岳飛二十歲時投軍，因屢建戰功，在十幾年間由士兵升為負責一方軍事的將領。當時的情況是，貪婪的金兵不斷南侵，想要滅亡南宋。南宋皇帝趙構和朝廷中掌權的秦檜，各懷有不可告人的目的，在金兵猖狂進攻時，不得已也起用一些抗金將領抵擋一陣。而當金兵敗退，出現收復中原失地的大好良機時，又急急忙忙命令向前推進的軍隊班師回防，以便與金人議和。而岳飛的志向呢？正像他於建炎三年（西元1129年）擊敗金兵收復建康（今江蘇南京市）後，在宜興張渚鎮五嶽廟中所寫的一段題記：「……建康之役，一鼓敗虜，恨未能使匹馬不回耳……迎二聖歸京闕，取故土上版圖……余之願也。」沒想到，這正犯了宋高宗和秦檜的忌諱。

紹興三年（西元1133年）冬，金兵十萬人馬南侵，岳飛率軍在今湖北一帶英勇奮戰，收復了六處重要的州郡。連宋高宗也不得不稱讚岳飛是「兒童識其姓字，草木聞其威聲」。這時，三十二歲的岳飛升任為一軍的統帥，駐節於鄂州（今湖北武昌）。一天，岳飛登上了鄂州著名的黃鶴樓，憑欄遠眺。他回想起靖康之難以來國家和人民遭受的苦難，感慨不已，遂寫了下面這首《滿江紅‧遙望中原》。詞中表示了堅決要求北伐，收復失地的雄心壯志。

幸運的是，當時岳飛親筆書寫此詞的墨跡，流傳到了今天。墨跡是

小重山・初夏（沈蔚）　（明）汪氏編《宋詞畫譜》

從石碑上拓下的拓片，其上並有元代人謝升孫，明代人宋克、文徵明等的跋。其中謝升孫的跋寫於元統甲戌（西元1334年）秋九月，距岳飛去世不過192年，跋文中談到他得到這首《滿江紅·遙望中原》的墨迹已二十餘年，墨迹後並有魏文靖的跋。魏文靖即南宋詞人魏了翁，宋理宗時，曾經任督視江淮京淮軍馬。

由此可知，岳飛這首《滿江紅》的手書，在他逝世五、六十年後；即已為人收藏並備受珍視。

▷ 滿江紅·登黃鶴樓有感　　　［岳飛］

　　遙望中原，荒煙外、許多城廓。想當年、花遮柳護、鳳樓龍閣。萬歲山前珠翠繞，蓬壺殿裡笙歌作。到而今，鐵騎滿郊畿，風塵惡。

　　兵安在？膏鋒鍔。民安在？填溝壑。歎江山如故，千村寥落。何日請纓提銳旅，一鞭直渡清河洛。卻歸來、再續漢陽遊，騎黃鶴。

〔譯文〕我在黃鶴樓上憑欄北眺中原，只見煙霧彌漫的遠方，有著許多城廓。回想當年的首都汴京，鮮花盛開柳樹成蔭，繪著彩畫的樓閣宮殿多麼雄偉壯麗。在萬歲山上，滿是奇花異草，皇宮中蓬萊殿裡樂聲歌聲不斷。可如今金兵佈滿了中原，形勢十分險惡。

我大宋多少士兵，鮮血染紅了敵人的刀劍；我大宋多少百姓，慘死後棄屍在溝谷之中。江山依舊，可戰亂後的大量村鎮，已變得荒寂無人。哪一天能請求皇上准許我率領精銳部隊，揮鞭渡過長江，掃清中原的敵人。到那時回來再登上黃鶴樓，繼續我今天未盡的遊興。

黃鶴樓原位於湖北武昌蛇山的黃鵠磯頭。始建於三國時東吳黃武二年（西元223年）。古代傳說，仙人子安（一說是蜀國大臣費褘）成仙後乘黃鶴常在此休息，故稱黃鶴樓。由於樓為木結構，歷史上屢毀屢建，最後一次重建的黃鶴樓在清光緒十年（西元1884年）被燒毀，此後只留下遺蹟。1981年政府決定在武昌蛇山上重建黃鶴樓，於1984年底建成。建成的黃鶴樓共五層，登臨遠眺，武漢三鎮景色可盡收眼底。

紹興六年（西元1136年），岳飛率軍從襄陽出發向北進攻，收復了洛陽附近的一些州縣，前鋒臨近黃河，準備收復開封後，進而渡黃河向北推進。黃河北岸的很多抗金起義軍，紛紛與岳家軍聯絡，等待岳飛渡河。一天在行軍途中，岳飛和部下來到一座小山上向北眺望，他鼓勵將士們說，這次一定要打到黃龍府去，到那時將和你們痛飲。

黃龍府是金國最早的根據地，遺址可能在今吉林省農安縣。可是，專想議和的宋高宗，不僅不支持岳飛北進，反而命令他班師回防。岳飛不得已又率軍回到鄂州。他感到大好良機坐待失去，自己收復失地，迎回兩位被擄皇帝，洗雪靖康之難國恥的志向難以實現，不禁氣憤填膺，百感交集。在一個雨後初晴的日子裡，岳飛在鄂州登高憑欄遠眺，胸中的慷慨激昂之氣再難以壓抑，寫下了氣壯山河的名作《滿江紅・怒髮衝冠》。

▷ 滿江紅・寫懷　　　　［岳飛］

　　怒髮衝冠，憑欄處、瀟瀟雨歇。抬望眼、仰天長嘯，壯懷激烈。三十功名塵與土，八千里路雲和月。莫等閒、白了少年頭，空悲切。

　　靖康恥，猶未雪。臣子恨，何時滅？駕長車踏破，賀蘭山缺。壯志饑餐胡虜肉，笑談渴飲匈奴血。待從頭、收拾舊山河，朝天闕。

〔譯文〕一陣急雨過去了，我懷著無比的憤怒，在這樓頭憑欄遠眺。我抬頭望天，大聲長嘯，心潮澎湃，激昂的情緒無法抑制。我年已三十出頭，人世間的功名富貴，對我像塵土一樣微不足道。這些年來，我披星戴月轉戰南北，跋涉了幾千里的路程。千萬不能把青春虛度，待到白頭時一事無成，會追悔莫及。

靖康年間亡國的奇恥大辱，至今未能洗雪。作為大宋臣子，這仇恨何時才能消滅。我要駕著戰車長驅過邊關（賀蘭山在今寧夏和內蒙之間，宋代時是西夏的地方），把敵人踏個粉碎。對亡我國家、擄我二帝的金兵，我要食其肉，飲其血，才能消心頭之恨。待有朝一日徹底收復了淪陷的大好河山，再上報朝廷，共慶太平。

一些研究者認為這首《滿江紅》是岳飛於紹興六年（西元1136年）回師鄂州時所作。但關於此詞，不同的看法很多，有人認為是紹興十年（西元1140年）岳飛被迫從朱仙鎮撤軍時，在極端悲憤中所作。

近代學者余嘉錫，在他所著的《四庫提要辯證》一書中，對此詞的作者是否為岳飛提出了疑問。余嘉錫認為，此詞從內容看，沒有什麼破綻。

關鍵問題在於：岳飛的這首詞，無論是藝術水準還是思想水準，都是極高的，在寫作的當時就應有所流傳。岳飛的孫子岳珂在編寫《金陀粹編》一書時，曾儘量蒐集岳飛的著作，可書中沒有這首《滿江紅》。而在其他宋、元代的著作中，也從不見收錄過或提及到此詞。

這首《滿江紅》最早見於明代嘉靖年間徐階編的《岳武穆遺文》中，徐階則是從當時杭州岳墳的一塊石碑上抄錄的。這塊珍貴的石碑，一直從明朝保存到了現在，碑正面是明代浙江提學副使趙寬所書的《滿江紅》詞，背面據記載刻有趙寬寫的後記以及明弘治十五年（西元1502年）等字樣，即岳飛逝世三百六十年之後，才第一次見諸於世。據說趙寬並沒有寫明此詞的來歷。

此外，在河南湯陰岳飛故里的岳廟中，近年發現了一塊嵌在牆上的碑，碑上刻有這首《滿江紅‧怒髮衝冠》詞，碑是明代大順二年（西元1458年）庠生王熙所書。比起趙寬所書的碑，要早四十餘年。目前這算是岳飛這首《滿江紅》最早的文字紀錄了。

因此關於詞的作者，有兩種看法：一種認為它是明代人所作，假託是岳飛的詞；另一意見則認為這是岳飛的作品，至於不見於宋、元代人的著作中，湮沒了幾百年後才重見，這也並不奇怪，因為岳珂在《金陀粹編》書中蒐集的岳飛作品並不全，不僅這首《滿江紅》，還有一些別的作品遺漏，被後人發現。

清朝末年，秋瑾參加孫中山先生領導的同盟會，積極進行推翻清王朝的革命活動。1907年，她在浙江紹興主持大通學堂，與革命黨人徐錫麟準備在安徽和浙江兩省同時武裝起義。徐錫麟因刺殺清安徽巡撫恩銘而被捕遇難，秋瑾不久亦在大通學堂被捕，於1907年就義於紹興軒亭口，年僅三十一歲。當年，秋瑾生前好友徐自華、吳芝瑛等，遵照烈士遺願，準備將遺體葬在杭州西湖的西泠橋邊，可由於清政府阻撓而未成。辛亥革命成

功後，才將秋瑾遺體安葬在西泠橋畔。徐自華在秋瑾就義後，用岳飛《滿江紅・怒髮衝冠》的原韻，寫了一首沉痛悼念秋瑾的《滿江紅》。

▷ 滿江紅　　　　[近代　徐自華]

感懷，用岳鄂王韻，作於秋瑾就義後

　　歲月如流，秋又去，壯心未歇。難收拾，這般危局，風潮猛烈。把酒痛談身後事，舉杯試問當頭月。奈吳儂、身世太悲涼，傷心切！

　　亡國恨，終當雪；奴隸性，行看滅。歎江山已是，金甌碎缺。蒿目蒼生揮熱淚，感懷時事噴心血。願吾儕、煉石效媧皇，補天闕。

〔譯文〕時光猶如流水，秋天又過去了（此處「秋」字語意雙關，也可釋為：秋瑾逝去了），可秋瑾那要將革命進行到底的雄心壯志，卻永不會消歇。在革命風潮的猛烈衝擊下，清王朝是無法收拾這個危局了。想當初你我在一起對酒暢談我們死後會怎樣，可如今只剩我一人舉杯問這當頭的月亮，你在哪裡？你呀！那樣悲涼的身世，真是使人傷心啊！

三百年前清滅明的亡國之恨，終究要洗雪的。老百姓忍辱受欺的奴隸性，看來要全都消失了。可歎的是祖國大好河山，已經殘缺不全。我眺望這些在祖國大地上遭受苦難的百姓們，禁不住熱淚盈眶。想起當前糟到極點的國家大事，心血都要噴出來了。怎麼辦呢？我們要效法那煉石補天的女媧氏，克服任何困難，挽救祖國的危亡。

詞中的「媧皇」是指我國古代神話傳說中的女媧氏，她是伏羲氏的妹妹。在她的末年，共工氏被祝融戰敗，怒而用頭撞不周山，山崩使支天的柱子倒了，天塌了一大角。女媧氏費盡辛苦，煉了許多五色石子將天補好。詞中用補天指挽救國家的危亡。由徐自華的和作，可以看到，岳飛的《滿江紅・怒髮衝冠》在歷史上的深遠影響。

青山有幸埋忠骨

金國在用武力侵略南宋的同時，又在宋高宗建炎四年（西元1130年）十月，將早已投降金國並在金兵統帥手下當軍事參議官的秦檜全家放回南宋，讓他充當內奸。秦檜是帶著家屬和親信僕人一起乘坐一隻船回來的，編造說是殺了監視他的金兵後逃回。秦檜善於鑽營，並且揣摸透了宋高宗的心理。因此他步步高升，雖然什麼功勞也沒有，卻很快就當上了執掌大權的宰相。

為了防止朝廷中的大臣和廣大人民反對，和談祕密進行。宋高宗紹興九年（西元1139年），南宋朝廷宣布所謂的「和議」告成。和議的條款是：南宋皇帝向金國稱「臣」；每年南宋向金國貢獻銀二十五萬兩，絹二十五萬匹；金國退還陝西、河南的土地，並送回宋徽宗的棺木。在這個喪權辱國的條款中，南宋要求送回宋徽宗的棺材，而不是要求送回還活著的宋欽宗（宋高宗的哥哥），其目的不言自明。

宋高宗和秦檜一夥，對於上述「和議」不僅不以為恥，反而大舉慶賀。岳飛和許多有見識的大臣、將領們，堅決反對這種做法。岳飛並對宋高宗說：「今日之事，可憂而不可賀。」並且幾次上書陳述恢復中原的計畫，可是宋高宗都置之不理。在這種情況下，岳飛心情十分憂傷，在一個深秋的夜晚，岳飛醒後不能再入睡，於是獨自起來在房前徘徊，吟成了一首詞《小重山》。

▷ 小重山　　　　［岳飛］

　　昨夜寒蛩不住鳴，驚回千里夢，已三更。起來獨自繞階行。人悄悄，簾外月朧明。

　　白首為功名，舊山松竹老，阻歸程。欲將心事付瑤琴，知音少，弦斷有誰聽。

〔譯文〕深秋的蟋蟀昨晚叫個不停，我正在夢中回到千里之外的中原大地，卻被牠的叫聲驚醒，正是深夜三更。我獨自起來在臺階前徘徊，四周是那麼安靜，簾外的月光格外明亮。

行香子・晚景（蘇軾）　　（明）汪氏編《宋詞畫譜》

為了抗金建立功業我轉戰南北，如今已白髮滿頭可一事無成。中原故土仍被敵人佔領，想歸去無路可尋。那裡的青松翠竹啊！只能日漸凋零。我想用彈琴的樂聲，來訴說胸中悲憤的心情，可是知音的人太少了，即使彈斷了琴弦，又有誰會來傾聽？

貪婪驕縱的金兵，看透了南宋朝廷的腐朽無能，就在和議達成一年多之後，即紹興十年（西元1140年）五月，金國的四太子金兀朮和大將撒離合等，率大軍分四路再次南侵，和議中規定歸還南宋的陝西、河南一帶土地，又迅速落入金兵手中。在這個緊急關頭，宋高宗只好又起用抗金將領來抵抗金兵。

撒離合率領的一路金兵，進入陝西關中，攻佔了長安、鳳翔。南宋派胡世將為四川宣撫使，胡世將堅決主戰，任用大將吳璘等大敗金兵，迫使撒離合龜縮在鳳翔不敢再出。在中原地區，金兀朮率領的金兵，由今河南一帶南侵，被岳飛、劉錡、韓世忠指揮的宋軍打得大敗。尤其是岳飛率領的岳家軍，在郾城和穎昌兩次大戰中，擊潰了金兵的主力，殺了金兵的副統帥宗翰。岳家軍的前鋒抵達朱仙鎮，離北宋的故都開封僅二十多公里。金兀朮率十萬大軍前來反撲，岳家軍僅以五百騎兵應戰，便將金兵殺得大敗，殘兵逃回了開封。

這時的形勢是，金兵的主力已被擊潰，軍心完全渙散，無法再戰。黃河兩岸眾多的百姓紛紛起義打擊金兵，龜縮在開封的金兵一日數驚，不少將領和士兵與岳家軍暗通消息，急著投降。金兵的元帥已無法鎮壓，只好說：你們不要輕舉妄動，等岳家軍來了我們就投降。金兀朮此時毫無辦法，只好率領少數親兵出開封北逃，剛要出城時，猛然有一個書生攔住他的馬頭說：「太子別走，岳少保將退。」兀朮在馬上回答說：「岳少保只用五百騎就破我軍十萬，開封之人日夜望他來到，我不走難道坐等著當俘虜嗎？」書生笑道：「太子錯了，自古以來從不曾有過這種事，就是朝內有權臣，而大將能在外立功的。我看岳少保自己尚性命難保，怎麼能成功呢？」這幾句話提醒了金兀朮，使他想起了秦檜，於是掉轉馬頭，仍留在開封。

正在岳飛準備向開封進軍的時候，突然接到撤軍的命令，說是秦丞相與金議和已差不多了。岳飛立即上書宋高宗說：「天時人事，強弱已見。

功敗垂成，時不再來，機難輕失。」可是一個懷有私心的皇帝，加上一個內奸的秦丞相，看見岳飛的奏章後更加著急，於是一天下了十二道金牌，命令岳飛立即退兵。岳飛在無限悲憤中歎息說：「十年之功，廢於一旦，社稷江山，難以中興了。」

當時在前線的，還有宋將韓世忠、張浚等人的部隊，他們已奉命先期後撤了。岳家軍再一撤，收復不久的中原廣大地區，又被金兵毫不費力地佔領了。

岳飛班師回防後，秦檜和宋高宗密謀，解除了岳飛、韓世忠等大將的兵權。這時，金兵元帥派密使告知秦檜說：「必殺岳飛，始可言和。」秦檜這個奸賊就想盡辦法，誣陷岳飛謀反，於紹興十一年（西元1141年），先後將岳飛的部將張憲、岳飛之子岳雲及岳飛本人逮捕下獄。經嚴刑逼供，找不到任何謀反的證據。韓世忠聞訊後非常憤慨，親自找秦檜質問。秦檜說：「岳飛父子謀反的事莫須有（或許有）。」韓世忠聽後駁斥說：「莫須有三字，何以服天下！」

由於毫無證據，秦檜難以下手。一直拖到那年臘月二十九日，秦檜正悶坐書房，與他合夥謀害岳飛的死黨万俟卨送來一信，說岳飛案件久懸未決，恐生變故。秦檜感到難辦，更加煩惱。這時秦檜的老婆王氏在旁說：這有何難，索性除了他。秦檜還在沉吟，王氏又說：縛虎容易縱虎難。秦檜聽後才下了決心，手寫字條傳到獄中，岳飛被害死，岳雲、張憲被斬。岳飛時年僅三十九歲。

就在害死岳飛的當年，南宋又與金訂立了和約，條款有四：兩國東以淮河西以大散關（今陝西寶雞西南）為界，北屬金，南屬宋；宋每年貢納銀二十五萬兩，絹二十五萬匹；南宋皇帝向金稱臣；金歸還宋徽宗的棺木及放宋高宗的生母韋太后歸宋。據說還有祕密條款，即南宋不得無故換丞相，這樣就保證了秦檜的終身職務。由於這次和約在紹興年間訂立，故史稱「紹興和議」。

秦檜誣殺岳飛後，當時有多少人敢怒而不敢言。紹興二十年（西元1150年）正月，殿前司軍士施全，帶著斬馬刀藏於秦檜上朝必經的眾安橋下，待秦檜的轎子走近時，持刀猛斫。不幸未能殺死秦檜，僅砍斷了轎柱，並劃破了秦檜的衣服。秦檜審問他為何行刺，施全罵道：「天下的人

都要保國抗金，獨你不肯，你殺害了岳元帥，所以我要殺你！」秦檜大怒，下令以磔刑處死施全。當時秦檜是「兇焰煊赫，威制上下」，朝廷中一些無恥的官員們拍之唯恐不及。施全的舉動，實在令人欽佩。朱熹曾說：「舉世無忠義氣，忽自施全身上發出來。」

岳飛死後，金國朝廷內非常高興，一些帶兵的大將們紛紛舉杯慶賀。後來，金國派使者祕書監劉陶來南宋，問道：「岳飛以何罪死？」南宋官員無法回答，只能說：「他想謀反，被部下告發所以被殺。」劉陶說：「江南忠臣善用兵者只有岳飛，所到之處軍紀嚴明，秋毫無犯。楚漢相爭時，項羽有一位謀士范增而不能用，結果被善於用謀臣的劉邦所滅。像岳飛他不就是你們江南的范增嗎！」南宋官員聽後無言以對。

岳飛死後二十一年，即隆興元年（西元1163年）時，宋孝宗下令為岳飛昭雪，淳熙六年（西元1179年），追諡岳飛為「武穆」，宋寧宗嘉定四年（西元1211年），又追封岳飛為「鄂王」。宋孝宗時，人們在岳飛當年轉戰中原時經常駐節的鄂州（今湖北武昌）建了廟。詞人劉過在經過鄂州時，到岳飛廟遊覽，有感於岳飛的英雄業績和冤屈，在廟裡題了一首詞《六州歌頭》。

▷ 六州歌頭·題岳鄂王廟　　　　[劉過]

中興諸將，誰是萬人英。身草莽，人雖死，氣填膺。尚如生。年少起河朔，弓兩石，劍三尺，定襄漢，開虢洛，洗洞庭。北望帝京。狡兔依然在，良犬先烹。過舊時營壘，荊鄂有遺民。憶故將軍。淚如傾。

說當年事，知恨苦，不奉詔，偽耶真。臣有罪，陛下聖，可鑒臨。一片心。萬古分茅土，終不到，舊奸臣。人世夜，白日照，忽開明。衷佩冕圭百拜，九泉下、榮感君恩。看年年三月，滿地野花春，鹵簿迎神。

〔譯文〕南宋中興時期的許多將領，有誰是真正出類拔萃的英雄？正是岳飛。他雖然人已慘死葬身草莽之中，可忠憤之氣像他平生一樣常在。岳飛年輕時在河朔從軍，他能拉開兩石的硬弓（古代

一百二十斤為一石），手提三尺寶劍，在紹興初年收復了被金人佔領的襄陽、漢水流域，紹興十年又大敗金兵，進軍到朱仙鎮（「虢」為今河南滎陽，「洛」為洛陽，泛指今河南一帶），清洗了盤踞在洞庭的武裝力量。正在向北望開封城時，誰能料到狡猾的金兵還未消滅，朝廷就先把自己的大將殺害了。在經過岳飛曾駐軍的地區時，當地的百姓們回憶起故去的將軍，淚水如傾盆雨落。

說起當年的事，知道你有極深的冤苦，所謂你不聽皇帝的命令，究竟是真是假。臣下是否真有罪，皇上聖明，可以明察，知道我是一片忠心。自古以來，論功行賞，再也輪不到奸臣身上（「分茅土」指古代帝王分封諸侯時，用茅草包一些泥土給受封者，表示分得了土地）。人間的冤獄，總能得到昭雪的，就像黑夜，一定會被白晝所代替。岳飛現在已平反並且建廟，他的神像身穿袞服，頭戴冠冕，手執玉圭。在九泉之下，當百拜感謝皇帝的恩典（「袞」為古代王侯的禮服；「佩」為身上佩帶的玉器；「圭」為官員上朝時手執的玉製板）。你看每年三月，春光明媚滿地花香的時候，人們都要在廟前舉行迎神的賽會，紀念岳飛的在天之靈（鹵簿為古代帝王出行時的儀仗）。

《六州歌頭》本是古代的鼓吹曲，宋代時有人根據它的聲調改編成吊古的詞牌，音調悲壯。按此詞牌填的詞，多半是敘述古今興亡之事，慷慨激昂，與一般流傳的描述風花雪月的豔詞完全不同。

明朝英宗天順年間（西元1457年至1464年），將杭州西湖畔原紀念岳飛功業的「褒思衍福禪寺」改為「岳王廟」，這就是今天杭州西湖之濱的岳王廟。

明代正德八年（西元1513年），都指揮李隆首先用鐵鑄了秦檜、王氏和万俟卨三像跪在岳飛墓前。由於遊人痛恨這些奸賊，鐵像多次被擊毀又重鑄，並加了與秦檜合密謀謀陷害岳飛的張俊跪像。前人寫的一副對聯，表達了人們的心情：青山有幸埋忠骨，白鐵無辜鑄佞臣。

也許人們會有疑問，宋高宗為什麼那樣信任秦檜，為何一定要和金人議和，訂立喪權辱國的和約，甚至在部下的大將們打了大勝仗時，也要退

兵向金國求和？明朝著名的書畫家文徵明，在嘉靖九年（西元1530年）寫了一首《滿江紅》，詞中道出了其中的奧妙，揭露了宋高宗不可告人的陰私。此詞已刻成石碑，立在西湖畔的岳王廟內。

▷ 滿江紅　　　〔明　文徵明〕

　　拂拭殘碑，敕飛字，依稀堪讀。慨當初，倚飛何重，後來何酷。果是功成身合死，可憐事去言難贖。最無辜堪恨更堪憐，風波獄。

　　豈不念，中原蹙；豈不惜，徽欽辱，但徽欽既返，此身何屬。千古休誇南渡錯，當時自怕中原復。笑區區一檜亦何能，逢其欲。

〔譯文〕我擦淨了這塊殘破的石碑，上面宋高宗給岳飛的敕書，還隱約可以讀出。想當初，對岳飛是那麼倚重，可後來對岳飛卻又那麼殘酷。真是像古人說的那樣，大功告成後功臣就該殺掉，可恨的是事情已經過去了，言語有什麼用呢！最冤枉，使人又憤恨又惋惜的事，就是在風波亭上暗害岳飛了。

中原給金兵佔領了，宋高宗難道不想念？他的父親、哥哥都被金兵抓走了，高宗皇帝難道不感到恥辱。可是徽、欽二帝要是被放回來，那高宗皇帝往哪裡放呢？千古以後的人們啊！別認為當時南宋偏安在江南不思北伐是錯的，因為宋高宗他害怕恢復中原後他自己當不成皇帝了。可笑的是小小一個秦檜有多大能耐，他不過是摸透了高宗皇帝的內心活動，按著他的意圖辦事罷了。

由此可知，對宋高宗最好的辦法是，讓金人永遠扣押徽、欽二帝，高宗的皇位就可以平平安安地坐下去了。高宗當然不願把金兵徹底打敗，也不願收復中原，因為如果金人大敗逃回老家，最後勢必被迫要送回徽、欽二帝，這正是宋高宗最怕的。所以高宗才不准抗金將領乘勝進軍，打勝了更要下令退兵。

連金國的皇帝完顏亮，都懂得這個道理。宋高宗的生母韋太后於

八聲甘州・追和東坡韻（晁補之）　（明）汪氏編《宋詞畫譜》

紹興十三年（西元1143年）被放回南宋，一直拖到紹興二十二年（西元1152年），南宋朝廷才派一位名叫巫伋的大臣至金，請求放回宋欽宗。完顏亮對巫說：「不知他回去後，你們把他放在何處？」巫伋一聽連聲說「是」，就退下走了，足見巫深知高宗的心思。

自古英雄都如夢

韓世忠是南宋初年的抗金名將，他與張浚、岳飛等並肩作戰，各率一軍抗擊入侵的金兵，對穩定南宋的半壁河山起了重要的作用。

韓世忠的夫人梁紅玉，是一位頗具傳奇色彩的巾幗英雄，她知書識字，會武藝，而且見識過人，經常隨軍參與戰鬥。

宋高宗建炎四年（西元1130），金兀朮率大軍過長江南侵，在搶掠了大量財物後，準備乘船在鎮江一帶渡長江北歸。他沒想到，韓世忠正率領大批戰船在那裡等候。鎮江附近的地勢，金山最高，山上有金山寺，韓世忠估計，金兀朮很可能會登上金山頂俯望，窺探宋軍虛實。於是派了二百名士兵，一百人藏在龍王廟內，另一百人埋伏在江岸邊。約定以鼓聲為號，江岸的伏兵先出去，截斷敵人歸路，廟內伏兵繼出，兩下合圍，見敵即擒。佈置後不久，果然有金兵五騎登山，馳入龍王廟中。廟內伏兵立即殺出，岸邊伏兵慢了一步，未能圍住，五騎只俘獲二騎，餘三騎飛奔逃脫。其中一人穿紅袍繫玉帶，墜下馬來又跳上去逃走了。審問被俘的二騎知道，墜馬後又逃走的就是金兀朮。

金軍船隻被截後，下書給韓世忠約定，第二天決戰。梁紅玉見金兵眾多，就向韓獻計說：我軍僅八千人，金兵卻不下十萬，如果正面交戰，即使以一當十也打不過。我有一計，明天決戰時，由我率領中軍，專門防守，不停地發射炮弩擋住金兵。將軍您領兩支軍隊，敵人往東就從東邊截住，向西就從西邊截住。我在中軍的樓船上眺望金兵船隊，以旗鼓為號，用旗指揮攔截方向，聞鼓聲即進兵。第二天，金兀朮領兵進攻時，只見宋軍中軍坐著一員全副武裝的女將軍，要想殺過去，無奈迎面炮石弩箭密如雨點，軍士損傷不少。兀朮於是下令掉轉船頭向東走，中軍女將見了大旗向

東一指，親自擊鼓助戰，東面一隊宋軍船隻隨鼓聲如飛而出，擋住金船去路，船頭上站著威風凜凜的大將軍韓世忠。金兀朮忙下令掉頭往西，只聽見鼓聲更急，西邊又是一支船隊攔住，船頭上又站著韓元帥。金兀朮又驚又怕，趕快撤退，韓軍追殺了一陣，聽鼓聲中止才收軍。

金兀朮急於渡江北歸，下令船隊溯江而上另找渡口。韓世忠的船隊巧妙地跟著，沿北岸航行，金船隻能沿南岸上駛，急切過不了江。晚上，金船全部誤駛進了沒有出口的斷河黃天蕩，韓世忠率領宋船封鎖了進口，金兵成了甕中之鱉，眼看要全軍覆沒了。

一天晚上，月光明亮，韓世忠與梁紅玉在船上飲酒賞月。梁說：「金兀朮是有名的敵帥，將軍您要小心，別讓他逃走了。」韓笑著說：「夫人放心，金兀朮已入死地，等他糧盡，不投降也得餓死。」說完乘著酒興，拔劍起舞，同時當場吟了一首《滿江紅》。

▷ 滿江紅　　　　　［韓世忠］

　　萬里長江，淘不盡、壯懷秋色。漫說道、秦宮漢帳，瑤台銀闕。長劍倚天氛霧外，寶弓掛日煙塵側。向星辰、拍袖整乾坤，難消歇。

　　龍虎嘯，風雲泣。千古恨，憑誰說。對山河耿耿，淚沾襟血。汴水夜吹羌笛管，鑾輿步老遼陽月。把唾壺敲碎問蟾蜍，圓何缺。

〔譯文〕萬里長江的東逝水，流不盡這秋日的傷感和我的雄心壯志。別說那汴京的建築比秦漢宮殿還要雄偉，和天上的瑤台銀闕也能相媲美。可如今已經是長劍倚天殺氣騰騰，寶弓掛日戰塵彌漫。對著滿天星辰，我決心要洗雪國恥，可這又多麼艱難啊！

金兵破汴京時，龍吟虎嘯，風雲悲泣，這千古難忘的恨事啊！向誰訴說呢？對著大好的河山，含血的淚水沾濕衣襟。你聽，那汴水邊夜夜吹著羌笛，被俘的徽、欽二帝在遼陽的月光下已衰老了。我滿腔悲憤，像東晉王敦一樣敲著唾壺，問月宮中的蟾蜍，為何月亮要有圓有缺呢？

卻說金兀朮被困在黃天蕩中，無法可出，只好懸出重賞求計。有一個當地人來說，由此往北十餘里，有老鸛河故道，但日久淤塞不通，如發兵開掘，可通長江。金兀朮立即令士兵挖掘，一夜之間挖渠與長江接通，金兵的船隻便沿此渠逃走了。

據最近研究認為，黃天蕩是南宋時長江一個一頭堵塞的支汊，最寬處約有15公里。它位於今南京市東北棲霞山和龍潭的東北面。南宋以後由於長江泥沙淤積，使它下端與長江隔絕，形成了日益縮小的古攝山湖。至於老鸛河故道，民間叫它刀槍河，傳說是當年金兵用刀槍挖成的。

岳飛被害後，韓世忠非常憤恨，知道恢復中原無望，心灰意冷。於是多次向宋高宗上書，堅決辭去一切職務，閒居家中，從此絕口不談軍事。韓是延安（今陝西延安）人，當地有清涼山，韓為了紀念自己故鄉淪陷在金兵手中，在家閒居時自己取號為「清涼居士」。

此後，他經常騎著騾子（一說騎驢），在西湖山水間遊覽。一天偶然到了西湖畔的香林園，見蘇仲虎尚書正舉行盛大宴會，韓也不客氣地直接入席，大家非常高興，盡醉而歸。第二天，韓專門寫了一信給蘇表示感謝，並作詞二首，親筆書寫後同時送去。由這兩首詞，我們可以看出，這位曾經率領千軍萬馬，在沙場上使金兵聞風喪膽的大將軍韓世忠，好像換了一個人，居然也唱起了人生如夢的消極調了。

▷ 臨江仙　　　［韓世忠］

　　冬看山林蕭疏淨，春來地潤花濃。少年衰老與山同。世間爭名利，富貴與貧窮。

　　榮貴非干長生藥，清閒是不死門風。勸君識取主人公。單方只一味，盡在不言中。

〔譯文〕冬天山上林木稀疏，樹葉落盡。春天來臨時土地滋潤百花盛開。人生的少年與衰老和山上的這種變化相同。人世間爭名奪利，有著富貴與貧窮。

榮華富貴並不是長生不老之藥，只有清閒才是能長存的門風。勸你和主人翁說說，想長壽的單方只一味藥，不用多說也就明白了。

▷ 南鄉子　　　〔韓世忠〕

　　人有幾何般。富貴榮華總是閑。自古英雄都如夢，
為官，寶玉妻男宿業纏。

　　年邁衰殘。鬢髮蒼浪骨髓乾。不道山林有好處，貪
歡。只恐癡迷誤了賢。

〔譯文〕人生有哪幾樣呢？富貴榮華總是要過去的。自古以來
的英雄不都像一場夢嗎？做官了，又要聚集財物，又是妻子，又是兒
子，不過是一大堆冤孽纏住不放罷了！

　　等到年老體衰，鬢髮斑白，骨髓也乾了，還不認識隱居山林的好
處，還貪圖做官的歡樂。只恐怕他太熱中於當官不肯下來，妨礙了有
賢才的人被提拔。

　　蘇仲虎收到韓世忠的兩首詞後，非常珍視，將它封藏起來，並且親筆
提上「二闋三紙勿亂動」。後來蘇的兒子壽父拿這兩首詞給韓世忠的長子
莊敏看，莊敏說：「我父親一生在軍中，不懂詩書，只在晚年時才稍稍會
一點點。」

第八章　宋金的三次戰爭

　　南宋朝廷在皇帝宋高宗和秦檜等主和派的密謀策劃下，於紹興十一年（西元1141年）與金國簽訂了投降式的和約——紹興和議。同時，他們搜刮人民的財富，沉醉在享樂之中，完全忘掉了「靖康之難」的奇恥大辱。至於整修武備，恢復中原等等，早都置諸腦後了。

　　當時有位詩人林升，在首都臨安一所旅店的牆壁上，提了下面一首諷刺醉生夢死的南宋君臣們的七絕：

▷ 題臨安邸　　　〔林升〕

　　山外青山樓外樓，西湖歌舞幾時休。
　　暖風熏得遊人醉，直把杭州作汴州。

〔譯文〕你看臨安城外一重又一重的青山多麼美麗，城內重疊的高樓一望無際。在那西湖邊上聽歌看舞的醉生夢死生活，幾時才會休止啊！暖洋洋的春風，把這些享樂的人們吹得醺醺欲醉，他們簡直把這臨時避難的臨安，當作淪陷在金兵手中的老家汴京了。

胡騎獵清秋

　　宋高宗紹興二十五年（西元1155年）十月二十二日，秦檜病死。死前一天，宋高宗親自到秦的家中探視，此時秦檜已不會說話，見皇帝時，從

西江月·勸酒（黃庭堅）　　（明）汪氏編《宋詞畫譜》

懷中拿出一份奏摺，內容是要求用他的兒子秦熺代替他繼續當宰相。秦熺是個著名的蠢貨，高宗看完奏摺後沒有做聲。回宮後，召秦府中人，問此奏摺是誰起草的，回答說是秦檜的親信曹泳。秦檜死後，高宗立即革去曹泳的官職，貶到新州（今廣東新興縣）軟禁。

宋高宗開始是倚仗秦檜，後來離不開秦檜，晚年畏懼秦檜，最後受秦檜的挾持。秦檜死後，高宗有一天告訴楊郡王說：「我現在才免得在膝褲中帶匕首。」由此可見高宗與秦檜之間，矛盾已相當尖銳。

秦檜死後，繼任的宰相万俟卨、湯思退等人，都是秦檜的一夥，南宋朝廷的求和政策毫無變化。

這時金國的掌權者，是在西元1150年通過陰謀奪得皇帝寶座的完顏亮。這是個野心勃勃的人物，他繼位後，認為當時金國的上京會寧府（今黑龍江阿城縣南）土地貧瘠，而且遠離中原，不利於統治和發展。於是決定在過去遼國的南京城（即今北京市）營建新都城，經過三年的擴建後，在西元1153年，完顏亮將都城正式遷來，因這個新都城地點適中，稱為中都，同時設府為大興府。在金的初期及以前，此地又稱做燕京，亦叫幽州。

金中都城址，位於今北京城的西南，以今廣安門為中心。金城大致呈正方形，城牆每邊長八里多。城內建築豪華精美，有著大量供統治者們享樂的宮殿、湖河、假山和亭台。還專門將北宋汴京（今河南開封）御花園中殘存的「艮嶽」太湖石拆下，耗盡人力運到中都，堆成了今日尚存的北京北海公園內的白塔山。

從西元1158年起，金主完顏亮就開始擴充兵馬整頓戰具，企圖滅亡南宋。與此同時，南宋朝廷雖然不斷地接到邊境上軍民報告的敵情，出使金國的官員也帶回來金國朝廷正在積極備戰的警報，可一意主和，貪圖享樂的宋高宗和宰相湯思退等人，卻毫不做準備。

宋高宗紹興三十一年（西元1161年）九月，金帝完顏亮親自率領大軍六十萬南侵，勉強維持了二十年的「紹興和議」被徹底撕毀了。當時，南宋守衛邊界淮河一帶的主將王權，是個貪生怕死的傢伙，他不戰而逃。金兵很快地佔領了淮河以南的土地，到達長江邊上。完顏亮誇下海口說：「多則百日，少則一月，我就要滅掉宋國。」

消息傳到臨安，嚇壞了宋高宗。他不是召集文武百官籌畫如何抵抗，而是要將眾官員遣散，自己乘船逃到大海裡去躲避金兵。只是在一些主戰派官員的極力諫阻下才改變主意，同意抗金。

這時，南宋的一位文臣中書舍人虞允文，被任命參贊軍事，到蕪湖慰問宋軍。紹興三十一年十一月初六，虞允文來到采石江邊（在今安徽馬鞍山市）。當時王權因潰逃被召回臨安，新任命的統軍將領李顯忠尚未趕到。宋軍由於沒有主將，士氣低落人心惶惶，采石一帶到處是逃將王權部下的潰兵，他們三三五五地坐在路旁，茫然不知所措。而長江西岸的金兵，已準備在采石附近渡江進攻。虞允文看到這種混亂的現象，覺得形勢太危急了，於是他決定越權行事，先整頓軍隊，激勵士氣，並親自到采石江邊上，察看地形部署兵力，準備迎擊金兵。

這時，隨從虞允文的幕僚悄悄對他說：「大人您奉命來慰問軍隊，可沒有得到指揮軍隊作戰的權力，如果打了敗仗，那可是罪上加罪了。」虞允文生氣地責備說：「現在國家這樣危險，我怎麼能逃避不管呢？」繼續下令宋軍嚴陣以待。

十一月初八，金帝完顏亮發動進攻，宋軍在虞允文的指揮下，全殲了渡江登岸的金兵，宋軍的水軍又擊沉金兵船隻多艘。金軍大敗，被射死的就有四千多人，溺死者不計其數。完顏亮遭此失敗，自然不肯甘休，第二天，他親率幾百艘戰船一齊出動。宋軍早有準備，鼓聲一響，宋船中射出無數火箭，將金船燒得四散奔逃，三百隻戰船一大半成了灰燼，金兵再次大敗。

虞允文指揮的這次「采石戰役」，有著極其重大的意義，因為它再次穩定了南宋的半壁江山，保衛了江南的廣大地區和人民免受殘暴金兵的蹂躪。

南宋詞人張孝祥，當時任撫州（今江西撫州市）知州，聽到在采石戰勝金兵的消息後，歡欣鼓舞，精神振奮，因而寫了下面這首《水調歌頭》：

▷ 水調歌頭·聞採石戰勝　　　　　　　〔張孝祥〕

　　雪洗虜塵靜，風約楚雲留。何人為寫悲壯，吹角古

城樓。湖海平生豪氣，關塞如今風景，剪燭看吳鉤。剩喜燃犀處，駭浪與天浮。

　　憶當年，周與謝，富春秋。小喬初嫁，香囊未解，勳業故優遊。赤壁磯頭落照，淝水橋邊衰草，渺渺喚人愁。我欲乘風去，擊楫誓中流。

〔譯文〕金兵敗退了，敵人掀起的戰塵已被冬雪滌蕩得乾乾淨淨。可是我卻為風雲所阻，留在遠離敵人的後方（撫州左為楚國屬地，故詞中說「楚雲」）。是誰寫下了這一頁英勇的戰績，方能在城樓上吹響了勝利的號角。我平生有著湖海一樣壯闊的豪邁氣概。如今邊塞上的形勢景色大變了樣，報效國家的機會來了，我興奮得夜晚剪亮了燭光，把殺敵的寶刀看了又看（「豪氣」句，作者自比為三國時的陳登，即陳元龍。三國時的許汜曾說：「陳元龍湖海之士，豪氣不除。」「吳鉤」原指春秋時吳國製造的一種彎頭寶刀，以鋒利著稱）。興高采烈地在采石磯再燃起犀角，照得妖魔鬼怪無處可逃（妖魔指金兵），讓長江水湧起的驚濤駭浪，掃盡這些殘暴的金兵。

　　這次抗擊金兵的勝利，使我想起古代兩位英明的統帥，一是火燒赤壁大破曹軍的周瑜，另一位是淝水之戰中，以八萬眾擊潰前秦百萬大軍的謝玄。他們當時，都正處在建立功業的少壯之年。那時周瑜剛娶了小喬不久，而謝玄還愛佩香囊，他叔父謝安想讓他解去而未辦到。可他們卻都從容不迫地建立起了不朽的功勳。如今，西下的夕陽斜照著周瑜當年破敵的赤壁磯，謝玄打得前秦軍隊草木皆兵的淝水岸邊，只剩下凋殘的野草。英雄們都已逝去，使人真是惆悵啊！我現在是富於春秋的三十歲，正是建立功業的大好年華。我要像東晉的名將祖逖一樣，乘風破浪，在大江中流擊楫（楫即船槳）發誓，一定要驅逐金兵，恢復中原。

　　詞中「燃犀處」指晉代溫嶠討平蘇峻回軍時，經過牛渚磯（即采石磯）。傳說磯下水深不可測，其中有很多怪物，於是溫嶠燃犀角火照明觀看，果然見到很多奇形怪狀的水族，甚至還有穿紅衣乘馬車的，後代人們

阮郎歸·初夏（蘇軾）　（明）汪氏編《宋詞畫譜》

遂用「燃犀」表示「照妖」。

在采石磯西南角，建有一座四角亭子，亭中有清光緒年間立的石碑，上有李成謀書寫的「然犀亭」三個大字。

詞的最末兩句，用的東晉名將祖逖的典故。東晉時，形勢與南宋很相似，中原廣大地區都被胡人佔領，東晉朝廷偏安在長江以南。晉元帝時，祖逖領兵北伐，橫渡長江時，在江中流用船槳敲著船舷發誓說：「我如果不能掃清中原收復失地，就絕不再渡江南歸。」這就是詞中所說的「擊楫誓中流」。

抗金老將劉錡，二十年前曾與岳飛、韓世忠等並肩作戰抗擊金兵。完顏亮南侵時，他因老病在鎮江臥床。采石戰勝後，虞允文到鎮江來看望他，劉錡在病床上拉著虞允文的手說：「朝廷養兵三十年，我們這些領兵的沒本事打退金兵，今天大功出自一位書生的手中，真讓我們這些帶兵的老人羞愧死了。」

金兵在采石兩次大敗後，完顏亮率軍東移到揚州，企圖在瓜州鎮渡江。虞允文派軍嚴加防範，金兵無法得逞。

就在完顏亮率軍南侵不久，金國內部發生了政變，留守金東京遼陽的完顏烏祿被擁立為皇帝（後改名完顏雍），即金世宗。因此，南侵的金兵營中人心浮動，士氣低落。采石戰敗後，金兵更加厭戰，逃亡不斷。完顏亮前進不得，後退無路，只好用嚴刑和殺人來鎮壓。金軍的將士被逼得走投無路，殺死了殘暴的完顏亮。然後，金兵全軍北撤。宋軍乘勢收復了淮河一帶的失地。

十七年後，南宋詞壇豪放派領袖辛棄疾，與詞人楊炎正（字濟翁）、周顯先一起乘船至揚州，在船過鎮江時，曾登上北固山的多景樓遊覽眺望。楊炎正先寫了一首詞《水調歌頭·寒眼亂空闊》，辛棄疾見詞後，很有感慨，於是在船中寫了和詞：

▷ 水調歌頭　　　〔辛棄疾〕

舟次揚州，和楊濟翁，周顯先韻

　　落日塞塵起，胡騎獵清秋。漢家組練十萬，列艦聳

層樓。誰道投鞭飛渡，憶昔鳴髇血污，風雨佛狸愁。季子正年少，匹馬黑貂裘。

今老矣，搔白首，過揚州。倦遊欲去江上，手種橘千頭。二客東南名勝，萬卷詩書事業，嘗試與君謀。莫射南山虎，直覓富民侯。

〔譯文〕傍晚的邊塞上塵頭大起，金兵乘著秋高馬肥時南侵了。南宋的大軍十萬嚴陣以待，長江上排列著聳立如高樓的戰船（「組」指組甲，即鎧甲；「練」指被練，即戰袍。「組練」在此借指軍隊）。誰說可以投鞭斷流，飛渡長江肆意南侵，完顏亮氣焰雖然囂張，可最後卻和歷史上匈奴的頭曼單于一樣死於部下之手，像魏太武帝一樣，以兵敗被殺而告終。那時我像季子（戰國時蘇秦字季子）一樣年輕，有著蘇秦當年身穿黑貂裘，騎馬到秦國遊說時那樣一股幹大事業的銳氣。

收復中原的志願沒能實現，可我已經老了，只能搔著滿頭的白髮，乘船又一次經過當年與金兵的激戰之地揚州。官場中十幾年的生活，已經使我厭倦了。真想隱居在江湖上，學三國時的丹陽太守李衡那樣，手種柑橘樹千株，以此來維持生活。你們兩位是東南一帶的名人，飽讀詩書想做一番事業，我試著給你們出個主意吧！不要學李廣習武從軍了，還是去尋求當一個苟安於世的富民侯之類的大官吧！

詞中「投鞭飛渡」，指東晉時前秦的苻堅領兵百萬南侵，想要滅亡東晉。在進軍時大言說：「你看我這麼多軍隊，只要將馬鞭投入長江，就能阻斷江水橫渡過去，還怕滅不了東晉。」可後來，苻堅的百萬大軍被東晉的八萬軍隊擊潰，全軍覆沒。「憶昔鳴髇血污，風雨佛狸愁」用的是古代兩個典故。「鳴髇」即鳴鏑。據《史記‧匈奴列傳》載，西漢時，匈奴的頭曼單于為他的太子冒頓造了鳴鏑，即射時會發聲的響箭，同時命令部下說：「鳴鏑所射而不悉射者斬之。」後來冒頓急於篡位，在一次隨頭曼打獵時，突然用鳴鏑射頭曼，他的部下也跟著用箭射頭曼，頭曼當場被射死。「佛狸」為北魏太武帝拓跋燾的小名，他在西元451年攻打南方的劉

宋王朝，兵敗後被迫撤退，後被宦官所殺。這兩個典故均暗指完顏亮南侵沒有好下場，和一些先行者一樣被殺。

據《史記・李將軍列傳》，漢代的飛將軍李廣罷職在藍田南山閒居時，曾經親自射獵猛虎。「莫射南山虎」即指此事。據《漢書・食貨志》，「武帝末年，悔征伐之事，乃封丞相為富民侯。」「直覓富民侯」即尋求當宰相之類的大官。詞的最後兩句，是作者對當時南宋朝廷的妥協投降政策不滿，因而所說的氣話。

揚州位於長江北岸，大運河入長江處。由於交通方便，遠在隋唐時代，就是當時東南方最繁華的大城市。到了北宋末年，經過百餘年的發展，揚州更加是人煙稠密，商業繁盛。當南侵的金兵在采石兩次被打敗後，完顏亮率軍沿長江東下，侵佔了揚州，想在揚州附近的瓜州鎮渡江又被阻攔。可以想像，這夥潰敗的金兵，把他們的怒氣全發洩在揚州，大肆搶掠燒殺。完顏亮被刺殺後，金兵由此處撤退，更將城內可以攜帶的財物席捲而去，使揚州幾乎成為一片瓦礫。此後，長期不能恢復元氣。

十六年後，南宋著名的婉約派詞人姜夔，在農曆冬至日來到揚州。當時夜雪初晴，城郊滿眼都是青青的野草野菜和麥苗。進揚州城一看，蕭條冷落，只有池水還那麼碧綠。傍晚時，城中響起了駐軍的號角，那悲涼的聲音和眼前景色，使詞人想起城中被金兵蹂躪的往事，如今雖已十幾年了，還這樣荒涼，不禁悲從中來，因而自己創了一個樂曲《揚州慢》，填了一首詞。

▷ **揚州慢** ［姜夔］

淳熙丙申至日，予過維揚，夜雪初霽，薺麥彌望，入其城，則四顧蕭條，寒水自碧，暮色漸起，戍角悲吟。予懷愴然，感慨今昔，因自度此曲，千巖老人以為有黍離之悲也。

淮左名都，竹西佳處，解鞍少駐初程。過春風十里，盡薺麥青青。自胡馬窺江去後，廢池喬木，猶厭言兵。漸黃昏，清角吹寒，都在空城。

杜郎俊賞，算而今、重到須驚。縱荳蔻詞工，青樓

夢好，難賦深情。二十四橋仍在，波心蕩、冷月無聲。

念橋邊紅藥，年年知為誰生。

〔譯文〕揚州啊，你這淮河東部的著名都市。竹西路一帶風光多麼佳麗（竹西路指揚州城東十五里處禪智寺前官河北岸的路，附近有亭。由於唐代詩人杜牧寫有「誰知竹西路，歌吹是揚州」的詩句，故後人稱亭為「竹西亭」，或「歌吹亭」）。我在旅途中經過這裡，解下馬鞍，稍作休息。唐代時詩人杜牧描述的春風十里揚州城郊（杜牧在他的七絕《贈別二首》中寫道：「娉娉嫋嫋十三餘，荳蔻梢頭二月初，春風十里揚州路，捲上珠簾總不如。」），只有青青的野菜麥苗一望無際。自從騎著戰馬的金兵進犯長江以後，揚州城裡只剩下殘破的亭池和古老的大樹。直到現在，人們還怕談起當年兵荒馬亂的景象。近黃昏時，淒清的軍號聲飄蕩在寒空。劫後的揚州城啊！空曠而孤寂。

揚州啊！那風流俊逸的詩人杜牧曾經遊賞過的地方。今天他如果重來此地，也會驚訝當年的興盛繁華已變得如此荒涼冷落。即使他有著寫出《贈別》、《遣懷》那樣好詩的才華，面對這一片淒慘孤寂，也難再寫出那樣柔情蜜意的詩篇。杜牧歌詠的那二十四橋仍在，可當年的繁華已全都消失了，只有橋下水波中清冷的月光在蕩漾，四面毫無聲息。那橋邊紅色的芍藥花兒，一年年為誰開得那樣艷麗呢？

姜夔在音樂上有很高的修養，能自己創造新樂曲後填詞。這首《揚州慢》全文共九十八字，分成上、下片，平韻。詞題解中的「淳熙丙申」，即淳熙三年，「至日」即冬至，「維揚」即揚州。作者用唐代詩人杜牧的《贈別》、《遣懷》、《寄揚州韓綽判官》三首七絕的詩意，寫出揚州過去的繁華興盛，而今卻是連才子杜牧也「難賦深情」，只餘下「波心蕩、冷月無聲」了。悲淒之感，自然地撥動了人們的心弦。

唐代詩人杜牧，年輕時曾在揚州擔任官職，他喜好聲色冶遊，公務之暇，晚上常一個人出去亂逛。後來，杜牧年紀大了一些後，回憶起揚州這段生活，有些悔意，寫了下面這首《遣懷》：「落魄江湖載酒行，楚腰

纖細掌中輕。十年一覺揚州夢，贏得青樓薄倖名。」詞中的「青樓夢好」即指此詩。杜牧在揚州任職時，有個同僚韓綽，後來杜牧調任到長安，在那裡他想起韓綽，於是給他寫了下面這首開玩笑的七絕《寄揚州韓綽判官》：「青山隱隱水迢迢，秋盡江南草木凋。二十四橋明月夜，玉人何處教吹簫。」詞中的「二十四橋仍在」即指此詩。

南宋詩人蕭德藻，即詞題解中的千岩老人，在讀了姜夔的這首《揚州慢》後非常讚賞，認為它與《詩經·王風》篇中悲傷故國殘破的《黍離》詩一樣精彩。「黍離」是穀子長得很整齊繁茂的意思。周朝在周平王東遷後，有一位官員經過西周的故都，見宗廟宮室已變成田地，種滿了黍（小米），在憂傷故國的情思下，他寫了《黍離》這首詩，詩的頭一句就是：「彼黍離離」。

長淮望斷，關塞莽然平

金兵在采石戰敗，完顏亮被部下刺殺後，全軍向北撤退。金國新即位的皇帝金世宗在整頓內部安定後，於采石戰後的次年，派高忠建出使南宋。高到臨安後，宋高宗與大臣們商議，想乘采石戰勝之機與金重新談判，不再向金稱臣並重劃邊界。金使高忠建不僅對這些要求全部拒絕，而且責備宋軍為何收復淮河一帶的州郡。

宋高宗無奈，於是派翰林學士洪邁出使金國談判。按照「紹興和議」，南宋使臣帶去的國書上簽名應該用「臣趙構」字樣，而這次在洪邁帶去的國書中改稱「宋帝」，表示與金帝是平等關係。洪邁到金國都中都後，金朝廷見國書及表章格式改了，全部退回，責令洪邁重新按「紹興和議」規定起草。洪邁堅決不同意，於是金人便將洪邁及其隨從鎖在使館中，斷絕一切供應，三天三夜沒有吃飯喝水。可洪邁仍舊堅持不屈，金朝廷想把他長期拘留，後來有的大臣說使者無罪，洪邁才被放回南宋。

洪邁回來後，南宋與金是和是戰，並沒有解決。南宋由於采石之戰獲勝，士氣大振，主戰派比較得勢。宋高宗雖是一貫主和的，可是在這種情況下，也感到難以處理。於是想了一個退居幕後的策略，在紹興三十二

柳梢青·春景（秦觀）　　（明）汪氏編《宋詞畫譜》

年（西元1162年），即采石之戰的第二年，將皇位傳給他的養子，即宋孝宗，自己當了太上皇。

宋孝宗即位後，初期像是有些作為。他當皇帝剛一個多月，就為岳飛父子的冤獄平反昭雪，並且召回被貶在外的主戰派胡銓到朝中任職。這時，南宋建國初期的抗金名將如岳飛、韓世忠、劉錡等，有的被秦檜迫害致死，有的已經病逝，最後剩下的只有一個張浚。宋孝宗由於有恢復中原的要求，剛　即位，就立即起用堅決主戰的老將張浚。次年，即宋孝宗隆興元年，任張浚為樞密使，並總管江淮一帶的兵馬，籌畫向金發動進攻。

隆興元年（西元1163年）四月，宋孝宗決定伐金。這是南宋建國以來，第一次由朝廷下令，為恢復中原向金發動的進攻。孝宗非常重視這次軍事行動，親自檢閱軍隊，鼓舞士氣。首都臨安的人民，爭先恐後來觀看這難得的閱兵盛典。當時郭杲任殿帥，詞人劉過，目睹這次閱兵之盛，遂寫了一首《沁園春》送給郭杲。

▷ 沁園春　　　　〔劉過〕

　　玉帶猩袍，遙望翠華，馬去如龍。擁干官鱗集，貂蟬爭出，貔貅不斷，萬騎雲從。細柳營開，團花袍窄，人指汾陽郭令公。山西將，算韜鈐有種，五世元戎。

　　旌旗蔽滿寒空。魚陣整，從容虎帳中。想刀明似雪，縱橫脫稍，箭飛如雨，霹靂鳴弓。威撼邊城，氣吞強敵，慘澹塵沙吹北風。中興事，看君王神武，駕馭英雄。

〔譯文〕遙望皇上的儀仗，侍衛們腰繫玉帶，身穿猩紅色的錦袍，駿馬奔馳如飛龍。成千的官兵排列如鱗，頭戴貂蟬的大官來往不停（「貂」指貂尾，「蟬」為蟬形花紋，為漢代侍中等大官帽子上的飾物，後世遂用「貂蟬」指大官），勇猛的軍隊一眼望不到邊，隨後還有上萬的騎兵，都在等候皇上的檢閱。軍營門大開，那位身穿錦繡團花袍的將軍，人們都指著說：他是威望猶如唐代汾陽王郭子儀的主帥郭杲。您是華山之西來的名將，用兵之法有家傳（「韜鈐」為用兵

之法），世世代代都是主持軍事的總指揮。

　　旌旗遮蔽了冬日的天空，將軍在大帳中從容不迫地指揮，軍佇列陣多麼齊整。你看！刀劍閃亮如霜雪，長矛縱橫交錯，拉弓聲如雷鳴，箭像雨一樣地飛到靶上。聲威震動了邊塞，氣勢能吞下強悍的敵人。蕭瑟的北風捲起漫天沙塵。大宋的中興指日可待，你看我們神武的君王，是怎麼指揮他英雄的部隊。

　　「細柳營」是指西漢文帝時著名將軍周亞夫屯兵細柳時的軍營，後世用以指軍營；「山西將」據《漢書》有：「秦漢以來，山東出相，山西出將。」按「山」指今陝西華山。

　　伐金的主帥是張浚，他部下有兩員大將李顯忠和邵宏淵，各率一軍渡淮河北進。李顯忠指揮有方，幾次打敗金兵，收復了一些城鎮。邵宏淵無能，戰鬥多日既未能擊敗金兵，也沒有奪得城池。他見李顯忠有了功勞，反而非常忌恨，進而發展到故意不合作乃至破壞的地步。五月下旬，十萬金兵由汴京來攻被李顯忠收復的宿州（今安徽宿縣）。李約邵宏淵合力夾擊，取勝本來是有把握的。誰知邵不僅按兵不動，反而對部下說：「這麼熱的夏天，在陰涼處搧著扇子，還熱得受不了，怎能披著鐵甲去打仗呢？」這一下弄得軍心動搖，士無鬥志。邵的兒子和一些將領在半夜帶頭逃跑。第二天金兵攻宿州時，李顯忠孤軍作戰，被迫撤退。宋軍退到符離（今安徽宿縣北符離集）後，全線大潰，士卒傷亡慘重，多年積存的武器和作戰物資全部喪失。這就是宋史上的「符離兵潰」。

　　宋孝宗並不是英明有作為的皇帝，這一次敗仗嚇住了他，將張浚降職外調；有功的李顯忠降成一個小官，在地方上軟禁；而該殺的邵宏淵反而只降幾級，仍擔任建康都統制的要職。接著，在太上皇宋高宗的幕後策劃下，南宋朝廷又開始向金求和。

　　這年七月，南宋朝廷起用秦檜的黨羽湯思退為宰相，準備求和。這時金人乘勝要南宋割讓海州、泗州、唐州和鄧州四州土地。湯思退主張同意這些條件。

　　這時，張浚都督江淮軍馬，駐守在建康。詞人張孝祥在他部下參贊軍事，任建康留守。張浚召集山東、河北的抗金人士一起，上書皇帝反對和議。一天，張浚舉行宴會，宴會上張孝祥有所感慨，即席賦了一首《六州

歌頭》，慷慨悲壯，忠憤之氣躍然紙上。張浚讀了以後，難受得在宴席上坐不住了，下令宴會停止，自己立即起身入內。

▷ 六州歌頭　　　[張孝祥]

　　長淮望斷，關塞莽然平。征塵暗，霜風勁，悄邊聲。黯銷凝。追想當年事，殆天數，非人力，洙泗上，弦歌地，亦膻腥。隔水氈鄉，落日牛羊下，區脫縱橫。看名王宵獵，騎火一川明。笳鼓悲鳴。遣人驚。

　　念腰間箭，匣中劍，空埃蠹，竟何成。時易失，心徒壯，歲將零。渺神京。干羽方懷遠，靜烽燧，且休兵。冠蓋使，紛馳騖，若為情。聞道中原遺老，常南望、翠葆霓旌。使行人到此，忠憤氣填膺。有淚如傾。

〔譯文〕沿著長長的淮河我極目遠望，邊關要塞已埋沒在戌密的草木叢中。秋風勁吹，飛塵遮暗了遠方，到處一片寂靜。敵人就在對面，眼見這不設邊防的情景，真使人憂思不已，黯然神傷。回想當年的「靖康之難」，金兵佔領中原，這只能說是天意如此吧！難道說金兵他們真有這種力量？如今弄得連洙水和泗水流經的地方，聖人孔子講學之處，一直是弦歌不斷的禮樂之邦，也充滿了腥膻和骯髒（用「腥膻」借指被金兵佔領）。看淮河北岸，竟成了金人聚居的氈帳之鄉，太陽下山時，只見牛羊成群地回來。到處都是敵人警戒的哨所（「區脫」，原為東胡與匈奴邊界上所築的土屋，作為警戒之用，詞中借指金兵哨所）。金兵的將帥們夜間調動軍隊示威，騎兵的火把照亮了整個河川。悲鳴的胡笳伴著戰鼓，驚嚇著淮河南岸的人民。

　　看這腰間的弓箭，鞘中的寶劍，白白地落滿灰塵，被蟲蛀蝕。有什麼用呢？時光易逝，空有著報國壯志，可一年又要過去了。失陷了的首都開封，是多麼遙遠啊！朝廷說要用禮樂文化來感化敵人（「干羽」為盾和雉尾，是遠古時代舞蹈的道具。據《尚書·大禹謨》記載，有苗族叛亂，虞舜下令舞干羽於兩階，有苗受了感動，不久就來

過澗歇・夏景（柳永）　（明）汪氏編《宋詞畫譜》

歸順了）。邊境上戒備鬆弛，再也沒有報警的烽火，一切軍事行動都暫時停止了。那些冠服煊赫、車馬華麗的使臣們，一批又一批地為求和奔馳去金國，真叫人感到難堪啊！聽說中原地區的父老們，常常向著南方眺望，盼望著皇上能率領大軍驅逐金兵恢復失地（「翠葆」為用翠鳥毛裝飾的車蓋，「霓旌」為彩旗，都是皇帝出行時的儀仗）。使者們見到這種情景，怎能不義憤滿胸膛，悲痛的淚水猶如傾盆雨下。

卻說奸相湯思退，為了使和議能夠速成，居然將淮河一帶的邊防故意撤除，然後派私黨孫造潛至金軍營中，叫金人趕快用重兵進攻，脅迫南宋同意條件苛刻的和議。

宋孝宗隆興二年（西元1164年）冬，經過多次交涉和反覆，宋與金和談達成協議，共計有三條：（1）兩國境界不變，但宋承認被金人新佔領的海、泗、唐、鄧四州為帝國領土，此外再割讓商州（今陝西商縣）和桑州（今甘肅天水）兩州土地給金；（2）宋主可以自稱皇帝，改稱金主為叔父；（3）歲貢改稱歲幣，銀、絹各減五萬兩、匹。

可以看出，新和約中南宋朝廷只得到一個「可以稱帝而不再向金稱臣」的虛名，實際上卻又喪失了采石之戰所奪回的大片領土。由於這次和議訂於「隆興」年間，故史稱「隆興和議」。

詞人李處全，於宋高宗紹興三十年（西元1160年）考中進士，可就在四年之後，即西元1164年，南宋由於伐金失敗，與金訂了屈辱的「隆興和議」。李處全對於南宋的主和派重新得勢，恢復中原失地遙遙無期，感到異常憂憤。在他四十歲左右時，寫了下面這首《水調歌頭》：

▷ 水調歌頭　　　［李處全］

冒大風渡沙子

　　落日暝雲合，客子意如何。定知今日，封六巽二弄干戈。四望際天空闊，一葉凌濤掀舞，壯志未消磨。為向吳兒道，聽我扣舷歌。

　　我常欲，利劍戟，斬蛟鼉。胡塵未掃，指揮壯士挽

天河。誰料半生憂患，成就如今老態，白髮逐年多。對
此貌無恐，心亦畏風波。

〔譯文〕黃昏的烏雲，遮蔽了落日，作為旅客的我準備怎麼辦
呢？肯定知道，今天風神巽二和雪神封六要大耍威風。江上四望，水
天一片多麼空闊，一葉扁舟隨著波濤上下動盪，我的愛國壯志絕不會
就此消磨。吳地的年輕人們，聽我敲著船舷唱支歌。

我常常想，磨快寶劍和長矛，斬殺金國侵略者（鼉，與蛟都是古
代傳說中會興風作浪的妖獸，此處借指金國侵略者）。如今金兵還佔
領著我大宋的疆土，我要指揮壯士牽引天河水，洗淨被玷污土地上的
腥膻。誰知道，我半生憂患，到如今已是老態橫生，白髮逐年增多。
縱使我對現在自己的日漸老去不在乎，可內心還是害怕這河上的巨大
風浪。

詞末的「風波」語意雙關，表面指渡河時的風浪，實指金兵對南宋的
無休止侵掠和南宋的妥協求和政策。

亘古男兒一放翁

陸游，字務觀，號放翁，出生在宋徽宗宣和七年（西元1125年）。
就在這一年冬天，金兵第一次圍攻北宋首都汴京。可以說，陸游從誕生到
青年時代，一直是國難當頭。他從小起就仇恨殘暴的金兵，成年後一直到
老，堅決主張抗金恢復中原，不管受到多少挫折與磨難，從不消極低沉。

采石戰勝後，張浚籌畫北伐。陸游由於詩名卓著，並且熟悉朝廷的
典章制度，被推薦給宋孝宗。紹興三十二年（西元1162年），孝宗召見陸
游，並賜給他進士出身。此後，陸游積極參加了張浚的籌畫工作。當時準
備聯絡西夏國共同伐金，並且對金兵佔領區的軍民散發傳單，號召武裝起
義打擊金人。致西夏國主書及傳單這兩份重要文件，就是陸游起草的。

「符離兵潰」之後，陸游也被貶官為鎮江通判，但他不灰心，與張

浚及其幕僚們經常在一起，策劃重整武備，繼續作戰。不久，「隆興和議」告成，陸游恢復中原的願望成了泡影。接著，朝中掌權的主和派給陸游加上一個「交結台諫，鼓唱是非，為說張浚用兵」的罪名，撤掉了他的官職。此後，陸游在家鄉閒居了四年。在此期間，詩人寫了一首詞《訴衷情》，記述了自己前一段的坎坷遭遇，抒發了壯志未酬的感慨。

▷ 訴衷情　　　[陸游]

　　青衫初入九重城，結友盡豪英。蠟封夜半傳檄，馳騎諭幽并。

　　時易失，志難成，鬢絲生。平章風月，彈壓江山，別是功名。

〔譯文〕當年我穿著青衫（無官職的人穿青衫）第一次到首都臨安，所結交的朋友盡是英雄豪傑。曾寫了號召金兵佔領區軍民起義的檄書，用蠟丸封好後連夜向中原傳送，同時起草過聯絡西夏國主共同伐金的書信。

　　北伐金人的時機，那麼容易就失掉了。我的鬢髮已絲花白，恢復中原的志向，再也難以完成。現在只好去評論清風明月，管領山川風景了，這也算是另外一種功名吧！

宋孝宗乾道五年（西元1169年），陸游被任命為夔州（今四川奉節）通判，三年任滿後，王炎任四川宣撫使，請他擔任幹辦公事。陸游便來到了王炎行政公署所在地，位於宋金邊界上的重鎮──南鄭（今陝西漢中市）。王炎是當時主戰派的領袖人物，陸游在他的幕府中，協助籌畫軍務，練兵積糧，做北伐的準備。詩人並且去過最前線，參加過宋金兩軍的小規模戰鬥。

在這一段時間，詩人的情緒是很高昂的，充滿了恢復故土的希望。

▷ **秋波媚**　　　［陸游］

七月十六日晚登高興亭望長安南山

　　秋到邊城角聲哀，烽火照高臺。悲歌擊筑，憑高酹
酒，此興悠哉。

　　多情誰似南山月，特地暮雲開。灞橋煙柳，曲江池
館，應待人來。

〔譯文〕秋天又來到了這邊境上的南鄭，軍中的號角悲鳴。報前
線平安的烽火，照亮了高高的高興亭。面對這大好形勢，我擊筑慷慨
悲歌，從高興亭上灑酒祭奠大地，意興是多麼悠長。

　　有誰像終南山的明月，那樣了解我的心願。為我特地破雲而出，
照耀著我久盼的長安。灞橋頭上茂密如煙的柳絲，西南郊遊覽勝地曲
江的館閣亭台，應該在等待南宋大軍的勝利到來。

　　詞題中的「高興亭」，在今陝西漢中城西北，正對長安南面的終南
山。詞中的「筑」是古代一種絃樂器，演奏時左手扼項，右手執竹尺敲
擊，故名「擊筑」。「悲歌擊筑」用的《史記・刺客列傳》中的故事：燕
國太子丹送荊軻入秦國，計劃刺殺秦王；在易水邊餞別的宴席上，高漸離
擊筑，荊軻和而歌。「灞橋」，位於長安東郊，橋附近在漢唐時就種有大
量柳樹。當時人們從長安東出旅行，親友們都送到灞橋，並折柳條贈別。
每年暮春三月，灞橋附近大量柳絮隨風飛舞，飄蕩在半空，猶如風雪，古
人將此美景稱為「灞柳風雪」，是著名的關中八景之一。

　　可是好景不長，主和的南宋朝廷在乾道八年將王炎調回臨安，他的
幕府解散，北伐的希望破滅了。可是，陸游對在南鄭的這一段軍營生活，
卻是終生難忘，每逢回想起來，總是既慷慨激昂，又帶著深沉的悲憤。這
一切，都表現在他所寫的一些詩詞中。例如下面的《訴衷情》和《謝池
春》，都是他在晚年退居家鄉紹興鏡湖三山時所作。

▷ 訴衷情　　　[陸游]

　　當年萬里覓封侯，匹馬戍梁州。關河夢斷何處？塵暗舊貂裘。

　　胡未滅，鬢先秋，淚空流。此生誰料，心在天山，身老滄洲。

〔譯文〕當年不遠萬里從軍尋求功名，騎馬奔赴梁州（即南鄭一帶，因有梁山而得名）守衛邊疆。真像一枕夢醒啊！我那麼關切的河防和要塞現在何處呢（表示自己已被迫離開了邊疆）？從軍時所穿的貂皮衣已積滿灰塵，陳舊不堪了。

　　金兵還沒有消滅，可我兩鬢已滿是白髮，憂傷國事的淚水，白白地流灑。這一輩子我哪會想到，心在抗金的前線，而人卻無可奈何地老死在家鄉的水邊。

　　詞下片中的「天山」，指今甘肅的祁連山或新疆的天山，為漢唐時代經常與敵人作戰的邊疆地區，詞中用以借指南宋的抗金前線。「滄洲」指水邊之地，陸游當時退居在家鄉紹興鏡湖邊。

　　宋光宗紹熙五年（西元1194年），陸游再次罷官歸故里閒居已五年，時年七十歲，他又憶起壯年時在南鄭從軍的生活，追念不已，遂寫了下面這首《謝池春》：

▷ 謝池春　　　[陸游]

　　壯歲從戎，曾是氣吞殘虜。陣雲高、狼煙夜舉。朱顏青鬢，擁雕戈西戍。笑儒冠自來多誤。

　　功名夢斷，卻泛扁舟吳楚。漫悲歌、傷懷弔古。煙波無際，望秦關何處？歎流年又成虛度。

〔譯文〕我壯年時在南鄭從軍（作者當時四十八歲），豪邁的氣概要吞下敗殘的金兵。沙場上戰雲密佈，報警的狼煙在夜間點燃了。當年我面色紅潤頭髮烏黑，手執雕花的長矛到西北邊境上防守。可笑

的是，自古以來讀書明理，反而常使人一事無成。

　　功名對於我，已如同一場夢醒，還是在南方一帶隱居吧（「吳楚」指古吳國和楚國，它們位於長江下游，詞中借指南方）。我白白的悲憤高歌，為逝去的古代往事感傷。鏡湖上煙波浩渺一望無際，可是被金兵佔領的秦地關塞在哪裡呢？可歎息的是，歲月如流，時光又白白地過去了。

　　詩人陸游生活在國家多難之際，他一生遭遇坎坷，可愛國熱情到老不減。在他留下的上萬首詩詞中，有著大量這方面的名篇。由上面選用的幾首詞，也可以約略見到一點。近代學者梁啟超，在讀了陸游的著作集以後，深為他的精神所感動，寫出了下面這首讚頌的七絕：

▷ **讀陸放翁詩**　　　　［近代　梁啟超］

　　詩界千年靡靡風，兵魂銷盡國魂空。
　　集中十九從軍樂，亙古男兒一放翁。

〔**譯文**〕自陸放翁到現在近千年的時間內，詩歌界彌漫著一股委靡不振的風氣。戰鬥的意志全消沉了，愛國的精神也沒有了。只有陸游的詩詞集中，十分之九是寫從軍的豪情壯志。自古至今，能稱得上男子漢的，只有一個陸放翁啊！

第九章　詞壇奇人辛棄疾

壯歲旌旗擁萬夫

▷ 鷓鴣天　　　〔辛棄疾〕

有客慨然談功名，因追念少年時事，戲作

　　壯歲旌旗擁萬夫，錦襜突騎渡江初。燕兵夜娖銀胡
䩮，漢箭朝飛金僕姑。
　　追往事，嘆今吾，春風不染白髭鬚。都將萬字平戎
策，換得東家種樹書。

〔譯文〕回想起我年輕時，曾統率過上萬人的軍隊。生擒叛徒張
安國後，帶領錦衣騎兵晝夜飛馳渡江南歸。追趕的金兵連夜整理武器
準備作戰，南歸途中的義軍清晨向追兵發動進攻，長箭射向敵人。

　　追憶往事，歎息現在。我人老了，春風也染不黑我的白鬍子了。
只好將過去向皇帝所上的洋洋萬言的平定金國的策略（作者曾向南宋
朝廷上過《美芹十論》、《九議》等長篇幅的平定金兵的建議書）草
稿，換了東鄰的種樹書籍。

　　「娖」，作為整頓、準備解。「銀胡䩮」為銀色的箭袋，多半用皮革
製成，除裝箭外，夜間還可用來探測遠處的音響，方法是臥地頭枕空胡䩮
靜聽，可以聽到周圍三十里人馬踏地的聲音。「金僕姑」是春秋時魯國的
名箭。

　　詞的作者辛棄疾，是我國南宋時著名的愛國志士，同時又是宋詞中偉

鷓鴣天・秋意（辛棄疾）　（明）汪氏編《宋詞畫譜》

大的作家。詞在他的手中，衝破了樊籬，真正達到了無事不可入詞，只要能寫進文章的內容，都可以寫詞，而且文字更優美，音調更加鏗鏘。他的作品，有著極高的藝術水準，所有這些，使他成為豪放詞派的當然領袖，辛在詞壇上的影響至為深遠。

辛棄疾本人的經歷，很有些傳奇的色彩。這首《鷓鴣天》是他晚年時代的作品，詞中所寫的內容，可以認為是對他自己一生遭遇的簡略概括。

宋高宗紹興十年（西元1140年），辛棄疾出生於山東濟南。這時，濟南已被金兵佔領了十二年。辛的父親早逝，他在祖父辛贊的撫養下長大。辛贊在金國曾任縣令、知府等官職。當他在亳州（今安徽亳縣）的譙縣任縣令時，將辛棄疾送到當地一位著名詩人劉瞻門下讀書，同學中有一位黨懷英，與辛都是傑出的高材生。黨懷英考中了金國的進士，後任翰林學士等官職，並成為金國著名的文學家。以辛棄疾的出身和環境，本來很可能和黨懷英一樣在金國出仕，沒想到他走的卻是一條完全相反而且充滿了崎嶇艱險的道路。

宋高宗紹興三十一年（西元1161年），金帝完顏亮率大軍南侵。這時，在金兵佔領的原北宋領土上，人民不堪壓迫，乘金人後方空虛之機，紛紛聚眾起義抗命。其中力量最強大的是擁有二十五萬人馬的耿京。年僅二十一歲的辛棄疾見抗金報國的機會到了，於是在濟南南面的山區中聚集了兩千人，投奔了耿京的義軍。在當時，像他這樣具有高等文化水準的知識份子，能與主要由農民組成的起義軍合作，是極其罕見的。不久，辛棄疾又說服一位名叫義端的和尚，帶領一千餘人參加了義軍。不料義端在不久後的一個晚上，偷了耿京的天平軍大印逃走，準備投降金軍。辛棄疾親自追趕，在抓獲後，義端裝神弄鬼地說：「我認識您的真相，你是一隻青兕（傳說中一種類似犀牛的猛獸），力能殺人，請別殺我。」辛棄疾不理會這些，立即將義端斬後回報耿京。

完顏亮在采石兵敗被殺，金兵北撤，並且專心一致對付後方的起義軍。耿京和辛棄疾等商議後，決定率軍回歸南宋。紹興三十二年正月，耿京派辛棄疾等到南宋，商議回歸之事。宋高宗在建康接見了辛棄疾等，歡迎他們回歸，並加封了官職。

誰知在起義軍內，出了個叛徒張安國，他勾結另一名叛徒邵進，暗

殺了起義軍領袖耿京，起義軍大部逃散，少部分被張安國等劫持，降了金軍。

金人賞張安國做濟州（今山東巨野縣）知州。由南宋歸來的辛棄疾到海州時，才知道這個消息。英勇而又膽略過人的辛棄疾，立即約請當地統制王世隆等，只率領五十名騎兵直奔濟州。叛徒張安國正在金營中與金兵將領慶功飲酒，沒想到辛棄疾率領騎兵突然衝入有著五萬兵馬的金兵大營，將張安國當場捉住，捆在馬上，同時號召不願降金的義軍反正。當即有一萬多士兵願隨辛棄疾歸順南宋。辛棄疾帶領他們向南急馳，一路渴不暇飲，饑不擇食，終於擺脫了追趕的金兵，渡過淮河回到南宋。

叛徒張安國被押到南宋首都臨安處死。這次英勇的行動，使辛棄疾名聲大振，當時是「壯聲英概，懦士為之興起，聖天子一見三歎息」。可是，南宋朝廷既不願驅逐金人恢復中原，對起義軍又持敵視態度。辛棄疾率領南歸的一萬多名起義軍，都被當做南下的難民而散置在淮南的各州縣中。立有大功的辛棄疾，則讓他去擔任一個無足輕重的江陰簽判（知州下屬協助處理政務的文官）。

辛棄疾在他晚年時，一次聽見客人慷慨激昂地談論為國立功，取得官職的事，回憶起自己青年時代這段英雄的往事，聯繫多年來抗金收復中原的壯志難酬，於是寫了本節開始的那首《鷓鴣天·壯歲旌旗擁萬夫》。

辛棄疾的詞，流傳至今的共有六百多首，其中最主要的，當然是那些充滿愛國激情、疾呼抗金、要求恢復中原的作品。這些詞，加上他的另一些風格豪放的作品，是宋詞中「豪放詞派」的代表作，也可以說是宋詞中的最高成就。另一方面，對於描寫自然景色、農村風光，以及兒女情長等的詞，即屬於婉約詞風的作品，辛棄疾也不亞於這方面有專長的詞人。他在寫詞方面的才華和成就，可以認為是超過了北宋時代的大家蘇軾。

倚天萬里須長劍

宋孝宗淳熙四年（西元1177年），辛棄疾任湖北安撫使及江陵知府。他的一位姓李的友人被任命為漢中地區的官員，辛棄疾寫了一首《滿江

紅》給他送行。

▷ 滿江紅　　　　[辛棄疾]

　　漢水東流，都洗盡、髭鬍膏血。人盡說，君家飛
將，舊時英烈。破敵金城雷過耳，談兵玉帳冰生頰。想
王郎、結髮賦從戎，傳遺業。

　　腰間劍，聊彈鋏；樽中酒，堪為別。況故人新擁，
漢壇旌節。馬革裹屍當自誓，蛾眉伐性休重說。但從
今、記取楚樓風，裴台月。

〔譯文〕滾滾東流的漢水啊！沖洗乾淨被金國侵略者膏血所污染
的土地吧（「髭胡」為長滿鬍鬚的胡人；「膏血」為凝固的血液）。
人們都說，你們李家的飛將軍李廣，就是漢代抗擊髭胡的了不起的英
雄。他攻破敵人的堅固城池疾如迅雷不及掩耳，在軍帳中談論兵法詞
鋒凌厲見解精闢。您像三國時的才子王粲一樣，年紀輕輕地就從軍，
寫出了戰鬥的詩篇，並準備繼承先祖李廣的英雄勳業。

　　我腰間的寶劍，不能用來殺敵，只能彈著它發發牢騷而已。只有
用杯中的酒，來祝賀您的這次調任。老朋友！您這次新被任命為漢中
地區的軍事長官。希望你要有立志戰死沙場，馬革囊屍回還的英雄氣
概，切勿留戀兒女之情而消磨了意志。但願您從今後，不要忘記我們
在酒樓的歡聚，和共同賞玩江陵夜月的美好時光。

　　由詞中的「君家飛將」可以推測，辛棄疾送的這位友人與飛將軍李
廣同姓，即也姓李。詞中的「彈鋏」即敲擊劍把。戰國時齊國孟嘗君門下
的食客馮諼因不受重視，於是彈鋏而歌表示不滿；「漢壇」指漢高祖劉邦
拜韓信為大將的拜將台，在今陝西南鄭縣近郊；「馬革裹屍」指東漢名將
馬援在晚年時，要求率軍抗擊入侵的匈奴，皇帝說他年齡太大，他說「男
兒要當死於邊野，以馬革裹屍還葬耳」；詞中的「楚樓」和「裴台」據鄧
廣銘先生研究結果看，這兩處都沒有實際地址。看來楚樓係泛指江陵的酒
樓，而裴台則可能泛指江陵的風物。

風流子・初春（秦觀）　　（明）汪氏編《宋詞畫譜》

宋孝宗淳熙六年（西元1179年），辛棄疾從荊湖北路轉運副使（管糧餉的官員）調任荊湖南路轉運副使。這時，他從北方金占領區回歸南宋已十八年，可恢復中原卻毫無希望。這次調到南宋的後方湖南去，仍是管糧餉，離前線卻越來越遠了。辛棄疾的心情，自然是很沉重而又怨憤的。他上任臨行前，同僚好友王正之擺酒為他餞行。那正是晚春的一天，剛剛過去了一場風雨。面對即將逝去的春光，辛棄疾思潮澎湃，感慨萬千，寫下了傳誦千古的《摸魚兒》。

▷ 摸魚兒　　　　　［辛棄疾］

淳熙己亥，自湖北漕移湖南，同官王正之置酒小山亭，為賦。

> 更能消幾番風雨，匆匆春又歸去。惜春長怕花開早，何況落紅無數。春且住，見說道，天涯芳草無歸路。怨春不語，算只有殷勤，畫簷蛛網，盡日惹飛絮。
>
> 長門事，準擬佳期又誤。蛾眉曾有人妒。千金縱買相如賦，脈脈此情誰訴。君莫舞，君不見，玉環飛燕皆塵土，閒愁最苦。休去倚危欄，斜陽正在，煙柳斷腸處。

〔譯文〕還能經得起幾次風雨的摧殘，美好的春天又匆匆地歸去了。為珍惜春光，我總怕花兒開得太早而早謝，可現在又是落紅滿地，叫人怎能不感傷。春天啊，你暫且留下吧！我聽說綠草已長到了天邊，你回去的道路已被遮斷。可春天她卻默不作聲，只有那房簷下的蜘蛛網想殷勤地留下春天，它一天到晚黏住那飛揚的柳絮。

漢武帝的皇后陳阿嬌，被貶到冷宮長門宮中，雖然和武帝約好了見面的日子，可是又耽誤了。她雖然長得美貌，可總是有人嫉妒。她即使能用大量黃金買來司馬相如寫的打動人心的文章，可心中那脈脈的深情，又向誰去訴說？那些善於嫉妒的人們啊，別太得意忘形了。你們難道沒有看見，楊玉環和趙飛燕都沒得到好下場。長掛在心頭的愁悶，最使人苦惱，不要登上高樓倚欄遠眺吧！那即將落山的夕陽，

掛在暮靄籠罩的柳樹梢上，這淒涼的景色，怎不使人愁腸寸斷啊！

　　詞題中的「漕」，指漕司，即轉運使。「小山亭」是東漕司衙門內乖崖堂的一個亭子。詞中的「長門事」，指漢武帝的皇后陳阿嬌因嫉妒被廢，遷住長門宮。陳阿嬌為了想重新得到武帝的寵愛，送金百斤給文學家司馬相如，請他寫了一篇《長門賦》送給漢武帝，據說武帝讀後很感動。

　　據南宋人羅大經寫的《鶴林玉露》卷四中談，當時的皇帝宋孝宗看見辛棄疾的這首《摸魚兒》後，一讀就懂了詞中的含意，因此很不高興。不過他始終沒有為此辦辛棄疾的罪，算是寬宏大量了一次吧！

　　宋孝宗時，曾任吏部尚書的韓元吉（號南澗），是一位愛國的政治家和文學家。他和辛棄疾是老友，二人都主張恢復中原。宋孝宗乾道九年（西元1173年）韓出使金國時，一路留心北宋故土的情況，指出金人雖強大，可佔領區民心不附，南宋應加強軍備，伺機北伐。他在汴京參加金人為他舉行的宴會後，曾寫下了一首感傷的詞《好事近・凝碧舊池頭》。後來，韓見南宋朝政被主和派把持，恢復無望，便灰心地隱退，在江西上饒的南澗閒居。這時，辛棄疾被罷官後也閒居此地。韓元吉六十七歲壽辰時，辛棄疾寫了一首《水龍吟》給他祝壽。

▷ 水龍吟・甲辰歲壽韓南澗尚書　　　　　〔辛棄疾〕

　　　渡江天馬南來，幾人真是經綸手。長安父老，新亭風景，可憐依舊。夷甫諸人，神州沉陸，幾曾回首。算平戎萬里，功名本是，真儒事，公知否。

　　　況有文章山斗，對桐陰，滿庭清晝。當年墮地，而今試看，風雲奔走。綠野風煙，平泉草木，東山歌酒。待他年，整頓乾坤事了，為先生壽。

　　〔譯文〕自從泥馬渡康王南來，在江南立國至今五十多年了，可有幾個人是治國安邦的能手呢？中原父老們是多麼地盼望宋軍到來，南渡的愛國志士們每想起靖康之難，都要淚流滿面。可現在一切如故，恢復無望。那些主和誤國的大臣們，使得大片國土淪喪，可他們卻毫不在意。韓公你知道吧，率領大軍長驅萬里恢復中原，這正是我

們書生建立功業的時候。

韓公您的文章為人所敬仰，與韓愈齊名高如泰山北斗，你們韓家原是汴京光榮的名門，府第種有梧桐桐蔭滿院，人稱「桐木韓家」。您自從出生以來，一直就是受到朝廷器重的風雲人物。您和唐代名相裴度、李德裕，東晉的名相謝安一樣，隱居於林泉，放浪於詩酒之間。有朝一日，起用您運籌帷幄，驅逐金人恢復了中原，我再為您更好地祝壽。

詞題的「甲辰歲」，即西元1184年。詞中「新亭風景」指東晉時渡江南來的官僚士人們在建康新亭飲酒歡息的事。「夷甫諸人，神州沉陸」指西晉宰相王衍（字夷甫）專事清談不問世事，致使西晉滅亡。東晉的桓溫評論說：「遂使神州陸沉，百年丘墟，王夷甫諸人不得不任其責。」詞中借王衍誤國譴責南宋主和的大臣們。「對桐陰」，指韓元吉的家世。北宋有兩族韓氏都很興盛：一為相州（今河南安陽）韓氏，出了名相韓琦，以及後來的韓侂冑等人；另一為潁川（今河南許昌）韓氏，他們在汴京的府第門前種有很多桐木，世稱「桐木韓家」。「綠野風煙」指唐朝賢相裴度退居洛陽時，築有別墅綠野堂。「平泉草木」指唐代名相李德裕在洛陽東南的別墅平泉莊。「東山歌酒」指東晉名相謝安隱居東山時，常帶妓女出外遊賞。

宋光宗紹熙四年（西元1193年）秋天，辛棄疾任福州知州兼福建路安撫使。為了充實抗金的財力和武備，他厲行節約，並且準備打造一萬副鎧甲，招募士兵，想訓練一支精銳的部隊。誰知這些措施遭到了某些當權人物的不滿，被加上「殘酷貪饕」的罪名，在紹熙五年八月罷官。於是辛棄疾只好回到江西故居去。歸途中經過南劍州（今福建南平市）時，登上州的雙溪樓，想起西晉時有關寶劍的神奇傳說，聯繫到當前朝廷被主和的投降派們把持，恢復中原難以實現，這滿腔的悲憤之情，都寫入了下面這首《水龍吟》中：

▷ 水龍吟·過南劍雙溪樓　　　　[辛棄疾]

舉頭西北浮雲，倚天萬里須長劍。人言此地，夜深

長見，斗牛光焰。我覺山高，潭空水冷，月明星淡。待
燃犀下看，憑欄卻怕，風雷怒，魚龍慘。

　　峽束蒼江對起，過危樓，欲飛還斂。元龍老矣，不
妨高臥，冰壺涼簟。千古興亡，百年悲笑，一時登覽。
問何人又卸，片帆沙岸，繫斜陽纜。

〔譯文〕我抬頭遠眺，只見西北方的天空被飄浮的烏雲遮蔽，
唯有用倚天的長劍，才能掃蕩兇殘的敵人。人們說，這裡深夜經常看
見，在斗宿和牛宿之間有寶劍的光焰直射天空。你看現在，天暗山
高，月明星稀，潭水清冷深邃。我想像東晉溫嶠那樣，點燃犀角看看
潭水深處寶劍在哪裡，可是卻怕驚動水中的魚龍妖物，捲起風雷興風
作浪。

　　對峙的山峽，約束著碧綠的劍溪江水，沖過高高的雙溪樓。要想
奔騰飛瀉，可又被阻礙不得不收斂。我已經老了，不妨像三國時的豪
放人物陳登那樣，喝冷茶臥涼席，過著閒適的退隱生活。登樓遠望，
歷代的興亡往事，近百年來的悲痛和歡笑，一齊湧上心頭。你看那江
邊沙岸旁，是誰在斜陽下落帆繫船，一天又過去了。

　　據《晉書·張華傳》記載：三國時吳國尚未滅亡時，天上斗宿和牛宿
之間常有紫氣。吳滅後，紫氣愈明顯。張華聽說雷煥精通天文，於是將雷
找來。雷說：「我看了很久了，只見斗、牛之間有異氣。」張華問是什麼
吉兆，雷說是寶劍的精氣直沖天空，位於豫章豐城（今江西豐城）。於是
張華就任命雷煥為豐城縣令。雷到任後，挖掘監獄屋基，得到兩把寶劍，
一名龍泉，一名太阿。雷將一把獻給張華，一自佩。後來張華被殺，劍失
蹤。雷煥死後，他的兒子雷華帶著劍經延平津（即流經南劍州的劍溪），
寶劍突然從腰間躍出，落入水中。雷華派人入水找尋，沒見寶劍，只見到
兩條長數丈的龍。入水的人嚇得趕快出水，頃刻之間，水面上光耀奪目，
波濤翻滾。

醉裡挑燈看劍

宋孝宗淳熙八年（西元1181年）冬，辛棄疾因遭誣陷而削去官職，回到他在信州上饒附近的「帶湖新居」，從此過了整整二十年的閒居生活。

在今江西鉛山縣東北，辛棄疾又建了一座別墅。別墅邊有泉水，流入附近的瓢形潭中，辛棄疾稱此泉為瓢泉。在瓢泉附近，有一座山峰，名叫「鵝湖」，山下有一所寺院叫鵝湖寺，辛棄疾常來此遊覽。

宋孝宗淳熙十五年（西元1188年）冬天，有一個人來鉛山拜訪辛棄疾。傳說此人騎馬而來，在過小橋時，馬跳三次退三次，此人大怒，拔出劍來斬斷馬頭，把馬推倒後徒步前進。恰巧辛棄疾在樓上，看見此人豪氣大吃一驚，連忙派人去打聽，誰知此人已走到他門口。

辛的這位客人，是南宋一位堅決抗金的愛國人士，一位著名的豪放派詞人——陳亮。陳亮字同甫，浙江永康人，年齡與辛棄疾相仿。在政治上堅持反對與金人議和，主張收復中原失地。他曾上書《中興五論》；淳熙五年（西元1178年），又在十天內三次向宋孝宗上書，陳述恢復中原的意見和建議，孝宗雖不採用，但準備封他官職。陳亮知道後笑笑說：「我上書是想為國家安定數百年奠定基礎，不是用來博一官半職的。」於是渡江回家去了。陳亮由於政治主張與朝廷內主和的大臣們相反，因此遭到他們的仇視。幾年之內，陳亮被誣陷多次而關進監獄，每次都幾乎處死。可是他並不因此改變自己的政治見解。

南宋孝宗統治時期，金國是金世宗完顏雍當政。完顏雍的生日在金被尊稱為「萬春節」，在舊曆三月初一。根據宋金和議，宋帝尊金帝為叔父，因此南宋朝廷每年都要派使臣去金國祝賀萬春節。當時金國的首都在燕京，即今之北京市。古代交通不便，由南宋首都臨安出發，要兩個多月才能到達燕京。因此，南宋使臣必須在上一年的十一、二月份離開臨安，才能按時到達燕京趕上萬春節。

淳熙十二年（西元1185年）十一月十三日，南宋派大理少卿試戶部尚書章森（字德茂）和容州觀察使吳曦等出使金國，祝賀萬春節。陳亮和章森雖然年齡相差二十多歲，但二人有著深厚的友誼和相同的志趣。在章森得到出使的命令後，陳亮特地給他寫了一首《水調歌頭》送行。

▷ 水調歌頭　　　〔陳亮〕

送章德茂大卿使虜

　　不見南師久，謾說北群空。當場隻手，畢竟還我萬
夫雄。自笑堂堂漢使，得似洋洋河水，依舊只流東。且
復穹廬拜，會向槁街逢。

　　堯之都，舜之壤，禹之封，於中應有，一個半個恥
臣戎。萬里腥羶如許，千古英靈安在，磅礴幾時通？胡
運何須問，赫日自當中。

〔譯文〕不要因為久久地不見南宋的大軍北伐，便胡說我南宋
沒有人才。看我們的章德茂大卿，他就是獨當一面，能力敵萬人的英
雄。像我這樣的堂堂大國之使，豈能長此向敵屈辱，如同河水永遠只
向東方流去嗎（詞中「自笑……只流東」是作者以章德茂的口吻說
話）？處於當前形勢，姑且向金國君主拜賀吧，將來總有一天，要叫
他像漢朝時匈奴首領郅支單于一樣，懸首槁街示眾。

　　在我古代聖王堯、舜、禹的故土北方中原，應該不乏恥於當金國
臣民的人吧。中原萬里大地，都被金人的腥羶味所污染，千古以來，
那些保衛國家英雄們的精神，到哪裡去了？民族正氣何時可伸，何時
能統一分裂的祖國，洗雪這奇恥大辱。金國的命運不用問，快完了；
我南宋國運方隆，有如赤日中天，光耀大地。

　　由於章森的官位是大理少卿試戶部尚書，相當於秦漢時代的九卿之
一，故詞題中稱他為「大卿」。章森這次赴金祝賀萬春節，並不是什麼
光彩的使命。因此陳亮在詞中開始用委婉的筆法，寫這次出使只是這麼一
次，總有一天會將金國首領俘獲送到首都來的。

　　詞中的「槁街」，為漢代首都長安的街名，是當時外族來朝的使者聚
居之處。漢元帝時，陳湯出使西域，發兵斬匈奴郅支單于，上疏請「懸頭
槁街蠻夷邸間，以示萬里明犯疆漢者，雖遠必誅」。

　　在寫了這首詞約兩年多之後，即宋孝宗淳熙十五年冬天，陳亮約南
宋著名理學家朱熹一起去拜訪辛棄疾。可朱熹屆時負約未來。辛棄疾熱

烈地歡迎陳亮，和他在瓢泉、鵝湖寺等處開懷痛飲，暢談世事。二人聚了十天，陳亮告辭歸去。在陳回去第二天，辛棄疾戀戀不捨，動身想將陳追回，追到鷺鷥林時，由於雪深泥滑沒法前進，辛棄疾惆悵不已，只好停下來在附近的方村酒店中獨飲。這天夜半，辛棄疾在泉湖吳氏四望樓借宿時，聽見鄰近的笛聲，使他更加想念陳亮，於是寫了一首《賀新郎》寄意。過了五天，陳亮來信要他寫的詞，辛棄疾覺得陳亮和自己想到一起了，心中非常高興。於是將這段經過，寫在《賀新郎》詞之前，然後寄給陳亮。陳亮讀後，立即和作一首寄給辛棄疾，辛見和詞後，又和作一首。如此往來唱和，共寫了五首《賀新郎》，二人的交往成為詞壇佳話。

▷ 賀新郎 ［辛棄疾］

陳同父自東陽來過余，留十日，與之同遊鵝湖，且會朱晦庵於紫溪，不至，飄然東歸。既別之明日，余意中殊戀戀，復欲追路，至鷺鷥林，則雪深泥滑，不得前矣。獨飲方村，悵然久之，頗恨挽留之不遂也。夜半投宿吳氏泉湖四望樓，聞鄰笛悲甚，為賦《乳燕飛》以見意。又五日，同父書來索詞，心所同然者如此，可發千里一笑。

　　把酒長亭說。看淵明，風流酷似，臥龍諸葛。何處飛來林間鵲，蹙踏松梢殘雪，要破帽、多添華髮。剩水殘山無態度，被疏梅料理成風月。兩三雁，也蕭瑟。

　　佳人重約還輕別。悵清江，天寒不渡，水深冰合。路斷車輪生四角，此地行人銷骨。問誰使、君來愁絕。鑄就而今相思錯，料當初、費盡人間鐵。長夜笛，莫吹裂。

〔譯文〕在長亭裡飲酒話別，陳亮你，看來像東晉詩人陶淵明，而風流瀟灑的舉止，又酷似人稱臥龍的諸葛亮。是哪裡飛來的一群喜鵲，踢下了松枝上的殘雪，灑在我的破帽上，像是使人添了許多白髮。大地被冬雪覆蓋著，殘露在外面的山水零落破碎，不成樣子。只有幾樹梅花，把它裝點一番，才有些生氣。即使有兩三隻雁飛過，畢

竟還是那麼荒涼蕭瑟。

陳亮您重視我們的約會，可是卻又這樣輕易地飄然東歸。使人多麼地惆悵啊！清澈的江水因天寒而封凍，難以渡過。雪深泥滑，車輪像長了四個角似的無法轉動，走到這裡，我不得不停下來，心中不知有多麼難受。辛棄疾呀！是誰使你這樣憂愁不能自拔？是因為沒能留住陳亮。就好像是耗盡了人間的鐵，鑄了這麼大的一個銼（錯）啊！在這寒冷的長夜裡，鄰近的笛聲是多麼的悲切，別再吹下去吧，免得把笛子都吹裂了。

詞序中的「陳同父」即「陳同甫」；「東陽」即今浙江金華；「朱晦庵」即朱熹，他字元晦，號晦庵；【乳燕飛】為詞牌【賀新郎】的別名。詞中的「鑄就而今相思錯，料當初、費盡人間鐵」，巧用古代的典故，寫出了雙關的含意。據《資治通鑑》記載：唐代末年，軍閥混戰，天雄節度使羅紹威聯合朱溫，消滅田承嗣在魏博殘留下來的「牙軍」。朱溫軍隊在魏州留住半年，為供應軍需及賞賜，耗盡了魏州多年積聚的資財。羅紹威的力量從此大為削弱，他非常後悔，對別人說：「合六州四十三縣鐵，不能為此錯也（「錯」即銼刀，此處借用鐵鑄銼刀指錯誤）。」

陳亮在接到辛棄疾的《賀新郎‧把酒長亭說》後，非常感動，立即用辛詞的原韻，和作了一首《賀新郎》。

▷ 賀新郎　　　　［陳亮］

寄辛幼安，和見懷韻

　　老去憑誰說？看幾番、神奇臭腐，夏裘冬葛。父老長安今餘幾，後死無仇可雪，猶未燥，當時生髮！二十五弦多少恨，算世間那有平分月！胡婦弄，漢宮瑟。

　　樹猶如此堪重別！只使君、從來與我，話頭多合。行矣置之無足問，誰換妍皮癡骨！但莫使、伯牙弦絕。九轉丹砂牢拾取，管精金、只是尋常鐵。龍共虎，應聲裂。

〔譯文〕人都老了，向誰去訴說。你看，連著多次，神奇轉化

為臭腐，夏穿皮袍冬穿紗衣（這是諷刺話，實際是說，朝廷連著多次倒行逆施，大好的抗金形勢變成危局）。中原的父老現在還剩下幾個呢？那些在金兵佔領區出生的後生小輩，他們是不認為有什麼仇要報，恨要雪的。那二十五弦的瑟，有著多少彈不完的愁和恨。人世間的大好河山，哪能總分裂為南北兩半呢？北宋故宮被金兵佔領，宮中的樂器，也被金國的婦女彈弄了。

歲月如流，我們都老了，怎麼能經受得起又一次別離的痛苦（十年前，即淳熙五年，陳亮和辛棄疾在臨安結識，故這次分別為第二次，故云重別）。只是您一直和我談論國家大事異常投機。現在我走了，您不要掛念，誰也改變不了我當「癡人、狂怪」的意志。但願我們像古代的知音者俞伯牙和鍾子期一樣，永遠保持著深厚的友誼。我們抗金收復故土的志願，要像煉九轉仙丹一樣堅持到底。好鋼也是用普通的鐵煉成的。丹爐中的龍虎仙丹，只要勤加鍛鍊，火候一到，爐中裂響，龍虎丹便會應聲而出（此處將自己和辛棄疾比做龍虎，只要勤加鍛鍊，就會獲得成功）。

「猶未燥，當時生發」，是指南朝時，宋文帝劉義隆在元嘉七年，派殿中將軍田奇至北魏，對魏太武帝拓跋燾說：「黃河以南原是宋的領土，現在我們要收回。」魏太武帝聽後大怒，對田奇說：「我生下來胎毛還未乾，就知道黃河以南是我國的土地，怎麼能隨便給你們。」陳亮在詞中用此典故的意思是說：北宋的領土已被金人佔領了六十多年，當年曾經當過大宋臣民的父老，已經死得餘不下幾個了。年輕的一代因為在金人佔領下出生，沒有經過亡國之痛，因此洗雪國恥的觀念已非常淡薄。這樣，南宋要恢復中原是越來越困難了。

詞中的「妍皮癡骨」，化用了古代俗語「妍皮不裹癡骨」。據《晉書》記載：鮮卑人慕容超為了能從後秦逃出，在姚興面前故意裝瘋，姚相信了，認為他就是妍皮癡骨。陳亮當時因奔走呼籲抗金恢復中原，受到當權官僚們的嫉恨，被人說成是「狂怪」。詞中借「妍皮癡骨」難換，說明自己絕不會因此改變自己的政治主張。

鵝湖之會的第二年春天，辛棄疾接到了陳亮的和詞《賀新郎・老去憑

南鄉子·重陽（蘇軾）　（明）汪氏編《宋詞畫譜》

誰說》，同時又回憶了他們去冬相會的情景，寫下了《賀新郎·老大那堪說》。

▷ 賀新郎　　　　[辛棄疾]

同父見和，再用韻答之

　　老大那堪說。似而今，元龍臭味，孟公瓜葛，我病君來高歌飲，驚散樓頭飛雪。笑富貴、千鈞如髮。硬語盤空誰來聽？記當時只有西窗月。重進酒，喚鳴瑟。

　　事無兩樣人心別。問渠儂、神州畢竟，幾番離合。汗血鹽車無人顧，千里空收駿骨。正目斷關河路絕。我最憐君中宵舞，道「男兒到死心如鐵」。看試手，補天裂。

〔譯文〕年已老大無成就，有什麼可說的呢！如今你我既像東漢的陳登，又像西漢的陳遵，彼此意氣相投，關係親密。我當時身體不適，正好您來到。兩人高歌暢飲，慷慨激昂，連樓頭的飛雪都為之驚散。兩人共笑人世間的榮華富貴，別人看來重有千鈞（鈞為古代重量單位，三十斤為一鈞），而你我看來輕如毛髮。在當時，我們要求抗金收復失地的激烈言論，除了西窗外的月亮，有誰來聽呢？只好聽著悲涼的瑟聲，一遍又一遍地喝酒，抒發我們的愁悶吧！

　　本來是金兵侵佔我中原土地這麼回事，可主戰的愛國人士和主和的偷安者們看法卻大不一樣。試問主和的當權者，中國的大地有多少時候是像現在這樣南北分裂的。珍貴的汗血馬無人賞識理會，讓牠去拉笨重的鹽車，而另外花大價錢去買千里馬的骨頭。我縱目遠望，只見通向中原的關河道路（即陸路與水路），都因南北分裂而阻塞不通。我最喜歡你像東晉的祖逖那樣，為恢復中原而半夜起來舞劍。並發出「男兒到死心如鐵」這樣的豪邁誓言。待到北伐金人之時，你我定將大顯身手，收復失地統一南北。

　　詞中的「元龍」，是東漢末年人陳登的字，他有著濟世救民的志向，是當時的著名豪士。「孟公」指西漢人陳遵，是當時的豪俠，他喜歡喝

酒，每逢舉行宴會，在賓客滿堂時就鎖上大門，將客人車軸的轄（車軸前端的鍵）扔到井中，使客人即使有急事也走不了。「汗血」即汗血馬，為西漢時西域大宛國產的千里馬，牠的汗從前肩髆流出，色如血，故名。據《戰國策‧楚策》所記：一匹年老的千里良馬，拉著笨重的鹽車上太行山，牠帶著傷痛，疲憊不堪，爬不上坡。著名的相馬人伯樂遇見後，摸著牠哭了，脫下衣服蓋在它身上。

辛棄疾和陳亮還有一位志同道合的朋友杜斿，字叔高，金華（今浙江金華）蘭谿人。杜共有兄弟五人，都博學能文，人稱「金華五高」。杜叔高並能詩，陳亮曾稱讚說：「叔高之詩，如干戈森立，有吞虎食牛之氣……可謂一時之豪。」淳熙十六年（西元1189年），杜叔高從金華到信州（今江西上饒）拜訪辛棄疾，並請辛讀了自己的詩集，杜離開時，辛棄疾為送杜叔高，寫了一首《賀新郎》。因為他對與陳亮互相以《賀新郎》唱和的印象太深了，這次送的又是志同道合的友人，因此又用了過去的原韻。

▷ 賀新郎　　　　［辛棄疾］

用前韻送杜叔高

　　細把君詩說。恍餘音、鈞天浩蕩，洞庭膠葛。千尺陰崖塵不到，惟有層冰積雪。乍一見、寒生毛髮。自昔佳人多薄命，故古來、一片傷心月。金屋冷，夜調瑟。

　　去天尺五君家別。看乘空、魚龍慘澹，風雲開合。起望衣冠神州路，白日銷殘戰骨。歎夷甫、諸人清絕。夜半狂歌悲風起，聽錚錚、陣馬簷間鐵。南共北，正分裂。

〔譯文〕我細細地把您的詩評論。它像是天宮裡美妙的音樂，不絕於耳。又像是黃帝當年在洞庭之野命令演奏的《咸池》之樂，動聽的樂聲在深遠的堂中迴旋（「鈞天」指傳說中的天樂；「膠葛」是廣闊深遠之意）。您的詩像是陽光照不到的千尺山崖，沒有一點塵埃，有的只是清冷的層冰積雪，使人乍然一見時，不禁寒生毛髮。自古以來，美豔的姑娘多半薄命。像漢武帝的皇后陳阿嬌那樣，獨自住在冷

落的金屋中深夜彈瑟，對著一片明月暗自傷心（以薄命佳人作比，為杜懷才不遇不平）。

你們杜家是有名的世家大族，歷來人才濟濟（唐代長安城南的韋氏和杜氏是著名的世家大族，深受皇帝寵信。據《辛氏三秦記》有「城南韋杜，去天尺五」。「天」指皇帝，尺五言其近）。您像魚龍一樣，努力奮鬥，會有乘風高飛的一天，到那時必將會使政治局勢發生變化。遙望原是冠蓋相望的中原（衣冠指士大夫），在慘澹的陽光下，戰士們的屍骨已經銷蝕淨盡。可歎朝廷中用一些像西晉時王衍一樣的空談人士，貽誤了國家大事。半夜裡慷慨高歌，一陣悲風吹過，簷下的鐵馬（古代懸於房檐角上的鐵鈴，風吹時作響）錚錚作響。一想到國家南北分裂，中原久陷，使人真是悲憤難眠啊！

據傳說，在辛棄疾與陳亮的鵝湖之會，兩人互相唱和幾首《賀新郎》之後，一次陳亮又去拜訪辛棄疾，辛設宴招待，喝到酒酣時，二人暢談國事。辛棄疾毫無顧忌地議論南宋與金國的各種利害關係。指出南宋可以征服金國恢復中原的條件如何如何，而金國可以滅亡南宋的條件又如何如何。並說臨安不宜作為帝王的首都，因為它地勢比西湖低，可以決西湖水灌城，滿城都將成為魚鱉。臨安的位置也不好，截斷牛頭山，天下的援兵就無法到達臨安。這天晚上，陳亮住在辛的家中，半夜想起辛棄疾為人謹慎寡言，這次因為喝多了酒而說了這麼些不合時宜的話，等他明天酒醒想起此事，認為我抓住了他的把柄，那很可能要殺我滅口。想來想去不妙，於是半夜起來偷了一匹駿馬騎上逃走。事後，辛棄疾想起這次暢談，於是寫了一首雄壯的詞《破陣子》，寄給陳亮。

從辛、陳二人志同道合，具有深厚友誼來看，上面這個傳說是不可信的。據現代多數人意見，辛棄疾的這首《破陣子》，應是在二人互相唱和《賀新郎》之後，辛想起他們的暢談意猶未盡，又寫給陳亮的。

▷ 破陣子　　　　　　　　[辛棄疾]

為陳同甫賦壯詞以寄之

　　醉裡挑燈看劍，夢回吹角連營。八百里分麾下炙，

五十弦翻塞外聲，沙場秋點兵。

馬作的盧飛快，弓如霹靂弦驚。了卻君王天下事，

贏得生前身後名，可憐白髮生。

〔譯文〕醉意中我把油燈撥亮，抽出寶劍細看。睡夢中醒來，各軍營裡的號角聲響成一片。連營八百里之內的將士們，都在分食烤牛肉（「八百里「語意雙關，它既指範圍廣闊，也指牛。晉代王愷有牛，名八百里。「駁」為「駁」的古字），各種樂器合奏著邊塞的雄壯軍歌。在這秋天的戰場上，正檢閱軍隊。

我的駿馬像的盧一樣跑得飛快（「的盧」是古代良馬名，三國時劉備騎的盧馬逃避追兵，馬一躍三丈，躍過檀溪而得脫險），射箭的弓弦聲霹靂震響。收復淪陷已久的中原故土，完成了君王統一天下的大業，我的聲名也將在生前和身後永遠流傳。可實際上呢！我卻閒居在鄉間無所作為，白髮已悄悄地爬上兩鬢。

辛棄疾在寫這首《破陣子》時，已被南宋朝廷罷官回家閒居多年，他空懷著驅逐金人、恢復中原的雄心壯志，可在現實中卻受到主和派的多次打擊。他報國無路，愁思萬端，只有在與志同道合的友人如陳亮等對酒暢談時，才能一述心頭之事。

喚取紅巾翠袖，搵英雄淚

宋孝宗隆興二年（西元1164年）冬，辛棄疾因江陰簽判任滿離職。自乾道元年至三年（西元1165年至1167年），他在吳楚等地漫遊。大約在乾道三年春，辛棄疾潛入金國祕密地了解情況，秋天回到南宋，來到建康。不久，他登上建康賞心亭，眺望遠方，想到從北方回歸南宋已五年，而離職賦閒漫遊也已三年。自己雖有恢復中原的雄心壯志，可現在卻任何官職都沒有，無法施展自己的才能。感慨之餘，寫下了著名的傑作《水龍吟》。

▷ 水龍吟・登建康賞心亭　　　〔辛棄疾〕

　　楚天千里清秋，水隨天去秋無際。遙岑遠目，獻愁供恨，玉簪螺髻。落日樓頭，斷鴻聲裡，江南遊子，把吳鈎看了，欄杆拍遍，無人會，登臨意。

　　休說鱸魚堪膾，盡西風，季鷹歸未？求田問舍，怕應羞見，劉郎才氣。可惜流年，憂愁風雨，樹猶如此！倩何人，喚取紅巾翠袖，搵英雄淚。

〔譯文〕從賞心亭上遠望，廣袤千里的楚地長空，一片秋日的淒清景象。江水流向天邊，秋色茫茫。縱目遠望，群山美如姑娘頭上的螺形髮髻和碧色的玉簪。可是它們都只能引起我無窮的愁恨和憂傷。我這個在江南漂泊的遊子，望著城樓上落日的餘暉，聽著失群孤雁的聲聲悲鳴，這一切啊！有多麼的淒涼。我把鋒利的寶刀看了又看，踱來踱去，拍遍了欄杆，可有誰能理解，我為何要登上賞心亭北望大好河山。

　　儘管家鄉的鱸魚正肥，味道鮮美，儘管西風又起了，可我絕不會像季鷹那樣飄然還鄉。像許汜那樣只圖個人安逸，不問國家大事的人，看見劉備的雄才大略，應該感到無比的羞愧。可惜大好的時光白白流逝，國家啊！在風雨中飄搖。早年的幼樹已長得那麼粗壯，可是我卻功業未建。請問誰能召喚來紅巾翠袖的姑娘，擦淨我傷心的淚水？

　　賞心亭位於南宋時建康下水門的城上，下為秦淮河，為北宋時的宰相丁謂所建。「季鷹」是西晉張翰的字，他是蘇州人，在京城洛陽做官，一年西風吹來時，他想起家鄉中的菰菜（即茭白）、蓴菜羹和鮮美的鱸魚膾，便說道：「人生貴所能舒適如意，怎能為了榮華富貴而被絆在千里之外呢！」於是棄官而歸。「求田問舍」指三國時，劉備批評許汜說：「你有國士之名，現在天下大亂，連帝王都流離失所，希望你憂國忘家，拯救世人。可你卻一心購置田產房屋，怪不得別人看不起你。要是我，就自己睡在百尺高樓上，讓你睡在地下。」「樹猶如此」指東晉大將桓溫領兵

海棠春‧春曉（秦觀）　　（明）汪氏編《宋詞畫譜》

北伐時，見到自己早年種的柳樹已長得粗達十圍。他折下柳條，流淚感歎說：「樹都這麼大了，人怎麼能不老呢？」

位於長江下游的建康，南宋時是軍事重鎮。宋孝宗乾道三年（西元1167年），史正志（字致道）被任命為建康府行宮留守，兼沿江水軍制置使，人稱史帥。史曾向宋高宗上《恢復要覽》五篇，主張北伐恢復中原。同時，另一位主戰派葉衡，在建康任軍馬田糧總領。乾道四年，辛棄疾被派到建康府任通判。他對史、葉兩位堅決主戰的精神十分欽佩。葉衡對辛的才能也非常欣賞，二人成為好友。

在乾道四年或五年的一天，辛棄疾又一次登上建康的賞心亭弔古傷今，感慨甚深，遂寫了一首《念奴嬌》送給史致道。

▷ **念奴嬌**　　　[辛棄疾]

登建康賞心亭，呈史留守致道

> 我來弔古，上危樓贏得，閒愁千斛。虎踞龍蟠何處
> 是？只有興亡滿目。柳外斜陽，水邊歸鳥，隴上吹喬
> 木。片帆西去，一聲誰噴霜竹。
>
> 卻憶安石風流，東山歲晚，淚落哀箏曲。兒輩功名
> 都付與，長日惟消棋局。寶鏡難尋，碧雲將暮，誰勸杯
> 中綠。江頭風怒，朝來波浪翻屋。

〔譯文〕我登上賞心亭來弔古，上這高樓後得到的卻是無限的愁苦。古人稱讚鍾山龍蟠、石城虎踞的險要形勢，又在哪裡呢？我眼前看到的，只是六朝興亡的遺蹟而已。斜陽照在柳樹上，鳥兒紛紛飛歸水邊，晚風吹著田野裡的高大樹木。一片孤帆緩緩西去，江上傳來一陣悠揚的笛聲（「霜竹」此處借指竹笛）。

回想起東晉謝安石那樣有才幹，可是他在晚年時（謝安早年曾隱居在今浙江上虞西南的東山，故人稱謝東山），還是受到皇帝的猜忌，以至於在聽到桓伊的撫箏唱歌時淚濕衣襟。功名大事都交付給孩子們吧！我自己只好整天下棋消遣。日暮雲四合，天快黑了，可圓月

在哪裡？多麼的孤苦淒涼啊，有誰來勸我喝一杯呢？江上狂風怒吼，波濤洶湧，明朝恐怕會沖塌岸邊的房屋吧（暗指南宋的國勢危殆）。

東晉孝武帝時，謝安（字安石）任宰相，在著名的淝水之戰中，以八萬軍隊大破前秦苻堅的百萬大軍，穩定了東晉的半壁江山。謝安由於功勞太大，受到皇帝的猜忌。一天，孝武帝舉行宴會，桓伊、謝安都在座。孝武帝命桓伊吹笛撫箏，桓伊乘機唱道：「為君既不易，為臣良獨難。忠信事不顯，乃有見疑患。」歌聲非常動人，謝安聽後，不禁淚下，孝武帝也很感動。

宋孝宗淳熙元年（西元1174年）元月，葉衡在建康任江東安撫使，他推薦辛棄疾任他屬下的參議官，於是辛再次來到建康。葉衡積極收羅有才能的愛國人士，他很看重辛棄疾，辛對他也非常敬佩。葉衡在建康時間很短，當年二月即被朝廷召至首都臨安，後來曾經當過宰相，故稱葉丞相。

辛棄疾這次到建康後，又登上賞心亭，眺望之餘，寫了一首《菩薩蠻》給葉衡。

▷ 菩薩蠻・金陵賞心亭為葉丞相賦　　　　　［辛棄疾］

青山欲共高人語，聯翩萬馬來無數。煙雨卻低回，望來終不來。

人言頭上髮，總向愁中白。拍手笑沙鷗，一身都是愁。

〔譯文〕青山好像要和品格高尚的人談心（高人此處暗指葉衡），它們像是萬匹戰馬不絕地奔馳而來。煙雨遮蔽了這猶如萬馬奔騰的遠山，盼望它們來，可它們始終在那徘徊不進。

人們都說頭上的頭髮，愁太多時會變白。我真要拍手笑那白色的沙鷗，他不一身都是愁嗎？

此詞的最後兩句，化用了唐代詩人白居易的詩《白鷺》：人生四十未全衰，我為愁多白髮垂。何故水邊雙白鷺，無愁頭上亦垂絲。

風流總被，雨打風吹去

　　大約在隆興和議三十多年後的宋寧宗時，韓侂冑為宰相，他當政後，為鞏固自己權位，想有所作為，大造抗金興論，想北伐金國。這時南宋由於多年執行對敵求和苟安的政策，國勢非常衰弱。韓侂冑既有意伐金，就應該先整修內政，任用有才能的大臣和將帥，嚴格訓練軍隊。可韓侂冑急於求成，不積極準備，草率從事。

　　宋寧宗嘉泰四年（西元1204年），辛棄疾調任鎮江知府，他很注意蒐集金人的情報，知道金兵的戰鬥力還是相當強大的，不可輕視。有一次，辛棄疾登上鎮江北固山的凌雲亭遊覽，面對景色如畫的山河，遠望北方被金兵侵佔的土地，他憶起古代多少有教訓意義的往事，想到朝廷內韓侂冑對北伐的那種草率從事的做法，富有閱歷的辛棄疾不禁憂心忡忡，將他不平靜的思潮，全寫在下面這首《永遇樂》中：

▷ 永遇樂・京口北固亭懷古　　　　〔辛棄疾〕

　　千古江山，英雄無覓，孫仲謀處。舞榭歌台，風流總被，雨打風吹去。斜陽草樹，尋常巷陌，人道寄奴曾住。想當年，金戈鐵馬，氣吞萬里如虎。

　　元嘉草草，封狼居胥，贏得倉皇北顧。四十三年，望中猶記，烽火揚州路。可堪回首，佛狸祠下，一片神鴉社鼓。憑誰問，廉頗老矣，尚能飯否？

　　〔譯文〕千古以來，盛衰興亡相繼。江山雖然如故，可像孫權那樣的英雄，已經無處尋覓（孫權曾在京口建都）。當年的歌舞樓臺早已荒蕪，無數英雄豪傑的功業，也全都在風吹雨打中消逝了。就在這斜陽照著野草和樹木的京口，在那尋常的街巷裡，人們說劉裕曾在這兒住過（劉裕小名「寄奴」，先世由彭城即今江蘇徐州市移居京口，年輕時曾在此放牛種地，後在此起兵北伐中原，滅亡了鮮卑貴族建立的南燕、後燕和後秦，並一度收復洛陽和長安。劉裕後來推翻東晉，

建立了宋王朝，史稱「劉宋」）。想當年劉裕北伐中原時，兵強馬壯，氣吞萬里，勢如猛虎。

可是在劉裕的兒子宋文帝劉義隆當政時，輕信大將王玄謨的空談，起了封狼居胥的幻想（「封狼居胥」指西漢武帝時，大將霍去病追擊匈奴大獲全勝，進軍至狼居胥山，即今內蒙古自治區西北的狼山，在此築壇祭天而還），在元嘉二十七年（西元450年）草草地命王玄謨領兵北伐中原的北魏，結果大敗。北魏太武帝拓跋燾（小名佛狸）乘勝南侵到瓜步（今江蘇六合縣東南），揚言要渡江，劉義隆登烽火樓北望，非常恐懼後悔。我辛棄疾渡江回歸南宋已四十三年了。現在從北固亭向北眺望時，還清楚地記得，那時，率軍南侵的金主完顏亮被部下所殺，揚州一帶還是戰火彌漫。往事真是不堪回首啊！如今祭祀拓跋燾（佛狸）的祠廟前，神鴉來回盤旋，鼓聲冬冬，一片熱鬧景象（北魏太武帝戰勝王玄謨後，大軍直抵長江北岸的瓜步山，在山上建了行宮，後來改為佛狸祠）。有誰來問，廉頗老了，他飯量還好嗎？

詞題中的「京口」，即鎮江。詞的最後三句，用的是《史記・廉頗藺相如列傳》中的故事。趙國名將廉頗因被人陷害而逃亡到魏國，秦國攻打趙國時，趙王想再起用廉頗，可又怕他老得不行了，於是派使者去探看。廉頗在使者面前，一頓飯吃了一斗米十斤肉，並且披甲上馬，表示不老。可是使者受了廉頗仇人郭開的賄賂，回見趙王時捏造說：「廉頗雖老，可飯量還很好，但和我坐了一會兒，就拉了三次屎。」趙王覺得廉頗不行了，就沒有用他。詞中辛棄疾以廉頗自比，覺得自己雖然六十多歲了，可是還願為收復中原而出力，但又有誰來關懷和重用他呢？

辛棄疾在寫出這首《永遇樂》後，自己也很得意。曾專門擺了酒宴，請幾個客人到家中，叫家裡的歌女唱此詞，然後遍問所有的客人，請他們提出此詞的缺點。客人們一般都輕描淡寫地說一兩句，辛不滿意，搖著扇子，一直注視著客人們。這時岳飛的孫子岳珂也在座，他當時年紀很小，見辛棄疾多次誠心地徵求意見，於是大膽說：「我是個孩子，不敢議論，如果您一定像范文正（即北宋名相范仲淹）那樣，用千金重賞求人改動

《嚴陵祠記》一個字，那我這晚輩還有一點小小的意見。」辛棄疾催他快說，岳珂說：「這首詞裡面用的典故似乎太多了。」辛聽後大喜，對座中的客人們說：「這正說中我的老毛病。」於是就動手修改，一天改幾十遍，改了一個月還未完稿。由此可知辛棄疾對自己作品的嚴謹態度。

　　辛棄疾這首《永遇樂》寫出約一年以後，即宋寧宗開禧元年（西元1205年），詞人姜夔在杭州見到此詞，讀後深為感動。他聯想起辛棄疾多年來恢復中原的志向，以及他卓越的軍事才能一直得不到重用，於是按辛詞的原韻，提筆和了一首《永遇樂》。姜夔這時已五十歲，生活上窮困潦倒，可對國事的關心卻更為加深，這首《永遇樂》就十分明顯地表現出了這一點。

▷ 永遇樂・次稼軒北固樓詞韻　　　　　〔姜夔〕

　　雲鬲迷樓，苔封狠石，人向何處？數騎秋煙，一篙寒汐，千古空來去。使君心在，蒼崖綠嶂，苦被北門留住。有樽中酒差可飲，大旗盡繡熊虎。

　　前身諸葛，來遊此地，數語便酬三顧。樓外冥冥，江皋隱隱，認得征西路。中原生聚，神京耆老，南望長淮金鼓，問當時依依種柳，至今在否？

　〔譯文〕由北固樓隔江相望，對面的揚州隱沒在雲霧中（迷樓是隋煬帝在揚州為享樂而修建的豪華建築，詞中用以代表揚州）。北固山甘露寺內的狠石，已經長滿了青苔。三國時代的那些英雄們到哪裡去了？如同幾匹馬在秋日奔馳捲起的煙塵，像漂浮船兒的寒冷晚潮，在漫長的歷史中都消逝了。辛棄疾他不願再做官，只想回到那蒼翠的山野之間隱居，可被朝中當權的大臣苦苦留住（「北門」指北門學士，此借指朝中的權臣韓侂胄）。鎮江雖不是兵精糧足的重鎮，但仍是北伐的經由之路，你看那軍營中的大旗上，都繡著表示威嚴和勇猛的熊羆和猛虎。

　　辛棄疾的前身，就是傑出的軍事家諸葛亮。他來到鎮江坐鎮，對朝廷只用幾句話，就講清了當前的軍國大計和對敵謀略。北固樓外，

陰雲遮暗了天空，長江北岸只隱約可見。這裡就有著向西討伐金兵的道路。在中原地區生活的百姓們，在故都汴京城裡的父老們，年復一年地向南眺望，盼著渡淮水北伐的南宋大軍來到。當年種在汴京的那些長條低垂、見人依依不捨的楊柳，至今還存在嗎？

「狠石」，在鎮江北固山甘露寺內，形狀如伏羊而無角。相傳三國時吳主孫權曾騎在狠石上，與劉備共商聯合抗拒曹操的大計。

辛棄疾在鎮江時，曾經又一次登上北固亭。面對長江的滾滾波濤，他回想起三國時代孫權、曹操和劉備等英雄人物的往事，結合當時南宋偏安江南的狀況，寫了一首《南鄉子》。

▷ 南鄉子·登京口北固亭有懷　　　　［辛棄疾］

　　何處望神州，滿眼風光北固樓。千古興亡多少事，悠悠。不盡長江滾滾流。

　　年少萬兜鍪，坐斷東南戰未休。天下英雄誰敵手？曹劉。生子當如孫仲謀。

〔譯文〕從哪裡才能把被金兵佔領的中原眺望，我只能見到北固樓前的滿目風光。歷史上有多少興亡的往事，都變得難以追憶而迷茫，猶如那滾滾東逝無窮無盡的長江。

你看那三國時的孫權，十九歲時就統率了上萬的軍隊（「兜鍪」為古代作戰時所戴的盔），佔據了東南，為鞏固政權不斷地和敵人作戰。當時天下的英雄有誰是他的對手呢？只有曹操和劉備。養個兒子，就應該像孫仲謀那樣（「仲謀」是孫權的字）。

三國時曹操率大軍南下，想統一全國，佔據荊州的劉表（字景升）的兒子劉琮，沒有抵抗就投降了。孫權整軍與曹軍作戰，曹操看見東吳的舟船、器仗、軍伍整肅，不禁歎息說：「生子當如孫仲謀，劉景升兒子若豚犬耳。」詞中借用曹操的原話，實際上還有下一句，是暗中諷刺南宋朝廷中那些苟且偷安、執行向金人投降政策的當權者。

對辛棄疾這樣既有領兵才能，又有實際戰鬥經驗的抗金將領，想伐金

的韓侂胄不僅不重用，反而在辛任鎮江知府僅一年即免其職，讓辛棄疾回江西鉛山老家閒居。

辛棄疾被免職不到一年，韓侂胄匆忙地派兵北伐金國，結果一敗塗地。最後韓侂胄被殺，南宋被迫與金國訂立了更為喪權辱國的和約。

平生塞北江南，歸來華髮蒼顏

宋孝宗淳熙元年（西元1174年），辛棄疾三十五歲，他第二次到建康做官，任江東安撫使參議官。在這年的中秋之夜，他為友人呂叔潛寫了一首《太常引》。

▷ 太常引·建康中秋夜為呂叔潛賦　　　　[辛棄疾]

　一輪秋影轉金波，飛鏡又重磨。把酒向姮娥，被白髮、欺人奈何。

　　乘風好去，長空萬里，直下看山河。斫去桂婆娑，人道是、清光更多。

〔譯文〕一輪秋月冉冉升起，像新磨的鏡子一樣發出金色的光輝（宋代還沒有玻璃鏡子，人們都使用青銅鏡。銅鏡易氧化晦暗，須經常研磨拋光使之明亮，它反射的光帶有銅黃色）。我舉著酒杯，遙問月宮中的嫦娥（「姮娥」，即嫦娥），頭上的白髮像故意欺負我，為何一天比一天多。

我要乘風直上萬里長空，順著傾瀉而下的月光，看看祖國的錦繡山河。人們說，如果砍去月中枝葉紛披的桂樹，月光就會更加皎潔明亮。

辛棄疾寫這首詞時，從北方投奔南宋已十二年，青年時代早已過去，頭上長出了白髮。可是，朝廷在以內奸秦檜為首的主和派把持下，一味對

邯鄲夢記・度世（晁補之）　　張滿弓編《古典文學版學・戲曲》

金國妥協退讓，作者洗雪國恥的志向無法實現。因此，在詞的最後兩句，作者要「砍去遮蔽了清光的枝葉紛披的桂樹」。桂樹正是以內奸秦檜為首的那些賣國求和的奸佞們。

宋孝宗淳熙八年（西元1181年）冬天到宋光宗紹熙二年（西元1191年），辛棄疾被罷官後在信州閒居。信州之東不遠處有永豐縣（今江西廣豐），永豐西二十里有一座山峰「博山」，博山下南臨溪流，風景十分優美，辛棄疾認為簡直和桃源溪上路一樣。閒居在家的詞人，經常來往於博山道中，寫下了多首詞作，其中有兩首著名的作品《醜奴兒》和《清平樂》。

▷ 醜奴兒‧書博山道中壁　　　　　〔辛棄疾〕

　　少年不識愁滋味，愛上層樓。愛上層樓，為賦新詞強說愁。

　　而今識盡愁滋味，欲說還休。欲說還休，卻道「天涼好個秋！」

〔譯文〕少年時不知道愁的滋味，那時候喜歡登高遠眺。登上高樓，賦詩做詞，為了使詩詞有韻味，只好無病呻吟，硬說有這樣那樣的煩愁。

　　如今是嘗盡了愁的滋味，想說說為什麼煩愁，可說出來可能引起更多的煩愁，想想還是算了吧！你看大氣涼快了，這個秋天真不錯啊！

▷ 清平樂‧獨宿博山王氏庵　　　　　〔辛棄疾〕

　　繞床饑鼠，蝙蝠翻燈舞。屋上松風吹急雨，破紙窗間自語。

　　平生塞北江南，歸來華髮蒼顏。布被秋宵夢覺，眼前萬里江山。

〔譯文〕饑餓的老鼠在床頭亂轉，尋食的蝙蝠繞著油燈在飛舞。

松林裡吹過來的狂風掠過屋頂，帶來了急驟的暴雨，窗戶上的破紙被吹得呼呼作響，好像在自言自語。

我一生走遍了塞北江南（辛棄疾在回南宋前，曾兩次到金國的燕京參加進士考試，說明他到過今北京一帶。南歸後，又歷任今江蘇、江西、福建等地的地方官）。歸來時已是容顏蒼老頭髮斑白。秋夜裡，單薄布被的涼冷使人從夢中醒來。啊！在我的眼前展現了祖國的萬里河山。

詞牌【醜奴兒】，是【採桑子】的別名。由《醜奴兒‧少年不識愁滋味》的題目可知，此詞是辛棄疾在途經博山的路途中，題在他休息處的牆上。在這首詞中，不僅沒有辛棄疾在詞中喜用的典故，而且也不用華詞麗句，完全用口語寫出。可是全詞渾然一氣，剛讀完使人感到親切而幽默，可細一回想，卻又使人嘗到了說不出的苦味。這表明，詞中所述事物是作者親身的經歷，所以寫來自然流暢；另一方面，顯示了作者寫詞的高超技藝，善於把日常生活中極常見的事物和感受，點化成美妙的辭章。

《清平樂‧繞床饑鼠》是辛棄疾一個晚上行經博山時，在王氏庵中借宿時，他獨自一人，睡在四處漏風的屋中。半夜裡的疾風驟雨，驚醒了他的夢境，使他再也難以入睡，於是將眼前所見，耳中所聞和所想到的，寫成了這首《清平樂》。

宋孝宗淳熙十二年（西元1185年）春，辛棄疾的朋友，主戰派人士鄭汝諧被任命為信州知州，辛棄疾當時正被罷職在這裡閒居，二人經常來往。鄭汝諧在信州城郊小山上建有一座住所，取名為「蔗庵」，其中有一座小閣名「厄言」，厄言是支離破碎之言或漫不經心之言的意思，是人們經常用來稱呼自己著作的謙虛之詞。

辛棄疾雖然罷官閒居在家，可是他見到南宋朝廷中一些官僚們忘了國恥家仇，只是為了個人利益而鑽營拍馬，阿諛奉承，那種奴顏婢膝的樣子使人作嘔。辛棄疾於是用他犀利的筆鋒，借厄言之名，寫了一首冷嘲熱諷的《千年調》。選用詞牌《千年調》也具有莫大的諷刺意味，是作者在反問：難道千年都是這種調調嗎？

▷ 千年調　　　〔辛棄疾〕

蔗庵小閣名曰「巵言」，作此詞以嘲之

巵酒向人時，和氣先傾倒。最要然然可可，萬事稱
好。滑稽坐上，更對鴟夷笑。寒與熱，總隨人，甘國老。

少年使酒，出口人嫌拗。此個和合道理，近日方曉。
學人言語，未會十分巧。看他們，得人憐，秦吉了。

〔譯文〕人應該學酒巵那樣，在添酒時，它總是先傾著身子，噴
出一股和氣，使別人高興。最要緊的是什麼事都隨聲附和，萬事都說
好。要學滑稽和鴟夷，花言巧語，滔滔不絕，在酒宴上笑臉相對，情
投意合。如能像甘國老那樣，無論寒熱，什麼毛病都能適用，什麼喜
好都能迎合，那就更好了。

年輕時酒後任性，一開口就使人感到不舒服。這個附和迎合別人
的奧妙，我如今才知曉。可是學人家的恭維吹拍這一套，還不十分到
家。你看他們，為什麼那樣討人喜歡呢？原來是和秦吉了一樣，學舌
學得特別好呀！

詞中的「巵」，為古代一種盛酒的圓形器皿；「和氣」在詞中語意雙
關，既指酒的芳香氣味，又指待人的態度；「滑稽」為古代用以斟酒的器
具，它盛的酒剛倒完又灌滿，灌滿又倒出，好像無窮盡，因此古代用「滑
稽」形容說話言詞油滑、滔滔不絕的人；「鴟夷」是皮製的酒囊，它的容
量大，可張可折，因此常用以比喻言詞流利、善於應付的人；「甘國老」
為中藥甘草，它又名國老，性平和，味甜，寒病熱病都可用。「秦吉了」
是一種鳥，又名了哥，毛色青黑，嘴和腳都是黃色，頭部有黃色肉冠，在
我國南方一帶多有產出。它的最大特點是會學人說話，比鸚鵡學舌的本領
還要高明。

在辛棄疾居住的信州鉛山縣西北，有一個小小的村鎮上盧。這裡是一
塊山間平地，溪山環繞，景色優美，而且地形十分險要，似乎古代還在此
發生過爭戰。辛棄疾在經過這裡時，詞興偶發，在上盧橋上題了一首韻味
十足的《清平樂》。

玉樓春·春景（宋祁）　　（明）汪氏編《宋詞畫譜》

▷ 清平樂‧題上盧橋　　[辛棄疾]

清泉奔快，不管青山礙。十里盤盤平世界，更著溪
山襟帶。

古今陵谷茫茫，市朝往往耕桑。此地居然形勝，似
曾小小興亡。

〔譯文〕清清的溪水急速奔流，青山也擋不住它的勢頭。在清溪
迴繞和青山的環抱中，有一塊曲曲彎彎、長約十里的平坦小天地。

從古至今，山陵和溝谷不停地互相轉變，繁華的城市往往變成農
田和桑園，上盧這裡的形勢還真有點險要，像是曾經歷過一番小小的
興衰變遷。

這首《清平樂》用流暢的筆調，不僅描述了上盧附近的自然景色，
也寫出了不可抗拒的自然規律和人類歷史上的興亡。辛棄疾以他敏銳的觀
察力，發現從古至今，高高的山陵和低凹的溝谷是互相轉化的，雖然轉化
的年代迷茫難以記憶，可是它們留下了可以辨認的種種痕跡。研究這些痕
跡，弄清轉化的歷史，正是現代地質科學的任務。至於戰爭和災禍造成的
破壞，城鎮變為農田，那是人的一生中就可能見到的事情了。

▷ 西江月‧遣興　　[辛棄疾]

醉裡且貪歡笑，要愁那得工夫。近來始覺古人書，
信著全無是處。

昨夜松邊醉倒，問松「我醉何如？」只疑松動要來
扶，以手推松曰「去！」

〔譯文〕喝醉了暫且盡情地歡樂，哪有工夫再去發愁。近來發現
古人書中說的話，簡直一無是處，不值一讀。

昨夜醉倒在松樹下，問松樹：「我醉得怎麼樣？」醉眼矇矓中松
枝在擺動，好像要扶我起來，我一時性起，推著松樹說：「走開吧！
走開！」

由這首詞的題目「遣興」可以知道，這是信手拈來的作品。但由於作者高超的藝術水準，真是「喜怒笑罵」皆成文章。這雖然似乎是遊戲之詞，可不僅形式完美，文字活潑富有風趣，而且寓意深刻。

辛棄疾在家閒居時，經常借酒澆愁。由於飲酒過度而生病，因而卜決心戒酒，曾用【沁園春】詞牌，寫了下面一首人與酒杯對話的妙詞：

▷ 沁園春　　　〔辛棄疾〕

將止酒，戒酒杯使勿近

　　杯汝來前，老子今朝，點檢形骸。甚長年抱渴，咽如焦釜。於今喜睡，氣似犇雷。汝說：「劉伶，古今達者，醉後何妨死便埋。」渾如此，歎汝於知己，真少恩哉！

　　更憑歌舞為媒。算合作，人間鴆毒猜。況怨無小大，生於所愛。物無美惡，過則為災。與汝成言：「勿留亟退，吾力猶能肆汝杯。」杯再拜，道：「麾之即去，招亦須來。」

〔譯文〕酒杯！你過來！老夫今天，認真考查自己。為什麼成年累月地酗酒，到了非酒不能解渴的地步，弄得喉嚨乾得像燒糊了的鍋。現在我生了病喜歡睡覺，鼾聲響如滾雷。可你這個酒杯卻說：「應該像達觀的古人劉伶一樣，醉了不妨就死，死了就地便埋（劉伶為西晉時人，嗜酒如命，常攜酒乘鹿車，隨走隨飲，並叫人扛著鐵鍬跟著，說：「死便埋我。」）。」酒杯呀酒杯！你竟然這樣說話，對於喜歡你的人，真是太少恩情了。

宴席上，加用歌舞助興勸酒，應當想到，酒是否人間的一種毒藥（「鴆」，傳說中的一種毒鳥，用牠的羽毛泡的酒叫鴆酒，喝了能毒死人）。怨恨不管是大是小，都由愛所產生；事物無論好壞，過了頭就會成災。酒杯！我和你定約：「別待在這裡，趕快走開，我的力量處理你這個酒杯，還是不成問題的。」酒杯對我行禮說：「讓我走就

走，招我來我就來。」

辛棄疾的這首《沁園春》，寫作方式及風格都很有特色。寫詞一向講究用字，講究風雅，可這首《沁園春》乍一看來，寫得粗豪之至，但由於作者高超的藝術才能，使人看後覺得別具一格，妙趣橫生，是難得的佳作。

稻花香裡說豐年

辛棄疾雖然是南宋詞壇上占主導地位的豪放派領袖，可他的作品絕不止是豪放詞。在其他詞的領域，例如描寫農村風光和農家生活的農家詞，描寫兒女之情的閨情詞以及詠物詞等，辛棄疾都有不少佳作。

在宋詞中，寫農村的作品很少。辛棄疾以前，只有北宋蘇軾的五首《浣溪沙》最為著名。辛棄疾在上饒、鉛山一帶閒居時，與農村接觸頻繁。熱愛生活的詞人，被農村那種生機勃勃、樸實無華的自然風光所吸引，於是將這些一一寫入詞中。這些詞用語清新，描述逼真，而且一反辛詞中愛用典故的習慣，純用白描的手法，看後使讀者如身歷其境，餘味綿綿。下面這兩首，就是寫農村風光的十分精彩之作。

▷ 鷓鴣天・代人賦　　　　〔辛棄疾〕

　　陌上柔桑破嫩芽，東鄰蠶種已生些。平崗細草鳴黃犢，斜日寒林點暮鴉。

　　山遠近，路橫斜，青旗沽酒有人家。城中桃李愁風雨，春在溪頭薺菜花。

〔譯文〕田野路旁的小桑樹已冒出嫩芽，東邊鄰居家的蠶種已開始孵化。平坦的小山崗上長滿了碧綠的細草，吃草的小黃牛兒高興地叫哞哞。夕陽斜照著還帶有寒意的樹林，樹梢上點點飛過歸巢的烏鴉。

暮色中近山連著遠山，小路彎彎縱橫交叉。路邊上青旗招展，這是賣酒的人家。城中的桃花和李花害怕風雨的吹打，那不畏風雨，正在迎春盛開的，是野外小溪邊的薺菜花。

▷ 西江月·夜行黃沙道中　　〔辛棄疾〕

　　明月別枝驚鵲，清風半夜鳴蟬。稻花香裡說豐年，聽取蛙聲一片。

　　七八個星天外，兩三點雨山前。舊時茅店社林邊，路轉溪橋忽見。

　　〔譯文〕月光明亮，喜鵲從橫斜的樹枝上驚飛。半夜裡清風陣陣，知了叫聲連連。稻花飄香，蛙聲一片，預示著即將到來的豐年。

　　隱約有七八顆星星出現在天邊，稀疏的雨點灑落在山前。過了小橋再拐個彎的樹林邊，不就是土地廟旁的那家小店（「社」即土地廟）。

　　詞《鷓鴣天》題目「代人賦」，是指替別人作詞，或用他人的口吻作詞。《西江月·明月別枝驚鵲》詞題中的「黃沙」，指今江西上饒西乾元鄉的黃沙嶺，辛棄疾在此建有書堂。由詞題可知，此詞是作者夜晚在去黃沙嶺的路上，見到明月和驚鵲，聽見蟬鳴和蛙聲，聞到了稻花香，又遇上了小雨，急急忙忙地趕到那家在樹林邊的小店去避雨。如此豐富的感受，詞人把它們組合起來，點化成了一首寫夏夜農村風光的精彩之作。

▷ 清平樂·村居　　〔辛棄疾〕

　　茅簷低小，溪上青青草。醉裡吳音相媚好，白髮誰家翁媼？

　　大兒鋤豆溪東，中兒正織雞籠，最喜小兒亡賴，溪頭臥剝蓮蓬。

　　〔譯文〕小溪邊上草兒青青，溪頭低矮的茅屋裡，傳來一陣陣柔軟悅耳的吳語帶著醉意交談的聲音，原來這是一對白髮蒼蒼的農民老

夫妻。

他們的大兒子在溪東邊鋤豆地，二兒子正在編織雞籠，他們最喜歡的小兒子可真淘氣，正躺在小溪邊上剝蓮蓬吃呢！

▷ 浣溪沙　　　〔辛棄疾〕

　　父老爭言雨水勻，眉頭不似去年聲，殷勤謝卻甑中塵。
　　啼鳥有時能勸客，小桃無賴已撩人，梨花也作白頭新。

〔譯文〕當地的老農民爭著說今年風調雨順，大家的眉頭不像去年皺得那樣緊，豐收了有米下鍋，飯甑中不會再積下灰塵。啼叫的小鳥好像勸客人多喝一杯，桃花開放得那麼逗人喜愛，白色的梨花怒放皎潔如雪。

辛在江陰簽判任滿後離職，於宋孝宗乾道元年（西元1165年，時辛棄疾二十六歲）春，開始漫遊吳楚各地。這年自夏至冬，他都在吳地（今江蘇南部及浙江北部）度過。《清平樂‧茅簷低小》便是他夏天在吳地溪山漫遊中，見景生情所作。

《浣溪沙‧父老爭言雨水勻》作於宋寧宗慶元六年（西元1200年），當時辛棄疾的好友杜叔高到鉛山縣瓢泉去拜訪他。辛在此時用《浣溪沙》這個詞牌，寫了三首同韻的詞，此詞即其中一首。「甑」是古代蒸飯的炊具。「甑生塵」即飯鍋中滿是灰塵，表示斷炊很久了。此語出自《後漢書‧獨行傳》，說東漢桓帝時，有個范冉字史雲，任萊蕪長，他非常窮，常常無米下鍋，可他神態自若。當地給他編了歌唱：「甑中生塵范史雲，釜中生魚范萊蕪。」

偶能側媚亦移情

我國現代著名的詞學研究家夏承燾教授曾寫過這樣一首七絕：

洞仙歌（蘇軾）　（明）汪氏編《宋詞畫譜》

▷ 題稼軒詞　　　〔現代　夏承燾〕

青兕詞壇一老兵，偶能側媚亦移情。

好風只在朱闌角，自有千門萬戶聲。

〔譯文〕人稱青兕的辛棄疾，是詞壇的一員老將。他偶爾寫一兩首豔體閨情詞也是那麼富於情意。它像一股輕柔的好風，雖然只在朱闌之角輕吹，但它是大手筆的作品，表現出了千門萬戶的雄渾氣魄。

詞中「青兕」原為犀牛，此處指辛棄疾（見前文解）；「側媚」指辛棄疾的豔體閨情詞；「朱闌」指富貴人家。夏承燾的這首詩，高度評價了辛棄疾豪放詞之外的另一類作品——閨情詞。閨情詞寫男女之情，是婉約詞派寫作的主要內容之一。詞的風格一般比較柔弱，可是辛棄疾的閨情詞卻不然，正像詩《題稼軒詞》中所說的，它不僅富於情意，而且氣魄宏大。

南宋首都臨安，有兩個管漕運（由水路向首都運糧食）的轉運判官，一名呂，一名呂正己。呂正己的夫人人稱呂婆，性嚴正，治家有法，可是有些人則以為她太嚴厲了。有兩則記載說呂正己的罷官與她有關。　足宋孝宗淳熙五年，呂正己任浙西提刑，呂婆常干預呂的政事，在鎮江時因此使一些囚犯越獄逃走，呂正己因此被撤職；另一則說呂家的姬妾很多，常約呂正己通宵飲宴。呂婆有一天大怒，爬在牆頭大罵，呂的一個兒子用彈弓打破了她的帽子。此事被宋孝宗知道後，呂和呂正己二人都立即被罷官。

呂婆有個女兒，是辛棄疾的侍妾，一天因為小事惹怒了辛，竟被趕走了。事後辛很後悔，追念不已，於是寫了一首詞《祝英台近》以寄意。不過據現代人鄧廣銘的意見認為，呂正己自身就是高級官員，他的女兒不大可能做辛棄疾的侍妾。

▷ 祝英台近·晚春　　　〔辛棄疾〕

寶釵分，桃葉渡，煙柳暗南浦。怕上層樓，十日九風雨。斷腸片片飛紅，都無人管，更誰勸、啼鶯聲住。

鬢邊覷，試把花蔔歸期，才簪又重數。羅帳燈昏，哽咽夢中語。是他春帶愁來，春歸何處，卻不解、帶將愁去。

〔譯文〕在那桃葉渡分別的時光，寶釵各執一股，淚水汪汪。垂柳成蔭的水邊，只剩下我孤身一人，好不淒涼。分別後，怕上高樓，十有九天的風雨，更引起了人的悲傷。紅色的花瓣隨風片片飛落，使人愁腸寸斷，有誰能管。黃鶯兒呀！誰能勸它別再歌唱，以免增加我心中的悽惶。

斜眼看看鬢邊戴的花，取下它來數數花瓣，預測親人的歸期。剛數完戴上，卻又取下重數，看親人能否早點歸來。半夜昏暗的燈光下，躺在絲綢帳中睡不好，連夢中也泣不成聲。春天哪！是你帶來了春愁，可你現在回到了何方？卻不將這愁苦帶離人間。

詞牌《祝英台近》又名《月底修簫譜》，最早見於《東坡樂府》，可能是唐宋以來民間流傳的歌曲。此詞牌來源於東晉時流傳的梁山伯、祝英台的故事，以故事中的女主角祝英台為名。詞中「寶釵」為古代婦女用於簪髮的首飾，「寶釵分」指古代情人分別時，把釵分為兩股，男女各拿一股作為留念。「桃葉渡」為地名，在今江蘇南京市秦淮河與青溪合流處，詞中借指男女送別處。「桃葉」是東晉書法家王獻之的妾，王曾送她渡江，並作有歌：「桃葉復桃葉，渡江不用楫。但渡無所苦，我自迎接汝。」桃葉渡即由此得名。

在宋代當時人們就認為，辛棄疾的這首《祝英台近》比著名婉約派詞人所填的名作毫不遜色。清代人沈謙在《填詞雜說》中寫道：「稼軒詞以激揚奮厲為工，至『寶釵分，桃葉渡』一曲，昵狎溫柔，魂銷意盡，詞人伎倆，真不可測。昔人論畫云『能寸人豆馬，可作千丈松。』知言哉！」這個評語，確是很中肯。有些研究者認為詞中有所寄託。由於詞寫得非常婉轉，故寄託內容的具體解釋說法不一，都是一些猜測。

宋孝宗乾道七年（西元1171年）前後，或淳熙二年（西元1175年），辛棄疾在南宋首都臨安任職。每年元宵節，臨安城照例要大放花燈，通宵歌舞，同時施放焰火，演出各種戲法。婦女們打扮得花枝招展，外出觀

燈。道路上車馬充塞，熱鬧非凡。辛棄疾觀賞之餘，有所感慨，遂寫了下面這首《青玉案》：

▷ 青玉案·元夕　　　　[辛棄疾]

　　東風夜放花千樹，更吹落，星如雨。寶馬雕車香滿路。鳳簫聲動，玉壺光轉，一夜魚龍舞。

　　蛾兒雪柳黃金縷，笑語盈盈暗香去。眾裡尋他千百度，驀然回首，那人卻在，燈火闌珊處。

〔譯文〕那滿城滿天的花燈和焰火，就像是春風在一夜間，吹開了千萬棵樹的花朵，又像是將滿天的星星吹落。駿馬拉著華美的車子馳過，留下了芳香四處傳播。樂器奏起了動人的音樂，月兒在空中慢慢地踱著，龍燈和魚燈逍肖飛舞有多麼歡樂。

　　看燈的婦女們打扮得花枝招展，戴著蛾兒、雪柳、黃金縷等飾物，說說笑笑走了過去，留下了陣陣幽香。在喧鬧的人群裡，我一次又一次地把她尋找，可總不見她的蹤影，猛然回頭一看，她卻獨自站在燈火稀落的地方。

　　詞中「鳳簫」即樂器排簫，此處泛指各種樂器。「玉壺」指月亮，另一說指燈。據《武林舊事·元夕》：「燈之品極多，每以蘇燈為最，圈片大者徑三四尺，皆五色琉璃所成。山水人物，花竹翎毛，種種奇妙，儼然著色便面也。其後福州所進，則純用白玉，晃耀奪目，如清冰玉壺，爽徹心目。」

　　曾經有人評論說：「稼軒的『驀然回首，那人卻在，燈火闌珊處』這幾句，正是婉約派大詞人秦觀和周邦彥的最佳境界。」和上面的《祝英台近》一樣，這首《青玉案》研究者們也都認為有所寄託。根據寫作當時的政治形勢，南宋朝廷中主和的投降派得勢，而像辛棄疾這樣的主戰人士多次受到打擊。儘管如此，作者在詞中表明自己是一個不同凡俗，絕不隨波逐流，不與主和派同流合污的人。

　　近代人王國維在他的《人間詞話》中寫道：「古今之成大事業、大學問者，罔不經過三種之境界：『昨夜西風凋碧樹。獨上高樓，望盡天涯

路。』（摘自晏殊的《鵲踏枝》）此第一境界也。『衣帶漸寬終不悔，為伊消得人憔悴。』（摘自柳永的《鳳棲梧》）此第二境界也。『眾裡尋他千百度，回頭驀見，那人卻在，燈火闌珊處。』此第三境界也。此等語皆非大詞人不能道。然遽以此意解釋諸詞，恐晏、歐諸公所不許也。」在這裡，王國維將辛棄疾的《青玉案》與北宋婉約派詞人大家晏殊和柳永的作品相比，說明辛詞在這方面的藝術水準，比他們是毫不遜色的。

有一年的中秋節，辛棄疾與客人歡宴，通宵對飲。在天快亮時，客人對他說，過去人們寫的詩詞中，有寫詩待月出的，可是沒有送月的。辛聽後很感興趣，說：「對於月亮，我早就有一大堆疑問，今天我就寫一首詞，採用屈原《天問》的體例。」辛棄疾寫的這首詞，就是那藝術上既成熟，而且具有重大自然科學價值的名作《木蘭花慢‧可憐今夕月》。

▷ 木蘭花慢 ［辛棄疾］

中秋飲酒將旦，客謂前人詩詞有賦待月，無送月者，因用《天問》體賦

可憐今夕月，向何處、去悠悠。是別有人間，那邊才見，光影東頭。是天外，空汗漫，但長風浩浩送中秋。飛鏡無根誰繫，姮娥不嫁誰留。

謂經海底問無由。恍惚使人愁。怕萬里長鯨，縱橫觸破，玉殿瓊樓。蝦蟆故堪浴水，問云何玉兔解沉浮。若道都齊無恙，云何漸漸如鉤。

〔譯文〕今晚那麼可愛的月亮啊！它向西移動，將去到遙遠的什麼地方？是否另外還有一個人間，在那邊正好見到，月兒從東方升起。廣闊天外，無邊無際，浩蕩的長風，將月兒送入茫茫深處。明鏡一樣的月亮高懸天空，是誰將它繫住不墜？嫦娥老待在月宮裡不出嫁，是誰留她在那裡？

據說月亮西沉後經過海底，可這問誰呢？真使人心神不定，令人發愁。真怕那長達萬里的巨鯨橫衝直撞，毀壞了月宮中的瓊樓玉殿。月亮經過海底時，月中的金蟾（即蝦蟆）它會游泳，可月中的玉兔怎

麼辦呢？它可不會浮水呀！如果說月宮中的一切都平安無事，為何圓月又漸漸變成月牙了呢？

古代詩詞中有關中秋的詩詞不少，可內容總不外是賞月、對月思親或見月傷懷等。辛棄疾這首詞卻是別具一格，與前人的作品完全不同，這表現了作者不斷創新的精神。

歌詞漸有稼軒風

辛棄疾因他的詞具有深刻的內容、雄渾的風格和高超的藝術水準，成為豪放詞派的當然領袖。在他生活的時代及去世後不久，就產生了重大的影響，當時不少著名詞人紛紛學他的風格寫詞。例如南宋詞人戴復古在他的詞《望江南·壺山好》中寫道「歌詞漸有稼軒風」；而南宋詞人李曾伯的《水調歌頭·序正象占琥》詞中，則有著「願學稼軒翁」的句子。

宋寧宗嘉泰三年（西元1203年），朝廷起用六十四歲的辛棄疾，任命他為紹興府知府兼浙東安撫使（掌管一路軍政和民政的最高地方長官）。當時有一位詞人劉過，字改之，號龍洲道人，性格豪縱，喜飲酒，詩詞都很有名，住在臨安。辛棄疾聽到他的名聲後，派人請他到紹興來。劉過正好有事不能馬上動身，於是他仿效辛棄疾的風格，寫了一首《沁園春》先寄給辛。

▷ 沁園春　　　[劉過]

風雪中欲詣稼軒，久寓湖上，未能一往，因賦此詞自解

斗酒彘肩，風雨渡江，豈不快哉。被香山居士，約林和靖，與東坡老，駕勒吾回。坡謂：「西湖正如西子，濃抹淡妝臨鏡臺。」二公者，皆掉頭不顧，只管傳杯。

白云：「天竺去來！圖畫裡，崢嶸樓閣開。愛東西雙澗，縱橫水繞；兩峰南北，高下雲堆。」遁曰：「不然。暗香浮動，爭似孤山先探梅。須晴去，訪稼軒未

瑞鶴仙·醉翁亭（黃庭堅）　　（明）汪氏編《宋詞畫譜》

晚，且此徘徊。」

〔譯文〕攜帶著一斗酒和豬肘，在風雨中渡過錢塘江去見辛稼軒，是多麼快意的事。可偏被香山居士白居易約了林逋（字和靖）和蘇軾（號東坡居士），硬拉了我回來。蘇軾說：「西湖正像美女西施，無論是淡妝還是濃抹，對著鏡子看都那麼美麗。」白居易和林逋都不答話，掉過頭去只管舉杯痛飲。

白居易說：「去天竺山遊覽吧！那裡景色如畫，亭臺樓閣高聳山上。我愛東西的兩條小溪，繞著山石流轉；我愛南高峰和北高峰，高聳入天，雲煙繚繞。」林逋說：「我看不是這樣，盛開的梅花正散發著幽香，不如先到孤山去看梅花。等天氣晴了，再去拜訪辛稼軒也不晚，現在暫且留下賞玩西湖吧！」

這首詞的詞題，有寫成「寄辛承旨，時承旨招不赴」，也有的寫成「寄稼軒承旨」，這當是選詞時據不同版本而來。辛棄疾生前，並沒有做過「承旨」的官，只有他六十八歲去世的這一年，朝廷才起用他為「樞密院都承旨」。由於上詞寫於辛棄疾六十四歲時，故劉過不可能稱辛為「承旨」，因此這類詞題估計是後人所誤加。詞中的東西雙澗、南高峰、北高峰和孤山等，都是杭州西湖的名勝。

劉過這首詞，用浪漫的筆法，將不同時代的三位熱愛西湖的名詩人和自己寫在一起，描述了西湖美麗的風光，實際是說劉過自己被這詩情畫意留住，而不能立即赴辛棄疾的約會。詞中詩人們的對話，都化用了他們的名詩，因而更富於意味。例如蘇軾的話化用了他的《飲湖上初晴後雨》中的名句「欲把西湖比西子，淡妝濃抹總相宜」；白居易的話是化用他的《春題湖上》詩「湖上春來似畫圖」和《寄韜光禪師》詩「東澗水流西澗水，南山雲起北山雲」；林逋曾隱居於西湖孤山，在山上廣植梅樹，詞中他的話則化用名作《山園小梅》詩中的名句「疏影橫斜水清淺，暗香浮動月黃昏」。

劉過這首《沁園春》，與辛詞的風格極其相似，無怪乎辛棄疾在接到此詞後，不禁大喜，又專門邀請劉去做客。劉去後，辛款待他一個多月，兩人常在一起歡宴唱和，劉所寫的詞，都極似辛詞的豪放風格。臨別時，

辛知道劉過家境貧寒，於是送了他一大筆錢，讓他今後好過活。可是性格豪縱的劉過把這些錢全花在喝酒上了。

後來，有一次劉過和岳飛的孫子岳珂談天，他把自己和辛棄疾的這一段交往談了，並且專門介紹了自己寫那首得意之作《沁園春》的經過。岳珂看見劉過很有點揚揚得意，便笑著說：「詞寫得真不錯，可惜沒有一服藥，能治療您的白日見鬼症。」在座的客人們聽後，哄堂大笑。岳珂說的雖然是笑話，實質上是對劉過的一種讚揚。因為劉過在詞中將幾位不同時代、早已去世的詩人和自己拉在一起的寫法，非常新奇，別具一格。

據後人評論，劉過的詞多豪壯之語，學自辛稼軒。因此，他是地道的辛派詞人。同時，他本人對辛棄疾非常欽佩，從下面他寫給辛的另一首《沁園春》中就可以看出。

▷ 沁園春·寄辛稼軒　　　〔劉過〕

　　古豈無人，可以似吾，稼軒者誰？擁七州都督，雖然陶侃，機明神鑒，未必能詩。常袞何如，羊公聊爾，千騎東方侯會稽。中原事，縱匈奴未滅，畢竟男兒。

　　平生出處天知，算整頓乾坤終有時。問湖南賓客，侵尋老矣；江西戶口，流落何之。盡日樓臺，四邊屏幛，目斷江山魂欲飛。長安道，奈世無劉表，王粲疇依？

〔譯文〕古往今來，有誰能和我們的辛稼軒相比。東晉的陶侃雖然官居七州都督，頭腦敏銳善於分析，可他缺乏文學修養；常袞他也比不上；只有羊祜文武全才，還勉強能湊合，有點像擁有千騎、身任紹興知府兼浙東安撫使的辛稼軒。至於恢復中原之事，雖至今未能消滅金國完成夙願，但他辛棄疾一生為此奮鬥，畢竟是個了不起的男子漢。

個人一生的命運，那只有老天才知道。可是收復失地統一國家這總應該有個時候吧？我這個客居湖南的人，已漸漸地老了，作為江西的百姓（劉過是江西人），將流落到何方。我整日在高樓上眺望，只見四面的群山像屏風和幛幔，遮蔽了我北望的視線，看不見陷敵已久

的中原江山，我的心魂也要飛向那裡。在這首都臨安，沒有像劉表這樣的人，能對我像劉表對王粲一樣略有賞識。

「陶侃」是東晉時的名將，官至侍中太尉，同時又都督交、廣、寧等七州（今廣東、廣西和雲南一帶）軍事，有傑出的軍事指揮才幹；「常袞」是唐代宗時的宰相，他革除買官賣爵的弊政，重用有才幹的讀書人，並於唐德宗時在福建興辦教育，使當地文化昌盛；「羊公」即西晉武帝時的名將羊祜，他鎮守襄陽十年，在鎮時輕裘緩帶，有儒將之風。漢代樂府詩《陌上桑》有「東方千餘騎，夫婿居上頭」，形容太守的隨從眾多。詞中「侯」即指太守之類的地方官，此處做動詞用。會稽即紹興。「王粲」是東漢末年的才子，年輕時在荊州依靠劉表，可是未被重用。作者在此處歎息自己懷才不遇，遭遇還不如王粲。

比辛棄疾小二十七歲的詞人戴復古，字式之，太臺黃巖（今浙江黃巖縣）人，曾跟隨詩人陸游學詩。他的詞學蘇軾和辛棄疾，風格豪放。在他的一首《望江南》中，就說自己「歌詞漸有稼軒風」。

▷ 望江南 ［戴復古］

壼山宋謙父寄新刊雅詞，內有「壼山好」三十闋，自說半生。僕謂猶有說未盡處，為續四曲

　　壼山好，文字滿胸中。詩律變成長慶體，歌詞漸有稼軒風，最會說窮通。
　　中年後，雖老未成翁。兒大相傳書種在，客來不放酒樽空，相對醉顏紅。

〔譯文〕宋謙父這人真不錯，他滿肚子學問，詩風已變得和唐代詩人白居易、元稹相似，填詞已漸有辛棄疾的豪放氣勢，最能在詩詞中議論人生及國家大事。

宋謙父您中年以後，雖然漸漸老了，可還未變成老翁。兒子大了傳給他的是讀書，客人來了一定要把酒罎子喝乾，喝得兩人醉顏相對才甘休。

次王廷實

西江月（蘇軾）　（明）汪氏編《宋詞畫譜》

宋謙父名自遜，號壼山，是戴復古的好友，也是學辛詞的豪放派詞人。詞題中說宋謙父寄給作者新印的詞集，其中有三十首《望江南》，皆用「壼山好」起興，內容都是記述宋謙父的平生。戴復古認為這三十首詞還沒有說全，於是又續寫了四首，上面是其中的一首。這首詞雖然是戴復古讚揚宋謙父的為人和才華，其實也可以看做是作者的自述。

唐代詩人白居易和元稹互相以詩唱和，所著的詩文集都在唐穆宗長慶年間編成，因此都叫做《長慶集》。他們二人詩的風格也很相似，後人稱為「長慶體」。

宋寧宗嘉定十四年（西元1221年），南宋軍隊與侵擾黃州（今湖北黃岡縣）和蘄州（今湖北蘄春縣）一帶的金兵作戰，多次獲得勝利。這時，朝廷派李埴（字季允，擔任沿江制置副使（主管江防軍事的副長官）兼鄂州（今湖北武昌）知府，負責籌畫邊防上的軍務。戴復古見到南宋軍事上的有利形勢，精神振奮，於是借題鄂州吞雲樓，寫了一首《水調歌頭》給李季允。

▷ 水調歌頭·題李季允侍郎鄂州吞雲樓　　　　[戴復古]

輪奐半天上，勝概壓南樓。籌邊獨坐，豈欲登覽快雙眸。浪說胸吞雲夢，直把氣吞殘虜，西北望神州。百載一機會，人事恨悠悠。

騎黃鶴，賦鸚鵡，謾風流。岳王祠畔，楊柳煙鎖古今愁。整頓乾坤手段，指授英雄方略，雅志若為酬。杯酒不在手，雙鬢恐驚秋。

〔譯文〕雄偉的吞雲樓高聳入雲十分壯觀，這景象氣勢足以壓倒了南樓（南樓在武昌黃鶴山上，東晉時詩人庾亮曾和部下在秋夜登樓遊賞，唐宋時為遊覽勝地）。李侍郎登臨吞雲樓獨坐，是為了籌畫邊防軍務，哪裡是為了觀賞景色，開闊眼界呢？別說吞下雲夢澤，當向西北遙望失陷的中原時，使人不禁要生吞那侵佔我土地的金兵。百年來恢復中原的大好機會，可惜都被那些主和派貽誤，遺恨至今。

唐代詩人崔顥在鄂州寫了「昔人已乘黃鶴去」的佳句，漢末禰衡

又在鄂州寫過著名的《鸚鵡賦》。鄂王岳飛的祠廟旁，茂密如煙的楊柳帶來了多少愁恨。李侍郎有著整頓天下的才幹，有著指揮將士作戰的謀略，可是呀！有那麼多主和派的阻撓，他恢復中原的壯志怎麼能夠實現呢？如果沒有酒杯在手消愁，恐怕頭髮都要隨著秋風變白了。

李季允曾任禮部侍郎，故詞題中稱他李侍郎。「吞雲樓」在鄂州，「雲」指雲夢澤，是遠古時代形成於今湖北省境內的巨大湖泊。漢代的司馬相如在《子虛賦》中寫道：「齊國的烏有先生對楚國的使者子虛吹噓齊國的土地遼闊，說：吞若雲夢者八九，於其胸中，曾不蒂介（不覺其有）。」吞雲樓名稱即由此而來。

「公（辛棄疾）所作大聲鏜，小聲鏗，橫絕六合，掃空萬古，自有蒼生以來所未見。其穠纖綿密者，亦不在小晏、秦郎（小晏指晏幾道，秦郎指秦觀，二人都是北宋著名的婉約派詞人）之下。」上面這一段評論，是南宋後期著名的豪放派詞人劉克莊所說。

劉克莊，字潛夫，號後村居士，莆田（今福建莆田縣）人。劉比辛棄疾小將近五十歲，辛去世時，他才二十歲。從他在前面的評論中對辛棄疾的崇敬心情看，他在詞的方面受辛棄疾的影響是很深的。人們認為，劉克莊是南宋辛派詞人三劉（即劉過、劉克莊和劉辰翁）中成就最大的。

宋寧宗嘉定十一年至十二年（西元1218年至1219年），劉克莊在駐金陵的江淮制置使李珏的幕府中任職。金陵是南宋與金交界附近的邊境重鎮，有著從軍立功的雄心壯志的劉克莊，曾對軍事部署提過一些意見，但未被採納。不久金兵進犯，宋軍由於準備不足，金兵前鋒很快到達長江邊上。人們紛紛埋怨李珏幕府中的參謀人員籌畫錯誤。劉克莊在幕府時間最長，所受壓力也最大。不久金兵退去，劉被免職而離開了軍營。大約在嘉定十三年至十七年之間，劉寫了一首憶金陵軍營往事的《滿江紅》。

▷ 滿江紅　　　　［劉克莊］

夜雨涼甚，忽動從戎之興

　　金甲雕戈，記當日轅門初立。磨盾鼻，一揮千紙，龍蛇猶濕。鐵馬曉嘶營壁冷，樓船夜渡風濤急。有誰憐

猿臂故將軍，無功級。

平戎策，從軍什，零落盡，慵收拾。把茶經香傳，時時溫習。生怕客談榆塞事，且教兒誦《花間集》。歎臣之壯也不如人，今何及。

〔譯文〕記得當年我身穿鐵甲，腰佩雕花的刀劍，擔任軍中的參謀工作。在盾鼻上磨墨草擬文書一揮而就，紙上的字猶如龍蛇飛動。被甲的戰馬拂曉嘶叫，寒氣冷透營壁。高大的戰船夜渡長江，狂風捲起怒濤。我像當年的猿臂故將軍李廣一樣，無人同情與理解，無功而還毫無業績。

平定金國侵略者的策略，寫從軍生活的詞章，已快散失完了，也懶得收拾。只是把專講茶的《茶經》和描述焚香器具和方法的《香傳》，反覆看個不停。就怕有客人來談有關邊境上的軍事，暫且教兒子誦讀《花間集》。可歎我在壯年時就不如別人，如今老了，更是無所作為了。

由詞題可知，一個夜雨之後的晚上，天氣甚涼，劉克莊忽然想起了他前些年在金陵軍營的往事，想再度從軍為國建立功業，有所感而寫下此詞。

西漢武帝時，將軍李廣猿臂（臂特長）善射，他解職家居時，一次夜歸路過灞陵亭，灞陵尉酒醉，不准李廣通過，李的隨從說：「這是故李將軍。」灞陵尉說：「現任的將軍也不得夜行，別說過去的將軍了。」於是李廣被迫睡在驛亭中。李廣一生與匈奴大小七十餘戰，屢建功勳，但皆因各種原因未能封侯。古代以殺敵後敵人的首級數目計功，故稱「功級」。

作者因受挫折太多，心灰意懶，只是讀《茶經》、《香傳》，教孩子學婉約派詞的經典作品《花間集》（五代時蜀趙崇祚編的一部詞集，其內容絕大部分都是描寫男女之情、離別相思等），閉口不再談邊境上的軍事，其實這只是激憤中的反話罷了！

韓侂冑伐金失敗求和時，派方信孺為使節赴金。方不畏強暴，將生死置之度外，以口舌折服敵帥，在當時非常著名。方信孺字孚若，莆田人，是劉克莊的同鄉，又是志同道合的好友，並且與辛棄疾、陳亮等都有深厚

望海潮·春景（秦觀）　（明）汪氏編《宋詞畫譜》

的交往。方喜歡有才能的人，每到一處，跟隨的人很多。他性格豪放，據說可以家無貯糧，但堂上食客滿座。不幸的是，方信孺在宋寧宗嘉定十五年（西元1222年）去世，享年僅四十六歲。

大約在方信孺去世二十年之後，劉克莊一次在夢中見到了這位年輕時代的好友，回憶起兩人飲酒共談天下事的慷慨情景，聯想到自己年已老大，功名未立，不禁備感淒涼，遂寫了下面這首《沁園春》：

▷ 沁園春‧夢孚若　　　　[劉克莊]

　　何處相逢，登寶釵樓，訪銅雀台。喚廚人斫就，東溟鯨膾，圉人呈罷，西極龍媒。天下英雄，使君與操，餘子誰堪共酒杯。車千輛，載燕南趙北，劍客奇才。

　　飲酣鼻息如雷，誰信被晨雞輕喚回。歎年光過盡，功名未立，書生老去，機會方來。使李將軍，遇高皇帝，萬戶侯何足道哉。披衣起，但淒涼感舊，慷慨生哀。

〔譯文〕我們在何處相會？一起登咸陽的寶釵樓，一同遊覽銅雀台（咸陽和臨漳當時都在金兵佔領區）。叫廚師把砍下的東海大鯨的肉，細切做下酒菜。養馬人牽來極遠西方出產的駿馬。普天之下，只有我和你，才是像當年劉備和曹操一樣的英雄。其餘的人，哪配和我們共飲此杯。備好了大批車馬，車上坐的，都是燕南趙北才能出眾的豪傑（燕趙指今河北、山西一帶）。

酒醉後熟睡，鼾聲如同雷鳴，誰知被早晨雞叫輕易地喚醒了。歎息孚若他到去世之時，也沒有建功立業，難道要我這書生老了，才有報國的機會。真像歷史上漢文帝對李廣說的一樣：真可惜呀！你生不逢時，如果你在高祖時有這個本事，娶個萬戶侯真是小意思了（此處是作者歎息自己空有才華無人賞識）。再也睡不著了，披衣起來，想起往事無限淒涼，面對現實，激憤而又悲傷。

「寶釵樓」是宋代時咸陽的著名酒樓，相傳建於漢武帝時。「銅雀台」為曹操所建，位於今河南臨漳縣西南。「龍媒」指駿馬。

辛棄疾於宋寧宗開禧三年（西元1207年）九月病逝，葬在江西鉛山縣南的分水嶺（今江西鉛山縣城北）。大約在八九十年後，元代初年的詞人張埜（「埜」即「野」字），在途經鉛山時，遊歷了辛棄疾墓，他讚賞辛的著作，並為辛的生平遭遇所感動。他專門設酒祭奠了辛墓，同時寫了一首憑弔的《水龍吟》。

▷ 水龍吟　　　〔元　張埜〕

酹辛稼軒墓，在分水嶺下

　　嶺頭一片青山，可能埋得凌雲氣。遐方異域，當年滴盡，英雄清淚。星斗撐腸，雲煙盈紙，縱橫遊戲。漫人間留得，陽春白雪，千載下，無人繼。

　　不見戟門華第。見蕭蕭、竹枯松悴。問誰料理，帶湖煙景，瓢泉風味。萬里中原，不堪回首，人生如寄。且臨風高唱，逍遙舊曲，為先生酹。

〔譯文〕分水嶺頭上的一片青山，哪能掩埋得了辛稼軒的凌雲豪氣。他當年從北方帶兵，回歸到南宋這遠離故鄉的土地上，為了驅逐金兵恢復中原，滴盡了辛酸的英雄淚水。他的文才好似有著滿腹閃亮的星斗，下筆是滿紙的雲煙，作文填詞揮灑自如猶如遊戲。在人間留下了許多像陽春白雪一樣的傑作，今後千年之內，有誰能繼續呢？

辛棄疾當年華貴的府第（古代宮門立戟。唐代制度，官階三品以上者可在住宅門口立戟。後世便將貴官家的大門叫戟門），如今已是蕭條冷落，綠竹枯萎，青松凋零。有誰還能照管？辛棄疾當年隱居的帶湖煙水景色，瓢泉的風味也已隨他逝去。辛棄疾畢生奮鬥，要恢復萬里中原，這件事怎堪回首呢（暗指南宋不僅沒能恢復中原，而且亡於元了）？人生在世，真如同過往之客啊！讓我迎風高唱辛詞《逍遙樂》，作為對先生的憑弔吧！

《逍遙樂》為詞牌名，可現存的辛集中沒有此詞，可能已佚。

第十章　南宋閨情詞

南宋時，國難深重。初期與中期多次與金國交戰，處於被侵掠的地位，末年又受到新興的蒙古族入侵，最後亡於蒙古族建立的元朝。在這種情況下，南宋的詞以歌詠國事、抒發愛國豪情的豪放詞為主流，尤其在南宋初、中期更是如此。可是婉約詞在繼承北宋的基礎上，仍有一定的發展，並有不少佳作，有些並有著悲歡離合的故事，而某些描寫自然風光和物體的詞，用詞清麗，富於真實感，使人如身臨其境。

山盟雖在，錦書難托

南宋的愛國詩人陸游，由於堅決反對和議，主張抗金恢復中原，自青年到老不變，因此，多次遭受主和派的打擊，政治上很不得意。另外的不幸是，在他的青年時代，愛情生活也遭受了巨大的痛苦。其深遠的影響，一直到他的晚年。

陸游小時候，與他舅舅唐閎的女兒唐婉青梅竹馬，志趣相投，兩人都愛好詩詞和文學。陸游二十歲時，與這位表妹唐婉結婚，婚後生活十分美滿。可是不久，不知為了什麼原因，陸游的母親對這位親上加親的媳婦非常不滿（一種傳說是她沒有生孩子），最後甚至強迫陸游和她離婚。

在封建時代，父母之命是不能違抗的，陸游當然不忍分離，只好表面上答應將唐婉休回娘家，暗中在外面另租了一間房子，經常和她在那裡相會。可不久又被他母親知道，找上門去吵鬧，幸而陸游和唐婉預先知道避

菩薩蠻·秋閨（秦觀）　（明）汪氏編《宋詞畫譜》

開了，可從此以後，只好真正的分離了。唐婉後來改嫁給同郡的一位讀書人趙士程。陸游則另娶了王氏夫人。

十年之後，即宋高宗紹興二十五年（西元1155年），陸游三十一歲。這年春天他到山陰（今浙江紹興）禹跡寺南的沈家花園去遊玩，遇見唐婉和趙士程也在遊園。唐告訴了趙，趙是一個心胸開闊的人，便按唐的意思，給陸游送去了酒菜致意。陸游見到唐婉和這份帶有難忘情意的酒菜後，惆悵不已，在沈園牆上題了一首哀絕的《釵頭鳳》。

▷ 釵頭鳳　　　　[陸游]

紅酥手，黃縢酒，滿城春色宮牆柳。東風惡，歡情薄，一懷愁緒，幾年離索，錯、錯、錯。

春如舊，人空瘦，淚痕紅浥鮫綃透。桃花落，閑池閣，山<u>盟</u>雖在，錦書難托，莫、莫、莫。

〔譯文〕你用那紅潤柔膩的手，為我送來了黃封的美酒（黃縢酒是宮釀的酒，用黃紙封口）。全城彌漫著春光，宮牆邊搖曳著楊柳。無情的東風，吹散了美好姻緣的歡樂。幾年的離愁別恨，一齊都湧上心頭。錯呀！錯呀！真是鑄成了大錯。

今年的春光還似當年，可相思已使你瘦損不堪。和著胭脂的淚水，濕透了薄綢的手帕。桃花紛紛凋落，池台樓閣冷冷清清。你我縱有山盟海誓，也難以再寫書信表達自己的深情。別再相思了，別想了，別想了吧！

唐婉在見到陸游為她寫的這首《釵頭鳳》後，悲傷不已。她本是對詩詞也很有修養的才女，於是和了一首《釵頭鳳》答陸游。

▷ 釵頭鳳　　　　[唐婉]

世情薄，人情惡，雨送黃昏花易落。曉風乾，淚痕殘。欲箋心事，獨語斜闌，難、難、難。

人成各，今非昨，病魂常似秋千索。角聲寒，夜闌

珊。怕人尋問，咽淚裝歡，瞞、瞞、瞞。

〔譯文〕這世道怎麼這樣冷酷，而人們又那樣無情。風雨的黃昏花兒最易凋謝。無緣無故的曉風，吹乾了我的淚水。想傾吐我的心事，只能一個人斜靠著欄杆自言自語，真難哪！真難，日子真難過啊！

我和他兩人已各自分飛，如今的處境與過去大不相同。痛苦的心靈啊，好似在秋千上，總是恍恍惚惚，動盪不安。夜已深了，傳來了淒涼的號角聲。我這個樣子，真怕人問是為什麼，只好吞下眼淚，裝出歡笑。只好瞞著，瞞著，瞞下去啊！

唐婉在賦此詞後，就因愁悶抑鬱而成病，不久便去世了。和唐婉的被迫離異，加上這次沈園之會，兩首《釵頭鳳》詞以及唐婉之死，在陸游的心中造成了不可磨滅的傷痛，一直到老，總也不能釋懷。

宋光宗紹熙元年（西元1190年），陸游在首都臨安由於經常寫詩諷刺朝廷中的苟且偷安現象，為不少人所忌恨，最後被加上「嘲詠風月」的罪名，免職回鄉閒居。紹熙三年（西元1192年），六十八歲的陸游又一次來到山陰的沈園，發現這花園已經換了三次主人，可他題的那首詞《釵頭鳳》，已被人用石刻後鑲在牆上。陸游再次讀後，回憶起三十八年前與唐婉在此相會的往事，惆悵不已，於是寫了一首情緒低沉的七律：

▷ 沈氏小園　　　〔陸游〕

禹跡寺南有沈氏小園，四十年前，嘗題小閣壁間，偶復一到，而小園已三易主，讀之悵然

　　楓葉初丹槲葉黃，河陽愁鬢怯新霜。
　　林亭感舊空回首，泉路憑誰說斷腸。
　　壞壁醉題塵漠漠，斷雲幽夢事茫茫。
　　年來妄念消除盡，回向蒲龕一炷香。

〔譯文〕楓葉剛紅槲葉已黃，愁悶的我鬢邊又添了新的白髮。

園林亭台白白地使人憶起難追的往事。九泉之下的她和誰說那斷腸的舊恨。我當年醉中所題的小詞，如今已經是壁壞塵封。這些往事猶如迷茫的浮雲和夢境。這些年來，已使我把一切幻想都消除得乾乾淨淨了，只是回頭在菩薩面前上一炷香懺悔過去。

詞中的「河陽」原為地名，故城在今河南孟縣。晉代時，潘岳任河陽縣令，故詩中以河陽指潘岳。潘在《秋興賦序》裡說，自己才三十二歲就已有了白髮，在《秋興賦》中又寫道自己鬢髮已斑白。故詩中用河陽表示鬢髮斑白。

陸游自從六十六歲起免官回鄉閒居後，一直到他八十五歲去世，這二十年間除了七十八歲被召到臨安修國史，在首都停留了一年外，其他時間全部是在家鄉山陰度過的。晚年他住在山陰縣郊外鏡湖畔的三山，每逢進城，一定要登上禹跡寺眺望，回憶當年與唐婉的往事，經常悲傷不已。宋寧宗慶元元年（西元1199年），七十五歲的陸游又來到沈園，見到景色和他與唐婉當年相逢時已大不相同，過去的亭台池水已不復見，當時搖曳多姿的垂柳，如今已老得都不會飛柳絮了。詩人感慨萬分，寫下了兩首七絕《沈園》。

▷ 沈園　　　〔陸游〕

（一）

夢斷香銷四十年，沈園柳老不飛綿。
此身行作稽山土，猶吊遺蹤一泫然。

（二）

城上斜陽畫角哀，沈園非復舊池台。
傷心橋下春波綠，曾是驚鴻照影來。

〔譯文一〕她去世已經四十多年了，沈園的柳樹都老得不能再飛柳絮了。我自身也將成為會稽山（陸游家鄉山陰，即今浙江紹興附近的名山）下的泥土，可到這裡憑弔她的遺蹤時，仍然是淚流難忍。

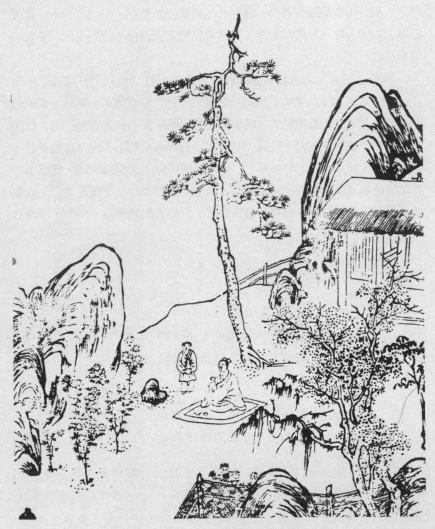

鷓鴣天·重陽（黃庭堅）　　（明）汪氏編《宋詞畫譜》

〔譯文二〕斜陽西下，城頭上淒涼的號角聲陣陣傳來。沈園再也不見往日的池水亭台。記得當年春天橋下綠水瀅瀅時，曾經照著她那輕盈的身影翩然而來。

宋寧宗開禧元年（西元1205年），老詩人已經八十一歲了，可那一往深情仍然如舊。這年冬天，他夢見遊沈園，醒後更為悲傷，又寫了下面的兩首七絕：

▷ 十二月二日夜夢遊沈氏園亭　　　　〔陸游〕

（一）

路近城南已怕行，沈家園裡更傷情。
香穿客袖梅花在，綠蘸寺橋春水生。

（二）

城南小陌又逢春，只見梅花不見人。
玉骨久成泉下土，墨痕猶鎖壁間塵。

〔譯文一〕一走近城南，就有些怕向前再走了，到沈園裡更加悲傷。當年的梅花還在，它發出的幽香沾人衣袖。禹跡寺旁橋下的水又綠了，暗示著春天即將來臨。

〔譯文二〕春天又走在城南的小路上，只見到當年的梅花，可再也見不到人了。她早已成為九泉之下的泥土，只有我題的《釵頭鳳》墨迹，還在那滿是塵埃的牆上。

在老詩人去世的前一年，即他八十四歲時，他寫了幾首七絕《春遊》，其中一首也是悼念唐婉，並且歎息他們在一起的時光太過短暫。

▷ 春遊　　　　〔陸游〕

沈家園裡花如錦，半是當年識放翁。
也信美人終作土，不堪幽夢太匆匆。

〔譯文〕沈家花園裡百花盛開猶如錦繡，其中一半在當年就認識我陸放翁。唐婉她已逝去多年了，回想起來我們在一起的夫婦生活，真是太短暫了啊！

關於陸游為何被迫與唐婉離異，從宋代起就有不同說法。宋代的詞人劉克莊，以及現代的某些研究者都認為，陸游從小起，雙親對他的教育非常嚴格。陸初娶的唐氏也不像一般所說的那樣，是他的舅父之女。由於婚後二人感情非常好，陸游的父母希望兒子將來能成為匡時濟國的棟樑之材，怕他把青年時光消磨在兒女戀情上耽誤了學業，因而多次譴責陸游，最後不得已兩人離異。現代的研究者認為，陸妻唐氏在愛情上付出的巨大犧牲，並沒有換來陸游日後事業上的重大成就，所以陸游愈到暮年，愈是感到愧對唐氏的一片苦心和付出的代價，因而每每想起更是悲痛不已！

舊日風煙草樹，而今總斷人腸

南宋後期的劉克莊，是屬於辛棄疾派的豪放詞人。可是，他寫的悼亡詞《風入松》，卻不失為婉約風格的佳作。

劉克莊的妻子林氏，也是福建人，二十歲時與劉結婚。劉早年仕途坎坷，四處奔波。林氏一直伴隨著他，曾經共同度過由於翻船喪失所有行李財物及證件的窘境。宋理宗紹定元年（西元1228年），劉克莊任建陽縣令，林氏在他任所因病去世。同年劉由於寫的《落梅》詩中有「東風謬掌花權柄，卻忌孤高不主張」的句子，被人向皇帝告了一狀說是「訕謗」，因此被罷官。在罷官後回故鄉莆田的途中，經過福清（福州東南一百七十餘里處），劉克莊懷念和他共患難十九年的妻子，寫了一首悼念詞《風入松》。

▷ 風入松　　　　　〔劉克莊〕

福清道中作

　　橐泉夢斷夜初長，別館淒涼。細思二十年中事，歎
人琴已矣俱亡！改盡潘郎鬢髮，消殘荀令衣香。

　　多年布被冷如霜，到處同床。簫聲一去無消息，但
回首天海茫茫。舊日風煙草樹，而今總斷人腸。

〔譯文〕夜漸漸地長了，夢中又到了她長眠的地方，可這漫長的
夜晚使我從夢中驚醒。獨自一人躺在旅途的驛站中，有多麼淒涼。細
想我們同居二十年的往事，只能歎息啊！像斷了琴弦一樣，人已故去
（古代用斷弦表示妻子亡故）。我像古代的潘岳一樣，因悼念亡妻而
鬢髮都變白了，沒有了你操持，我衣服上的薰香也已消失淨盡。

　　多年變硬了的布被冷似寒霜，如今只有它到處和我同床。你乘鳳
走了，一去再也沒有消息。我回頭眺望，只見天海一片，四顧茫茫。
過去我們在一起時欣賞的風煙草樹，如今看見總使人悲痛斷腸。

　　「橐泉」原為春秋時秦穆公的葬地，詞中用以指林氏的葬地；詞中
「潘岳」是晉代人，他寫的《悼亡詩》很著名，詞中作者用以自比；「荀
令」指東漢末年的荀彧，為曹操的謀士，因曾任尚書令，故稱荀令君，據
說他特別愛修飾，到別人家中走後，他坐的地方香氣三日都不消散。「簫
聲」，指秦穆公時蕭史善吹簫，穆公將女兒弄玉嫁給他，他教弄玉吹簫學
鳳鳴，幾年之後學成，有鳳凰聞聲而來，穆公為他們築了鳳台居住。幾年
後夫婦各乘龍鳳飛去。詞中「簫聲」借指亡妻。

　　劉克莊寫悼亡詞《風入松》十五年後，他回到了夫人林氏的家鄉石
塘，回憶起十五年前妻子去世的情景，感傷舊事。於是按照第一首悼亡詞
的原韻，又寫了一首悼念亡妻的《風入松》。

▷　風入松　　　　［劉克莊］

癸卯至石塘追和十五年前韻

　　殘更難捱抵年長，曉月淒涼。芙蓉院落深深閉，歎
芳卿今在今亡！絕筆無求鳳曲，癡心有返魂香。

　　起來休鑷鬢邊霜，半被堆床。定歸兜率蓬萊去，奈

桃源憶故人·春閨（秦觀）　　（明）汪氏編《宋詞畫譜》

人間無路茫茫。緣斷漫三彈指，憂來欲九回腸。

〔譯文〕殘餘的夜真難過去啊，好像比一年還長。清晨的月光多淒涼。她過去住的院落大門緊緊關閉，可歎的是親愛的她已經逝去。從今後我再也不寫求凰曲，只是癡心想求到返魂香。

起床後不要鑷去鬢邊的白髮吧！聽任被子堆在床上。她一定是到兜率天或仙境蓬萊山去了，無奈何人間沒有道路可以通達那些地方。和她的緣分斷絕得那麼快，好似只彈了三次指頭，憂愁又是多麼長啊！它在我心中不停地回轉。

「求凰曲」指西漢時文學家司馬相如在卓王孫家彈的樂曲，卓王孫的寡女卓文君聽後，與之私奔了；「返魂香」為神話中反魂樹的香氣，死者如聞則能復活；「兜率」是佛教中說的兜率天，為信佛誦經的信徒死後所去的處所。

不是愛風塵，似被前緣誤

宋孝宗時，天臺（今浙江天臺縣）軍營裡有個妓女，名叫嚴蕊。她善於琴棋歌舞、吹彈書畫，並懂歷史，詩詞也寫得不錯，同時人也長得很美。天臺的地方長官唐仲友聽說她的名氣後，在宴席上命她寫一首詞詠紅、白桃花，她即席寫了一首《如夢令》。

▷ 如夢令　　　　〔嚴蕊〕

　　道是梨花不是。道是杏花不是。白白與紅紅，別是東風情味。曾記。曾記。人在武陵微醉。

〔譯文〕說她是梨花不是，說是杏花也不像。白白的與紅紅的。在東風吹拂下風姿情態就是不一樣。想起來了，在武陵的桃花源裡，它不是使人們都快陶醉了嗎？

唐仲友見詞寫得有趣，非常高興，就賞了她兩匹綢緞。又一次七月七日，官廳裡又開宴會，座中有一位豪放的客人謝元卿，早就聽說嚴蕊的才藝聲名，於是讓她寫一首有關七夕的詞，用自己的姓「謝」為韻。酒宴剛開始不久，嚴蕊就寫好了，原來是《鵲橋仙》一首。

▷ 鵲橋仙　　　[嚴蕊]

　　碧梧初出，桂花才吐，池上水花微謝。穿針人在合
歡樓，正月露、玉盤高瀉。

　　蛛忙鵲懶，耕慵織倦，空作古今佳話。人間剛到隔
年期，指天上、方才隔夜。

〔譯文〕梧桐的碧綠果實初次裂開，桂花剛剛開放，池上的水花微微消散。乞巧穿針的人兒在合歡樓上，天上玉盤一樣的月亮高懸，露水降下。

　　蜘蛛在忙著結網，喜鵲懶洋洋地，並沒有忙著去銀河搭橋，人間耕田的農民和織布的農婦都已疲倦不堪，絕不像從古至今的神話那樣美好。人間已經過了一年了，可在天上，僅僅只隔了一夜罷了！

　　謝元卿見此詞後非常欣賞，送了嚴蕊許多禮物而去。後來，南宋的理學家朱熹與天臺長官唐仲友有私仇，正好他當巡按使至天臺，想找唐的罪狀，就誣賴嚴蕊曾與身為地方長官的唐仲友私通，將嚴關入獄中，並且收了唐的官印，叫次官代理唐的職務。朱熹命令拷打嚴蕊，想取得供詞。這樣一個多月，嚴蕊仍不承認，於是受刑更重。看守監獄的獄吏對她說：「你為何不早點承認，認了罪也不過是杖刑，而且你已挨過不少杖打，不會再打了。現在你不承認，經常被打，豈不更受罪。」嚴蕊回答說：「我是一個妓女，即使與地方長官有曖昧的關係，也沒有死罪。但是非真假要弄清，我不能胡說污蔑別人，即使死了也不能誣陷好人。」她這樣一說，朱熹下令再重責，兩個月內幾乎將她打死。這時，外面同情嚴蕊的輿論很多，一直傳到皇帝的耳朵裡。不久，朱熹改任，繼任的為岳霖，嚴蕊遂得出獄。在一次進官銜祝賀時，岳霖見嚴蕊因受刑憔悴不堪，很可憐她，於

是令她寫一首詞自述志向。嚴蕊即時口述了一首《卜算子》。

▷ 卜算子　　　　　　〔嚴蕊〕

不是愛風塵，似被前緣誤。花落花開自有時，總賴
東君主。

夫也終須去。住也如何住？若得山花插滿頭，莫問
奴歸處。

〔**譯文**〕不是我喜歡這屈辱的妓女生活，好像是我前生造下了什
麼罪過。何時花開花落，有著春之神的主宰，我的命運也靠長官您來
掌握（東君即春之神，詞中借指岳霖）。

說到離開，我總是要離開的。如要留下，留下我怎麼能再這樣生
活呢？如准許我頭插山花去過自由的生活，別再問我會到哪裡去吧！

岳霖看了這首情意懇切的詞後，很是同情，便下令讓她從良，恢復了
其自由人的身分。

第十一章　南宋的風光詞

玉鑒瓊田三萬頃

　　南宋詞人張孝祥，字安國，自號于湖居士。他繼承蘇軾的詞風，寫了不少慷慨激昂、詠歎國事的詞。他與張元幹二人，正處在北宋大詞人蘇軾和南宋豪放詞壇盟主辛棄疾之間，是承上啟下的豪放派詞人。相傳張孝祥曾問他門下的賓客說：「我比東坡如何？」門客謝堯仁說：「如果是別人，即使讀書百年，也不易比東坡。可是您的才氣縱橫，再讀書十年，是可以勝過他的。」可惜的是，張孝祥只活了短短的三十八歲就去世了。他留下的詞作，雖不能說壓倒蘇軾，可詞中豪邁的氣勢和奔放的熱情，在宋代詞人中，已很少有能與之相比的。南宋時，豪放詞派在詞壇上佔優勢地位，張孝祥起了重要的作用。

　　除詩詞外，張孝祥的文章、書法，都有很高的藝術水準。宋高宗二十四年（西元1154年），張孝祥考進士，秦檜的孫子秦塤也在這年應考。依仗秦檜的權勢，主考官都把他列為第一，秦檜也一心等著宋高宗親自點他孫子為狀元。誰知宋高宗見到張孝祥的考卷後，對張的文章、詩和書法非常欣賞，尤其對他那字畫遒勁、酷似顏魯公（顏真卿）的書法更大加稱讚，於是親自選拔張孝祥為狀元。這一來，把秦檜的孫子秦塤壓了一頭，秦檜大為難堪，恨之不已。到新進士謁見宰相時，秦對張說：「皇上不僅喜歡你的策論，又喜歡你的詩和字，可說是三絕。」問張的詩和字學誰的，張回答說：「詩學杜甫，字學顏魯公。」這兩個人都是歷史上有名的忠臣，秦檜聽後很不是滋味，於是帶著奸笑諷刺說：「天下好事，都給你佔盡了。」幸而秦檜在張孝祥中進士僅一年後（西元1155年）即病死，

念奴嬌・荷花（仲殊）　　（明）汪氏編《宋詞畫譜》

張才沒受他的迫害。

　　張孝祥的詞，除了最著名的豪放詞《水調歌頭・雪洗虜塵靜》和《六州歌頭・長淮望斷》外，他描述風光的詞，寫得也非常精彩。張孝祥在任廣南西路（今廣西和廣東西南部一帶）經略安撫使時，治理很有成績，可是被朝廷中其他大臣向皇帝宋孝宗進了讒言，乾道二年（西元1166年）被罷去官職。他從桂林北歸，這年六月船經湘江時，詞人面對湘江景色，想起了戰國時楚國的愛國詩人屈原因受讒言被罷官在湘江一帶漫遊的往事，寫下了詞《水調歌頭・濯足夜灘急》。

▷ 水調歌頭・泛湘江　　　　［張孝祥］

　　濯足夜灘急，晞髮北風涼。吳山楚澤行遍，只欠到瀟湘。買得扁舟歸去，此事天公付我，六月下滄浪。蟬蛻塵埃外，蝶夢水雲鄉。

　　製荷衣，紉蘭佩，把瓊芳。湘妃起舞一笑，撫瑟奏清商。喚起九歌忠憤，拂拭三閭文字，還與日爭光。莫遣兒輩覺，此樂未渠央。

〔譯文〕晚上我在急流的灘水中洗腳，在北風中吹乾我的頭髮（實際上指潔身自好，不受讒言污染）。江南的山山水水我都走遍了，只是沒有到過湘江。這次僱船回去，真是老天爺給我的機會，使我能在六月份沿碧綠的湘江水順流而下。這下我像蟬蛻皮一樣，把外界加在我身上的污濁全脫去，像莊周在夢中變成了蝴蝶，在這個水雲鄉中逍遙自在。

　　我像屈原一樣，用翠綠的荷葉製成衣裳，佩上幽香的蘭花串，手裡拿著美玉似的鮮花。湘妃見我這樣，對我笑著起舞，並為我彈瑟演奏了悲傷的清商樂。屈原的《九歌》喚起了人們的忠憤之氣，我要把他（三閭大夫即屈原）的文章好好拂拭一番，使之與日月爭光。不要讓孩子們知道，這種縱情山水真是其樂無窮。

　　「湘妃」，指湘水中的女神。古代傳說堯的兩個女兒娥皇和女英嫁給

舜為妃，舜外出巡視，死在蒼梧，二女尋找後投湘江而死，成為水神，名湘君和湘夫人。在屈原寫的《九歌》中有《湘君》和《湘夫人》兩歌，是祭祀二妃的樂歌。

張孝祥於乾道二年因罷職從桂林北歸，乘船經湘江時寫了《水調歌頭・濯足夜灘急》。在船過洞庭時，月光照耀，沙灘與湖水映射，景色奇麗。他以自己豐富的想像和豪邁氣概，寫下了名作《念奴嬌・洞庭青草》。

▷ **念奴嬌**　　　〔張孝祥〕

洞庭青草，近中秋、更無一點風色。玉鑒瓊田三萬頃，著我扁舟一葉。素月分輝，明河共影，表裡俱澄澈。悠然心會，妙處難與君說。

應念嶺海經年，孤光自照，肝肺皆冰雪。短髮蕭騷襟袖冷，穩泛滄浪空闊。盡挹西江，細斟北斗，萬象為賓客。扣舷獨嘯，不知今夕何夕。

〔譯文〕快到中秋節了，洞庭湖和青草湖上，沒有一點兒風吹過（古時，洞庭湖在岳陽之西，青草湖在岳陽西南，兩湖相通，通稱洞庭湖）。廣闊無邊的湖面，猶如白玉磨成的鏡子，又像一片玉石的田野，上面浮著我這像一片樹葉的小船。素白的月光灑落，銀河和月影都映照在湖中，湖的上下裡外，一片澄澈。我優閒地賞玩這湖上月夜，其美妙之處沒法和任何人說。

回想起我在五嶺以南，臨近大海的地方過了一年。用皎潔的月光自照，我的肝肺皆像冰雪一樣潔白無瑕。儘管我頭髮日漸稀疏，衣衫單薄，可今日卻安穩地坐著小船，在茫茫無際的湖上漂流。我要舉行這樣的酒宴，舀盡西江的水作為美酒，將北斗星作為酒杯，請天地間的萬物為賓客。敲擊著船舷獨自長嘯，今天晚上，是多麼美好的時刻啊！

張孝祥的這首《念奴嬌》中「玉鑒瓊田三萬頃」至「表裡俱澄澈」

的一段，描寫月夜的廣闊湖面，極為神似。尤其又與下片的「孤光自照，肝肺皆冰雪」相呼應。一個志行高潔的人，置身於「表裡俱澄澈」的境界中，互相襯托更為感人。下片的「盡挹西江，細斟北斗，萬象為賓客」三句，氣魄宏大，想像奇特。宋代人魏了翁就讚美說：「張孝祥有英姿奇氣，所賦的《念奴嬌·過洞庭》一詞在詞集中最為傑出奇特，當他在吸江酌斗，以萬象為賓客時，哪裡還會注意人世間的官署衙門這些有著無限煩惱的地方呢！」

張孝祥描寫月光下的夜景，的確有獨到之處。下面的《水調歌頭》是他秋天在鎮江金山寺觀月之作。

▷ 水調歌頭·金山觀月　　　　　[張孝祥]

江山自雄麗，風露與高寒。寄聲月姊，借我玉鑒此中看。幽壑魚龍悲嘯，倒影星辰搖動，海氣夜漫漫。湧起白銀闕，危駐紫金山。

表獨立，飛霞珮，切雲冠。漱冰濯雪，眇視萬里一毫端。回首三山何處，聞道群仙笑我，要我欲俱還。揮手從此去，翳鳳更驂鸞。

〔譯文〕臨江遠眺，江山是那樣的雄偉壯麗，高樓上秋風與白露帶來了寒意。請求月姊，把您那明亮的玉鏡借給我照著這美景欣賞。江中深水裡的魚龍發出悲鳴。江上星辰的倒影在搖動。江面上的霧氣無邊無際。金山上的廟宇，好像從水底湧出的銀色城闕，它在水面的倒影晃晃悠悠，好像它就要倒下山頭。

我要像山神那樣屹然獨立，用天上的飛霞作為佩玉，戴著高高的切雲冠，浸潤在冰雪般潔白的月光裡，萬里之遙我看來也近如毫髮之距。回頭看看，方丈、蓬萊、瀛洲三座仙山在哪裡呢？聽說神仙們嘲笑我，要我和他們一起歸去。我就要坐上用鳳羽做華蓋，鸞鳥駕的車子，揮手而去了。

滿庭芳·吉席（胡浩然）　（明）汪氏編《宋詞畫譜》

五湖西子，一舸弄煙雨

翻開浙江省的地圖一看，就可以知道，流經浙江省杭州的錢塘江，其河口是個典型的喇叭形。在出海處寬達一百公里，而到澉浦附近，迅速減為二十公里。再向西到海寧縣的鹽官鎮附近時，江面寬度只有3公里至5公里了。這種奇特的河口，使錢塘江發生中外聞名的自然奇觀──錢塘江潮。

起潮時，海水從一百公里寬的江口湧入，一直到澉浦，海水向內推進使水面均勻升高。再向裡，江面一下子縮為幾公里，潮水來不及均勻上升，只好後浪推前浪，漲成一堵水牆似的潮頭前進。古代時，錢塘江口形狀與現代有很大差別。南宋時，江口大致像一個直筒的喇叭，首都臨安正在喇叭的最窄處，同時，錢塘江就在臨安城下流過。因此，南宋時臨安的潮勢最盛，宜於在此觀看。宋代人周密在《武林舊事》書中寫道：「浙江之潮，天下為偉觀也。自望（陰曆十五）至十八日為最盛。方其遠出海門，僅如銀線，既而漸近，則玉城雪嶺，際天而來，大聲如雷霆，震撼（撼）激射，吞天沃日，勢極雄豪。」

宋孝宗淳熙元年（西元1174年）秋，辛棄疾由於在臨安任宰相的葉衡的推薦，被宋孝宗召見，升任倉部郎官。辛棄疾到臨安後，曾去觀賞著名的秋季錢塘潮，然後寫了一首《摸魚兒》給葉衡。

▷ 摸魚兒‧觀潮上葉丞相　　　〔辛棄疾〕

> 望飛來、半空鷗鷺，須臾動地鼙鼓。截江組練驅山
> 去，鏖戰未收貔虎。朝又暮。悄慣得、吳兒不怕蛟龍
> 怒。風波平步。看紅旆驚飛，跳魚直上，蹙踏浪花舞。
>
> 憑誰問，萬里長鯨吞吐，人間兒戲千弩。滔天力倦知
> 何事，白馬素車東去。堪恨處，人道是、屬鏤怨憤終千
> 古。功名自誤。謾教得陶朱，五湖西子，一舸弄煙雨。

〔譯文〕那潮頭洶湧四濺的白色浪花，猶如半空飛來的大群沙鷗和白鷺。轉眼間，波濤聲好似震動大地的戰鼓。潮水如同穿著白色盔

甲的千軍萬馬橫斷江面（「組練」指穿白色服飾的軍隊），驅趕著一座座大山。又像是激戰中奔馳不休的猛虎怪獸。朝朝暮暮戲水的吳地弄潮兒，練得藝高人膽大，毫不怕那像狂怒蛟龍一樣的潮水，在風浪中戲水如同平地漫步。你看！他們的手中紅旗飛揚，人像魚兒一樣跳躍出沒，踏著浪花歡騰起舞。

有誰知道，像萬里長鯨吞吐水似的潮水漲落，錢武肅王居然想用千名弓弩手射退潮頭，這真是把人間正事當做兒戲。滔滔的潮水並不明白什麼，力盡潮落，它便像白馬拉著白車向東退去。最可歎息的是，人們說伍子胥和文種被迫用屬鏤之劍自殺，這種千古難平的怨憤之事，都是留戀功名的結果。只有陶朱公范蠡功成身退，帶著西施飄然而去，乘一葉扁舟在太湖的煙雨中逍遙自在。

據《武林舊事・觀潮》記載：「吳兒善泅者數百，皆披髮文身，手持十幅大彩旗，爭先鼓勇，溯迎而上，出沒於鯨波萬仞中，騰身百變，而旗尾略不沾濕，以此誇能。」「千弩」指五代後梁時錢武肅王在錢塘江口築海塘，因潮水日夜衝擊而修築不成。於是命令數百人手執強弩齊射潮頭，同時到胥山祠去祈禱。果然，以後潮水避開錢塘而東擊，這才築好了海塘。「屬鏤怨憤終千古」至全詞完，敘述春秋時吳越爭霸中的故事。

伍子胥是吳國大臣，輔佐吳王夫差打敗了世仇越國，但在是否要滅亡越國及放越王勾踐回國等問題上，與夫差發生矛盾，加上奸臣的讒言，吳王賜伍子胥「屬鏤之劍」自殺。伍臨死時，要求把他的眼睛挖出來掛在吳國都城的西門上，以便看著不久的將來越國大軍攻入吳國城。夫差聽到後大怒，下令將伍子胥的屍體裝入鴟夷（古代盛酒的大皮袋），投入錢塘江中。傳說伍子胥英靈不泯，化為錢塘江的怒潮每日奔騰而回。不久，吳國果然被越國滅亡。輔佐越王勾踐滅吳立有大功的大臣范蠡，對另一位有功的大臣文種說：「越王為人忍辱妒功，能與共患難，但不能與共安樂，你我趕快離開越國隱居去吧！不然不會有好結果。」文種不信，於是范蠡一個人走了，在江湖上化名為陶朱公隱居。傳說他還帶走了吳王的妃子，著名的美人西施。文種不久果然被越王賜劍勒令自殺，所賜的也是那把「屬鏤之劍」。傳說從此後錢塘潮分前後，前面是伍子胥，後面是文種。

淳熙十年（西元1183年）八月十八日，宋孝宗到德壽宮，請太上皇趙構和太后到浙江亭去觀潮，預先在浙江亭旁紮了五十間席屋，並用五彩繡幕裝飾。皇帝有這麼大興趣，上行下效，江邊延伸三十餘里，全是貴族官僚及豪民富戶為觀潮而搭的彩幕，擠得連走路都有困難。潮來之先，檢閱水軍，參加的各部門水軍近萬人，船千艘。軍士們全副武裝，旗幟鮮明，刀槍閃亮，在江上分為五陣，飛刀舞槍，船隻進退自如，猶如在陸地上一樣。然後在江中點放五色煙炮，煙霧滿江，到煙收炮息，千艘船隻全部藏入隱蔽處，江上空曠一片。不久，潮頭自遠而至，當時幾個著名的弄潮兒啞八、畫牛兒、僧兒、留住及謝捧等，帶領弄潮兒百餘人下水，皆手持十幅彩旗，在潮水中踏浪爭雄。水中又有各種雜戲，如踏滾木、水傀儡、水百戲和水撮弄等。太上皇看後大喜，吩咐一概賞賜，並且高興地說：「錢塘形勝，天下所無。」孝宗跟著說：「江潮也是天下獨有。」

這天觀潮完畢後，舉行盛大宴會，叫陪同的百官各賦《酹江月》詞一首助興，其中以吳琚所寫的最佳。

▷ 酹江月・觀潮應制　　　　〔吳琚〕

玉虹遙掛，望青山隱隱，一眉如抹。忽覺天風吹海立，好似春霆初發。白馬凌空，瓊鼇駕水，日夜朝天闕。飛龍舞鳳，鬱蔥環拱吳越。

此景天下應無，東南形勝，偉觀真奇絕。好似吳兒飛幟，蹴起一江秋雪。黃屋天臨，水犀雲擁，看擊中流楫。晚來波靜，海門飛上明月。

〔譯文〕潮水來時，望遠處青山若隱若現，一條玉色長虹遙掛在天際。潮頭到時，像是天風突然將海水吹得豎立成牆，又好似春雷初響。洶湧的波濤猶如白馬凌空，玉色的巨鼇浮在水上，日日夜夜向皇宮朝拜。飛濺的浪花好似龍飛鳳舞，拱衛著我宋朝的中心地區吳越。

這雄偉的景色，天下所無，東南的勝景，真是奇絕的壯觀。好似江中弄潮兒手中彩旗飛翻，踢起了一江秋天的白雪。高聳的觀潮臺上皇帝的黃傘蓋，仰望如在天上。穿著水犀皮盔甲的軍士流動如雲，看

漁家傲・漁父（謝逸）　　（明）汪氏編《宋詞畫譜》

那些戲水的弄潮兒們表演多麼精彩（「看擊中流楫」語意雙關，也可釋為：看他們將在誰的率領下，敲擊著船槳發誓，要渡過江去收復中原失地）。晚上潮退波靜，遙遠的海口處升起了明月。

詞牌【醉江月】，是【念奴嬌】的別名。詞題中的「制」，指皇帝的命令，「觀潮應制」即應皇帝的命令寫觀潮詞。

由於歷年的泥沙淤積及海潮的衝擊，錢塘江口在歷史上發生了很大變化。現代的錢塘江口不再是直筒的喇叭形，而是有了好幾處明顯的彎曲，這樣，必然會影響海潮的行進；同時，錢塘江也不再從杭州城下經過。因此，觀潮地點發生過多次改變。明朝時，最佳的觀潮地點已由杭州移到海寧的鹽官鎮；而到了現代，最佳的觀潮地又移到鹽官鎮對岸的頭蓬（屬蕭山）。潮水到此時，高達三米半的潮頭直立如壁，齊如一線，洶湧前進，聲聞數裡，潮差則可達八九米。錢塘潮白天觀看與夜半月下觀看，雖然景色相同，可情調迥異。一般情況下，每年農曆八月十八潮水最大，舊稱「潮神生日」。

只有香如故

南宋的大詩人陸游，一生很喜愛梅花，曾經寫了一百多首有關梅花的詩詞。其中最為人所稱賞的，是一首《卜算子》。

▷ 卜算子・詠梅　　　　　〔陸游〕

　　驛外斷橋邊，寂寞開無主。已是黃昏獨自愁，更著風和雨。

　　無意苦爭春，一任群芳妒。零落成泥碾作塵，只有香如故。

〔譯文〕生長在驛站外斷橋邊上的那株梅花啊！它在寂寞冷落的環境中開放而無人過問。已經是黃昏時刻了，它獨自愁悶不已，誰知

道又來了摧殘它的風和雨。

梅花本來沒有和其他百花爭奪春光的意思，它只能聽任群花對它嫉妒。可梅花即使是凋落到地上被碾成泥漿塵埃，它那高潔的清香卻是絕不會改變的。

此詞雖是詠梅，實際上也是對自己的遭遇和逆境的態度，作者表示自己像梅花一樣，並沒有和那些熱中於升官發財的人爭奪權力的意思，可仍舊因政治主張不合而受當權人物忌恨。

詞人史達祖的詠物詞，最著名的有兩首，即詠春雨的《綺羅香》和詠燕的《雙雙燕》。

▷ 綺羅香　　　[史達祖]

做冷欺花，將煙困柳，千里偷催春暮。盡日冥迷，愁裡欲飛還住。驚粉重、蝶宿西園，喜泥潤、燕歸南浦。最妨它、佳約風流，鈿車不到杜陵路。

沈沈江上望極，還被春潮晚急，難尋官渡。隱約遙峰，和淚謝娘眉嫵。臨斷岸、新綠生時，是落紅、帶愁流處。記當日、門掩梨花，剪燈深夜語。

〔譯文〕春雨帶來的春寒，妨礙了花兒的開放，春雨迷濛，如煙霧般籠罩著柳樹。在廣達千里的土地上飄灑的春雨啊！正偷偷地催著春天歸去。整天是陰雨密佈，愁人的雨時下時住。多粉的蝶翅沾濕了雨水沉重難飛，只好停在園裡。細雨濕潤了泥土，燕子忙著銜泥築巢。可就是這春雨啊！妨礙了和情人的約會，使她那華美的鈿車（鑲有金銀珠寶的車或彩畫的車）不能去杜陵赴約（杜陵為漢宣帝陵墓，位於今陝西西安東南郊，漢唐時這一帶為貴族富豪聚居之地，這裡借指約會地點）。

極目遙望遠方，江上一片茫茫，雨後春水迅急上漲，使人難於尋找公家的渡船。雨中隱約的遠處山巒，猶如美人帶淚的眉峰（謝娘原為唐代宰相李德裕的歌妓，後世漸用做美人的代稱）。那陡峭的江岸

邊，新綠的草木茂密生長。凋落的紅花，帶著愁意隨水流去。憶起那一天，春雨中梨花盛開，我們緊閉了院門，剪去燭花，一直談到深夜的難忘情景。

這首詠春雨詞的最大特色是，全詞沒有明用一個「雨」字，卻沒一句不和「春雨」有關。頭三句寫因春雨而春寒，而煙霧，而天色冥迷。**蝴蝶濕了粉翅，燕子喜泥潤軟易於築巢。可人們則因雨阻約會而發愁。最後三句，化用了宋代詞人李重元《憶王孫》詞中的「欲黃昏，雨打梨花深閉門」及唐代詩人李商隱《夜雨寄北》詩中的「何當共剪西窗燭，卻話巴山夜雨時」，用以回憶自己過去的生活，並且直接點明了一個「雨」字。此詞以很少的篇幅包含豐富的內容，而且層次分明，字字切題。

▷ **雙雙燕‧詠燕**　　[史達祖]

　　過春社了，度簾幕中間，去年塵冷。差池欲住，試入舊巢相並。還相雕梁藻井。又軟語、商量不定。飄然快拂花梢，翠尾分開紅影。

　　芳徑。芹泥雨潤。愛貼地爭飛，競誇輕俊。紅樓歸晚，看足柳昏花暝。應自棲香正穩。便忘了、天涯芳信。愁損翠黛雙蛾，日日畫欄獨憑。

〔譯文〕春社過去了，新來的燕子在室內的門簾和帳幕之間飛行，去年的舊巢已落滿了塵埃。飛著的燕子（「差池」指燕子飛時羽毛參差不齊的樣子）想停下休息，牠們試著雙飛入舊巢並排而臥。又細看看四周的雕梁和藻井（「藻井」指繪有彩色花紋圖案、像井口一樣的方形天花板）。像商量什麼似的，柔和的呢呢喃喃互相說個沒完。牠們輕快地掠拂著花枝梢上飛過，美麗的翠尾劃開了花兒的紅影。

一條長滿花草的小道，雨水滋潤了燕子銜的築巢泥。雙燕貼地爭飛，像是互賽輕盈俊俏。牠們在外面看夠了黃昏時的柳色和花枝，回到築在紅樓（指富貴人家，或少婦所居）的巢中已晚了。牠們安穩地

金明池・春遊（秦觀）　（明）汪氏編《宋詞畫譜》

睡了，可忘了給充滿思念的少婦帶回遠行親人的消息。她愁得無心再描畫翠黛色的雙眉，只是天天獨自倚著欄杆凝思。

詞牌【雙雙燕】，最早見於史達祖的此詞，和詞牌名一樣，即用以詠雙燕，是史達祖自創的樂曲。詞上片的「社」，指古代每年春秋兩次祭祀土地神的日子。「春社」在立春之後，清明之前。

宋光宗紹熙二年（西元1191年）冬，詞人姜夔到蘇州去見名詩人，又是曾任宰相的范成大，被款待住了一個多月。一天，范成大的花園中梅花盛開，范設宴觀賞，並請姜作新曲，寫新詞詠梅花。姜夔於是製作了兩首詠梅花的新曲，即新詞牌【暗香】和【疏影】，並為這兩個新曲填了詞。

▷ 暗香　　　〔姜夔〕

舊時月色，算幾番照我，梅邊吹笛。喚起玉人，不管清寒與攀折。何遜而今漸老，都忘卻、春風詞筆。但怪得、竹外疏花，香冷入瑤席。

江國，正寂寂。歎寄與路遙，夜雪初積。翠樽易泣，紅萼無言耿相憶。長記曾攜手處，千樹壓、西湖寒碧。又片片、吹盡也，幾時見得。

〔譯文〕往昔的月光，曾經有幾次照著我，照著在盛開的梅樹邊上吹笛的我。笛聲喚來了親愛的她，冒著寒冷和我一起攀折梅花。像何遜那樣愛梅花的我，如今一年老一年（姜夔寫此詞時年三十七歲），當年在春風中寫梅花詩的才情，已經淡忘了。可是那竹林外幾枝稀疏的梅花，偏要把它的幽香，陣陣地送到酒宴上，喚起我無限的憂思和惆悵。

這江南的水鄉（指作者所在地蘇州），夜雪紛飛，一片寂靜。想寄枝梅花給您，可路太遙遠，雪又愈積愈深了。對著翠綠的酒杯，引起我想念您的眼淚，看著那寄不出的紅梅，哽咽無言，可心中卻是無比地思念。永遠記得，我們曾攜手同遊的地方。有千百株艷紅的梅花，映在西湖寒冷的碧波上。繁茂的梅花一片一片地，被風吹得凋落

盡了。何時能夠再見到啊！

▷ **疏影**　　　〔姜夔〕

苔枝綴玉，有翠禽小小，枝上同宿。客裡相逢，籬
角黃昏，無言自倚修竹。昭君不慣胡沙遠，但暗憶，江
南江北。想佩環、月夜歸來，化作此花幽獨。

猶記深宮舊事，那人正睡裡，飛近蛾綠。莫似春
風，不管盈盈，早與安排金屋。還教一片隨波去，又卻
怨、玉龍哀曲。等恁時，重覓幽香，已入小窗橫幅。

〔譯文〕長著苔蘚的梅枝，開滿了玉一樣的花朵，上面棲息著
小小的翠鳥。我做客在外，遇見這高雅的梅花，黃昏時在竹籬角上開
放。它獨自默默無言地，倚在修長的綠竹邊上（詞中暗用了唐代詩人
杜甫詩《佳人》中的句子：「天寒翠袖薄，日暮倚修竹」）。漢代遠
嫁匈奴的王昭君，她過不慣沙漠地帶的胡人生活，暗暗地想念在江南
和江北的故國和家鄉。想昭君的魂靈月夜在叮咚的佩環聲中歸來時，
化成了這高雅幽香的梅花（此處暗用了杜甫的詩句「環佩空歸夜月
魂」）。

還記得那年在皇宮裡，公主正在熟睡，梅花飄落在她的翠眉之
間。別像春風那樣，不憐惜美好的梅花，將它吹得到處飄蕩。應該像
「金屋藏嬌」那樣地愛護梅花。可是啊！梅花一片片隨波逐流。只能
怨那笛子吹的《落梅花》曲那麼哀傷。待梅花從枝頭落盡時，只有在
小窗上掛的畫幅中，去欣賞它的幽雅風姿了。

上面這兩首詞，是詠梅花的名篇，由於作者精通音律，因此這些詞音
節諧和柔美，在藝術上是難得的佳作。可是，由於所用典故太多，而且所
寫的內容也有些撲朔迷離，彷彿蒙上了一層薄紗。因此，自古以來就有人
通過各種對比、聯繫和推測，想了解詞的更深一步的含義，由此而得出了
各種說法。例如認為這兩首詞是作者追憶早年的戀情與逝去的歡樂；認為
是專門寫給范成大的，詞中隱約地稱讚了范的人品，勸范不要隱退；另有

人認為《疏影》詞是悲悼「靖康之難」，傷心徽、欽二帝被擄，后妃們相從北去之事，故詞中用王昭君事暗指；等等。現在看來，《暗香》這首可認為是作者既詠梅又詠人，是懷念昔日戀情的作品。《疏影》此詞，由於太隱晦，目前看法尚不統一。

「何遜」是南朝時梁朝詩人，相傳他八歲即會賦詩。早年在揚州任法曹，官舍有梅花一株，花盛開時，何遜曾在梅下寫有《詠早梅》詩。多年以後，何思念梅花，在梅花盛開時再次去揚州，可他對花彷徨終日，已寫不出詩了。在本詞中，作者自比為何遜。「歎寄與路遙」，用的是南朝宋時陸凱自江南寄贈一枝梅花給長安范曄的故事。陸凱同時並附贈詩一首：「折梅逢驛使，寄與隴頭人。江南無所有，聊寄一枝春。」

「猶記深宮……飛近蛾綠」三句，指南朝宋武帝之女壽陽公主的故事。相傳她於人日（農曆正月初七）睡在含章殿簷下，有梅花飄落在她額上，成五色花，拂之不去，過了三天才洗掉。以後宮女們紛紛仿效，叫做「梅花妝」。「金屋」指「金屋藏嬌」的典故。漢武帝年幼時，他姑母長公主抱他在膝上問：「你想娶媳婦嗎？」武帝說想，公主於是遍指左右宮女，武帝都不要，最後長公主指著自己的女兒陳阿嬌問怎樣，武帝回答說：「若得阿嬌為妻，當專門建金屋給她住。」「玉龍哀曲」中「玉龍」即笛子別名，「哀曲」指古代笛子經常吹奏的樂曲《落梅花》，樂聲哀怨悲涼。

南宋後期的詞人劉克莊，雖然以豪放詞著稱，可是他寫的詠物詞也別具一格，很有風味，例如下面這首《清平樂》：

▷ 清平樂・五月十五夜玩月　　　　　〔劉克莊〕

　　風高浪快，萬里騎蟾背。曾識姮娥真體態，素面原無粉黛。

　　身遊銀闕珠宮，俯看積氣濛濛。醉裡偶搖桂樹，人間喚作涼風。

〔譯文〕我乘長風破巨浪，飛行萬里直奔月宮（「蟾」即蟾蜍，相傳月中有仙蟾，於是稱月宮為蟾宮）。我原從天上來，見過嫦娥的真體態，她面貌潔白素雅，不用人間化妝的脂粉眉黛（黛為青黑色的

蝶戀花‧感舊（秦觀）　　（明）汪氏編《宋詞畫譜》

顏料，古代婦女用以畫眉）。

　　我遊覽了銀白色閃耀著珠光的月宮，俯身下望人間，只見霧氣濛濛。我醉醺醺地偶然搖晃月中的桂樹，在人間可吹起了陣陣涼風。

　　由詞題可知，這是作者在陰曆五月十五夜月圓，賞月時寫成的詞。詞人因看月而遐思，然後聽憑自己的想像馳騁於太空之中，想到乘風破浪，飛行萬里直奔月宮。接著在詞的下片想像由月宮俯視人間的情景。全詞設想奇特，氣勢豪邁，有著劉克莊一貫的詞風。

　　劉克莊還在詠物詞中，聯繫到國土淪喪，使詞有了更深的含義，如他的《昭君怨》。

▷ 昭君怨‧牡丹　　　　〔劉克莊〕

　　曾看洛陽舊譜，只許姚黃獨步。若比廣陵花，太虧他。
　　舊日王侯園圃，今日荊榛狐兔。君莫說中州，怕花愁。

　　〔譯文〕我曾經看過洛陽的舊花譜，它只稱讚說牡丹以「姚黃、魏紫」最佳。如果將它與產在揚州的名花芍藥和瓊花相比，那牡丹可太受委屈了。

　　過去洛陽種有各種牡丹的王侯花園，如今已經長滿了荊棘野草，狐狸野兔在其間亂竄。還是不要再提洛陽吧，怕牡丹花聽後又憂愁它不能回歸故鄉。

　　詞牌【昭君怨】，又名【宴西園】或【一痕沙】，有人認為，作者詠牡丹而用【昭君怨】這樣帶有悲傷離別的詞牌，是寓有中原淪陷未光復的意思。

　　南宋末年詞人王沂孫，擅長寫詠物詞，詞中經常寄託家國之恨。不過由於寫得有些隱晦，而引起人們做出各種各樣的猜想。

▷ 眉嫵‧新月　　　　〔王沂孫〕

　　漸新痕懸柳，淡彩穿花，依約破初暝。便有團圓意，深深拜，相逢誰在香徑。畫眉未穩，料素娥、猶帶

離恨。最堪愛、一曲銀鈎小，寶簾掛秋冷。

　　千古盈虧休問。歎慢磨玉斧，難補金鏡。太液池猶
在，淒涼處、何人重賦清景。故山夜永。試待他、窺戶
端正。看雲外山河，還老盡、桂花影。

〔譯文〕一彎新月懸掛在柳梢上，淡淡的月光透過花叢，隱約照亮了傍晚的夜空。新月預兆團圓，在那散發著花香的小徑上，是誰在深深地拜月祝願。那彎彎的新月，好似嫦娥懷著離恨時所畫的眼眉。最動人的是，一彎新月像銀色的簾鈎，掛在涼冷的秋空上。

千古以來，人間事物的圓滿與不足就別問了，可歎的是即使細細地磨好修月亮的玉斧，也難以補好那殘缺的月亮。皇宮內苑中的太液池依然存在，可它四面一片殘破荒涼，還有誰能像北宋初年宰相盧多遜一樣，寫出描述新月的七言詩（宋太祖趙匡胤在宮中後池賞新月時，學士盧多遜奉皇帝命令賦了一首詩《新月》：「太液池頭月上時，晚風吹斷萬年枝。何人玉匣開金鏡，露出清光些子兒。」）。故國的河山，還是漫漫長夜。等待那月兒團圓，月光射入窗中。你看那晶瑩的圓月中，隱映著搖曳婆娑的桂樹，其實是整個大好河山的暗影。

詞牌【眉嫵】，又名【百宜嬌】。「玉斧」指修鑿月亮的工具，據唐代段成式在《酉陽雜俎》中的記載：「太和（唐文宗年號）中鄭本仁表弟，不記姓名，常與一王秀才遊嵩山……見一人，布衣甚潔白，枕一袱物，方眠熟，即呼之。……問其所自。其人笑曰：『君知月乃七寶合成乎？月勢如丸，其影日爍其凸處也，常有八萬二千戶修之，予即一數。』因出袱有斤鑿數事。」此故事後來演化為「玉斧修月」的典故。「太液池」本為漢、唐皇宮中的水池，詞中用以泛指宋朝宮苑中的池沼。

王沂孫的這首《眉嫵》，是以隱喻的手法，語意雙關，既詠新月，又暗藏對當時南宋危在旦夕的政治局勢的悲歎。如「歎慢磨玉斧，難補金鏡」，指即使有重整山河的意向，可這破碎的國土也難再完整。「太液池猶在，淒涼處、何人重賦清景」是將北宋開國不久的盛時，與當時南宋即

將滅亡的衰敗對比，使人有不勝今昔之感。

　　王沂孫的另一首詠物詞《齊天樂》，大約寫於南宋滅亡之後。借詠蟬而寄家國之恨，正像哀鳴的秋蟬一樣，音調充滿了辛酸與悲傷。

▷ 齊天樂·蟬　　　　［王沂孫］

　　一襟餘恨宮魂斷，年年翠陰庭樹。乍咽涼柯，還移暗葉，重把離愁深訴。西窗過雨，怪瑤佩流空，玉箏調柱。鏡暗妝殘，為誰嬌鬢尚如許。

　　銅仙鉛淚似洗，歎攜盤去遠，難貯零露。病翼驚秋，枯形閱世，消得斜陽幾度。餘音更苦。甚獨抱清高，頓成悽楚。謾想薰風，柳絲千萬縷。

〔譯文〕齊女死後餘恨不斷，魂化為蟬，年年在庭院中翠綠的樹蔭裡鳴叫。在初秋的枝頭上鳴聲剛停，又移到陰暗的葉中，再一次用鳴聲訴說牠深深的悲愁。一陣秋雨過後，那蟬鳴忽然像玉佩在空中作響，又好似銀箏在名家手中彈奏。秋天了，蟬兒已是青春逝去，即將憔悴。可為何還有那樣美好的蟬翼（古代用細薄透明如蟬翼來形容婦女鬢髮之美，此處「嬌鬢」指美好的蟬翼）。

　　青銅仙人的淚水像鉛熔化一樣下滴，它帶著承露盤已去遠了，用什麼貯存下零星的露水給蟬兒飲用呢？病殘的蟬翼已經不住秋霜，形骸枯敗的蟬兒還經歷著人世的滄桑。這樣還當得起多少歲月的消磨呢？正在獨自以清高的操守自勉，但卻像秋蟬鳴叫的餘音一樣，淒楚使人不忍再聽。徒然地追憶南風吹拂的盛夏，那千萬縷柳絲低垂的好日子已一去不復返了。

　　「宮魂」，即指「蟬」。傳說齊國王后因受冤屈而自殺，死後屍化為蟬，爬到庭院中的樹上鳴叫。因此後世把蟬叫做「齊女」。由於蟬是宮人的魂所化，故詞中稱「宮魂」。詞名為詠蟬，實是悲悼國家的淪亡。

第十二章　金的敗亡與蒙古軍南侵

黃頭奴子驚聞鶴

　　西元1206年，蒙古族的成吉思汗在斡難河建立了汗國（斡難河位於今蒙古國境內，發源於肯特山）。1211年，強大的蒙古軍南侵金國，攻入居庸關，一直打到金的國都中都城下，金兵死守中都，蒙古軍人掠而去。西元1213年，蒙古軍再次南侵，金中都被圍攻，金國皇帝宣宗完顏珣向蒙古貢獻財寶，馬匹求和。

　　蒙古軍退兵後，金朝廷內部和當年宋朝被金軍南侵時的情況相似，也出現了兩種不同的主張，一派主張抗戰，一派主張求和逃跑。由於金帝完顏珣是逃跑派，於是在金宣宗貞祐二年（宋寧宗嘉定七年，即西元1214年）五月，金宣宗率領金國百官，帶了金銀珠寶，遷國都到南京（今河南開封市）。成吉思汗聽說金國君臣南逃，覺得機不可失，立即派兵南下，到第二年，金的中都及河北、山東等地，全部被蒙古軍隊佔領。

　　金國此時精銳部隊大部被蒙古軍消滅，領土日益縮小，國力衰竭，它的命運像當年金兵南侵時的北宋一樣，已經是危在旦夕，處於亡國的邊緣了。在這種情況下，今後怎麼辦，金國內部出現了兩派意見：一派主張聯合南宋，共同抵抗蒙古軍；另一派卻主張發兵攻打衰弱的南宋，奪取南宋的土地，以補償被蒙古軍侵佔的領土，甚至認為可以佔領南宋的領土立國。昏庸的金宣宗，居然採納了第二種意見，於西元1217年，即宋金和議僅十年之後，又命令金兵渡過淮河，向南宋進攻。

　　金國自身在蒙古軍的威脅之下，處於亡國的危險中，居然敢出兵侵略南宋，可見南宋的軟弱可欺。這正是南宋皇帝和掌權的大臣們一意主和，

千秋歲・春景（秦觀）　　（明）汪氏編《宋詞畫譜》

苟且偷安貪圖享樂，不努力自強所造成的惡果。

當金兵渡過淮河南侵時，南宋的宰相史彌遠，是一個老奸巨猾的主和派，面對這種形勢，他讓皇帝宋寧宗下詔說：「朝廷守和議，不大舉發兵，各地將領可抗敵立功。」可就是這種模棱兩可的命令，也大大鼓舞了南宋軍民抗金的士氣。由西元1217年至1223年六年間，金兵雖然多次分路南侵，由於南宋軍民的堅決抵抗，金兵紛紛敗退。此後，金國再也無力南侵，只好在宋寧宗嘉定十七年（西元1224年），派使臣到南宋「通好」，表示願意再次保持邊境上的安寧。

愚蠢而貪婪的金國統治者們，在發動這次攻打南宋、妄圖開拓疆土的戰爭中，雖然沒有占到任何便宜，可是殘暴的金兵在入侵及潰逃時，四處殺戮擄掠，使南宋人民遭受了巨大的苦難。宋寧宗嘉定年間，宋金邊界淮河附近的一位南宋婦女，被向北潰退的金兵擄去，在北上途經泗州（州治在今江蘇泗洪縣東南，盱眙對岸，清代時沉入洪澤湖中）時，這位「淮上女」在牆壁上題了一首詞《減字木蘭花》，訴說她自身的不幸遭遇。

▷ 減字木蘭花　　　　[淮上女]

　　淮山隱隱，千里雲峰千里恨。淮水悠悠，萬頃煙波萬頃愁。

　　山長水遠，遮住行人東望眼。恨舊愁新，有淚無言對晚春。

〔譯文〕那隱隱呈現的淮上遠山啊！雲霧環繞的山峰綿延千里，帶著無窮的仇恨。悠長的淮水啊！萬頃波濤上籠罩著無邊無際的憂愁。

　　旅途上漫長的山川流水，遮住了我向東眺望家鄉的視線。那舊恨新愁，一齊湧上心頭。在這暮春的時刻，我只能無言地流著淚水。

由於金兵多次南侵，兩淮人民死傷慘重。有人在當時從光州（今河南潢川）經浮山（今安徽嘉山縣北）到淮安（今江蘇淮安），將沿途所見寫成了一首七律：

浮光迤邐過淮安，舉目淒然不忍觀。

　　數畝地埋千百塚，一家人哭兩三般。

　　犬銜脛脡筋猶軟，鴉啄骷髏血未乾。

　　寄與滿朝朱紫道，鐵人見此也心酸。

　〔譯文〕我由光州經浮山，沿著曲折的道路到淮安，舉目一片淒慘使人不忍再看。幾畝地上埋了千百座新墳，一家人分成兩三處哭泣死者，野狗銜著死人還沒僵硬的腿肉，烏鴉啄著血水未乾的人頭。朝廷裡穿朱紫衣服的大官們你們瞧瞧吧，就是鐵打的人見到這個景象，也會心酸流淚啊！

　　在蒙古軍侵擾金國，而金國反而發兵攻打南宋時，金國內部的統治力量大為減弱，中原一帶人民由於忍受不了金人的殘暴壓榨，紛紛聚眾起義抗金，各路人馬總數有幾十萬。對這些抗金起義軍，南宋統治者把他們看成盜賊，雖然有時也聯絡利用一下，可總是處心積慮想消滅他們。因此，有一部分起義軍領袖被南宋殺害，另一部分則被迫投降了蒙古軍，後來這部分武裝反而成了南宋的禍患。

　　宋理宗寶慶三年（西元1227年），陳韡被派到真州（今江蘇儀征縣）任知州。真州地處抗金的前線，是軍事要地。當時宋金之間戰爭頻繁，如何對待起義軍是一個重要問題，因此，陳韡這次去真州的責任是很重大的。南宋詞人劉克莊有感於此，特地寫了下面這首《賀新郎》給他送行。

▷ 賀新郎・送陳倉部知真州　　　　　［劉克莊］

　　北望神州路，試平章這場公事，怎生分付。記得太行山百萬，曾入宗爺駕馭，今把作握蛇騎虎。君去京東豪傑喜，想投戈下拜真吾父。談笑裡，定齊魯。

　　兩河蕭瑟惟狐兔，問當年祖生去後，有人來否？多少新亭揮淚客，誰夢中原塊土？算事業須由人做。應笑書生心膽怯，向車中閉置如新婦。空目送，塞鴻去。

〔譯文〕向北眺望被金人佔領的中原，我們試評論一下處置起

義軍和收復失地的事該怎麼辦理？記得北宋末年，太行山上百萬的起義軍，都聽從抗金英雄宗澤指揮。可今天，卻把起義軍看得像蛇、虎一樣危險。您這次上任，京東（京東為宋代路名，即汴京以東，包括今河南東部、山東南部和江蘇北部一帶）的義軍將士們將非常高興，會放下武器說，這真像我們的父親一樣，立即歸順朝廷。您在談笑之間，就將平定了齊、魯地區。

蕭瑟荒涼的黃河兩岸，都被金兵佔領。試問，自從當年抗金將領岳飛、韓世忠等人奉命退出中原地區後，整整一百年了，我大宋的軍隊從來也不曾再踏上過這塊土地。多少南來的士大夫們，雖然空有著收復失地的言論，可在實際中卻是苟且偷安，沒有什麼行動。看來事業也要有人去做。應該笑我像那膽怯的書生一樣，藏在車子裡，關起來猶如一個毫無辦法的新娘子。我現在只能白白地目送你去邊境上任，慚愧自己無法也這樣為國效勞。

陳韡字子華，曾以倉部員外郎知真州，故詞題中稱他陳倉部。「握蛇騎虎」，比喻像手裡拿著毒蛇，騎在猛虎背上一樣，左右為難。「下拜真吾父」指唐代名將郭子儀，只率領數十騎至回紇軍的大營，回紇首領大驚，齊放下武器下拜說：「真是我們的父親。」結果郭子儀與回紇聯盟，打敗了入侵的吐蕃軍。南宋初年，起義軍張用有五萬人馬，在接到岳飛的招降書後說：「真吾父也。」立即投降了岳飛。「祖生」是指東晉名將祖逖。

金國遷都到南京（今河南開封）後，蒙古軍曾經圍攻未下，在金帝求和後撤退。不久，蒙古的窩闊台汗派使臣到南宋，約南宋出兵聯合攻金。宋朝廷的官員都認為機不可失，應該聯蒙攻金復仇。唯有淮東安撫使趙范說：「北宋徽宗宣和年間，金國派使臣來約我們聯合攻遼國，誰知遼滅亡後，金兵背信棄義，不久就南侵，最後造成了『靖康之難』，這次蒙古又約我們聯合攻金，過去的教訓不可不注意。」宋理宗不聽，同意出兵夾攻金國，窩闊台允許滅金後，將河南土地歸還南宋。

金國的末代皇帝金哀宗完顏守緒，感到國都南京城內糧食缺乏兵力空虛，無法固守，於是棄城逃走，最後逃到蔡州（今河南汝南縣）。宋理宗

紹定六年（西元1233年）七月，南宋軍隊在孟珙的指揮下出襄陽，在馬蹬山大敗金兵，大軍直奔蔡州。

南宋詞人黃機，在南宋大軍北上進圍蔡州時，情緒振奮，寫了下面這首《滿江紅》：

▷ 滿江紅　　　〔黃機〕

萬灶貔貅，便直欲、掃清關洛。長淮路、夜亭警燧，曉營吹角。綠鬢將軍思下馬，黃頭奴子驚聞鶴。想中原、父老已心知，今非昨。

狂鯢剪，於菟縛。單于命，春冰薄。政人人自勇，翹關還棐。旗幟倚風飛電影，戈鋋射月明霜鍔。且莫令、榆柳塞門秋，悲搖落。

〔譯文〕我大宋百萬勇猛的軍隊，都急欲北伐，掃清盤踞在中原的金兵（「關洛」即指中原地區）。淮河一帶的邊界上，夜晚邊亭的烽火嚴密監視著敵人。一早軍營裡吹起號角（古代邊防上，每隔一定距離築亭，派兵士守衛，遇有警報就舉烽火傳遞信號，叫做「亭燧」）。那壯年黑髮的金軍將領，想著下馬投降，頭戴黃帽的敵人水軍，已經是風聲鶴唳，不堪一擊了。想中原的父老們心裡都已明白，今天的形勢和過去大不一樣，金人的滅亡就在眼前了。

那像狂暴巨鯨一樣的金兵，即將被翦滅，兇惡如虎的敵人，將被捆縛活捉。金國皇帝的性命，像春季迅速消融的薄冰。現在正是人人自動奮起，拿起武器和金兵英勇搏鬥的時候了。我宋朝大軍的旗幟迎風飛翻，急速前進迅疾如電，戈矛的鋒刃在月光下耀白如霜。千萬不要讓人們的希望，再像秋天邊關上的榆柳一樣，白白地凋落了（意抓緊時機北伐，不可再延誤）。

當南宋的大軍在孟珙的指揮下，進圍金國的最後根據地蔡州時，金哀宗還不知道，反而向南宋求救。他派使臣對南宋朝廷說：「……須知蒙古滅小國四十，然後滅西夏，西夏亡而滅我金。我金國若亡，必然要滅宋，

唇亡齒寒。如果與我聯合，救我也是為你們自己。」在當時的形勢下，南宋自然不肯同意。紹定六年八月，孟珙率領的宋軍到達蔡州城下，與蒙古軍會合，圍攻蔡州。第二年正月，金哀宗自殺，蔡州城被宋蒙聯軍攻陷。金自從太祖完顏阿骨打建國，至此一百二十年而亡。

國脈微如縷

金國滅亡後，蒙古與南宋以陳州（今河南淮陽）和蔡州為界，西北地歸蒙古，南面地歸南宋，兩方軍隊各自撤退。

金國滅亡了，南宋直接與強敵蒙古接界，形勢是非常險惡的。可是，昏庸糊塗的南宋君臣們，不知大敵當前，應該整修內政，加強武備，嚴防蒙古軍南侵，反而陶醉在滅金的所謂勝利之中，又開始了朝歡暮樂醉生夢死的生活。

果然，歷史好像又重演了，與北宋末年聯金滅遼後一樣，滅金後僅過了不到一年，即在宋理宗端平二年（西元1235年）初，蒙古首領窩闊台汗集結了蒙古軍、亡金的漢軍和其他族軍隊，分兩路大舉向南宋進攻，一路入侵四川，一路進攻襄漢。

宋理宗嘉熙元年（西元1237年），正是蒙古軍兩路向南進攻，宋軍節節敗退，人民受到極大苦難的時候。南宋詞人陳人傑，見到國事如此，深為感慨，寫了下面這首《沁園春》：

▷ 沁園春·丁酉歲感事　　　［陳人傑］

誰使神州，百年陸沉，青氈未還。悵晨星殘月，北州豪傑，西風斜日，東帝江山。劉表坐談，深源輕進，機會失之彈指間。傷心事，是年年冰合，在在風寒。

說和說戰都難，算未必江沱堪宴安。歎封侯心在，鱣鯨失水，平戎策就，虎豹當關。渠自無謀，事猶可做，更別殘燈抽劍看。麒麟閣，豈中興人物，不畫儒

蝶戀花・離別（蘇軾）　　（明）汪氏編《宋詞畫譜》

冠。

〔譯文〕是誰使我中原的大好江山，淪陷敵手百餘年，至今不能奪還。使人惆悵的是，北方的豪傑之士，已寥落如晨星殘月。剩餘的半壁江山，猶如西風下的樹葉，又像是即將落山的斜陽，形勢岌岌可危。既不要像劉表那樣當「坐談客」，也別學東晉殷浩率軍輕進。須知恢復中原的機會會在彈指之間喪失。最傷心的事是，我們宋朝多少年來，一直處在北方強敵的軍事威脅之下（「冰合」、「風寒」喻南宋所處的艱危環境）。

說要和或者要戰，那都有困難。可不管怎樣，這江南一隅地方未必能長久地安逸享樂。我雖然有為國立功封侯的決心，可像失水的巨鯨（鱣、鯨都指巨魚）一樣，處於困境無法施展才能。雖然寫好了收復中原的詳細計畫，可奸臣把持著朝政無法上達。那些在朝掌權的人雖然沒有恢復的謀略，但國事尚有可為。我把昏暗的油燈剔亮些，抽出寶劍看了又看，難道我作為一個讀書人，就不能為國建立功勳，成為肖像畫在麒麟閣上的中興人物。

「神州」、「陸沉」用的是西晉末年事，見前文解。「青氈」指東晉時，名書法家王獻之一天睡覺時，有小偷入室，將室內東西席捲一空，獻之慢慢地說：「偷兒！青氈吾家舊物，可特置之。」小偷被嚇跑了。詞中以「青氈」指宋朝淪陷了百餘年的中原故土。「劉表坐談」指東漢末年，曹操進攻柳城，寄人籬下的劉備勸荊州牧劉表襲擊曹操的老巢許昌，劉表不聽，後來為失此良機而後悔，故當時有人稱劉表為「坐談客」。「深源輕進」指東晉的將軍殷浩（字深源），長於清談，徒有虛名，北伐時因先鋒姚襄叛變而大敗，棄軍逃走。詞中的「麒麟閣」，為西漢初年蕭何所建，用「以藏祕書，處賢才也」。漢宣帝時，將功臣霍光、張安世等十一人的肖像畫在麒麟閣上。

宋理宗時人杜杲，字子昕，是一位元熟習邊境事務、英勇善戰的將軍。宋理宗端平三年（西元1236年）冬，杜杲守濠州（今安徽鳳陽縣），與入侵的蒙古軍作戰獲得勝利。嘉熙元年（西元1237年），杜杲改官安豐

（今安徽壽縣南），蒙古軍又進犯圍城，杜杲堅決抵抗，擊退了蒙軍。杜杲因多次立功，被任命為淮西制置副使，兼廬州（今安徽合肥市）地方官。宋理宗嘉熙二年，蒙古派使臣王楫來議和。杜杲說：「蒙古軍將領察罕曾說『撒花自撒花，廝殺自廝殺』，這樣看來，和議有什麼用呢？」可是曾任宰相、現為督師的史嵩之一意主和，聽到杜杲的言論後怒形於色。這時又有人來報告說，蒙古軍下令三年不南侵，史嵩之深信不疑，並且說：「現在八月了，未見動靜，蒙古軍真不會來了。」杜杲說：「蒙古軍說三年不南侵是故意騙人的，他們一定在最近就會入侵。」果然，九月時，蒙古將領察罕領兵號稱八十萬，圍攻廬州。杜杲竭力防守，蒙軍築壩高於城樓，杜用油灌草在壩下點火焚燒，壩上蒙軍全成了灰燼。接著開炮轟擊，炮中蒙軍高壩，蒙軍大驚，杜杲乘勝出戰，蒙古軍大敗而逃。

　　詞人劉克莊，是杜杲的好友，在聽到廬州捷報後，非常興奮，立即寫了一首《賀新郎》向杜杲祝賀。

▷ 賀新郎·杜子昕凱歌　　　　［劉克莊］

　　　　盡說番和漢，這琵琶依稀似曲，驀然弦斷。作麼一年來一度，欺得南人技短。歎幾處城危如卵。元凱後身居玉帳，報胡兒休作尋常看。布嚴令，運奇算。

　　　　開門決鬥雌雄判。笑中宵奚車氈屋，獸驚禽散。個個巍冠橫塵柄，誰了君王此段。也莫靠長江能限。不論周郎並幼度，便仲尼復起嗟微管。馳露布，築京觀。

〔譯文〕那些主張和議的人，總說蒙古軍願意與我們和好。是呀！蒙古使臣們說的話，真有點像琵琶彈的樂曲那樣動聽。可彈著彈著突然弦斷了，原來是蒙古大軍兵臨城下。這蒙古兵為何一年一度入侵，是欺負我們南宋人沒能耐？多少處城池被圍困，危險得如堆得高高的雞蛋，一碰全碎。晉代名將杜預的後身杜杲，坐鎮在軍帳中指揮。告訴你那些猖狂的蒙古兵，你們可別把他當作一般人。他正發布嚴格的命令，籌畫殲滅敵人的奇計。

　　杜將軍大開城門，與敵軍決戰取得勝利。可笑那些乘著車子，住

氈帳的蒙古兵，如同受驚的禽獸，半夜就潰逃了。朝廷裡一個個戴著高冠拿著玉柄麈尾的大官，有誰為君王辦這麼大的事（西晉末，清談家王衍當宰相，他不理政事，精於談玄，經常手執白玉柄的麈尾，最後終於使西晉亡國）。別想僅靠長江天險沒法橫渡。不管是指揮赤壁之戰的周瑜，或指揮淝水之戰的謝玄（字幼度），都難與杜杲比擬。如果孔子再生，他一定會認為杜杲像管仲一樣，沒有他，我們都會當了蒙古軍的奴隸。趕快把捷報傳送到各地，並且將敵兵的屍體堆起來埋成土丘，以紀念這次戰勝蒙軍的巨大功勳。

在《論語‧憲問》中，孔子稱讚管仲的功績說：「管仲當齊桓公的宰相，使桓公成為五霸之首，天下安寧，百姓們到現在仍受到恩惠。如果沒有管仲，讓蠻族（實指楚國）打了進來，那我們恐怕都要變成披散頭髮、衣服向左扣的野蠻人了。」詞中「便仲尼復起嘵微管」即用此典稱譽杜杲的功勳。

蒙古軍自從於西元1235年開始南侵後，以後幾年每年都要派軍南下擄掠。南宋軍民對蒙古軍的入侵，進行了堅決的抵抗，戰爭互有勝負。由於此時蒙古軍發動戰爭的目的只是擄掠奴隸和搶劫財物，並沒有滅亡南宋的計畫，加上窩闊台汗於西元1241年病死，宋元之間除小接觸外，沒有大的戰爭，出現了一段較平靜的時期。

宋理宗淳祐三年（西元1243年），蒙古軍攻四川，破大安軍。淳祐四年五月，蒙古軍又圍攻壽春府（今安徽壽縣），由吳文德率水陸軍增援解圍。詞人劉克莊不斷聽到這邊境告警的消息，感到國勢危殆，他希望當權者廣招人才和英雄豪傑，共赴國難挽救危亡，寫下了《賀新郎‧國脈微如縷》。

▷ 賀新郎　　　［劉克莊］

實之三和，有憂邊之語，走筆答之

　　　國脈微如縷。問長纓、何時入手，縛將戎主？未必人間無好漢，誰與寬些尺度？試看取當年韓五。豈有谷城公付授，也不干、曾遇驪山母。談笑起，兩河路。

玉女搖仙珮·佳人（柳永）　　（明）汪氏編《宋詞畫譜》

少時棋枰曾聯句。歎而今、登樓攬鏡，事機頻誤。聞說北風吹面急，邊上沖梯屢舞。君莫道投鞭虛語。自古一賢能制難，有金湯、便可無張許？快投筆，莫題柱。

〔譯文〕國家的命脈，已微細得像一根絲縷。請問，捆人的長繩何時才能到我手裡，把敵人的首領捆起來。人間並不是沒有英雄好漢，只是朝廷上沒有放寬用人的標準。你看當年的韓世忠吧，他並沒有經過谷城公那樣的名師傳授指點（韓世忠排行第五；谷城公就是給張良兵書的老人黃石公），也不曾遇到過如像驪山聖母那樣的神仙傳授法術，可他一樣能在談笑之中指揮大軍，在河北東西兩路大敗金兵。

我年輕的時候，也曾在軍營中一邊下棋一邊聯句（聯句為數人集體作詩的一種方式）。可現在人老了，登樓眺望中原，攬鏡自照，已力不從心，多次誤了從軍的機會。聽說蒙古軍不斷南侵，形勢危急，邊境上敵軍圍攻城池的沖車雲梯，在不斷地飛舞。你不要認為，蒙古軍說投鞭能過長江是吹牛。自古以來，用一個賢能的人，就能解除國家的危難。即使有堅固險要如鐵鑄成的城，四周圍著灌滿沸水的護城河，要是沒有像張巡、許遠這樣忠心耿耿的英勇將領固守，那也沒有用處。趕快像漢代的班超那樣，投筆從戎吧！在現在這個時代，不要再想用文辭來博得高官厚祿了。

「實之」，為南宋詞人王邁的字，他是劉克莊的好友。他們曾用《賀新郎》這個詞牌，互相問答五次，這一首是第三次，故說「三和」。唐代安史之亂時，張巡、許遠死守睢陽，最後雖然城陷全部犧牲，但他們牽制了大批叛軍，為唐王朝平定叛亂贏得了時間。西漢時，文學家司馬相如被召入長安，途經成都升仙橋時，在橋柱上題辭說：「不乘高車駟馬，不過此橋。」詞的最後一句，即用此典。

就在西元1241年起宋、蒙邊境較為平靜的時期中，南宋以皇帝宋理宗為首的統治集團，不僅沒有認識到大敵當前，應該抓緊時間修武自救，反而沉溺在聲色享樂之中。宋理宗在西湖邊大建寺院，派官員到各州縣搜刮

木材。這些官員借欽差之名大肆擾民，弄得雞犬不寧，民怨沸騰。又強佔民田修各種堂、閣、亭、觀。到西元1256年時，宋理宗任用奸臣丁大全及其黨羽馬天驥為樞密院長官，掌管軍權。1258年，丁大全又勾結理宗的妃子閻氏，當上了宰相。有人在朝門上題字：「閻馬丁當，國勢將亡。」

南宋詞人文及翁，於宋理宗寶祐元年（西元1253年）中進士，在新進士們的一次聚會上，同遊西湖。文及翁是綿州（今四川綿陽）人，因此遊玩時有人問他：「西蜀有此景否？」這句問話使文及翁想起北宋滅亡後百餘年來，南宋小朝廷一直偏安江南享樂，統治者們流連於西湖山水之間，不僅不思恢復中原，甚至連強敵蒙古在北方虎視眈眈，隨時有亡國的危機也滿不在乎，仍舊是歌舞昇平。想到這些，感慨萬分，於是在遊湖的酒宴上，即席賦了下面這首《賀新郎》作為回答。

▷ 賀新郎·遊西湖有感　　　　　［文及翁］

一勺西湖水。渡江來、百年歌舞，百年酣醉。回首洛陽花世界，煙渺黍離之地。更不復、新亭墮淚。簇樂紅妝搖畫艇，問中流、擊楫誰人是。千古恨，幾時洗。

余生自負澄清志。更有誰、磻溪未遇，傅巖未起。國事如今誰倚仗，衣帶一江而已。便都道、江神堪恃。借問孤山林處士，但掉頭、笑指梅花蕊。天下事，可知矣。

〔譯文〕在只有一勺水那麼點兒大的西湖地方，自從「靖康之難」時渡江南來到現在，一百多年來當權的人們都沉醉在歌舞享樂之中。回頭看昔日繁華的洛陽，如今已變成荒煙蔓草，一片冷落的地方。更沒有人為故國不能恢復而傷心落淚了。在西湖上乘有彩畫的船，帶著歌妓聽著音樂遊賞的人，有誰能像東晉的祖逖一樣中流擊楫，發誓要恢復中原。中原的廣大土地，至今還被敵人佔領著，這種千古恨事，幾時才能洗雪呢？

我自來就有澄清天下的志向，可惜得不到重視使用。天下更還有誰像姜尚那樣，仍在磻溪垂釣；又有誰像傅說那樣，一直埋沒在傅巖這地方。國家的形勢危急如此，倚仗的只是像衣帶那樣窄窄的一條長

江。大家都說，江神可以依靠。將這國事問問隱居孤山的林處士吧，他卻掉頭笑指著梅花說：「我只愛梅花，不問世事。」天下的事將會怎樣，由此也可以知道，是不可收拾了。

傳說商朝末年，姜尚隱居於磻溪（今陝西寶雞市東南），用無餌直鉤在離水面三尺的地方釣魚。周文王賞識他的才幹，用車載歸。姜尚後來輔佐文王之子周武王滅了商朝，建立了周朝，成為開國元勳。「傅岩」是地名，在今山西平陸，相傳傳說在此地作為築牆的奴隸，被商王武丁賞識，提拔為大臣，他輔佐武丁使商朝復興。「林處士」指北宋詩人林逋（即林和靖），他隱居於西湖孤山不做官，終生種梅養鶴為樂。

關河萬里寂無煙

宋理宗淳祐十一年（西元1251年），蒙古的蒙哥汗即位，他率軍攻滅了西域一帶十幾個小國，威鎮歐亞大陸，被人們稱做「上帝之鞭」。西元1258年，蒙古軍兵分三路，大舉侵宋。蒙哥汗親自率領主力部隊入侵四川，其弟忽必烈率軍進攻鄂州。蒙哥汗企圖佔領四川後，東出與攻下鄂州的蒙軍會師，然後順長江東下圍攻南宋首都臨安。南宋此時，已到了生死存亡的關頭了。

蒙哥汗發兵分路大舉南侵時，南宋奸相丁大全竟然隱匿軍情不報，後來實在瞞不住了，被彈劾罷免了相位。四川一路蒙軍因蒙哥汗戰死而北撤，但忽必烈率領的那一路蒙軍，卻未受到打擊，在九月間圍攻鄂州。十月，宋理宗任命了一位因裙帶關係被提拔的宰相，這就是著名的大奸賊，將南宋政權更快地送上滅亡道路的賈似道。賈同時還兼任掌握全國軍權的樞密使。宋理宗命他出兵去援助鄂州，賈哪裡敢和蒙古軍交鋒，他在十二月私自派人到忽必烈的軍營求和。正好這時忽必烈聽說他哥哥蒙哥大汗戰死後，蒙古的諸宗王要擁立別人當大汗，忽必烈急於回軍去奪取大汗位，於是答應了賈似道的求和。雙方議定：以長江為界，江北土地全歸蒙古；南宋向蒙古稱臣；南宋每年向蒙古獻銀二十萬兩，

南歌子·端午（蘇軾）　　（明）汪氏編《宋詞畫譜》

絹二十萬匹。

南宋詞人王埜，曾負責長江的防務。理宗寶祐二年（西元1254年），王又在樞密院主管過全國軍事，可不久就被彈劾罷職，閒居家中。當他看到蒙古軍多次南侵，南宋朝廷危在旦夕，而新任宰相賈似道不僅不能堅決抵抗，反而屈辱求和，王埜對此深為感歎，可自己又無能為力，遂將這一腔心事，寫在下面這首《西河》中：

▷ 西河　　　〔王埜〕

　　天下事，問天怎忍如此！陵圖誰把獻君王，結愁未已。少豪氣概總成塵，空餘白骨黃葦。

　　千古恨，吾老矣！東遊曾弔淮水。繡春臺上一回登，一回搵淚。醉歸撫劍倚西風，江濤猶壯人意。

　　只今袖手野色裡，望長淮猶二千里。縱有英心誰寄！近新來，又報胡塵起。絕域張騫歸來未？

〔譯文〕老天啊！你怎麼忍心讓我宋朝的國事發展到這種不堪設想的地步。有誰能將北宋皇陵的地圖，獻給我們的君王（北宋皇陵都在河南鞏縣，詞中以陵圖代表失陷的中原。獻圖表示土地被收復）。憂愁沒完沒了，人們青少年時的英雄氣概，最後多半成了灰土，剩下的只是荒草中的白骨罷了！

　　這恨事真是千古難消啊！人已經衰老了。我去東邊遊歷時（指作者主管長江防務鎮守江寧時），曾到秦淮河邊憑弔，江寧府中的繡春臺上，我登臨北眺一次，就擦一次眼淚。醉了手撫寶劍迎著強勁的西風，長江的浪濤更鼓舞著人們的勇氣。

　　如今身在田野裡袖手旁觀，遠離淮河前線有兩千里之遙。即使有恢復中原的心思，可又託付給誰呢？最近新又聽說，蒙古軍不斷南下侵擾。像西漢張騫那樣的英雄人物，從遙遠的地方歸來了嗎？

　　與王埜同時的另一位詞人曹豳（音ㄅㄧㄣ），是王埜的好友，他在讀了王寫的《西河》之後，深為感動，遂用王詞的原韻和作了一首，詞中充滿了

對國事的悲憤，斥責了當權者的誤國，並希望王埜能再度起用，負起軍國重任。

▷ 西河‧和王潛齋韻　　　〔曹豳〕

今日事，何人弄得如此！漫漫白骨蔽川原，恨何日已！關河萬里寂無煙，月明空照蘆葦。

謾哀痛，無及矣。無情莫問江水：西風落日慘新亭，幾人墮淚？戰和何者是良籌？扶危但看天意。

只今寂寞藪澤裡，豈無人高臥閭裡，試問安危誰寄？定相將，有詔催公起。須信前書言猶未？

〔譯文〕是誰將國事弄到今天這種不可收拾的地步？死難人民的白骨，遮蔽了漫漫的荒野。對誤國者的憤恨，何日能終結。如今是，萬里江山一片荒涼，都無炊煙，明月照著叢生的野草。

空自悲傷已無濟於事了。別問那無情東流的長江水。在西風勁吹夕陽西下的時刻，有幾個人會在新亭悲傷落淚呢？是戰是和猶豫不決，不知什麼是上策，想渡過這危機只能倚靠老天了。

在如今的那些荒野偏僻之地，難道沒有賢才在家中高枕而臥，隱居不出。請問國家的安危寄託給誰呢？不久一定會有皇帝的詔書，催您出山為國效力，您相信我在過去書信中說過的話了吧！

曹豳希望王埜重新出山，振興國家，但當時的南宋政權已病入膏肓，等著它的是滅亡的命運，不是個人能挽回的了。

賈似道私自向蒙古忽必烈求和後，宋理宗景定元年（西元1260年），一部分蒙古軍從湖南北撤，賈似道採用宋將劉整的計策，派水軍襲殺了殿後的蒙古軍數百人。

回朝後，賈似道隱瞞了他私自向蒙軍求和、訂立喪權辱國協議的真相，謊報他抗蒙獲得大勝，並獻上殺、俘的蒙古兵。在上奏皇帝的表章中無恥地吹噓說：「諸路大捷，鄂圍始解，江漢肅清，宗社危而復安，實萬世無疆之休。」昏庸的宋理宗對賈似道的鬼話深信不疑，認為是他挽救了

南宋朝廷，立了不世之功。於是下詔書讚美賈似道是「吾民賴之而更生，王室有同於再造」，對賈加官晉爵，使他把持了全部朝政。

賈似道掌握大權後，首先排除異己，先陷害另一個宰相吳潛，將他貶到循州（今廣東龍川）。大將王堅在四川合州釣魚城抗蒙有卓越功勳，賈似道卻免去他的兵權，調去當無關緊要的地方官，使王堅抑鬱而死。賈為了報私仇，又實行所謂「打算法」，凡是在抗蒙戰爭中支取官物用做軍需的人，一律加上「侵盜官錢」的罪名，陷害了不少抗蒙有功的將領。

景定五年（西元1264年），宋理宗病死。賈似道擁立太子為帝，即宋度宗。這個皇帝更加荒淫昏庸，成天只顧享樂，朝政全交給賈似道，並給賈加上「平章軍國重事」的尊號，故此後南宋人常稱賈似道為「賈平章」。

就在景定五年九月，賈似道上奏皇帝，推行土地的「經界推排法」，要丈量人民佔有的土地面積，鑒定土地好壞，然後規定應繳交的賦稅。實際上是給貪官污吏們增加了搜括人民以大量肥私的好機會。對此，醴陵（在今湖南）有個讀書人，寫了一首諷刺的詞《一剪梅》。

▷ 一剪梅　　　　［醴陵士人］

　　宰相巍巍坐廟堂，說著經量，便要經量。那個臣僚上一章？頭說經量，尾說經量。

　　輕狂太守在吾邦，聞說經量，星夜經量。山東河北久拋荒，好去經量，胡不經量。

〔譯文〕宰相高高地坐在朝堂之上，說要經量（即丈量）土地，馬上就要下邊動手。不知哪位大臣為了迎合宰相的意旨，上了個奏章，奏章開頭說要「經量」，結尾還是要「經量」。

我們家鄉（指醴陵）那個輕率狂妄的太守，一接到「經量」的命令，就星夜動手幹了起來，因為這正是肥私撈錢的機會到了。可是，山東、河北一帶已淪陷一百四十年了，在金和蒙古兵的踐躪下，那裡的土地早已荒蕪，你們為何不去「經量」一番呢？

瑞鶴仙‧醉翁亭（黃庭堅）　　（明）汪氏編《宋詞畫譜》

賈似道獨攬朝政，排除異己，對北方的強敵蒙古毫不做防備，卻過起醉生夢死的享樂生活來。他在杭州西湖邊的葛嶺，依湖山勝景建造了豪華的樓臺堂館，題為「半閑堂」。他又建「多寶閣」，強迫下屬官員貢獻各種珍寶、奇器、書畫，供他每天觀賞。聽說抗蒙有功的大將余玠死時，有玉帶隨葬，竟下令掘墓取出歸己。賈又強娶大量民女，養了許多妓女、尼姑，整天在半閑堂和西湖上遊戲取樂，至於朝政，早就置諸腦後了。當時的人們諷刺道：「朝中無宰相，湖上有平章。」

南宋時，掌權的統治階級不思恢復失地，而是苟且偷安，講究享樂。對各種玩好之物，遊戲之事，常不惜耗費時間花大代價精益求精，「鬥蟋蟀」就是其中之一。蟋蟀俗名蛐蛐，我國古代又稱「促織」。南宋時鬥蟋蟀之風非常興盛，在首都臨安，好事的有錢人甚至花二、三十萬個銅錢買一隻善鬥的蟋蟀，並且用象牙雕成精美的籠子來裝牠。宋寧宗慶元二年（西元1196年）秋，著名詞人姜夔與張鎡（字功父）一起，在張達可家飲酒，聽見房子牆壁間有蟋蟀的叫聲。張功父約姜夔各寫一首詠蟋蟀的詞，以便給人歌唱。張功父先寫成，姜夔在茉莉花叢中徘徊，抬頭看見秋月，頓時來了文思，很快也寫好了，就是下面這首著名的《齊天樂》：

▷ 齊天樂　　　　[姜夔]

丙辰歲，與張功父會飲張達可之堂，聞屋壁間蟋蟀有聲，功父約予同賦，以授歌者。功父先成，辭甚美，予徘徊茉莉花間，仰見秋月，頓起幽思，尋亦得此。蟋蟀中都呼為促織，善鬥，好事者或以三二十萬錢致一枚，鏤象齒為樓觀以貯之。

　　庾郎先自吟愁賦，淒淒更聞私語。露濕銅鋪，苔侵石井，都是曾聽伊處。哀音似訴，正思婦無眠，起尋機杼。曲曲屏山，夜涼獨自甚情緒？

　　西窗又吹暗雨，為誰頻斷續，相和砧杵。候館迎秋，離宮吊月，別有傷心無數。幽詩漫與，笑籬落呼燈，世間兒女。寫入琴絲，一聲聲更苦。

〔譯文〕起初，像是庾信吟詠他的《愁賦》（庾信是南北朝時的北朝作家，擅長寫作詩賦。《愁賦》是他的一篇作品），接著像是，竊竊私語，聲音更加淒涼而悲愴。在那露水打濕了銅鋪首的大門外（銅鋪即銅製鋪首，為大門上口銜門環的銅製獸頭），在那長滿青苔的石井旁，都是曾聽見你鳴叫的地方。那悲哀的鳴聲如泣如訴。思念遠行親人的婦女聽見你的叫聲，再也無法安睡。只好起來尋找紡織工具，準備織布趕製冬衣。她望著屏風上畫的重重遠山，涼冷的夜晚獨坐，有多麼的憂傷。

西風帶來秋雨吹打著小窗，蟋蟀啊！你為誰在不斷地悲鳴，應和著她的搗衣聲。在客店裡度過冷清的秋天，還有那行宮中月明的晚上，聽蟋蟀的悲鳴引起了多少傷心惆悵。古老的《詩經·豳風》中，就有描述蟋蟀的篇章（「豳」，遠古時代小國名）。最高興的還是捉蛐蛐的孩子們，晚上提著燈籠在籬笆邊大呼小叫。有人把詠蟋蟀譜成曲調，彈奏起來一聲聲更加悲苦淒涼。

詞的序言中「丙辰歲」，即西元1196年；「中都」即都中，指南宋首都臨安城中。詞的最後一句注有：「宣政間，有士大夫制《蟋蟀吟》。」按「宣政」為宋徽宗的年號宣和與政和，北宋在此期間政治腐敗，統治階級安於逸樂。此時有人寫了悲涼的《蟋蟀吟》，可認為是國將衰亡的預兆（西元1127年北宋即被金國滅亡）。

這首詞並不直接寫蟋蟀的本身如何，而是寫蟋蟀的鳴聲和聽蟋蟀的人。既寫人們聽蟋蟀鳴聲引起的思念和悲愁，又用孩子們捉蟋蟀的歡樂來與之對比。前人認為，詞中的「露濕銅鋪……起尋機杼」及「西窗又吹暗雨，為誰頻斷續，相和砧杵」幾句，寫得最為精彩。還有人認為：「候館迎秋，離宮吊月，別有傷心無數」是指北宋滅亡時被金兵擄去囚禁在北國的使臣和皇帝，隱藏著對亡國的深切悲痛。

南宋人喜歡鬥蛐蛐，而奸相賈似道更是一個鬥蛐蛐迷。他常和家人一起，蹲在地上玩鬥蛐蛐。有一個陪他吃喝玩樂的門客，曾在大鬥蛐蛐時摸著賈似道的背說：「這也是平章的軍國重事吧！」一次宋度宗派欽使請他入朝商議軍國大事，當時賈正與群姜趴在地上鬥蛐蛐，正鬥得高興，拍

手歡呼狂叫時，家人稟報欽使到，賈似道怒氣沖沖地說：「什麼欽使不欽使，就是御駕親臨，也得等我鬥完蟋蟀再說。」說畢，繼續鬥他的蟋蟀。賈似道並且將他玩蟋蟀的經驗和心得，寫成了一部《促織經》流傳後世。這真是一位禍國殃民、不折不扣的「蟋蟀宰相」。

襄樊四載弄干戈

西元1259年，蒙古的大汗蒙哥在四川合州釣魚城下戰死，蒙哥的弟弟忽必烈在接受賈似道的求和後，從鄂州退兵返回開平（今內蒙古正藍旗東閃電河北岸）。西元1260年，忽必烈繼承蒙古的大汗位，定都於開平。

忽必烈繼位後，立即派遣翰林侍讀郝經出使南宋，索要賈似道求和時同意向蒙古繳納的歲幣。賈害怕郝到臨安後，他的求和醜事要敗露，於是下令將郝經關押在真州（今江蘇儀征）。這種愚蠢而又卑劣的手段，正好給了蒙古軍南侵的藉口。

西元1267年，忽必烈將都城由開平遷到原金國的中都，稱為大都。1271年，忽必烈改國號元，建立了一個新王朝，後人稱忽必烈為元世祖。

金國的中都在蒙、金交戰中被焚，大火燒了一個多月，主要宮殿樓閣全部毀滅。於是元世祖下令，在原金中都的東北方興建大都城。十幾年後，即西元1276年，大都建成。它的氣魄宏大，規劃整齊，街道都是東西和南北向的直線。其後明、清兩代的首都北京，都是在元大都的基礎上擴建而成。甚至現代的北京市，其原始規劃和基礎，也是由元大都奠定的。今日北京著名的「胡同」，據說來自蒙古語「水井」，即有人生活居住的地方。

忽必烈繼承大汗位後，採納南宋降將劉整的建議：要滅亡南宋，必須先攻佔襄陽（今湖北襄樊市），然後順長江而下，攻佔南宋首都臨安。而要佔領漢水南岸的襄陽，須先奪取漢水北岸的樊城。西元1269年春，元軍圍攻樊城。1271年，另一路元軍圍攻襄陽。元軍將領張弘範在此時，寫了一首《鷓鴣天》。

傲范中立

漁家傲・春景（王安石）　　（明）汪氏編《宋詞畫譜》

▷ 鷓鴣天　　　[元　張弘範]

　　鐵甲珊珊渡漢江，南蠻猶自不歸降。東西勢列千層
厚，南北屯軍百萬長。

　　弓扣月，劍磨霜，征鞍遙指下襄陽。鬼門今日功勞
了，好去臨江醉一場。

〔譯文〕在鐵甲的撞擊聲中我渡過漢江（「珊珊」本為玉石相擊
聲，此處用以形容鐵甲撞擊的聲音），這南邊的蠻子還不肯投降。我
大軍東西列陣厚有千層，屯軍南北足有百萬。

　　弓已拉滿圓如月，劍已磨利寒光如霜。我坐在馬上，遙指那不久
即將攻佔的襄陽。今天看來就要大功告成了，好好地去臨江（今江西
清江縣臨江鎮）大醉一場吧！

　　南宋朝廷中的賈似道知道襄樊告急後，一面隱瞞軍情，不讓宋度宗知
道，一面派他的親信範文虎領兵去救襄樊。那范文虎是貪生怕死之徒，幾
次率軍剛與元軍接觸，范即帶頭逃命。主將一逃，部下當然大潰。襄陽、
樊城只是由於守城的軍民英勇戰鬥，元兵圍攻了四年，都未能破城。由於
城中糧食已盡，而援軍已大敗而退，城池危在旦夕。

　　前線戰事如此危急，後方呢？以賈似道為首的一幫官僚貴族們，仍舊
是歌舞昇平，沉溺酒色，甚至無恥吹捧賈似道功比周公。當時一位姓楊的
小官，職位是僉判（即簽判），見到這種情景，憤恨不已，寫了下面這首
抨擊的《一剪梅》：

▷ 一剪梅　　　[楊僉判]

　　襄樊四載弄干戈。不見漁歌，不見樵歌。試問如今
事若何，金也消磨，穀也消磨。

　　柘枝不用舞婆娑。醜也能多，惡也能多。朱門日日
買朱娥，軍事如何，民事如何？

〔譯文〕元兵圍攻襄陽和樊城已經四年了，破壞了人民的和平生

活，漁人樵夫的歌唱，早就聽不見了。試問現在的情況怎樣了？告訴你吧，襄樊城中錢也沒有了，糧也吃完了。

不要再欣賞著美妙的柘枝舞而醉生夢死了，醜事真太多了，罪惡堆成山了。幹了些什麼呢？富貴人家成天往家裡買舞女，可前線的軍事怎麼樣了，後方百姓們的生活又怎樣了，你們可曾有半點放在心上？

詞中的「柘枝」，是流行於唐宋時代的著名舞蹈。「朱門日日買朱娥」，帶頭的當然是奸相賈似道。在西湖之濱，有一個樵夫的女兒，名叫張淑芳，長得非常美豔，宋理宗選宮嬪時，張已入選，可被賈似道看中，私自留了下來做妾，寵愛無比。當時正是元軍圍攻襄樊，軍情緊急的時候，有人寫詩諷刺道：

> 山上樓臺湖上船，平章醉後懶朝天。
> 羽書莫報襄樊急，新得蛾眉正少年。

〔譯文〕葛嶺山上是宰相大人的樓臺館閣，西湖上是他華美的遊船。賈平章他醉了，懶得上朝見天子。插了三根羽毛的火急軍事文書，報告襄樊城危急有什麼用呢？須知賈大人新得了一個年輕美女，尋歡作樂都來不及，哪有工夫管這些閒事呢？

張淑芳雖然身在宰相府，可她倒有些見識，看見賈似道的倒行逆施，知道他長不了。於是預先在五雲山下（在錢塘江邊九溪附近）造了一所別墅。後來賈似道被充軍到廣東去時，張削髮為尼終老。

樊城和襄陽苦守了五年，由於糧盡援絕，樊城於西元1273年初被元軍攻陷，守城將軍范天順力戰不屈，城破時自殺。樊城陷落後，襄陽守將呂文煥感到無望，開城投降了元軍。

襄樊失守後，南宋朝廷大為震動。很多官員上奏章，要求嚴懲援救不力、臨陣脫逃的將領范文虎。可賈似道只將范外調為地方官。當時的京湖制置使汪立信，看見大勢已去，南宋滅亡迫在眉睫，於是給賈似道寫信，信上認為大宋大勢將去，統治者不應再繼續縱情聲色，不思進取。「為今之計，只有二策：將內郡的兵七十餘萬人全調出來守衛長江，這是上策；

和敵人講和以作為緩兵，二、三年後邊防稍固，可戰可守，這是中策。此二策如不能行，那只有坐等亡國了。」賈似道看信後，不僅不考慮，反而把信扔到地上大罵說：「瞎賊（汪立信有一隻眼睛是瞎的）怎敢如此胡說。」立即下令將汪免職。

國事當時誰汝誤

襄樊陷落後，元軍元帥阿朮看見宋軍虛弱，不堪一擊，請元世祖下詔乘機滅宋。於是，二十萬元軍分為兩路，大舉南進。就在這一年（西元1274年）七月，宋度宗病死，在宋理宗的皇后謝太后主持下，立四歲的趙顯為帝，賈似道仍專朝政。

兩路進攻的元軍，勢如破竹，很快將長江北岸的重要城鎮全部佔領，不久鄂州守將也投降了元軍。鄂州失陷後，南宋朝廷中群臣及太學生們都上書，要求賈似道親自領兵抗元。賈迫不得已，抽調各地精兵十三萬人出發。這位只會吃喝玩樂鬥蟋蟀的宰相，外出作戰時，還帶了大量金銀財寶和玩樂之物，以至於所乘的船裝得太重而擱淺，派上千士兵下水拉船都拉不動。賈似道還沒有和元軍接觸，就派使臣向元軍求和，願稱臣並繳納歲幣。元軍元帥伯顏不許，接著元軍向宋軍進攻，試想由賈似道這種人帶領的軍隊，會有什麼下場。兩軍剛一接觸，宋軍馬上潰散，有的宋軍一聽見鑼聲，還沒見到元兵的人影就向後逃跑了，賈似道只帶少數親信乘小船逃到揚州。這一仗，南宋軍隊主力全部喪失，當時有人寫詩諷刺道：

> 丁家洲上一聲鑼，驚走當年賈八哥。
> 寄語滿朝諛佞者，周公今變作周婆。

詩中「婆」即婆，詩三、四句說朝廷中不少官員吹捧賈似道功勞和周公一樣，如今見敵就抱頭鼠竄，周公變成膽小的周婆了。

賈似道剛出兵時，被他罵為瞎賊的汪立信被起用為江淮招討使，汪知道大勢已去，在蕪湖見到賈似道，賈當時雖然尚未兵敗，可也知大事不好，對汪歎息說：「端明（汪立信任端明殿學士）！端明！悔不聽你的

話，以至於此。」汪立信說：「平章！平章！我瞎賊今天沒有什麼可說的了。如今江南沒有一寸土地乾淨無元兵，我去尋一片趙家土地上死，要死得分明。」當賈似道兵敗的消息傳來時，汪立信不忍見亡國之禍，便自殺了。

賈似道兵敗後，元軍乘勝東進，連續攻下了建康、鎮江、江陰等地，兵鋒已逼近南宋首都臨安。朝廷中官員紛紛上書要求斬賈似道。當政的謝太后罷免了賈的官職，貶為高州團練副使，到循州安置。這就是說，賈似道成了罪犯，被充軍到循州。

賈似道當年曾陷害另一宰相吳潛，貶吳到循州安置。賈唯恐吳不死，派自己的親信劉宗申為循州地方長官，不停地迫害吳潛，使吳服毒而死。可今天賈自己也被安置循州，於是有人在賈府的牆上題了一首諷刺的詞《長相思》。

▷ 長相思　　　［无名氏］

　　去年秋，今年秋。湖上人家樂復憂，西湖依舊流。
　　吳循州，賈循州。十五年間一轉頭，人生放下休。

〔譯文〕去年秋天，到今年秋天，西湖邊上的人家（指賈似道家）從極樂變成了憂愁，可西湖水依舊。

當年吳潛貶循州，如今你賈似道也貶循州，十五年間轉了個圈，人生就是這樣啊！

按宋朝法律，大臣犯罪安置遠州，須有監押官押送。循州是極邊遠的地方，誰也不願當監押官，唯有個會稽尉鄭虎臣，自願申請去。原來鄭的父親是被賈似道陷害致死的，這次報仇來了。

賈似道動身去循州時，隨身帶著金銀財寶十餘車，姬妾僮僕上百人。一路上，鄭虎臣將他的姬妾僕人陸續趕走，又逼他把錢財都施捨給寺院。在賈坐的車子上，撤去車蓋，讓他一路曬著，並且插了個旗子，上書：「奉旨監押安置循州誤國奸臣賈似道。」每到一處，眾人圍觀唾罵，賈只得掩面而行。

又走了些日子，來到泉州（今福建晉江）的洛陽橋上，有一人見車上

旗子後大叫：「賈平章，久違了，一別二十年，誰知在此相會。」賈抬頭一看，原來是被他陷害充軍嶺南的葉李。賈似道當權時，推行公田（政府賤價強買官員或民間田地，再由政府租給農民收租米）、關子（大量發行紙幣）兩法，弄得農業蕭條，物價飛漲，工商業都被破壞，民怨沸騰。葉李當時為太學生，上書批評公田、關子兩法擾民，並說賈專權誤國。賈似道大怒，將葉李下獄。葉被充軍到嶺南，這次他被赦免放還，沒想到正遇上當年害他的賈平章，於是，葉李立即寫詞一首贈賈似道：

▷ 失調名　　　〔葉李〕

　　君來路。吾歸路。來來去去何時住？公田關子竟何如？國事當時誰汝誤？

　　雷州戶。崖州戶。人生會有相逢處。客中頗恨乏蒸羊，聊贈一篇長短句。

〔譯文〕宰相大人你來的路，正是我歸去的路。來來去去，幾時能完呢？公田、關子究竟怎樣了呢？當時是誰？就是你誤了國家大事啊！

　　我像雷州司戶寇準先貶來，你像崖州司戶丁謂跟著來。人生真是有相逢的地方呀！真遺憾如今旅途上弄不到蒸羊，只好送你一首詞吧！

　　北宋仁宗時，剛直不阿的宰相寇準，被權臣丁謂向皇帝進讒言，貶為雷州（今廣東海康，在雷州半島）司戶，丁謂自己當上了宰相。不久，丁謂由於犯罪，被貶到更遠的崖州（今廣東崖縣），路途要經過雷州，寇準派人送丁謂蒸羊一隻。丁謂收到後非常慚愧，想與寇準見面謝罪，寇準堅決不見他。

　　賈似道一行到一處古寺中休息時，牆上有前宰相吳潛的題字。鄭虎臣大聲責問：「賈團練！吳丞相何以到此？」賈似道聽後羞愧難言。

　　按鄭虎臣的想法，在路上儘量折磨賈似道，讓這位當了十五年宰相的公子哥兒受不了，會自尋短見。誰知賈似道還真是宰相肚裡好撐船，臉厚

無比。鄭虎臣多次催他自盡，他都不肯，還說：「太皇太后許我不死，有詔即死。」宋恭宗德祐元年（西元1275年）九月，到達福建漳州城南二十裡的木綿庵。鄭虎臣說：「我為天下殺你，雖死何憾。」遂將賈似道給殺死了。

賈似道死後半年，元軍佔領臨安，南宋政權實際上滅亡了。

第十三章　南宋亡音

鼓鞞驚破霓裳

宋恭宗德祐元年（即元世祖至元十二年，西元1275年），賈似道率領的宋軍不戰而潰後，南宋的水陸軍主力全部瓦解了。因此，元兵很快就佔領了長江南北兩岸的土地，兵鋒直指南宋的首都臨安。

南宋王朝的最高統治者們，這時才真正感到大事不好。由謝太后下詔書，要各地起兵勤王。可是，南宋各地的官員，大都準備投降元軍，幾乎無人響應，只有張世傑和文天祥立即起兵奔赴臨安。可朝中執政的宰相陳宜中，對他們不予信任，竟說文天祥「猖狂」、「兒戲無益」，不准他領兵入臨安。

德祐元年三月，臨安危急，朝中大小官員們相繼逃跑。十一月，好容易才進入臨安的文天祥和張世傑建議，將數萬勤王兵馬集中，與元兵決一死戰。可任宰相的留夢炎和陳宜中一心一意要投降，不同意作戰。十一月底，留夢炎逃跑，後來投降了元軍。十二月初，陳宜中奉謝太后之命，派人到元軍請求投降，可元軍元帥伯顏不准。

這時，文天祥、張世傑請三宮（太皇太后、太后和小皇帝）乘船到海中暫避，由他們與元軍在臨安城下決戰。可宰相陳宜中不同意，並且向元軍送上傳國玉璽和宋恭宗的降表。伯顏要陳宜中到元軍兵營中議降，陳宜中害怕，連夜逃往溫州。張世傑看大勢已去，領兵南下準備繼續抗元。

一意投降的南宋皇室，任命文天祥為右丞相，派他到元軍營去議降。伯顏將文天祥扣在軍中，後又押解北去。宋恭宗德祐二年三月，伯顏大軍

如夢令·春景（秦觀）　　（明）汪氏編《宋詞畫譜》

在毫無抵抗的情況下進入臨安，將南宋太后全氏（宋度宗后）及年僅五歲的皇帝宋恭宗趙㬎俘虜，押解去元大都燕京。太皇太后謝道清（宋理宗后，趙㬎的祖母）年已七十餘歲，因病暫留臨安，後來也被押赴燕京。南宋至此實際上滅亡了。

德祐年間的一位姓褚的太學生，親眼見到南宋朝廷在臨安不戰而降，他寫了兩首關於「德祐乙亥」的詞，記述了事件的經過。

▷ **祝英台近**　　　　〔褚生〕

德祐乙亥

> 倚危欄，斜日暮。驀驀甚情緒，稚柳嬌黃，全未禁風雨。春江萬里雲濤，扁舟飛渡，那更聽、塞鴻無數！
>
> 歎離阻。有恨落天涯，誰念孤旅？滿目風塵，冉冉如飛霧。是何人惹愁來？那人何處？怎知道，愁來不去。

〔**譯文**〕靠著高高的欄杆，直到夕陽西斜暮色降臨，心神恍惚難安。想起年幼的皇帝，嬌弱的太后，他們怎能經受這場風雨。春日長江上無邊的雲霧波濤中，元朝的火軍在乘舟飛渡。又聽說，在淮河和長江兩岸，無數的難民流離失所。

感歎離亂阻礙，難民們流落天涯，有誰憐念這些身在異鄉的人。只見滿目的戰火，撲面的煙塵隨風飛旋。是誰，正是那奸相賈似道，給國家帶來了巨大災禍，可他現在到哪裡去了。怎麼知道，事已至此，是無可挽回的了。

詞題「德祐乙亥」即德祐元年。這年南宋朝廷向元軍投降。這首詞僅從字面上看，不容易理解它的含意。據前人的注釋說，詞中的「稚柳」指尚在童年的宋恭宗趙㬎；「嬌黃」指皇太后全氏；「扁舟飛渡」指元軍渡過長江直指臨安；「塞鴻」指逃難的南宋百姓；「惹愁來」指賈似道出山當政；「那人何處」說賈到何處去了。

南宋宮廷中的供奉琴師汪元量，字大有，號水雲，他是宋末的著名詩人，曾在宮廷中親眼見到南宋朝廷從極端腐敗到臨安不戰而降的全過程。

後來，汪元量和南宋皇室及宮女們一起，被押解到元大都去。他將自己所見所聞，寫成了大量詩篇。

▷ 醉歌（選二）　　　　［汪元量］

（一）

淮裏州郡盡歸降，鞞鼓喧天入古杭。
國母已無心聽政，書生空有淚成行。

（二）

亂點連聲殺六更，熒熒庭燎待天明。
侍臣已寫歸降表，臣妾簽名謝道清。

〔譯文一〕淮河、襄樊一帶的州郡全都投降了，戰鼓喧天，元軍開入了古老的杭州。國母謝太后她已無心再處理政事，我這個書生只能白白地掉眼淚。

〔譯文二〕雜亂連聲的鼓點報了六更（宋代宮廷中，五更之後還打六更），庭院中燈光熒熒，等待著天明。大臣已寫好了向元軍投降的表章，國母在上面簽上了「臣妾謝道清」。

　　汪元量在他寫的九十八首《湖州歌》中，記述了南宋皇室及隨從人員被押解到元大都去的情景。

▷ 湖州歌（選一）　　　　［汪元量］

太湖風捲浪頭高，錦柁搖搖坐不牢。
靠著篷窗垂兩目，船頭船尾爛弓刀。

〔譯文〕太湖上大風捲起高高的白浪，押解我們這些俘虜的船隻搖搖晃晃。我只好靠著船篷的窗戶低垂下兩眼，不敢看站在船頭和船尾上押送元兵們的閃亮刀劍。

　　船隻經過淮河時，汪元量聽見夜間有南宋的宮女彈琴，琴聲更勾起國

亡家破之恨，有感而寫了下面這首《水龍吟》：

▷ 水龍吟‧淮河舟中夜聞宮人琴聲　　　　〔汪元量〕

　　鼓鞞驚破霓裳，海棠亭北多風雨。歌闌酒罷，玉啼
金泣，此行良苦。駝背模糊，馬頭匼匝，朝朝暮暮。自
都門燕別，龍艘錦纜，空載得，春歸去。

　　目斷東南半壁，悵長淮已非吾土。受降城下，草如
霜白，淒涼酸楚。粉陣紅圍，夜深人靜，誰賓誰主？對
漁燈一點，羈愁一搦，譜琴中語。

〔譯文〕元兵的戰鼓聲，驚散了南宋宮廷中的輕歌曼舞。北面來
的急風暴雨，吹打著宮中的海棠亭。記得被迫離開臨安時，飲罷了別
離酒，悲淒的歌聲也已隨風散盡，餘下的，只是妃嬪宮女們的一片哭
泣聲。就這樣，開始了這次悲苦的旅程。頭昏眼花地騎在駱駝背上，
周圍全是押送的元軍騎兵（「匼匝」，周圍環繞之意），從早到晚不
停地向北行進。自從皇室被迫離開臨安北上，西湖上繫著錦纜的龍
船，再也無人乘坐遊賞，它只能白白地載著美好的春天歸去。

　　來到早已不是我大宋疆土的淮河兩岸，遠望被元軍佔領的東南
半壁江山，真是使人惆悵啊！北方邊塞上的古受降城（漢武帝為接受
匈奴的投降所築，故址在今內蒙古巴彥淖爾盟狼山西北）下，秋草已
乾枯白如霜。真是不勝淒涼辛酸啊！夜深人靜時，在一起的妃嬪宮女
們，誰是賓客，誰又是主人呢？對著一盞暗淡的漁燈，將心中這一把
愁思都譜入琴曲，化作琴聲，向遠處飛揚。

　　南宋末年，岳州（今湖南岳陽）住著一對平民夫婦，男的名徐君寶，
女的傳說叫金淑貞，不過歷史上都稱她為徐君寶妻。元兵攻佔樊城和襄陽
後不久，又攻陷了岳州。百姓們為了逃避元兵的屠殺，紛紛逃出城去。徐
君寶夫婦也跟著外逃，走了不遠，後面元軍殺來，人群大亂，夫妻二人失
散了。金淑貞因為跑得慢，被元兵俘虜，送到元軍元帥唆都處。唆都見金
長得美，有心要收她做姬妾，便將她監禁在軍營中。金本想自殺，但因丈

黃鶯兒‧詠鶯（柳永）　（明）汪氏編《宋詞畫譜》

夫生死不知，指望有機會能再見，所以一直拖延著，並且多次堅決拒絕唆都的威逼。唆都帶著她，一直從岳州到臨安，住在南宋抗金名將韓世忠的舊宅中。唆都見宋朝廷已降，大功告成，便威逼金氏要立即成親。金氏假意說：「等我祭過亡夫，然後成親未晚。」唆都同意了。金氏焚香禱告，向南方再拜痛哭，然後提筆在牆上寫了一首《滿庭芳》，隨即投入庭院中的水池自盡。

▷ 滿庭芳　　　　[徐君寶妻]

　　漢上繁華，江南人物，尚遺宣政風流。綠窗朱戶，十里爛銀鉤。一旦刀兵齊舉，旌旗擁，百萬貔貅。長驅入，歌台舞榭，風捲落花愁。

　　清平三百載，典章文物，掃地俱休。幸此身未北，猶客南州。破鑒徐郎何在？空惆悵，相見無由。從今後，夢魂千里，夜夜岳陽樓。

〔譯文〕我宋朝從漢水到長江一帶，市面繁華，人才輩出。一直保留著徽宗皇帝時的風流餘韻（「宣政」指北宋徽宗的年號宣和及政和）。城市裡朱紅色的門戶，綠色的窗紗，簾鉤閃耀著銀樣的光輝。一旦元兵南侵，百萬大軍舉著武器旌旗長驅直入，一切繁華好似風捲落花，餘下的只是悲愁。

　　我大宋立國以來，歷時三百多年（宋朝在西元960年建國，至徐君寶妻寫詞的1276年），到如今，制度法令破壞得乾乾淨淨。所幸的是，我雖被擄但尚未北去，還在江南的土地上。徐郎啊！徐郎，你在哪裡？白白地使人惆悵不已，無法再相見了。從今後，我在這千里之外的魂靈，將夜夜想念著你和家鄉（徐君寶是岳州人，岳陽樓是岳州著名古蹟）。

　　詞中的「破鑒」，用的破鏡重圓的典故。南朝陳後主是個極其昏庸的皇帝，陳國的太子舍人徐德言，娶了樂昌公主為妻。徐知道國家危在旦夕，於是和妻子說：「以你的才貌，國亡之後必定被擄到隋的豪門貴族之

家。如果老天可憐我們，有再見之日，先準備一個憑證。」於是將一面銅鏡打碎成兩半，夫婦各藏一半，約定如果二人失散後，在每年正月十五到大都市賣這半片鏡子，以互相找尋。西元589年，陳朝被隋所滅，樂昌公主被擄後，流落到隋朝宰相楊素府中。徐德言於正月十五在市場上見到一位賣半鏡的老人，用自己的一半對合後，知道了妻子的消息。後來此事被楊素知道，楊素就讓樂昌公主和徐德言一同走了。

南宋末年的詩人劉辰翁，由於考進士時得罪了奸相賈似道，被列入丙等。南宋滅亡後，他隱居不做元朝的官。元軍入臨安後，劉辰翁隱居山中，但對於故國的命運卻時時關心。這時，張世傑、陸秀夫他們在福建擁立趙昰為帝，繼續抗擊元軍。大約就在這年的元宵節，到處是蒙古的戲樂，使劉辰翁愁悶不已。他對孤燈獨坐，想念在遙遙海上抗擊元軍的人們，寫出了下面這首《柳梢青》：

▷ 柳梢青·春感　　　　〔劉辰翁〕

　　鐵馬蒙氈，銀花灑淚，春入愁城。笛裡番腔，街頭戲鼓，不是歌聲。
　　那堪獨坐青燈。想故國，高臺月明。輦下風光，山中歲月，海上心情。

〔譯文〕滿街是元軍披上了氈子的戰馬，花燈也好像帶著淚水。春天啊！暗暗地來到這充滿愁苦的地方。笛子吹的是番人的腔調，街頭演的蒙古人的鼓吹雜戲，這哪裡像是什麼歌聲。

我獨自坐在昏暗的燈光下，回想故國，明月照著故宮高高的樓臺。我在山中度著孤寂的歲月，可懷念著當年在皇帝車駕之下的臨安風光。還有那遠在南方海上堅持抗擊元軍的張世傑和陸秀夫他們。

宋恭宗德祐二年，宋皇室被擄北去，劉辰翁寫了一首悲痛的《蘭陵王》。

送春去，春去人間無路。秋千外，芳草連天，誰遣風沙暗南浦？依依甚意緒，漫憶海門飛絮。亂鴉過，斗轉城荒，不見來時試燈處。

春去，最誰苦？但箭雁沉邊，梁燕無主，杜鵑聲裡長門暮。想玉樹凋土，淚盤如露。咸陽送客屢回顧，斜日未能度。

春去，尚來否？正江令恨別，庾信愁賦，蘇堤盡日風和雨。歎神遊故國，花記前度。人生流落，顧孺子，共夜語。

〔譯文〕送春歸去，春去後，人間已無路可走。在繫有秋千的園外，茂密的野草無邊無際。是誰使狂暴的風沙遮暗了南方。依依地留戀著故國，白白地思念那遠在南海流亡的君臣們。強暴的元兵像亂鴉一樣飛過，時勢如北斗星轉動了一樣，全都改變了。往日京城臨安張燈結綵的繁華，再也見不到了。

春天歸去了，誰最苦呢？是那像中箭受傷的雁一樣被元軍俘虜北去的帝后們，是那像失去屋主的燕子一樣流落他鄉的士大夫們。黃昏時，淒涼的舊日宮中，傳出了杜鵑的悲鳴。想起那些為國捐軀的英雄們，真使人悲傷，為他們流下的眼淚，好似承露盤中的露水。被擄北行的宮人們，依戀故國不斷回顧，到日已西下，還未能上路。

春歸去了，它會再來嗎？士大夫們像南北朝時被貶官的江淹和被迫北去的庾信一樣。在西湖蘇堤上，成天盡是淒風苦雨，臨安在遭受敵騎蹂躪。我懷念淪陷的故土，想念過去的繁華與歡樂，現在流落隱居山中，只能和孩子們在晚上談談心裡話。

詞牌【蘭陵王】，來自南北朝時北齊的《蘭陵王入陣曲》，分成上、中、下三片。「淚盤如露」，用的有關漢代承露盤的典故。詞中說承露盤中盛滿了淚水也是暗示亡國之痛。「江令恨別，庾信愁賦」中江令指南北

念奴嬌・詠月（李邴）　　（明）汪氏編《宋詞畫譜》

朝時梁的江淹，他被貶官為建安吳興令，故稱江令，曾寫有《別賦》。庾信也為梁人，他出使北周被扣留，不能南歸，著有《愁賦》。

元兵攻佔臨安兩年後（即西元1278年），元軍已基本佔領了南宋全部領土。文天祥、張世傑在這年立趙昺為帝，在元軍追擊下，逃到崖山，南宋即將徹底滅亡。劉辰翁在這一年，仿北宋末年女詞人李清照的口氣，寫了一首《永遇樂》。

▷ 永遇樂　　　　［劉辰翁］

余自乙亥上元誦李易安《永遇樂》，為之涕下。今三年矣，每聞此詞，輒不自堪。遂依其聲，又託易安自喻。雖辭情不及，而悲苦過之

璧月初晴，黛雲遠澹，春事誰主？禁苑嬌寒，湖堤倦暖，前度遽如許。香塵暗陌，華燈明晝，長是懶攜手去。誰知道，斷煙禁夜，滿城似愁風雨。

宣和舊日，臨安南渡，芳景猶自如故。緗帙流離，風鬟三五，能賦詞最苦。江南無路，鄜州今夜，此苦又誰知否？空相對，殘釭無寐，滿村社鼓。

〔譯文〕初晴的天氣，璧玉般的圓月升起，遠處有幾朵青色的雲霞。這美好的春天啊！誰是主人？禁苑（專供皇帝遊玩打獵的園林）裡還有些輕寒，可西湖上已暖得使人產生倦意。過去多次經歷的季節，突然又來臨了。想昔日的臨安，遊春車馬捲起塵埃，遮暗了道路，夜晚燦爛的燈光，照耀得如同白晝，那是我遊覽慣了的地方。誰知現在，卻是夜間戒嚴，斷了煙火，滿城都是淒風苦雨。

記得北宋徽宗宣和年間，首都汴京上元節多麼繁華。南渡到臨安後，上元節的美景依然如故。可李清照收藏的書籍和金石書畫，都在南逃時散失了（「緗帙」，為淺黃色的包書套），她人也已憔悴，頭髮蓬亂，不願在上元節出門看熱鬧（「風鬟三五」用的李清照詞《永遇樂》中原意，三五十五，即上元節），只能一個人在家寫詞度過

可我卻是更愁苦啊！江南早已被元軍侵佔，道路阻塞不通，妻兒們今夜和我，只能兩地互相思念了。這個苦又有誰知道呢？我白白地對著昏暗的燈光，難以入睡，只聽見村裡到處響起祭祀土地神的鼓聲。

詞中「鄜州今夜」，借用唐代詩人杜甫的詩句。唐代安史之亂時，杜甫被安祿山的軍隊俘虜，帶回叛軍佔領的長安。杜甫在一個月夜，想念自己寄住在鄜州（「鄜」，今陝西富縣）的妻子兒女，寫下了名作五律《月夜》：「今夜鄜州月，閨中只獨看。遙憐小兒女，未解憶長安。香霧雲鬟濕，清輝玉臂寒。何時倚虛幌，雙照淚痕乾。」詞中用「鄜州」借指妻兒所在的地方。

鼙鼓揭天來，繁華歇

宋恭宗德祐二年，進入臨安的元軍將南宋的皇帝、太后、妃嬪等人押解向元大都而去。在被押解的妃嬪中，有一位昭儀王清惠。她在這種情況下北行，真是悲痛不已，但又徬徨不知如何是好。王清惠善於寫詩詞，當她北上途經北宋的舊都汴京時，在夷山驛中住宿。當晚，王清惠由汴京聯想到北宋的滅亡，由此南宋覆滅時的情景，又一幕幕地在她腦海中映過，而現在她的處境又是如此，真是難以成眠，遂在驛站的牆上題了下面這首《滿江紅》：

▷ 滿江紅 　　　[王清惠]

太液芙蓉，渾不似，舊時顏色。曾記得，春風雨露，玉樓金闕。名播蘭馨妃后裡，暈潮蓮臉君王側。忽一聲，鼙鼓揭天來，繁華歇。

龍虎散，風雲滅。千古恨，憑誰說？對山河百二，淚盈襟血。客館夜驚塵土夢，宮車曉碾關山月。問姮娥，於我肯從容，同圓缺。

〔譯文〕我這朵太液池中的芙蓉花，現在已完全失去了舊日的風姿（太液池原為漢唐宮苑中的池沼，其中所種的芙蓉花很有名）。曾記得在南宋宮廷中時，皇帝對我是多麼寵愛。當時我在皇后妃子們中美名四播，在君王身邊，我嬌豔如蓮花的臉上，泛起了羞紅的光彩。可突然一聲震響，元軍的戰鼓驚天動地而來，宮廷中的繁華頓時消歇。

君臣四散，威權覆滅。這千古的恨事啊！請誰來述說呢？對著被元兵侵佔的大好河山，淚水和鮮血滴滿了衣襟。晚上在驛館中時時驚醒，難以安眠，一早我們這些宮人坐的車子上路，車輪將碾著灑滿月光的大地北行。今後怎麼辦呢？請問月宮中的嫦娥，如果肯容納我，我願意一直追隨她而拋棄這世俗的生活，脫離人間的煩惱。

「山河百二」，來源於《史記・高祖本紀》：「持戟百萬，秦得百二焉。」意思說秦地（今陝西關中地區）形勢險固，秦兵二萬足以抵擋諸侯的軍隊百萬；另一說秦兵百萬能抵諸侯兵二百萬。這首《滿江紅》寫出之後，當時就在中原地區廣泛傳誦。抗元的民族英雄文天祥在被俘後，押解赴元大都時，途經汴京，見到王清惠所寫的《滿江紅》詞，因為與自己的經歷很相似，深為感動。但他認為王清惠詞的末句「問嫦娥，於我肯相容，同圓缺」，態度不堅決，有企圖自身倖免而能苟安之意。因此，文天祥遂用王清惠的口氣，用王詞的原韻，代她寫了一首《滿江紅》。

▷ 滿江紅　　　　[文天祥]

代王夫人作

　　試問琵琶，胡沙外、怎生風色。最苦是，姚黃一朵，移根仙闕。王母歡闌瓊宴罷，仙人淚滿金盤側。聽行宮，半夜雨淋鈴，聲聲歇。

　　彩雲散，香塵滅。銅駝恨，那堪說。想男兒慷慨，嚼穿齦血。回首昭陽辭落日，傷心銅雀迎秋月。算妾身，不願似天家，金甌缺。

〔譯文〕試問手中的琵琶，這塞外北國除了風沙外，還有什麼景色（漢代王昭君遠嫁匈奴時，傳說她懷抱琵琶而去）。最苦的是這一朵姚黃牡丹，從宋宮廷中被強移到北方（「姚黃」是宋代最著名的牡丹品種）。皇太后的歡樂已全完了，再也不會有盛大的宮廷宴會了。宮中托承露盤的金銅仙人，淚水滴在金盤旁邊（「王母」原為仙人西王母，詞中用以借指南宋的太后全氏）。你聽旅途上半夜雨中傳來的車鈴聲，一聲一聲有多麼淒涼悲傷。

皇家的富貴榮華已經煙消雲散，南宋宮中的妃嬪生活，已成陳跡。亡國的恨事，真不忍心再敘說。想到男子漢能慷慨激昂，憤恨得咬碎牙齦。我身不由己地被俘北去，回望臨安的宮殿，辭別了被俘的皇帝，想到不久要到元宮去朝見新的君王，真叫人傷心啊！我絕不願像南宋皇室一樣投降，使得山河殘破、國家滅亡。

「聽行宮，半夜雨淋鈴，聲聲歇」，用了唐代的典故。唐代安史之亂時，唐玄宗帶著楊貴妃從首都長安西逃，途中由於禁衛軍譁變，楊貴妃被迫縊死於馬嵬坡。唐玄宗在逃入四川後，在棧道上聽見雨聲和車馬鈴聲相應和，因而想起貴妃，異常悲傷。「銅駝」，指晉代的索靖很有見識，他預感天下將亂，晉朝將滅亡。於是指著西晉都城洛陽皇宮門前的銅駝歎息說：「就要看見你埋在荊棘裡了。」後人遂以「銅駝」作為亡國的象徵。「昭陽」本為漢武帝時皇宮中的一個殿堂，詞中用以借指臨安的南宋宮殿。「落日」喻失去皇位的南宋皇帝宋恭宗。「秋月」指元世祖忽必烈。

人生自古誰無死

宋恭宗德祐二年，進入臨安的元軍，將南宋的小皇帝趙顯、太后及大批宮人等，押解去北方。當時文天祥還被扣留在元軍營中，此時也被押往北行。

文天祥被押解到鎮江時，由於候船北上，要停留十幾天。當時元軍對他們看管也不嚴，常讓他們上街，於是文天祥和親信計劃逃走。經過千

辛萬苦，冒著生命危險，終於逃出虎口，到達當時還在南宋軍隊手中的真州。文天祥興奮之餘，寫了一組七首《真州雜賦》，其中的一首是：

▷ 真州雜賦（選一）　　　　〔文天祥〕

四十羲娥落虎狼，今朝騎馬入真陽。
山川莫道非吾土，一見衣冠是故鄉。

〔譯文〕我落在虎狼般的元軍手中四十天（「羲」指太陽神羲和，指晝；「娥」指月中嫦娥，指夜），今天有幸騎馬進入真州。別說這裡山川不是我的故鄉，只要一見南朝的衣冠，我已感到親切非常。

文天祥逃出後，立即重新進行抗元的鬥爭。這時張世傑、陸秀夫等人擁立九歲的廣王趙昰為皇帝，改元景炎，重新樹起宋朝的旗幟。文天祥與張世傑等配合，與元軍在福建、江西境內戰鬥多次。雖然也曾獲得勝利，但由於寡不敵眾，最後敗退到廣東境內。西元1278年，趙昰病死，陸秀夫、張世傑等又擁立八歲的趙昺為皇帝，改元祥興，並把小朝廷遷到大海中的崖山（位於今廣東新會縣南40公里）。同時，封文天祥為信國公，故歷史上又稱文天祥為文信國。

這時，元朝任張弘範為都元帥，李恒為副元帥，率領水軍和騎兵向宋朝的殘存力量進攻。當時文天祥駐軍潮陽（今廣東潮陽），由於元軍太強大，文天祥向海豐轉移，正當在途中休息時，海盜陳懿為元軍帶路突然偷襲，宋軍正在吃飯無法抵禦，大部將領犧牲，文天祥被俘，這是祥興元年十二月二十日的事。文天祥被俘時，立即服用有毒的中藥腦子（即冰片）二兩自殺，但昏眩很久，竟不能死。

文天祥被押到潮陽，見元軍元帥張弘範，求速死，張把他監禁在船上。這時，元軍正準備攻打崖山宋朝最後的一點殘存力量。張弘範想出一條毒辣的計策，將文天祥隨船押去，讓他親眼目睹南宋小朝廷的最後覆滅。祥興二年，船離潮陽，途經珠江口的零丁洋，文天祥百感交集，寫下了千古流傳的名作《過零丁洋》。十三日到崖山，正月十五日，張弘範命副帥李恒來到文天祥的船中，要他寫信招降張世傑。文天祥說：「我自己救父母不成，反而叫別人背叛父母，這可以嗎？」同時將《過零丁洋》詩

蝶戀花・春暮（歐陽修）　　（明）汪氏編《宋詞畫譜》

寫後交給李恒，表示自己必死的決心。

▷ 過零丁洋　　　　［文天祥］

　　辛苦遭逢起一經，干戈落落四周星。
　　山河破碎風拋絮，身世飄搖雨打萍。
　　皇恐灘頭說皇恐，零丁洋裡歎零丁。
　　人生自古誰無死，留取丹心照汗青。

〔譯文〕我在國家艱辛危難的時候，以文章被皇帝賞識而考中了
進士（漢朝時，韋賢和他的兒子由於熟讀經書而被選拔為官，當到宰
相，當時人們說：「遺子黃金，不如一經。」故詩中以「起一經」表
示考中進士做官）。起兵抗元以來，已整整四年了。現在國家的山河
破碎，如同風吹柳絮，我個人像暴雨中的浮萍一樣，四處漂泊沒有安
寧。領兵勤王過皇恐灘頭，我憂思重重，反覆考慮。這次被俘過零丁
洋，回顧部下四散，更感到孤苦伶丁。人生自古誰無死呢？死要死得
有價值，我要使我的忠誠之心，永遠照耀在史冊之上。

　　「皇恐灘」，在今江西萬安縣境的贛江中，原名「黃公灘」，由於音
訛為「皇恐灘」、「惶恐灘」。贛江自贛縣至萬安有十八灘，以皇恐灘最
危險。

　　祥興二年（西元1279年）二月六日，元軍的水軍乘漲潮時，向崖山的
宋軍進攻，宋軍大敗，陸秀夫怕小皇帝趙昺被俘受辱，背負他跳海而死。
同時跳海死的南宋軍民數萬人，海上都浮滿了屍體。張世傑乘小船逃出，
圖謀再舉，但在四天後遇颱風，船隻沉沒，張世傑及其殘部都淹死在海
中，至此，南宋的殘存抗元力量全部消滅了。

　　文天祥被押在元軍舟中，親眼見到南宋水軍的大敗，他當時的痛苦，
是可以想像的。文天祥此時日夜想跳海自殺，但因元兵嚴密看守而未成。

　　元軍在崖山得勝後，兵回廣州，張弘範大擺慶功酒宴。席上他勸文天
祥說：「現在宋朝已滅亡了，你的心也盡到了，如果一定要盡忠而死，有
誰會記載你的事蹟呢？」文天祥答道：「國亡我不能救，死也贖不了我的

罪，要想我投降，是絕對不行的。」張弘範沒法，只好向元世祖報告，元世祖命令將文天祥押送首都燕京。

元世祖至元十六年（西元1279年）六月初，文天祥被押解北上過南康軍（治所在今江西星子縣），文天祥已是第三次經過這裡了。每一次經過，情況都大不一樣，這一次是國破家亡，自己身為俘虜，回首往事，更感悲痛，遂將所有感想，寫入新詞《酹江月》中。

▷ 酹江月・南康軍和蘇韻　　　　［文天祥］

　　盧山依舊，淒涼處、無限江南風物。空翠晴嵐浮汗漫，還障天東半壁。雁過孤峰，猿歸老嶂，風急波翻雪。乾坤未歇，地靈尚有人傑。

　　堪嗟飄泊孤舟，河傾斗落，客夢催明發。南浦閒雲連草樹，回首旌旗明滅。三十年來，十年一過，空有星星髮！夜深愁聽，胡笳吹徹寒月。

〔**譯文**〕盧山的景色依舊，可江南所有的風土人物，卻都顯得那麼淒涼。遮有霧氣的青翠山影，倒映在廣闊的鄱陽湖水中，像是東面半壁江山的屏障。雁群飛過孤獨的山峰，猿猴隱入層巒疊嶂，急風捲起雪似的波浪。天地在不停息地運行，在這險要的南康軍，不久定會出現復興故國的豪傑。

在這將漂泊到天涯的孤舟上，已是銀河橫斜，星斗西沉。夢中醒來又將一早出發。遙望隆興，只見雲霧連接著草樹，那裡起義抗元隊伍的旌旗，似乎還在時隱時現（隆興即今江西南昌，也就是詞中的南浦，在被元軍攻陷後，當地人民多次組織反抗）。三十年來，我十年一次經過南康軍，可一事無成，空有了星星的白髮。深夜月明，元軍兵營中的軍樂聲，使人聽了有多少悲哀惆悵。

詞牌【酹江月】，是【念奴嬌】的別名，「和蘇韻」指作者此詞係和蘇軾的詞《念奴嬌・大江東去》的韻。詞中「三十年來，十年一過」指文天祥三次經過南康軍，每次的間隔都正好是十年。

在崖山的南宋小朝廷中，有一位文天祥的同鄉鄧剡，又名鄧光薦，字中甫，號中齋，在小朝廷中任禮部侍郎。小朝廷在元水軍的攻擊下覆滅時，鄧剡跳海自殺，但被元兵從海中鉤起而未死。元軍將他和文天祥囚禁在一起，一同押解北上。由廣東至金陵，鄧和文二人共患難，一路兩人用詩詞互相唱和。至元十六年，文天祥和鄧剡到達金陵，停留了兩個多月。八月二十四日，文天祥被押解渡長江北行，鄧剡由於生病不能同行，被留在金陵天慶觀（今南京市朝天宮）就醫。在文天祥臨行時，鄧剡寫了一首豪邁而又悲壯的詞《酹江月》給他送行。

▷ 酹江月·驛中言別　　　　　　[鄧剡]

　　水天空闊，恨東風、不惜世間英物。蜀鳥吳花殘照裡，忍見荒城頹壁。銅雀春深，金人秋淚，此恨憑誰雪？堂堂劍氣，斗牛空認奇傑。

　　那信江海餘生，南行萬里，不放扁舟發。正為鷗盟留醉眼，細看濤生雲滅。睨柱吞嬴，回旗走懿，千古衝冠髮。伴人無寐，秦淮應是孤月。

〔譯文〕水面多麼廣闊，天空是那樣的高遠。可恨那東風，為什麼不幫助現在的英雄人物。西下的夕陽映照著凋殘的花草，杜鵑在淒厲地悲鳴（古代傳說，杜鵑為蜀國君主望帝所化，故稱蜀鳥）。那荒涼城池的殘垣斷壁，使人不忍再看。南宋的妃嬪被擄入元朝宮廷，文物寶器全被元兵洗劫，靠誰才能洗雪這奇恥大辱啊！寶劍的光芒直沖雲霄，我卻不幸做了亡國之臣，辜負了這樣的好劍。

文天祥您當年在鎮江從元兵手中脫逃，真是令人想不到啊！你在南方奔波萬里，把生命託付給幾隻渡江的小船，為的是保存自己，和抗元志士們一同繼續打擊敵人。看那濤生雲滅，等待著時局的變化。您到燕京去朝見元朝皇帝忽必烈時，要有戰國時藺相如見秦王睨柱碎璧的英雄氣概。即使是犧牲了，也要像三國時的諸葛亮一樣，還能設計嚇退敵人司馬懿。您這堂堂的怒髮衝冠的膽氣，將會流傳千古。現

在您與我要分別了，您走後，只有秦淮河上一輪孤零零的月亮，會陪伴著失眠的我。

「恨東風，不惜世間英物」，用的三國時赤壁之戰的典故，由於當時正好東南風起，幫助周瑜一把火燒毀了曹操的艦隊。詞中藉以說明南宋的英雄豪傑們抗擊元軍，卻得不到老天的這種幫助。「銅雀春深」化用的唐詩人杜牧的著名七絕《赤壁》：折戟沉沙鐵未銷，自將磨洗認前朝。東風不與周郎便，銅雀春深鎖二喬。「金人秋淚」指魏明帝拆運承露盤的故事。借指南宋宮廷中的文物寶器被元軍劫掠一空。

文天祥在看到鄧剡送他的《酹江月》後，很是感動，遂用鄧詞的原韻，和了一首《酹江月》。

▷ 酹江月・和友《驛中言別》　　　　［文天祥］

　　乾坤能大，算蛟龍、元不是池中物。風雨牢愁無著處，那更寒蟲四壁。橫槊題詩，登樓作賦，萬事空中雪。江流如此，方來還有英傑。

　　堪笑一葉飄零，重來淮水，正涼風新發。鏡裡朱顏都變盡，只有丹心難滅。去去龍沙，向江山回首，青山如髮。故人應念，杜鵑枝上殘月。

〔譯文〕國家的疆土這樣廣大，其中的英雄豪傑，是不會甘心長期屈服的。在這淒風苦雨中，心煩意亂不知如何是好，怎能再聽那秋日四起的蟋蟀叫聲？曹操當年征伐東吳時，在長江上橫槊賦詩，多麼英雄氣概；三國時王登上當陽城樓，寫作《登樓賦》才氣橫溢。所有這些，都像空中飄灑的雪花，很快就消失了。大江奔流日夜不息，不久的將來，必然會有英雄豪傑使國家復興。

可笑我像隨風飄零的一片落葉，在涼風漸起的秋天，重新來到淮水。對鏡自照，容顏因悲憤而變得衰老，只有一片忠心難於泯滅。向著那遍地沙漠的北方前行，回望南方的江山，山色青黑如髮。我親愛的朋友，在月亮西下時，杜鵑在枝頭的叫聲，將使我們彼此憶念。

元世祖至元十六年文天祥被押抵元大都，囚禁在兵馬司。文天祥雖然關在獄中，可是抗元的義軍一直以他為旗幟。中山府（今河北定縣）的薛寶住，聚集了幾千人，想劫獄救出文天祥繼續抗元。元大都城內並有謠傳說，抗元義軍要裡應外合攻城，先燒城上的葦席（元代都城的城牆為土壘成，為避免雨淋塌毀，上覆有葦席保護）為號，城外舉火為應。這些活動使元朝統治者認為，文天祥活著一天，就是一個隱患，因此決定殺害文天祥。

元世祖還不甘心，他親自召見文天祥，提出任命他為元朝的丞相，文天祥仍舊堅決拒絕，回答是：「願意一死報國。」

至元十九年（西元1282年）十二月初九，文天祥被押赴刑場。臨刑前他問，哪一方是南，人們告訴他後，他向南方拜了幾拜，然後從容就義，死時年僅四十七歲。在他的衣帶上，繫有他被害前所做的絕筆自贊，即著名的《衣帶贊》。

▷ 衣帶贊　　　　［文天祥］

孔曰成仁，孟曰取義，
惟其義盡，所以仁至。
讀聖賢書，所學何事，
而今而後，庶幾無愧。

文天祥有個好友張毅夫，別號千載。當文天祥在南宋做官時，多次請他出任官職，他都推辭了。文天祥被俘押赴元大都時，張毅夫見文說：「今日丞相赴北，我應當同行。」到大都後，他住在監獄附近，每天給文天祥送飯，三年如一日。同時他暗製了一木匣，文天祥就義後，張用木匣盛了文天祥的首級，另外在俘虜中找到文天祥夫人歐陽氏的骸骨，一起運回文天祥的親人家埋葬。

文天祥死後八十多年，元王朝在農民起義軍的打擊下滅亡了，朱元璋（即明太祖）建立了明朝。明太祖洪武九年（西元1376年），按察副使劉崧在當年囚禁文天祥的地方——府學之左，建立了紀念他的祠堂文丞相祠。到明成祖永樂六年（西元1408年），正式列入國家的祀典。在文丞相祠中，除了殿堂和文天祥塑像外，院內並有相傳為文天祥手植的棗樹一株。

醉落魄・詠茶（黃庭堅）　（明）汪氏編《宋詞畫譜》

家祭如何告乃翁

在新興的元王朝猛烈進攻下，腐朽的南宋滅亡了。這個巨大的事變，極其強烈的震盪，在南宋遺民的心中留下了不可磨滅的創傷。此後的一些詞作中，不可避免地都帶著深深的亡國哀傷。可是，由於元王朝的統治野蠻而殘酷，因此許多詞寫得曲折婉轉，將難言的悲痛隱藏在字裡行間。

南宋的愛國詩人陸游，一生為抗擊金兵恢復中原而奔走詠唱。在他的詩作中，有很大一部分是為此而寫，至今讀來仍覺其慷慨激昂，振奮人心。可是由於南宋皇帝昏懦，妥協投降派大臣把持朝政，陸游一生中始終未能見到宋軍收復中原。宋寧宗嘉定二年除夕，陸游病逝於家鄉山陰。他臨終時，將他畢生悲傷難忘的心事和無窮的希望，寫成了千古傳誦的不朽名作《示兒》。

▷ 示兒　　　　　［陸游］

死去元知萬事空，但悲不見九州同。
王師北定中原日，家祭無忘告乃翁。

〔譯文〕人死之後萬事皆空，我悲傷而死不瞑目的，就是未能看見收復被金兵佔領的國土使國家統一。我死後當我大宋的軍隊北上收復中原之日，你在家中祭祀時千萬別忘了將這消息告知你父親的在天之靈。

陸游的遺願怎樣了呢？在他去世後二十四年，金國衰落不堪，北方新興的蒙古與南宋聯合，共同滅亡了金。南宋詩人劉克莊為此寫了一首答覆陸游《示兒》詩的七絕。

▷ 端嘉雜詩（其四）　　　　　［劉克莊］

不及生前見虜亡，放翁易簀憤堂堂。
遙知小陸羞時薦，定告王師入洛陽。

〔譯文〕陸放翁生前沒能見到金國滅亡，使他臨終之時還是悲憤不已。想小陸（指陸游之子）用時鮮食物祭祀他父親時，一定會告知宋軍攻入洛陽了。

詩中「易簀」來自《禮記》。曾子病危時，因為床簀（即席子）為季孫所贈，按規定只有大夫才能用，曾子未當過大夫，於禮不能用。於是他命子孫扶他起來易簀，還沒有換完曾子就死了，後世遂謂人將死稱為「易簀」。

可是，金的滅亡並不是因為南宋的強大，而是依靠了蒙古軍的力量。滅金之後，中原地區被蒙古軍侵佔，宋軍勉強去收復洛陽和汴京，結果被蒙古軍打得大敗而歸。南宋在此次滅金戰爭中，絕不是像陸游詩中說的「北定中原」、「九州同」。更嚴重的是，南宋與更強大的蒙古為鄰，自己的日子也不長了。

在陸游去世後六十六年，元軍入臨安，南宋滅亡，隨後又佔領了南宋的全部土地。這一下全國是統一了，可這是以南宋亡國換來的統一。宋末元初的詩人林景熙在讀了陸游的《示兒》詩後，感慨萬分地寫了下面這首七絕：

▷ 書陸放翁書卷後　　　　　　〔林景熙〕

　　青山一髮愁濛濛，干戈況滿天南東。
　　來孫卻見九州同，家祭如何告乃翁。

〔譯文〕遠處的青山一縷，遮滿了愁雲慘霧，元軍已全部佔領了東南方的南宋領土。陸游的來孫（「來孫」為玄孫之子，詩中泛指子孫）可真的見到全國統一了，可是他在家中祭祀祖先時，怎能把這種亡國的奇恥大辱告知陸放翁的在天之靈呢！

值得一提的是，陸游的孫子陸元廷，曾孫陸傳義，在得知崖山海戰失敗南宋徹底滅亡時，均憂憤而死。玄孫陸天騏，在崖山跳海殉國。玄孫陸天驥，來孫陸世榮、世和，在宋亡後均閉門不出，拒絕元朝的徵召。

元滅宋後，南宋詞人陳德武在西湖上看到如畫美景，想起南渡後南宋

君臣在此過著醉生夢死的生活，完全忘記了北方的強敵，最後發生了亡國慘禍。他在感慨之中，寫下了一首《水龍吟》。在詞中，他想像還不如將西湖填了，使之成為對人民有些實利的農桑之地。

▷ 水龍吟・西湖懷古　　　　〔陳德武〕

　　　東南第一名州，西湖自古多佳麗。臨堤台榭，畫船樓閣，遊人歌吹。十里荷花，三秋桂子，四山晴翠。使百年南渡，一時豪傑，都忘卻，平生志。

　　　可惜天旋時異，藉何人，雪當年恥？登臨形勝，感傷今古，發揮英氣。力士推山，天吳移水，作農桑地。借錢塘潮汐，為君洗盡，岳將軍淚。

〔譯文〕這裡是東南名列第一的繁華之處，西湖自古以來，就多美景勝地。你看那堤畔的台榭，彩畫的遊船上建著樓閣，音樂歌唱聲中遊人不斷。盛夏的荷花伸延十里，秋日桂花四處飄香，環湖的四面青山在晴天多麼蒼翠。這優美的景色啊！使南渡而來的英雄豪傑們，在百年的享樂中，全然忘卻了當年要恢復中原的志向。

　　可歎的是，到如今國已亡於元，憑誰能洗雪這恥辱呢？我再次登高眺望西湖勝景，不禁歎息從古至今有多少巨大的變遷，滿腔報國的英雄才氣，到何處發揮呢？我要請力士推倒西湖畔的青山，請海神天吳移去湖水，把西湖改做種田栽桑之地。然後借來錢塘江的怒潮，沖洗乾淨被敵人侵佔的污濁，完成岳飛當年未酬的壯志。

　　南宋末詞人劉辰翁，在元成宗大德元年（西元1297年）去世。這時，距南宋滅亡已整整二十年了。劉辰翁作為南宋遺民，隱居不出，不承認元朝的政權。就在他臨死這一年初春，他見到元宵節又來臨了，但當年所經歷過的繁華早已無存，悲傷惆悵，遂寫了一首《寶鼎現》，記下自己的追憶和感慨。

▷ 寶鼎現 · 春日　　　[劉辰翁]

　　紅妝春騎。踏月影、竿旗穿市。望不盡、樓臺歌
舞，習習香塵蓮步底。簫聲斷、約彩鸞歸去，未怕金吾
呵醉。甚輦路、喧闐且止。聽得念奴歌起。

　　父老猶記宣和事，抱銅仙、清淚如水。還轉盼沙河
多麗。滉漾明光連邸第。簾影凍、散紅光成綺。月浸葡
萄十里。看往來、神仙才子。肯把菱花撲碎。

　　腸斷竹馬兒童，空見說、三千樂指。等多時春不歸
來，到春時欲睡。又說向，燈前擁髻。音滴鮫珠墜。便
當日、親見霓裳，天上人間夢裡。

〔譯文〕盛妝的婦女們在月光下外出春遊，到處是散發著香氣的
車輛和拉車的駿馬。大街上盡是官員們和巡邏隊伍出行的旗幟。達官
貴人們樓臺上的歌舞接連不斷，遊春姑娘們輕盈步子掀起的塵埃，也
帶著隱約的芳香。在悠揚的音樂聲中，書生與姑娘私下約會（彩鸞為
古代傳說中的仙女）。元宵節晚上不戒嚴，喝醉了遲遲歸去，不怕有
金吾阻攔（「金吾」為主管京城守衛巡查的官員）。為什麼皇家廣場
上的喧鬧停止了，原來是名歌女唱起了美妙的清歌。

　　父老們還記得徽宗皇帝宣和年間的舊事，北宋滅亡之恨未消，現
在國家又亡於元了。宮殿裡的銅人，也流下了如水的眼淚。它在被敵
人劫走時，還戀戀不捨地回頭遙望那繁華的沙河塘（在錢塘，即今杭
州市南，居民眾多，碧瓦紅牆，歌聲樂聲不斷）。首都臨安的富貴之
家，元宵節張燈結綵，燃放煙火，燈光燭影閃爍耀眼。簾影在晃動，
將紅色的燈光展開像彩綢一樣（「簾影凍」一作「簾影動」）。月夜
下的西湖水啊！深碧猶如葡萄色。你看那些在元宵夜來來往往遊樂玩
賞的人們，美麗的姑娘和才子書生，要不是亡國災禍，他們怎麼會撲
碎菱花鏡而四處流亡呢！

　　亡國後出生的兒童，不能親眼見到故國，只白白地聽人述說，
當年宋高宗用樂工四百六十人招待金國使節的盛況（一樂工有十指，

三千指表示三百人）。我等了多少時日啊！滅亡的故國怎能恢復。現在，亡國後的春天又來了，可我卻昏昏欲睡。南宋舊宮人訴說故國往事，禁不住悲從中來，像東海的鮫人一樣，滴下了珍珠般的淚水（「擁髻」為用手擁髮髻，是一種愁苦的樣子；「鮫」指傳說中的南海鮫人，哭泣時淚水為珍珠）。即使在當年，曾親眼見過故國的歌舞昇平景象，到如今，已是天上人間永隔，只在夢裡才能相見了。

　　劉辰翁在此詞中不用元朝皇帝年號，而只用干支紀年，有蔑視不承認元政權之意。「念奴」是唐玄宗天寶年間最著名的歌女，當時每年唐玄宗在興慶宮的勤政務本樓前舉行盛大宴會，招待長安的老百姓。由於人多擁擠，喧嘩不止，連音樂都奏不成。玄宗於是派太監高力士在樓上大叫說：「現在由念奴唱歌，二十五郎吹小管伴奏。」果然人們馬上靜了下來。「抱銅仙、清淚如水」，用的漢宮中金銅仙人的典故，暗寓亡國之恨。「菱花撲碎」用的陳朝樂昌公主與徐德言的故事；《霓裳》即《霓裳羽衣曲》，為唐代著名的皇家樂曲。

　　南宋末年的詞人蔣捷，在宋度宗咸淳十年（西元1274年）曾中進士。南宋滅亡後，隱居在太湖中的竹山。大約在亡國二十多年後，蔣捷回憶了他少年和壯年時代的生活，與老年時的現狀對比，感慨萬分。

▷ 虞美人・聽雨　　　　［蔣捷］

　　少年聽雨歌樓上，紅燭昏羅帳。壯年聽雨客舟中，江闊雲低，斷雁叫西風。

　　而今聽雨僧廬下，鬢已星星也。悲歡離合總無情，一任階前，點滴到天明。

〔譯文〕記得少年時，我在充滿歡歌的高樓上，聽著嘩嘩的雨聲，紅燭照耀著錦緞的帳幔，一切是多麼歡暢。壯年時我四處漂泊，在旅途的小船中聽雨打船篷聲，低沉的烏雲遮滿寬闊的江面，一隻離群的孤雁在西風中哀鳴。

　　亡國之後的今天，我在寺廟的房檐下聽淅瀝的雨聲，鬢髮已斑

白。對世間的離合悲歡我已無動於衷，只是聽著那秋雨，在石階前一點一點地，從黃昏滴到天明。

〈全書終〉

國家圖書館出版品預行編目資料

宋詞的故事 / 王曙 著；-- 二版 . --
新北市：新潮社，2021.03
　　冊；　公分 . --
　　ISBN 978-986-316-790-7（平裝）. --

833.5　　　　　　　　　　　　109021357

宋詞的故事

王曙／著　　　　　　　　　　　2021年3月／二版

〈代理商〉

聯合發行股份有限公司

新北市新店區寶橋路235巷6弄6號2樓
電話 (02) 2917-8022＊傳真 (02) 2915-6275

〈企劃〉

〔出版者〕新潮社文化事業有限公司
電話 (02) 8666-5711＊傳真 (02) 8666-5833
〔E-mail〕editor@xcsbook.com.tw
授權：張明

〔印前〕東豪印刷事業有限公司